KB131077

# 왕은
# 안녕하시다
# 2

# 왕은 안녕하시다

성석제 장편소설

2

문학동네

차례

# 38장 주전

대사간 이원정이 상소를 올렸는데 비변사에서 시급히 처결해야 할 열 가지 조목의 시무를 열거했다. 주로 민생을 위주로 한 것들이었다.

이중 가장 주목을 받은 것은 영남에 대동법을 시행하자는 내용이었다. 영남은 예로부터 인구가 많은 반면 산이 험준하고 경작지가 좁아서 백성들이 먹고사는 데 애를 먹었는데 남인의 뿌리가 되기도 한 곳이라 서인들이 집권할 당시에는 일부러 대동법 시행을 뒤로 미뤘다는 소문이 돌기까지 했다.

각 지방의 특산물을 대신해 쌀로 공물을 내게 하는 대동법은 땅을 가진 사람에게 결수에 비례하여 부과하였으므로 가진 게 없으면서도 방납[1] 등 갖가지 가혹한 수탈 방식에 시달리던 백성들은 이를 크게 반겼다. 지방에 땅을 많이 가진 지주나 양반들은 세금 부담이 늘어나게 되니 대동법 시행을 저지하거나 늦추려 애썼다. 수확이 들쭉날쭉하여 가격이 폭등락하기 쉬운 공물을 공급해 많은 이익을 취하던 상인들 역시 반대했다. 송시열의 스승이기도 한 김집 등 서인들은 먼저 땅의 넓이를 정확하게 측정한 연후에 공정하게 법을 실시하자고 주장했는데, 땅을 측정하는 일이 워낙 쉽지 않은 일이라 그러다보면 대동법이 흐지부지될 것이 뻔했다. 김육은 김집과 같은 서인이면서도 대동법을 하루빨리 되도록 널리 실시할 것을 적극적으로 주장했고, 대동법이 시행되자 김집이 벼슬자리를 던지고 조정을 떠나기까지 했다.

김석주는 제 조부인 김육이 대동법 시행을 주청하면서 '왕정에 백성을 편안하게 하는 것보다 우선인 것은 없다'고 임금에게 아뢰었다고 자랑했다. 자랑할 만했다. 대동법을 시행하자 백성들은 춤을 추고 개들조차 아전을 향해 짖지 않았다고 했다. 일반 백성들마다 부과되던 세금이 줄어들고 부자와 양반들이 세금을 많이 내도록 공평해졌으니 그럴 만도 했다.

대동법은 광해조 때 남인 정승 이원익의 헌의로 경기도부터 시작되었고 인조 때 강원도, 효종 때 충청도, 전라도에까지 확대 실시되었다. 미수 스승은 이원익의 손녀사위이기도 했다. 이원정이 영남 사람들의 간절한 비원을 담아 대동법 시행이 시급함을 다시 아뢰었다.

—영남 백성은 역을 지는 것이 다른 도보다 두 배나 무거운데, 백성들이 대동법이 시행되기를 목마른 사람이 마실 물 바라듯이 합니다. 과거에 경상감사 이태연이 김좌명과 함께 의논해서 정해놓은 사목과 문서가 반드시 감영에 있을 것이니, 경상도로 하여금 문서를 베껴오게 해서 의논하여 결정하는 것이 좋을 듯합니다.

왕은 경세제민에 매진한 김육의 외증손답게 말을 쉽게 알아들었다. 거기다 외종조부 김좌명이 세세한 사목까지 정해놓았으며 서인의 눈치를 볼 필요도 없는 마당에 시행을 더 미룰 이유가 없었다. 곧 영남에 대동법을 시행하게 하고 아울러 민정을 두루 살펴서 보고하도록 했다. 이에 따라 서북 지방을 제외한 조선 전체에 대동법이 시행되게 되었다.

"경강의 상인들이 방납으로 이익을 얻던 것이 예전 같지 않게 되었겠소?"

내 물음에 조도사가 자세한 것을 알려주었다.

"대동법 시행 전에는 각 고을에서 백성들이 진상하는 공물이 방납인들에 의해 막혀서 물건 가격이 보통 몇 배씩 뛰어올랐더랬습니다. 남쪽 바닷가에서 나는 전복을 강원도 깊은 산골짜기에서 공물로 바치게 해서 수백 배의 이익을 거둔 예도 있었지요."

"백성의 고혈을 빨아서 제집에 금송아지를 묻어놓은들 마음이 편할까. 농민이 거머리한테 피를 다 빨려 죽기라도 하면 거머리도 다 죽어버릴 터인데. 정도껏 해야지."

"주인께서는 마음씀이 따뜻하고 부드러워서 늑대나 승냥이 같은 저들을 면대해서 당적하기가 껄끄러우실 겝니다."

"조그만 싸움판에서 이전투구를 벌이지 말고 이제까지 없던 분야에서 이제까지 없던 큰 이익을 만들어내는 게 대장부로서 해볼 만한 일이 아니겠소?"

"주인의 도량에 경복했습니다. 모두가 우물 안 개구리나 다름없어서 대국을 바라보지 못합니다."

"개구리 말이 나왔으니 하는 말인데, 변역에게 은밀하게 말하여 왜국에서 구리를 구할 수 있는 대로 들여오게 하시오."

"구리라면 유기를 만드는 것이 아닙니까?"

"그 말고도 긴히 쓸 데가 있소. 일단 구해놓도록 하시오."

"알겠습니다."

그런 와중에 남인들, 특히 허적이 세상을 뒤바꾸는 엄청난 일을 시행할 것을 주청했다. 바로 동전을 주조하여 돈을 널리 유통하게 하자는 것이었다.

송시열을 위시한 서인들은 돈을 찍어내면 돈과 이익을 좇는 기풍이 성하여 나라의 기강이 문란해질 것이라고 하여 반대했다. 실은 자신들이 유학을 바탕으로 쥐고 있는 권세가 돈의 힘에 의해 무너질까 염려한 것이었다. 돈을 찍는 바람에 왕과 내가 마주앉아 국가의 앞날을 좌우할 대사에 관해 논의를 하게 되었다.

"장사에 귀신인 송상들이 벌써 자기네들끼리 오래도록 돈을 써왔는데 장사를 하는 데는 말할 수 없는 편리함이 있다 합디다. 돌아가신 할머니가 송상들하고 거래하면서 그 편리함을 알게 되어서 돈이 쌀이나 베를 대신하여 도는 세상이 빨리 와야 한다고 누누이 말씀하셨어요."

내 말에도 왕은 의심을 완전히 거두지 못했다.

"남인들이 뭔가 다른 속셈이 있어서 돈을 찍어내자는 게 아니고? 굳이 돈이라는 게 필요할까?"

"쌀과 베는 사람들이 입고 먹는 것인데 이를 돈으로 유통하기 위해 쌓아놓기만 하고 쓰지를 않으면 썩지 않습니까. 쌀과 베의 값이 폭등하면 가난한 백성들은 입을 수도 먹을 수도 없게 되니 그들이 굶어죽고 얼어죽으면 세금을 걷을 수도 없지요. 동전은 녹이 슬지언정 썩지를 않으니 비축이 용이하고 비축을 안 해도 될 쌀과 베는 입고 먹는

데 사용할 수가 있어서 백성의 살림은 분명히 나아질 겁니다. 중국을 봐도 그렇고 돈이 돌아가면 나라는 풍족해지고 조정의 재정이 고갈되는 일이 없다 합니다."

"조종조에서 동전을 찍은 적이 있는데 그리 큰 효과를 보지 못했거든."

왕의 말마따나 돈은 이전에도 여러 차례 주조한 적이 있었다. 멀리로는 세종대왕 때 동전을 찍었고 가까이로는 효종 임금 당시인 이십여 년 전 김육이 적극적으로 주청하여 동전을 만들고 유통하는 전법錢法을 시행했다. 그때마다 시중에 구리가 모자라 돈을 많이 찍어내지 못했고 돈이 부족하니 제대로 유통이 되지 않았다. 김육은 법이 미비한 탓이라 하여 법을 다시 정했고 그때마다 백성들이 손해를 보는 바람에 돈을 싫어하게 되어 동전은 거의 쓸모를 잃었다.

"할바마마께서 대동미를 십전통보로 내게 하시기도 했는데 돈이 부족한 데서 나오는 폐단을 백성들이 오래 참지를 못하여 제대로 효과를 보지 못한 것이야."

당시 백성들은 오래 참고 말고 할 게 없었으나 왕이 잘못 알고 있다고 나무랄 것까지는 없었다. 이유야 어떻든 돈을 통용하면 백성과 나라의 살림에 보탬이 되리라는 건 의심할 여지가 없었다. 장현이나 변승업 같은 거부들은 물론이고 내가 만난 상인들 대부분이 한결같이 돈이 있어야 한다고 말했다.

"최소한 백성들한테는 좋지 않겠습니까? 구리를 넉넉하게 준비해서 동전을 찍고 널리 유통하게 하면 폐단을 줄일 수가 있지요."

왕은 마침내 고개를 끄덕거렸다. 허적을 비롯한 남인들이 일제히 돈을 찍어낼 것을 주청하자 왕은 먼저 선혜청에서 오백만 냥의 상평통보를 찍어내게 했다. 상평통보는 한 개가 일 문이고 십 문이 일 전이며 십 전이 한 냥이었다. 이후에 호조, 상평청, 어영청, 진휼청, 사복시, 훈련도감, 수어청에서 주조했고 일부 감영과 병영에서도 때에 따라 주조할 수 있게 했다. 조선에서 산출이 되지 않아 부족한 구리는 왜관을 통해 왜국에서 수입했다. 내가 미리 사놓게 한 구리로 몇 배의 이익을 보았고 그것으로 다시 구리를 사서 내수사에 비축했다. 구리가 모자랄 때를 대비하게 하려는 것이었다.

조정에서는 백성들이 상평통보를 많이 쓰도록 하기 위해 세금의 일부를 상평통보로 납부하게 했다. 진휼청에서 환곡을 받을 때에도 일부는 상평통보로 받았고 흉년이 들어서 백성을 진휼할 시에도 상평통보로 주는 경우가 많아졌다. 장사치 사이에서도 동전으로 거래하는 일이 부쩍 늘어났다. 그러면서 돈이 돈을 낳고 나날이 상업이 번창해 갔다.

떳떳 상 평할 평 통할 통 보배 보 자
구멍은 네모지고 사면이 둥글어 땍때굴 굴러간 곳마다 반기는구나
어찌타 조그만 쇳조각을 머리가 터지도록 다투거니 나는 아니 좋아라

누가 지었는지 모를 노래가 금방 퍼졌다. 노래와 달리 돈을 싫어하는 사람은 없었다. 머리가 터지도록 돈을 가지려고 다투었다. 동전 주

조를 주도하고 엄청난 물욕과 재산을 가진 조이수가 지나갈 때 아이들이 '구린내 나는 공경銅臭公卿'이라고 한다는 것을 조이수 말고는 다 알았다.

돈이 돌면서 재화가 조금씩 백성들에게까지 나눠지고 가뭄과 천재이변, 흉년이 그전처럼 아주 절박하지는 않게 되었다. 아기들이 제 먹을 것을 타고나는 듯 인구는 계속 늘었다.

왕이 운수 좋은 복덩어리라 백성들에게 보탬이 된다 했는데 왕 역시 백성들의 운수 덕을 보는 것 같았다. 여러모로 좋은 시절이 오는 듯했다.

# 39장 환후

할머니의 상을 치르고 난 뒤 기생방에 있기가 불편하기도 해서 검계와 내수사의 일, 왕의 지근에 있어야 하는 조건을 모두 감당할 만한 집을 물색해서 사들였다. 이미 두 차례에 걸쳐 사대부의 자리에 있는 자가 민가를 빼앗아 들어가는 것을 엄금하는 왕명이 내린 참이었다. 청개구리 심사가 발동해 몰락한 사대부의 집을 사들여 이모저모 수리하게 하여 밀실을 여럿 만들었으며 유사시에 도망칠 수 있는 비밀 문을 많이 만들어두었다.

"이것은 연전에 소현세자의 아들이라 칭하다 잡혀 죽은 요승 처경이 뭇 부녀자를 끌어들여 사통하던 암혈을 본받은 것이니 토굴당兎窟堂이라 명명하노라. 검계의 형제들은 무슨 일이 나도 이리로 도망쳐오지 말고 얼마 전 궁성 곁으로 이사한 멧돼지 김석주의 집으로 가서 그에게 화살이 돌아가게 하라."

검계 계원들은 사농공상, 노비와 서얼, 양인 가리지 않고 걸쳐 있었으며 궁궐 안의 일만 빼면 도성과 지방을 가리지 않고 소식이 빠르고 정확했다. 궁궐 안의 사정이나 왕에게 일어나는 일은 내가 누구보다 잘 알 수 있으니 나와 검계의 조합은 이 땅의 형세와 재물이 어떻게 돌아가는지 파악하는 데는 완벽했다.

검계가 정탐해온 소식에 따르면 김만기가 김석주와 허적이 가까워지면 자신과 중궁의 자리가 불안하게 될 것이라 믿고 둘 사이를 이간질하기 위해 김석주의 집에 가짜 자객을 여러 차례 잠입시켰다. 가짜 자객은 김석주의 호위들에게 발각돼 도망을 치면서 실수로 "허적! 허적!" 하고 사주한 자의 이름을 발설하는 것처럼 하여 김석주로 하여금 허적이 자신을 죽이려 한다고 믿게 만들었다. 이에 김석주가 겁을 먹고 궁궐 근처로 이사를 간 것이었다. 그런데 그놈의 집이 얼마나 호화스럽고 큰지 동네 하나를 다 들어먹을 정도라는 게 두고두고 문제가 되었다. 그런 일을 내가 왕에게 고자질하지 않을 리가 없지 않은가. 왕이 못 들은 척하든 말든. 나는 검계의 수하들에게 일러두었다.

"무슨 일이 있어도 허적과 김석주의 일정일동은 남김없이 꿰고 있어야 한다. 허적은 추종하는 무리가 많고 김석주는 집안 내력으로 귀와 눈이 비범하게 밝은데다 첩자를 이곳저곳에 뿌려놓았으니만큼 동정을 살필 때 들키지 않도록 각별히 조심하라."

왕에게 가장 큰 위협이 되는 건 여전히 신하들이었다. 신하들이 귀양 간 송시열처럼 왕을 우습게 알거나 삼복처럼 왕의 여자를 넘보아서가 아니었다. 신하라는 것들이 한결같이 무능하여 국사를 제대로 처결하지 못하는 것, 신하들끼리 이전투구와 세력 다툼으로 날을 새느라 민생과 왕토가 피폐해지는 것, 도성과 지방의 신하와 수령들이 가렴주구로 백성을 등쳐먹어 견디다 못한 백성들이 나라를 저버리거나 역질과 굶주림으로 저세상으로 가버리는 것, 부패한 신하들 때문에 살림이 거덜난 나라에 외적이 쳐들어오는 것이 왕위를 불안하게 하는 요소였다.

하지만 왕이 혼자 힘으로 나라를 다스리는 건 여전히 불가능했다. 귀양을 가 있는 송시열은 여전히 서인 세력과 사림, 선비들의 정신적인 구심점이었다. 그 거대한 산봉을 넘어서서 천하일통을 이루어야 한다는 숙제는 여전히 남아 있었다. 조정에서는 왕을 사이에 두고 훈척과 서인 잔존 세력, 남인들이 대립하고 합쳐지고 또 흩어졌다. 계속해서 분열을 획책하여 하나의 진 아래에 뭉치지 못하도록 만들어야 했다. 잘게 쪼개야만 쉽게 다룰 수 있었다. 왕의 지근에 있는 환시들도 마찬가지였다. 그런데 이들이 같잖지도 않은 일을 벌였다.

왕이 즉위한 지 삼 년째 되던 9월에 경덕궁의 임시 위장衛將 최은과 내관 이연협이 궁궐 안에 창기를 불러들여서 음주가무를 즐기다가 적발되었다. 왕궁의 위엄을 지켜야 할 놈들이 제집인 양 계집을 끼고 개판으로 놀아났으니 당연히 엄벌에 처할 줄 알았는데 왕은 자기 사람이라고 망설이는 기색을 보였다.

"무슨 말 못할 비밀이라도 알고 있어서? 네 불알이라도 잡고 늘어질까봐 그래?"

그렇게 묻지는 않았다. 이런 기강 해이를 두고 볼 수는 없는 일이어서 일벌백계의 의미에서 그놈들에게 가장 혹독한 형벌이 뭘지를 생각해냈다. 위장은 임시직이라도 벼슬아치고 내관은 불알이 없어 둘 다 군역을 지지 않았다. 그런 그들을 도성에서 먼 고을에 가서 군역을 지게 만든다면? 봉수군이나 성 쌓는 연호군이 되어 얼어죽을 수도 있었다. 결국 이들에게는 잠시의 즐거움을 누린 대가로 충군充軍, 죄 지은 자에게 군역을 지게 하는 것의 벌이 내려졌다. 아악, 하는 새된 비명소리를 들은 것 같아 기분이 좋아졌다.

그러고 나서 꼭 석 달 뒤 한겨울에 왕이 만수전에서 대왕대비의 생신을 맞아 축하 잔치를 올렸는데 이번에는 바로 담 너머에서 낭자한 음악소리가 들려왔다. 대전내관 조희맹이 이순수, 육후립과 함께 양지당 앞에 모여 앉아 특별히 가무에 뛰어난 기생 서넛을 선발해서 거문고를 뜯으며 노래를 부르게 한 것이었다. 대사헌 권대재가 기녀들을 붙잡아다가 곤장을 치며 신문해서 실상을 알아내고는 조희맹과 똘마니 내관들을 붙잡아 신문하고 조서를 받아서 벌을 내리도록 청했다. 왕이 또다시 처벌을 차일피일 미루자 사헌부에서 연달아 소를 올렸다.

—조희맹 등이 어떤 인물이길래 전하께서 이처럼 감싸주고 소중히 여기십니까? 예전 사람들은 대궐을 등지고서 떠들고 웃는 것도 공경스럽지 못하다고 여겼는데 저들은 기녀를 모아 방자하게 풍악을 울렸습니다. 양지당은 바로 임금께서 계시는 곳인데, 어찌 이러한 무리가 이토록 무례한 행위를 하는 것을 용납할 수 있겠습니까?

무려 쉰 번이나 같은 내용의 소를 올렸으나 왕은 끝내 들어주지 않았다. 대신과 옥당의 관리들도 직접 면대하여 진언하였으나 결과는 마찬가지였다. 조희맹이 내가 모르는 왕의 약점을 잡고 있는 게 분명했다. 하루 열두 시진 날이 새든 밤이 오든 왕을 지척에서 지키고 있으니 남들이 모를 내밀한 속사정, 속마음을 알고 있을 수밖에 없었다.

그건 나로서도 어쩌지를 못하는 것이었다.

측근의 무례와 문란함을 내버려둔 데 대해 하늘이 노했는지 왕이 이질에 걸렸다. 그전에도 여러 번 아파서 며칠에서 십여 일을 정사를 보지 못한 적이 있었지만 이번에는 병증이 심해 물똥을 거듭 지리고 나중에는 피와 거품이 섞여 나오기까지 했다. 워낙 심해서 나까지 알게 된 것이지 평소에 왕이 된똥을 누는지 물똥을 싸는지 알 도리가 없었다. 조희맹이 무사한 이유가 대충 짐작이 갔다.

이질은 논농사가 많아지면서 물이 나빠진 탓에 많이들 걸리게 된 병이었다. 광해군 때 어의 허준이 『동의보감』에서 치료법을 제시하고 처방을 내놓았는데 이질의 원인을 나쁜 물 때문이라고 하면서 좁은 곳의 문을 열어서 역겨운 냄새를 내보내고 더러운 것을 씻어내야 한다고 했다. 심하면 죽기까지 해서 효종 임금 때 함경도 북청에서만 이질로 죽은 자가 백오십여 명, 현종 임금 때 충청도 덕산 관내에서 이질로 죽은 노약자가 백여 명이나 되었다.

왕의 환후가 있을 때마다 무당 막례가 옥교[2]를 타고 거들먹거리며 궁중에 들어와 푸닥거리를 했다. 대비는 삼복을 귀양 보낸 이후부터 왕의 수라를 몸소 시식해서 독이 들지 않았는지 탐지하는 일을 그만두었다. 이질은 먹는 물이나 음식에서 오는 병이었으므로 대비는 왕이 이질에 걸린 것은 자신이 전처럼 왕을 돌보지 않은 탓이라고 자책했다. 세자 시절에 산이든 들이든 나와 함께 쏘다니면서 먹은 게 많았음에도 멀쩡하다가 왕이 되고 나서 귀한 음식만 골라먹고도 문제가 생겼다는 건 그저 일진이 안 좋아서 그런 게 아닐까. 물론 나는 그런 말을 입 밖에 내지 않았다. 왕이 낫기만 한다면 대비가 스스로를 책망하고 왕에게 미안함을 갖는 것이 내게 유리했다.

훈척들은 물론이고 허적 같은 남인 대신들은 궁궐에서 무당이 푸닥거리를 하는 걸 알면서도 모른 체했다. 한번 한다 하면 누가 만류하든 하고 마는 대비의 성정을 알기 때문이었다. 왕의 병이 나을 때마다 막례는 막대한 재물을 상으로 타갔다.

김석주는 왕의 병이 위중해질 때마다 대비가 불러 의지를 함에 따라 힘이 더해졌다. 왕의 병이 위중해졌을 때 궐내에 갑사를 배치해서 혹 있을지도 모르는 귀척과 반신의 모역을 제압하려 한다는 소문이 돌았다. 소문은 사실이었으나 모역이 없었으므로 무차별적인 척살 또한 없었다. 그런가 하면 허적은 병문안을 하려는 삼복 등의 종실들을 왕의 곁에 들이지 말도록 함으로써 왕권이 흔들리는 것을 막았다. 삼복이 인선왕후의 국상 때나 대비가 아플 때에 보였던 행실을 생각하면 궁녀들에게 불상사가 생기는 것을 막는 결과도 되었다. 왕이 앓을 때마다 두 사람의 충성 경쟁이 볼만했다.

왕이 즉위한 이후 거의 한 해도 빠짐없이 두역이 유행했고 두역을 앓은 적이 없는 왕은 전염될까 두려워하여 이리저리 침소를 옮겼다. 두역은 걸린 사람 중 삼 할이 죽고 살아남은 사람들의 칠 할은 피부에 두역을 앓은 자국이 남아 세상 사람 절반 가까이가 '곰보'라는 소리를 들었다. 실명을 하기도 했고 사지가 뒤틀려 병신 소리를 듣게 될 수도 있었다. 어느 쪽이든 극히 두려운 일이었다.

두역이 유행하자 미수 스승이 전염을 염려해서 경연을 잠시 중단할 것을 소청한 적이 있었다. 왕이 그 뜻을 받아들이려 하자 곧바로 윤휴가 두역 따위로 임금의 마음을 밝히고 덕성을 기르는 경연을 중단하는 것은 옳지 않다고 반론을 폈다. 왕이 내게 "윤휴가 두역에 걸려보지 않은 사람의 두려움을 몰라서 그러는 것 같다. 이미 두역을 앓은 적이 있는 신하들이 경연에 들어와서 내게 병을 옮겨 내 몸에 무슨 일이라도 생기면 과연 역적과 뭐가 다른가"라고 하면서 미수 스승이 다시 재반론을 펴주기를 바랐는데 갑자기 허적이 윤휴의 편을 들고 나섰다. 결국 윤휴의 뜻대로 경연은 계속하게 되었다. 왕의 눈이 떨리는 것을 보았다.

왕이 아플 때 내가 할 수 있는 일은 별로 없었다. 내수사 밀실에 소현세자와 강빈이 청국에서 가져온 약이 조금 더 남아 있는 게 있어서 허준의 환생이라는 소리를 듣는 김진택에게 가져다 보였더니, 김진택은 그 약들 중 어떤 건 양기를 돋우고 어떤 건 음기를 보충하는 것이기는 하지만 이질이나 염병, 두역 같은 전염병에는 별다른 효험이 없을 거라고 했다. 양기를 돋운다는 약은 앓고 있는 왕에게 아무런 소용이 없을 것 같아서 내가 다 먹어버렸다.

조선에서 아이들이 태어나면 절반은 자라보기도 전에 죽었다. 그 절반의 사 할이 작은손님홍역, 큰손님마마으로 죽는 것이었다. 나는 어릴 적에 이미 두역을 앓은 적이 있어서 괜찮을 거라고 할머니가 말했었다. 두역에 이어 열병을 앓은 이후 몇 년간의 일을 전혀 기억할 수 없게 되었다는 것부터가 이미 이상한 일이 내게 일어났다는 걸 보여주고 있었다. 머릿속에서 일어난 일이라 무슨 일인지를 모를 뿐이었다.

왕이 이질에서 막 회복되었을 때도 시중에는 아직 두역이 유행하고 있었다. 마침 청나라에서 칙사가 와서 마중을 나가야 했는데 거둥중에 두역이 옮을까 두려워하여 칙사에게 왕의 환후를 이야기하고 궁궐에서 만나자고 청했다. 그러자 칙사가 왕이 마중을 나오지 않겠다면 자신은 홍제원사신을 마중하고 배웅하던 한양 서쪽 역원에서 그냥 돌아가겠다고 선언했다. 가지 않을 수가 없었다.

나중에 청의 사신이 돌아갈 때 왕이 다시 교외까지 나가서 전별을 하려고 하자 윤휴가 느닷없이 "두역이 도성 안에 널리 퍼져 있는데 전하께서 어찌 경솔하게 위험을 무릅쓰고 멀리 가실 수 있겠습니까?" 하며 만류했다. 왕이 핑계 김에 거둥을 정지하고자 칙사를 맞고 보내는 일을 처결하는 영접도감의 당상 조이수에게 청의 사신에게 그 뜻을 전해보게 했다. 청의 사신이 '고려할 생각이 전혀 없다'고 대답하자 윤휴가 다시 나섰다.

"영접도감의 신하가 저들이 말을 알아듣도록 타이르지는 못하고 전하께 나가시라고만 주청하니 신하된 도리가 아닙니다. 저쪽에서 비록 청을 들어주지 않는다 하더라도 결단코 가실 수 없습니다."

왕이 대답했다.

"영접도감의 신하들은 지금 청나라의 정권을 잡고 있는 삭액도가 이를 트집 삼아 거칠게 나올까 염려스럽다 하오."

윤휴가 또박또박 확고한 어조로 진언했다.

"청의 오랑캐들은 오삼계와 서로 버티고 있은 지 이미 여러 해가 되어 천하가 둘로 나뉘고 물력이 쇠진하여 군사와 백성이 근심하며 원망하고 있습니다. 작금의 조선은 전성기를 맞아서 정예로운 군사가 있으니 이러한 때를 맞아 대의를 내세우고 저들의 허술함을 틈타 곧바로 공격한다면 저들은 바로 멸망하고 말 것입니다. 오랑캐들은 오히려 우리가 거칠게 나올까 두려워할 텐데, 저들이 어찌 감히 우리를 거칠게 대하겠습니까?"

아무튼 윤휴의 막무가내와 기세는 나보다 몇 수 위라고 인정하지 않을 수 없었다. 왕이 조이수에게 더 애를 써서 주선을 해보라고 하자 조이수가 "지금 다시 청한다 해도 형세로 보아 들어주게 만들기는 어려우며 대신들 또한 말해봐야 득이 없을 것이라고 하니 말하지 않는 게 낫겠습니다"라고 했다. 왕이 그 말이 맞겠다 하며 더이상 말을 꺼내지 말도록 했다.

청국 사신을 전별하러 가는 왕을 수행하여 서쪽 교외에 나갔다가 무악재 고갯마루에 두역으로 죽은 사람을 담은 초빈草殯, 시신을 관에 담아 이엉 등으로 덮어두는 것이 가득한 것을 보았다. 고개를 넘던 어가가 시신 썩는 냄새가 섞인 바람이 닿지 않는 쪽으로 급히 방향을 틀었고 그 바람에 전별을 하는 데 시간이 훨씬 더 걸렸다.

이어 한성 서부의 관리가 무악재에 나가서 불을 질러 산에 꽉 찬 초빈이 다 타버리게 되었다. 초빈을 지키던 남녀노소가 땅을 치며 울부짖고 타고 남은 잿더미 속을 헤매며 절통해했다.

종실 이익수가 이것을 보고 "장례를 치를 겨를조차 주지 않고 갑자기 불을 질러 태워버려 뭇사람의 마음을 지극히 아프게 하니 이는 천지의 화기를 상하게 하고 재앙을 불러들이는 일입니다. 두역으로 죽은 아이들 부모의 마음과 죽은 사람을 두 번 죽게 만든 원통함을 위로하지 않는다면 하루에 두서너 번 기우제를 지내더라도 하늘의 노여움을 돌이키지 못할 것입니다" 하고 상소하여 해당 관리를 잡아다가 책임을 묻고 엄히 처벌했다.

어가를 호위하던 군관은 그로부터 칠팔 년 전 경신대흉 때 일어난 일을 말해주었다. 굶어죽는 사람이 많아서 제대로 시신을 묻어줄 힘조차 없는 판에 초빈처럼 대충 가장假葬을 한 무덤에서 시신을 파내서 먹은 광인이 있었다는 것이었다. 그러면서 광인이 아닐 것이라고도 했다. 사흘 굶어 도둑질하지 않는 사람이 없다고.

이런저런 일들이 동티가 나서 그런 건 아니겠지만 왕의 첫 소생인 공주가 태어난 지 일 년 만에 죽었다. 궁궐 상하가 온통 애통함과 걱정에 휩싸였다. 왕은 공주를 잃고 한동안 슬픔에 싸여 있었다.

## 40장 살인 청부

궁궐에서 물러나오는데 갑자기 손이 참을 수 없이 근질거려왔다. 무슨 독이라도 묻었나 싶었더니 도박을 안 한 지 오래라는 증좌였다. 집에 들러서 옷을 갈아입고 얼굴을 좀 손질한 뒤 골패판으로 향했다. 장현이 청국에서 배워와서 퍼뜨린 중국식 투전과는 다르게 골패판은 지나가던 개나 소나 다 들어와 낄 수 있도록 허술하지 않았다. 배우기가 쉽지 않고 판돈도 컸다. 경화사족의 자제이거나 뗏목이나 세곡 운반, 방납으로 큰돈을 번 장사치, 도적질로 봉물이라도 턴 도둑이 아니고서는 얼굴을 내밀기 어려웠다.

거기서 허견을 만났다. 늘 데리고 다니던 수종도 없이 혼자였다. 허견은 성급하다 싶게 골패판에다 수백 냥의 돈을 던지고 좀 따는가 싶더니 곧바로 도박 고수들의 술수에 말려들어 낚싯바늘에 낚인 물고기처럼 속절없이 그들이 하자는 대로 다 하고 있었다. 얼마 가지 않아 딴 주머니에 가지고 온 왜국산 은자까지 모두 나왔다. 그마저도 탈탈

털릴 듯했다.

그러거나 말거나 허견은 돈에도 도박에도 흥미가 없어 보였다. 정신이 딴 데로 가 있었다. 자욱한 담배 연기 속에 골패판이 돌아가는 한편으로 밑천이 떨어져 뒷전에 물러앉은 무리들 사이에서는 이런저런 뒷이야기가 돌았다. 처음에는 누가 돈을 벌고 횡액을 만나고 패가망신했다는 것에서 시작해 결국 누구의 마누라가 이쁘다, 누가 서방질을 하다 간부와 함께 맞아 죽었다는 식으로 이야기가 번져갔다. 허견의 안색이 점점 어두워지더니 나를 보고는 "노형, 목도 컬컬한데 진한 소주나 한잔헙시다"라고 했다. 내가 먼저 청하지는 못할지언정 마다할 일이 아니었다.

오랜만에 운향각을 들렀더니 추월이가 버선발로 뛰쳐나왔다.

"별일은 없느냐?"

"별일이 있겠습니까? 어서 두룹시오."

추월은 근자에 부쩍 절창과 고운 춤으로 이름이 나서 장안의 부가옹들이 하루 잔치에 수백 냥씩을 줄 터이니 오기만 해달라고 줄을 서 있었다. 수청을 드는 것은 여전히 마다했다. 하긴 관기가 아니니 수청을 들 의무가 있는 게 아니었다. 하지만 기생방을 꾸려가면서 무슨 열녀라도 된 것처럼 제 몸을 청백하게 지키는 경우는 추월이 말고는 없었다.

그 뜻이 어디에 있는지 나는 알고 있었다. 나를 '사람으로 만들겠다'던 할머니와의 약속을 지키려는 것이었다. 사람이 된다는 게 뭘 어떻게 해야 하는 것인지 내가 알 리가 없어 그냥 내버려두었다. 추월이가 주안상을 차려 내와서 다른 손님을 들이지 말라고 일렀다.

"여자란 화란과 재앙의 불씨요."

허견은 추월의 기척이 잦아진 뒤 혼잣말처럼 내게 말했다.

"화란과 재앙은 모르겠고 불씨는 맞습니다. 여자가 없다면 세상이 얼마나 삭막하고 어둡겠소? 저들은 눈, 코, 귀, 목덜미 어디 하나 아름답지 않은 곳이 없으니 자신들도 모르는 새 세상에 빛을 던지고 있지요."

허견은 얼굴을 찡그렸다.

"아름답고 아리땁다 하면 꼭 제값을 하려 드니 앙화가 된다는 것이오."

짜증이 묻어났다. 세상에 남부러울 게 없고 못할 게 없는 허적의 외아들이 동요하고 있었다. 뭔가 저의 불행이 나의 기회가 될 것이라는 느낌이 왔다.

"올해 영남의 추수가 어떠합니까?"

여러 군데서 듣기로 허견은 한때 경상감사였던 아버지 허적의 세력을 믿고 영남 지방에서 분주하게 사업을 벌이는 중이었다. 전에 허적의 수하에 있던 지방 수령들을 찾아가 관의 자금을 융통받아서는 그것을 하동, 곤양 등 영호남의 물산이 모이는 곳의 장사치나 왜관 출입하는 내상들에게 빌려주고 은으로 돌려받음으로써 무지막지한 폭리를 취하고 있었다. 나 또한 내수사의 자금으로 팔도의 장사치를 상대로 돈놀이를 해보고 싶었으나 차마 왕실의 위신을 보아 하지 못했었다.

"그까짓 푼돈, 남들에게는 몰라도 내게는 대수로운 일이 아니오. 내 노형에게 긴히 물어볼 일이 있소. 세상에는 원한이 있는 자를 쥐도 새도 모르게 죽여 없애주는 비밀 방회가 있다는데 노형은 알 거라 믿소."

"홍동계나 살주계를 말씀하시니이까?"

"그런 미심쩍은 데가 아니고 보기 싫고 미운 놈을 작두로 목을 잘라서 시신을 자루에 집어넣고 새끼줄에 돌을 매달아 깊은 물에 처넣는 사람들 말이오. 모르오?"

"남들이 듣겠습니다."

"이곳은 노형이 주인이 아니오? 남들이 누구요?"

떼를 쓰는 아이 같았다.

"그런 일이라면 수많은 심복과 노복, 문객이 있을 것인데 어찌 소생에게 그런 말씀을 하시는지?"

"내가 세상 돌아가는 것을 어느 정도는 알고 있소. 노형이 금상의 형님이라는 것도."

주먹으로 한 대 제대로 맞은 듯 눈앞이 번쩍했다.

"뭐요? 뭐라고 했소?"

내가 부인을 하든 말든 허견은 개의치 않았다.

"그런 말을 내게 은밀히 전해준 사람이 있소. 나는 상관없소. 내 코가 석 자이니."

"그런 턱도 없는 말을 지껄이고 다니는 자가 누구입니까? 제가 쫓아가서 반드시 아가리를 짓이겨놓겠습니다. 평생 입을 떼지 못하게."

"내 부탁을 들어주면 말하겠소. 그 사람은 말을 절대로 함부로 하는 사람이 아니오. 그 비밀을 아는 사람은 지금 여기 있는 우리 두 사람과 그 사람 셋뿐일 것이오."

허견은 역시 보통 사람은 아니었다. 자신이 던진 낚시에 내가 걸려

들기를 기다린 뒤 교묘한 말솜씨로 내가 왕과 결의형제를 한 사이임을 기정사실로 만들었다.

"부탁이라는 게 뭡니까?"

내가 말하자 허견은 사람 이름을 적은 종이쪽지를 내게 보여주었다가 내가 이름을 확인하고 난 뒤 태워버렸다.

"두 연놈을 묶고서 한칼에 동강내어 죽여주시오."

나는 생각해보겠노라고 했다. 제 처와 외사촌 형제를 죽여달라는 일이니 생각을 안 해볼 도리가 없었다. 허견은 닷새의 말미를 주겠다고 하고는 일어서서 가버렸다. 혹시 그가 내가 궁궐에서 나오는 것을 미행해서 골패판에 미리 가 있었던 게 아닐까 싶었다. 정말 그랬다고 한다면 나는 대단한 강적을 만난 셈이었다.

수런거리는 소리가 나더니 추월이가 변승업을 이끌고 들어왔다.

"웬일이시오? 요즘 한양 행차가 잦으십니다."

변승업은 인사를 대충 차리고는 자리에 앉지도 않은 채 다짜고짜 "검주劍主, 검계의 주인가 저런 천하의 파락호에 날강도 같은 놈을 가까이하는지 몰랐소" 하고는 내 응답에 따라 금방이라도 돌아설 것처럼 나를 쏘아보았다.

"무슨 일이 있으셨소? 하늘을 나는 새도 떨어뜨린다는 시임 영상의 자식인데 파락호라니. 천하무적의 파락호는 저올시다, 저."

내가 가슴을 쳐가며 변승업의 기분을 풀려고 했지만 변승업은 변함이 없었다.

"그러시는 이유가 뭡니까?"

변승업이 장죽을 들자 추월이 불을 붙였다. 한동안 담배 연기만이 방안을 감돌 뿐 침묵이 이어졌다.

"허씨 집안의 견이라는 이름의 견자犬子가 조선 팔도의 수령들에게 뇌물을 받고 영남을 개처럼 쏘다니며 장사치부터 아전이며 땅뙈기나 있다는 지주들에게까지 알뜰하게 토색질을 해대는데 그 화가 나한테까지 미칠 줄은 몰랐소."

"정승보다는 정승 집 개새끼가 사나운 법이지요. 우물물이 강물을 침범하지 않듯 모른 체하는 것이 낫지 않겠소?"

"내가 먼저 허견에게 시비를 걸고 들어갔겠소이까? 어느 날 허견이 첩을 구한답시고 영남 어느 양반가의 아리땁기로 유명한 서녀에게 중매를 넣었던 모양인데, 아버지가 서자에게 첩실로 딸을 줄 수 없다고 하여 허견이 그 집으로 쳐들어가서 서녀를 강제로 끌고 가려 했소이다. 내 전장에서 소작을 하는 양인이 이웃에 살았는데 사람된 도리로 그냥 두고 볼 수 없어 만류를 하였다가 죽도록 얻어맞고 고을 관아에까지 끌려가 갇혔지요. 그 일을 기화로 허견이 동래에 있는 제 사처에까지 쳐들어와서 무릎을 꿇린 채 앞으로 동무들 앞에 얼굴을 들고 다닐 수 없게 모욕을 안기고 사죄의 의미로 받겠다면서 종복을 백여 구口, 노비의 수를 세는 단위나 빼앗아갔소. 이 원한을 하소연할 데가 없어 검주를 찾아온 길이오."

난감했다. 당장은 허견과 허견의 뒤에 있는 허적을 위시한 거대한 힘에 정면으로 맞설 수는 없었다. 물론 검계를 시키거나 내가 직접 칼을 물고 야밤에 담을 넘어서 한두 사람 물고를 낼 수는 있지만 그것으로 될 일이 아니었다.

"변역의 억울함에 대해 십분 알고도 남음이 있소. 곧 그 일이 풀리도록 힘써보겠소."

"오로지 검주만 믿고 천릿길을 말을 달려 왔소. 나는 은원을 정확하게 계산하는 사람이니 이는 작고하신 할머님께서 나와 수십 년을 동사同事하신 이유요."

그건 자신에게 진 빚을 갚으라는 말이었다.

"이제는 더이상 남의 일처럼 두고 볼 수는 없겠소. 허씨의 권세가 나날이 커지면서 우리와 모든 곳에서 겹치고 부딪치니 이것은 결코 우연한 일이 아닙니다."

일단 말은 그렇게 하고 변승업을 전송한 뒤 김자수를 불러 허견에게서 한시도 눈을 떼지 말고 감시하게 했다. 소주를 한 되 가까이 마시고도 뒤척대며 잠을 못 이루도록 고민이 많았다. 내 말이 씨가 되었다. 세상에 우연한 일은 없는 것이었다. 과정을 세세하게 몰라서 그런 것일 뿐.

허견과 약조한 닷새가 하루 남은 2월 10일, 한성부 좌윤 남구만의 소가 승정원에 들어갔다. 남구만은 박태보의 친모의 오라비, 곧 외숙으로 양송의 하나인 동춘당의 제자였으나 송시열과는 가깝지 않았다. 젊은 최석정이나 오도일, 임영 같은 박태보의 지기들과 친했으며 박태보 못지않게 성품이 곧고 급했다. 박태보가 친가가 있는 석천동에 서당을 다 짓고 나서 서까래 하나가 비뚤어진 것을 보고는 "어찌 늘 대하는 것을 비뚤어지게 할 수가 있는가?" 하고는 서당을 즉시 허물게 하고 다시 지었다는 이야기가 있었는데 남구만 또한 조금이라도 비뚤어진 게 있으면 견디지 못했다. 물론 내가 박태보에게 허견의 악행에 대해 귀띔을 하긴 했지만 그렇게 빨리 소를 올릴 것이라고는 기대하지 않았다. 한 가지 깨달은 게 있다면 급히 처리해야 할 일에는 성질 급한 사람을 쓰는 게 맞는다는 것이었다.

—죽은 청풍부원군 김우명의 첩의 여동생이 전 교서관 정자 허견의 아내인데, 청풍부원군의 첩이 허견과 다툴 일이 있어 허견의 집에 갔다가 허견에게 주먹으로 맞아 이가 부러졌습니다. 청풍부원군의 첩이 울부짖으며 귀가하는 길에 고통에 겨워 고래고래 지르는 고함소리가 저잣거리를 크게 울렸으니, 누군들 그 소리를 듣지 못했겠습니까? 청풍부원군의 첩이 비록 천민이라고는 하지만 곧 대비전의 서모입니다. 허견이 자전의 서모를 구타하고 욕을 보였는데도 지금 조정 신하들 가운데 전하를 위하여 말하는 자가 없으며 한성부 누구도 감히 따져 묻지 않으니, 이는 진실로 고금에 없던 일입니다.

남구만은 이어서 대사헌 윤휴가 황해도와 평안도의 소나무 수천 그루를 베어다가 공공연하게 새집을 짓고 있다며 이를 처벌해야 한다고 밝혔다. 곧 허견의 이름이 다시 등장했다.

—또 들은바 요즈음 세력 있는 사람들이 남의 아내나 첩을 빼앗아 간음하고 속이며 온갖 추행을 자행하여 도성 사람들의 원성이 들끓어 막을 수가 없으니, 이 또한 고금에 들어보지 못한 일입니다. 남의 아내를 빼앗아 간음한 자 또한 허견입니다. 이 몇 가지 일로 온 나라가 시끌벅적하게 소란스러워졌는데도 조정의 모든 신하가 허견과 같은 파당인 까닭에 어느 한 사람 말하는 자가 없었습니다.

왕의 외조부와 대비의 서모까지 관련되었으니 결코 그냥 지나칠 수 없는 일이었다. 왕은 즉시 의금부로 하여금 사안을 엄격하게 조사해서 처리하고 보고하게 하였다. 내가 어찌할 겨를조차 없었다.

자연스럽게 허견의 살인 청부를 수락하지 않아도 되었다. 허견 또한 내게는 유감이 없을 것이고 나중에 써먹기 위해서 비밀을 지키고 있을 가능성이 높았다. 허견에게 내가 왕의 형님이라는 사실을 알려준 사람을 찾아내는 일이 숙제로 남았다. 기생방 출신 파락호에 종오품 별좌, 도사 주제에 왕의 형님이라니, 경우에 따라서는 그 사실 하나만으로도 왕위를 뒤흔드는 지진이 될 수도 있었다. 내 고민과는 상관없이 상황은 빠르게 전개되어갔다.

영상 허적이 차자를 올려 변명했다.

—신의 서자 허견의 아내인 홍예형은 죽은 병사 홍순민의 첩의 딸인데 이름이 천적賤籍, 노비 명부에 올라 있습니다. 애초에 혼인할 때 천한 신분인 줄 몰랐는데 평소 성품과 행동이 흉악스럽고 사나웠습니다. 근래에 음탕하고 부정한 행실까지 있어서 더러운 소문이 낭자하므로 홍예형의 친족들을 집으로 불러와 대질해서 사실을 밝히려 했던 것입니다. 그들은 제집에 왔다가 홍예형의 잘못에 대해 한마디도 변명하지 못하고 돌아간 뒤로 원한을 품고 온갖 거짓과 풍설로 신과 신의 집안을 모함했습니다. 그날의 일은 친족 중에 보고 들은 자가 여럿 있으니 사실을 확인할 수 있습니다.

남구만의 소에는 언급되지 않았지만 허견의 아내 홍예형이 간음한 상대로 지목된 사람이 허견의 외사촌 유철이었다. 허견이 내게 두 사람을 단칼에 죽여달라고 청부한 데에는 그런 이유가 있었다. 의금부에서 홍예형과 유철, 허견, 홍예형의 숙부인 홍양민, 홍예형의 오라비 홍진형 등을 잡아들여 신문한 끝에 결과를 보고했다.

—여러 사람이 공술한 바에 따르면 허견은 김우명의 첩 홍씨를 만

난 자리에서 두 손을 벌리기만 하고 몸이 닿지도 않았으며 때리지 않은 것은 물론이고 이를 부러뜨리지도 않았습니다. 유철은 자신이 홍예형과 간통한 사실을 제대로 신문하기도 전에 자백했습니다. 홍예형은 억울하다고 하지만 자신의 말을 뒷받침할 증거가 전혀 없습니다.

왕이 홍예형을 한층 더 엄하게 신문할 것을 명했다. 결국 홍예형이 '유철이 유인하여 저항을 하지 못하고 간통했다'고 자백했다. 이에 따라 홍예형과 유철은 친족 간통죄를 적용해 사형에 처하게 했으나 두 사람은 처형당하기 전에 혹형을 받은 후유증으로 옥중에서 죽었다. 멍텅구리가 마지못해 했을 수도 있는 일을 의금부의 형리가 대신 해준 셈이었다.

허견은 가내의 풍기가 무너지는 것을 제대로 처리하지 못하고 여러 사람을 모아서 분란을 일으킨 죄를 적용해 장 팔십 대에 고신告身, 관직 임명장을 빼앗는 벌에 처했다. 허견은 남이 써준 답안으로 문과에 급제해 종구품 교서관 정자에 오르긴 했지만 하찮은 벼슬이라 여겨서 벼슬자리에 나아가지 않고 있었으므로 고신을 빼앗긴다 해도 별로 상관하지 않았다. 장을 맞은 것에 대해서는 무척이나 고통스러워하고 욕되다고 여겼다.

윤휴는 자신이 소나무 수천 그루를 베어다 쓴 적이 없다고 하면서 벼슬을 내놓고 향리로 물러갔다. 좌상 권대운 등이 윤휴가 지은 건물은 강가의 자그마한 정자로 소나무 수천 그루가 쓰일 데가 없다고 하며 윤휴를 위해 변명했다. 한성부 판윤과 좌윤이 연명으로 윤휴의 집에 수레로 수백 그루의 소나무를 실어가는 것을 본 자가 있다고 상소했고 권대운은 소나무를 벤 자리만 보고 윤휴가 소나무를 썼다고 단정할 수는 없다고 주장했다. 논란 끝에 윤휴는 허물을 벗었고 허적은 허견의 일로 상심하지 말라는 왕의 위로를 받았다. 그렇게 유야무야 넘어가는 것 같던 일이 또다른 상소로 재점화되었다.

허견이 남의 아내를 납치했다가 간음하고 사흘 뒤에 놓아준 일에 관해 상세한 상소가 접수된 것은 2월 마지막 날이었다. 상소를 한 사람은 역시 남구만이었다.

—허견이 남의 아내를 납치하고 간음한 사건을 조사해보니, 피해자는 이동구의 딸 차옥으로 서억만의 아내였습니다. 사건은 발각되었으나 영상의 압력으로 없던 일이 되려 합니다.

허적이 자신을 죽이려 자객을 보냈다고 의심하고 있던 김석주가 즉각 "남의 재물을 훔친 자를 도둑이라고 하는데 남의 부녀자를 도둑질한 자는 도둑 중에서도 상도둑이니 마땅히 포도청으로 하여금 조사하여 다스리도록 하소서" 하고 주청하여 왕의 윤허를 받아냈다. 허적은 "신의 자식이 남의 아내를 납치해 집에 두었다 돌려보냈다면 신이 집에 있으면서 어찌 몰랐겠습니까?"라면서 허견의 범행을 부인했다. 포도청에서 관련된 사람을 조사해서 진술을 받고 왕에게 보고했다.

—무과 출신 이동구의 딸 차옥은 나이 십팔 세로 역관 서효남의 아들 억만의 아내인데, 금년 정월에 고종사촌이 장가를 들어 여종을 데리고 그 집에 갔습니다. 여종의 말을 들으니 '저물녘에 어떤 놈이 시어머니가 급환이 나서 시댁에서 모시러 왔다면서 아가씨를 말에 태우고 급히 달려갔는데 말이 빨라 미처 따라가지 못했다'고 합니다. 닷새가 지난 뒤 차옥이 서효남의 집 문 앞에 버려졌는데 이삼 일 뒤 이동구가 조용히 사정을 물으니 '사직동 오른쪽에 있는 집으로 납치되어

갔는데 집이 높고 크며 뜰이 넓고 대문은 낮은데 죽전동 근처에 있는 전 호조 판서와 친족 간이라 합니다' 하여 이동구가 차후로는 입을 다물게 했습니다. 당초에 형조로 데려왔을 때 차옥과 이동구는 끝내 토설을 하지 않았으며 차옥은 곡기를 끊고 한 번 매질을 당한 뒤로 숨을 쉬지 않는 증상이 나타나니 다시 매질을 하면 죽을까 염려됩니다. 이동구는 정식으로 무과에 급제한 사람으로 도둑이 아닌데 포도청에서 매질하여 국문하는 것은 법에 어긋납니다.

포도청에 갇혀 있던 차옥이 갑자기 모든 것을 자백하려고 한다는 말이 검계 계원인 포도군관 장신에 의해 내게 전해진 지 얼마 안 있어 좌상 권대운과 우상 민희가 급히 왕에게 차옥과 이동구를 사대부의 죄상을 추국하는 의금부로 옮기도록 주청하여 허락을 받았다. 의금부의 당상들은 조이수, 이하진, 목내선, 정유악 등 모두 남인이었다. 의금부에서는 두 사람의 공초를 받은 뒤 "이동구와 차옥이 전에 공술한 것들은 이리저리 꾸며대고 거짓말을 한 것이 틀림없습니다"라고 보고했다. 이에 따라 차옥과 허견, 이동구, 노비 등이 모두 죄가 없다 하여 풀려났다.

그러자 허적이 "포도청은 도둑을 잡기 위해 만든 것인데 소신이 대신의 지위에 있으면서 포도청의 감시 대상이 되었으니 어찌 마음이 편할 수 있겠습니까?"라고 하면서 서인 포도대장 구일의 편파성을 문제삼았다. 왕은 허적의 편을 들어서 "포도청에서 차옥 등에게 거짓 자백을 받은 것이 명약관화하다"라면서 허견을 석방하고 구일을 문책하라고 명했다. 어처구니없게도 구일은 장 백 대에 삼천 리 유배에 처해지고 포도종사관 이지경은 고신을 빼앗겼으며 포도청 서원 이수

방은 장 백 대에 온 집안을 국경 근처로 이사하게 했다. 상소를 했던 남구만은 '마음씀이 비뚤어지고 남을 모해하려는 흉한 속마음이 드러났다'고 하여 먼 곳으로 유배하게 했다.

차옥의 남편 서억만은 궁궐 앞에서 격쟁擊錚, 징을 쳐서 임금에게 억울함을 호소하는 일을 하여 "제 아내는 납치된 적이 없습니다! 제 아내는 남에게 몸이 더럽혀지지 않았습니다!" 하고 외쳤다. 격쟁은 자손이 조상을 위해 하는 것과 처가 남편을 위해 하는 것, 동생이 형을 위해 하는 것과 종이 주인을 위해 하는 것 네 가지로 제한되었는데 이 밖에 민폐에 관계되는 것이면 격쟁을 해도 외람률의 적용을 받지 않았다. 서억만은 격쟁을 할 수 없는 사유에 해당되어 장 백 대에 유배 삼천 리에 해당하는 벌을 받을 수도 있었다. 이는 허적이 서억만에게 그렇게 하도록 시켜서 한 것임을 세상 사람이 다들 알고 있었다.

죄인을 처벌하는 직임을 가진 의금부의 판의금부사 조이수, 지의금부사 목내선, 동지의금부사 이하진, 정유악이 왕을 알현할 것을 청하고 "서억만은 제 아내를 위하여 격쟁하고는 형을 받는 것을 감수하기까지 하였습니다. 차옥이 과연 납치당한 일이 있다면 정조를 잃은 아내를 어찌 이렇듯 사랑하고 보호하겠습니까? 서억만이 그렇게 한 것은 차옥이 음행을 당하지 않았다는 뜻입니다" 하고 아뢰었다. 왕이 "이번 옥사는 조사하려야 자취가 없으니, 차라리 버려두고 다스리지 말라"고 명했다.

평범하고 가련한 아녀자인 이차옥이 아름다움 때문에 납치되어 난행을 당하고 정조를 잃기까지 한 것은 처음에는 그리 대단하지 않은 일처럼 보였다. 그러나 그것은 왕의 마음을 남인에서 서인으로 뒤바꾸고 정치의 판국을 뒤집게 하는 결정적인 불씨가 되었다. 왕의 말을 빌리면 "삼공육경의 높은 지위에 있는 자들, 청요직의 젊은 관원 할 것 없이 누추하게 사리사욕과 미색을 탐하는 인물들이 더럽게도 많다"는 것을 알게 되어서였다.

차옥의 일이 흐지부지되고 석 달쯤 뒤 판중추부사로 정사에서 한 걸음 뒤로 물러나 있던 미수 스승이 허적을 강력하게 탄핵하는 차자를 올렸다.

—허적의 서자 허견은 하는 짓마다 불법이고 예의에 어긋나지만 법을 집행하는 곳에서 그것을 막지 못하고 있습니다. 남구만의 상소로 허견의 죄가 드러났으나 비호하는 무리들이 이를 덮어버려서 남구만은 귀양을 가고 허견은 아무 일 없이 잘 지내니 민심이 지극히 혐오하고 있습니다. 사람으로서 지켜야 할 도리를 버리고 권세에 아첨하는 무리가 허적의 집 안팎으로 늘어서서 마당이 시장 바닥 같고 뇌물을 실은 수레가 줄을 잇고 있습니다. 허적은 영상으로 위엄과 권세가 높아지자 왕실의 척신, 궁중의 환관과 깊이 관계를 맺고 임금의 동정을 엿보아서 영합을 하고 있으니 주상께서 허적과 더불어 국사를 꾀한다면 나라가 잘 다스려지기 힘들 것입니다.

미수 스승은 왕의 마음이 허적을 비롯한 탁남의 무리들에게서 떠나가고 있다는 것을 알아차리고 남인 전체의 몰락을 막을 마지막 시도를 한 셈이었다. 하지만 때가 맞지 않았다. 왕은 속마음을 숨기고 엄준한 비답을 내려 스승을 나무랐다.

—경의 차자를 보니 마음이 오싹하고 뼈가 선뜩해진다. 영상을 모함하고 조정을 분열시키며 국사를 혼란케 하려 하니 이 무슨 꼴이며

이 무슨 짓인가? 이는 실로 나의 부덕함에서 말미암은 것이다. 그저 스스로 통탄스럽고 부끄러울 따름이다.

미수 스승은 이 차자로 인해 허적의 파당으로부터 극렬한 공격을 받아 사직하고 연천 향리로 돌아갔다. 나는 왕에게 적극적으로 권해서 연천에 스승의 집을 한 채 지어주게 했다. 스승은 고래등같은 기와집도 아닌 일곱 칸짜리 아담한 집을 내려준 임금의 은혜에 감사한다는 뜻으로 '은거당恩居堂'이라는 이름을 붙였다. 언젠가 내게 말했듯이 도성과 향리를 오가는 행차를 두 번 다 채웠으니 이제 다시 한양으로 올라올 일은 없을 것이었다.

# 41장 역모

차옥의 사건이 남구만의 귀양으로 마무리되어가던 3월 12일, 좌의정 권대운, 병조 판서 김석주, 훈련대장 유혁연 세 사람이 긴급하게 왕에게 알현할 것을 청했다. 왕이 좌우의 사람을 물리자 김석주가 소매 속에서 격문을 꺼내 바쳤다.

"어떤 사람이 강화도에서 성을 쌓고 있는 축성장 이우에게 투서한 것을 가져왔는데 유혁연과 함께 조사하여 체포해야 하겠습니다. 이는 극비에 속하는 일입니다."

격문의 내용은 지금의 임금이 제대로 된 종통에 입각하여 왕이 된 것이 아니니 소현세자의 손자 임창군 이혼으로 하여금 대통을 잇게 해야 한다는 것이었다. 임창군은 임성군과 함께 왕의 재종형제로 소현세자가 죽지 않고 왕이 되었다면 왕위를 계승했을 수도 있는 인물이었다. 하지만 소현세자와 세자빈 강씨가 다시 살아나기 전에는 그럴 일은 없었다.

그런 허망한 계획을 담은 격문에는 반군이 도성에 들어가는 날 밤에 먼저 영의정 허적, 병조 판서 김석주, 훈련대장 유혁연, 광성부원군 김만기를 베어 죽이고 조정에서 떨려난 서인들을 찾아다가 정사를 담당하게 하라는 내용이 들어 있었다. 또 강화도 해안에서 승군을 지휘하여 돈대를 쌓는 승장에게 따로 던진 글에는 "몇몇 간신이 국정을 어지럽게 하여 종묘사직과 민생이 조석도 보전하기 어려운데 한가하게 외적이 쳐들어올까 걱정하여 백성의 원망을 사면서 돈대나 쌓느니 여러 승장들은 마음을 함께하고 힘을 합쳐서 뭇사람들의 소망에 부응하라"고 하였다.

이때부터 김석주가 정초청에 입직을 하고 야당 장군은 훈련도감 북영에 숙직했다. 어영청의 중군이 본청에 있으면서 두 영의 장관이 순검을 하게 하고 밤에는 대궐 이곳저곳에 수상한 점이 없는지를 살폈다.

삼 년 전에 처경이라는 요승이 나타나 제가 생불生佛, 살아 있는 부처이라 자처하며 장안의 부녀자와 궁중의 나인들에게 음행을 저지르고 돈을 끌어모으다가 무슨 생각이 들었는지 허적의 집에 찾아갔다. 병석에 누워 있던 허적의 눈앞에 죽은 소현세자의 부인 강씨의 필적을 내보이며 자신이 소현세자의 아들이라고 했다. 처경이 가지고 온 오래된 왜능화지에는 '소현 유복자, 을유 사월 초구일생'이라는 글자와 그 아래에 '강빈姜嬪'이라는 두 글자가 쓰여 있었다. 권대운이 허적 대신 왕에게 아뢰기를 "소현세자의 상이 을유년 4월 스무엿새에 있었는데 여기에는 4월 초구일에 아기를 낳았다 하고 유복자라고 했으니 틀려도 너무 틀렸고 강빈이라는 칭호도 그 당시에는 쓰지 않았으며 글씨

모양도 상놈이 쓴 것인데다 잘못 쓴 글자가 많아서 모조리 의심스럽습니다"라고 했다. 왕이 시임, 원임 대신과 육경·삼사의 장들로 하여금 훈련도감 북영에서 회동하여 사실을 추궁해 밝히도록 했다. 죽지 않을 만큼 맞자 처경이 모든 것이 아무런 근거 없이 꾸민 일이라 실토를 하여 목을 베고 추종자들을 유배시켰다. 역모라고 하기에는 애매모호하고 이상하기까지 한 일이었지만 죽은 소현세자가 효종, 현종에서 왕으로 이어지는 종통에 계속해서 눈엣가시처럼 걸리적거리고 있는 형국이었다.

원래 송시열을 필두로 하는 서인들은 강빈이 인조 임금을 독살하려 한 증거가 없고 억울하게 죽었다고 믿었으나 강화도의 격문에서 다시 소현세자의 이름이 나오자 남인들은 물론이고 조정에 남아 있던 서인들도 일제히 격문을 작성한 자들을 역모죄로 논했다.

한 달쯤 지난 뒤 격문을 쓴 인물이 쉽게 잡혔다. 양주의 미음촌에 사는 사대부 이유정으로 남한산성 수어사 민희가 군교를 보내어 간단히 체포해왔고 이유정은 자신이 격문을 쓴 사실을 순순히 자백했다. 허적과 권대운 등의 탁남은 서인의 잔존 세력들이 거명된 이 역모를 키워서 큰 옥사를 만들어낼 수도 있었다. 하지만 웬일인지 이유정과 그에 직접 관계된 일당들만 처단되고 도형 이하의 죄수들은 죄를 감면받았다. 소현세자의 손자들은 역모와는 상관없지만 왕위에 위협이 될 수 있기 때문에 강화 교동도로 귀양을 보냈다.

그런데 이유정이 몇 년 전 송시열이 귀양 가 있는 장기에 가서 두 달간 머무르다 온 적이 있어서 송시열이 역모를 사주한 것은 아닌가 하는 의심을 받았다. 이에 따라 송시열을 이유정과 마찬가지로 죽여야 한다는 논의가 끓어올랐는데 왕은 이를 허락하지 않았다.

"송시열이 왕통을 어지럽힌 죄는 나라 안의 사람들이 모두 아는 바이고 이번에 역적 토벌을 종묘에 고한 문안에서 역모의 과정이 소상하게 밝혀졌으니 이제 간사한 싹을 자를 수 있게 되었을 뿐 아니라 먼 훗날에도 충분히 할말이 있게 되었다. 반드시 송시열을 법에 의거해 죽여야만 상쾌하겠는가?"

다만 송시열의 귀양지를 장기에서 거제도로 옮기게 했는데 가는 길에 통제사로부터 극진한 대접을 받았고 여전히 추종자들이 구름처럼 따랐다. 송시열에게 지문이나 행장, 서문, 비문 등 갖가지 글을 청하는 사람들이 끊이지 않았고 그들이 빈손으로 갈 리 없으니 송시열의 배소 근처에서는 음식이 썩어날 지경이었다. 결과적으로 송시열을 추앙하는 자들만 늘려준 셈이 되었다. 그게 역모의 결말이었다.

처경이나 이유정의 역모는 역모라고 하기에는 너무도 초라하여 종잇장 위에 먹물이 지나간 정도밖에 되지 않았고 실제로 왕권을 위협할 만한 세력이나 움직임은 있지도 않았다. 하지만 왕은 그 이후로 궁궐의 수비를 강화하고 군비를 함양하는 데 부쩍 관심을 기울이게 되었다.

가뭄이 계속되는 가운데 가을에 노량에서 성대한 열무閱武가 벌어졌다. 왕이 융복과 깃털 달린 모자를 쓰고 말을 타니 다른 관원들도 융복 차림으로 어가를 따랐다. 노량의 교장에 이르러 천막 안에 들어가자 중신들이 북을 치고 야당 장군이 조련을 거행했다. 승장포를 쏘고 진세를 펼치고 가짜 왜적을 편성하여 전진하고 후퇴하며 어울려 싸우는 형상을 만들었다.

야당 장군이 자신이 새로 만든 화차로 별도의 진영을 편성한 것을 선보였다. 화차 한 대에서 한꺼번에 쉰 대의 조총을 쏠 수 있어서 위력이 막강했다. 군사들이 훈련을 마치고 막 퇴진하려고 하는데, 왕이 금군을 풀어서 군사들의 진영과 힘을 겨루게 했다. 금군이 여러 차례 전진하고 후퇴하는가 하면 기병에게도 돌진하게 했으나 진을 돌파하지는 못했다.

갑자기 허적이 "세조대왕 당시 성삼문 등의 여섯 신하가 죽은 뒤 어떤 사람이 여기서 가까운 남쪽 언덕에 시신을 거두어 묻고 돌을 세워 표시하면서 이름은 쓰지 못하고 다만 '성씨, 박씨, 유씨의 묘'라고만 써놓았습니다. 그 무덤이 지금은 모두 허물어지고 비석은 획이 흐려져 분별할 수 없으니 특별히 이들 사육신의 묘를 복원한다면 전하의 성덕이 길이 빛날 것입니다"라고 했다. 그러자 왕이 나를 돌아보고는 "너와 성삼문과는 어떤 관계이냐?" 하고 물었다. 내가 갑작스러워서 대답을 하지 못하다 "일찍이 성삼문의 집안은 삼족이 멸족을 당하여 저와는 성이 성이라는 것만 같을 뿐 씨가 다르니 지금은 아무 관계도 아닐 것입니다"라고 했다. 왕은 무슨 일인가를 깨달았다는 듯 입을 열었다.

"성은 오제五帝, 상고시대 중국의 다섯 임금 황제, 전욱, 제곡, 요, 순을 말함. 또다른 설에는 소호, 전욱, 제곡, 요, 순이라고도 한다로부터, 씨는 제후로부터 유래하는데 천자가 제후에게 태어난 지명이나 관직을 따라서 성을 주고 분봉된 땅의 이름을 따라서 씨를 명하였다. 성은 혼인의 관계를 분별하고 씨는 귀천을 분별하게 한다. 네가 성삼문과 성이 같다는 것만 알고 씨가 같은 것을 부인하는 것은 근본을 모르는 잡놈이라 그렇다 할 만하다."

그러자 주변에 있던 신하들이 "지당하신 말씀이옵니다" 하고는 머리를 꾸벅꾸벅 조아렸다. 왕은 자신의 지식을 자랑할 수 있어 흐뭇해하고 나는 얼굴이 시뻘겋게 달아올라 무안하게 서 있는 중에 왕이 권대운에게 사육신의 묘를 복원하라고 했다. 이어 훈련대장과 중군 별장 등에게 말 한 필씩을 상으로 내리게 했다.

그러자 대사간 임치도가 앞으로 나와서는 "삼군의 북과 깃발은 눈과 귀와 다름없는 것입니다. 단 위에서 발하는 장군의 호령을 군사들이 제대로 알아듣지 못하여 교련관이 내려가서 말로 전달한 뒤에야 비로소 앉고 일어나는 동작을 취하니, 어디에다 깃발과 북을 쓰려는지 모르겠습니다. 훈련대장 유혁연과 중군 윤천뢰 모두 책임을 물으소서"라고 했다. 나를 묵사발로 만들고 기분이 좋았던 왕이 그날은 말고 다음부터 그리하라고 했다.

이때 윤휴가 "주상께서 몸소 대장이 되셨으니 두 대장은 마땅히 갑주를 갖추고 교장에 내려가서 중군의 역할을 했어야 하는데 버젓이 단 위에 눌러앉아 있었으니 할 일이 없던 저희와 다를 게 없었습니다. 이는 잘못된 선례가 됩니다" 하고 가차없이 따졌다. 왕이 "전례가 그래왔던 것이지, 오늘 처음 한 게 아니지 않소. 다음부터는 그리할 것이오" 하고 너그럽게 대답했다.

"문신이라 하는 것들이 장수와 군사들이 교장에서 흙먼지 속을 뛰고 구르며 비지땀을 흘릴 때 한가하게 부채질이나 하며 앉아 있더니, 끝나고 나서 무슨 트집이든 잡아서 죄를 주라, 벌을 가하라고 부르짖을 때는 만부지용을 보이면서 꼭 나를 꺾고서야 그치는구나. 내가 아주 넌더리가 나네."

어두워진 뒤에 궁궐에 돌아와 왕이 수라를 들며 내게 한 말이었다. 나뭇잎이 쇳소리를 내며 뜨락을 구르는 소리가 났다. 천하에 가을이 다시 오고 있는 것인가. 오행에서 가을은 금金이고 서쪽을 말하는 것이니 서쪽에서 전쟁이, 아니 서인들이 칼을 들고…… 내가 생각을 마치기도 전에 김석주의 멧돼지 같은 얼굴이 나타났다. 광성부원군 김만기도 함께였다. 두번째 회임을 하여 만삭이 가까운 중궁이 무고하다는 전갈을 가져왔다.

# 42장 승은

중궁은 열일곱 살에 첫 소생으로 공주를 낳았는데 태어날 때부터 울음소리가 약하고 기운이 없더니 극진한 보살핌에도 불구하고 일 년 만에 죽고 말았다. 궁중 상하가 모두 슬픔에 잠겼을 때 곧바로 다시 아기씨를 회임했다는 소식이 전해졌다. 이번에는 기필코 대군을 낳아야 한다 하여 중궁의 주변에 삼엄한 경계가 쳐졌다. 나 같은 잡인은 물론이고 잡스러운 일체의 것을 들이지 않았다.

행여 나쁜 말이나 삿된 기운이 담장을 넘어올까 싶어 한여름에도 문을 닫아걸었다. 물론 왕은 예외적으로 언제든 출입을 할 수 있었지만 왕 또한 뱃속 아기를 지키기 위해 목숨을 바치다시피 하고 있는 중궁과 마주앉아서 할말도 그리 많지 않은 터라 일찌감치 물러나오는 게 다반사였다. 해산일은 늦가을로 예정되어 있었다.

중궁의 회임이 알려진 뒤로부터 국정은 정신없이 빠르게 돌아갔다. 허견과 차옥이 관련된 옥사가 있었고 이유정의 역모 사건 등을 처리해야 했다. 그 와중에 송시열의 문하생인 송상민이 송시열의 예론을 옹호하고 효종 임금을 서자라 칭해도 문제가 없다는 상소를 올렸다가 국문 끝에 형을 이기지 못하고 장에 맞아 죽었다. 송상민의 상소 이후 왕은 다시 '예론을 논하는 자는 역률로 다스리겠다'고 천명했다.

강화의 축성은 예정대로 진행되었고 돈대 또한 완성되어서 외적에 대한 방비가 강화되었다. 야당 장군을 한성부 판윤으로 삼아서 혹시 또 있을지 모를 역모에 대한 규찰과 대비를 강화했다. 대궐 바깥의 숙위를 그만두고 훈련도감 병력 1초哨를 내사복 빈터로 옮겨 대궐 내의 숙직을 하게 했다. 1대가 11인으로 3대가 1기, 3기가 1초, 5초가 1사, 5사가 1영을 이루었으니 1초의 인원은 99인이었다.

한성과 지방 할 것 없이 소송을 다루는 관리들에게 재판을 공정하게 하여 억울함을 호소하는 일이 생기거나 재판을 미루는 일이 없도록 했다. 또다시 가뭄의 기미가 보였는데 가뭄은 억울함과 원통함에서 온다고 믿었기 때문이었다.

양주 등 네 고을에 메뚜기가 습격해서 포제酺祭, 재해를 내리는 귀신에게 올리는 제사를 시행하게 했다. 기우제를 지내기 시작했는데 마침 비가 와서 기우제를 지낸 제관들에게 상을 내리려다가 금방 개었으므로 상을 함부로 베풀어서는 안 된다는 승정원의 계청으로 그만두었다. 다시 기우제를 지냈는데, 비가 잠시 내리다가 그치자 가뭄이 도로 더 심해질 것이라 하여 기우제를 세 차례 더 지내게 했다.

대신을 보내 종묘와 사직에 기우제를 지내고 가뭄이 더욱 심하여 또 기우제를 지냈다. 중신을 보내 기우제를 지냈고 대신을 사직과 선농단에 보내 기우제를 지내게 했다. 비가 잠깐 오고 다시 가무니 왕이 특별히 전교하여 기우제를 지내게 했다.

중궁이 아기를 낳았다. 두번째 아기 또한 공주였다. 대궐 안팎에서 안타까워하는 기색이 완연했다. 그런데 태어난 지 하루 만에 공주가 죽는 바람에 안타까움은 비통함으로 바뀌었다. 대비도 왕도 대왕대비도 모두 침묵했다. 신하들 누구도 그 일에 관해 입을 열지 않았다. 대군이 태어났더라면 결코 그러지는 않았을 것이었다. 공주로 태어난 것, 여자로 태어난 것, 아기가 엄마를 한 번 불러보지도 못하고 죽은 것이 비운이라 할 수밖에 없었다.

공주가 죽은 뒤 보름여 만에 왕이 춘당대에 나아가 관무재를 행하고 문과 정시를 실시했다. 종실과 지근 중에서 활을 잘 쏘는 사람에게 시상하고 군병은 단 아래에 세우고 승지에게 내려가서 시상하도록 했다. 바로 그날 장옥정이 승은을 입었다. 날벼락처럼, 느닷없이.

자세한 사정은 누구도 말하지 않았다. 장옥정은 물론이고 왕조차. 왕의 침소를 지키는 대전상궁, 지밀나인, 대전내관 역시 입을 다물었다. 잘못 입을 놀리는 순간 그 입이 달린 목이 잘릴 수 있다는 것 정도는 나도 알았다. 승은을 입은 이후 장옥정은 만개한 꽃처럼 피어나서 미증유의 아름다움을 숨길 수 없게 되었다. 그래도 내 궁금증을 풀어주기 위해 하찮은 제 목숨을 바칠 연놈 하나가 없단 말인가. 내 처지가 외롭고 한심했다.

"오별감은 보았을 거 아니오?"

내가 묻자 오별감은 귀밑의 흰머리를 슬쩍 걷어올렸다.

"밤에는 아무것도 보이지 않는 법이야. 게다가 나는 요새 밤잠이 깊어져서 누가 업어가도 모른단 말이지."

"낮이나 밤이나 여일하게 대전을 지키는 시위로서 그게 할말이오?"

"그럼 어떡하나? 못 보고 못 듣고 모르는 게 나을 때가 있는걸. 사람은 눈만 있는 게 아니라 귀도 입도 코도 있으니 어차피 보이지 않는 눈보다는 소리를 듣고 대응하는 게 더 좋을 때도 있지."

"관둡시다."

"소리만 듣고도 얼마든지 안에서 무슨 일이 벌어지고 있는지 알 수 있다니까! 아쉬울 게 없어요! 더 나아!"

넨장맞을. 벽에 귀동냥이나 하며 남들 애 만드는 소리나 듣고 살아라.

몸 어딘가가 가렵고 근지럽고 긁고 싶어서 미치겠는데 거기가 어딘지 알 수 없었다. 손이 닿지 않았다. 무슨 말로도 위로가 되지 않았다. 폴짝폴짝 뛰어도 풀리지 않았다.

대낮부터 소주가 가득 든 두루미병을 찾아 입을 맞추기 시작했다. 눈앞에 두 사람의 얼굴이 떠올랐다. 다정하게 서로를 마주보고 있다가 살금살금 다가들어 와락 얽히는 소년과 소녀의 모습이. 서둘러 옷고름을 푸는 손, 가만히 그 손을 눌러서 제어하는 부드러운 손. 뱅어처럼 희고 통통한 그 손가락. 그 손이 나를 어루만지는 손이었으면 백만금을 줘도 좋을 것 같았다. 집안에 있는 동전을 모조리 꺼내다 세기 시작했다. 금 천 냥 한 궤짝, 은 만 냥 무더기, 상평통보 십만 전 꾸러미…… 소용이 없었다. 피나게 긁고 껍질을 벗겨내고 싶은 자리는 찾아지지 않았다.

한 사나흘을 궁궐에도 내수사에도 가지 않고 술과 돈 세기에 미쳐 있었는데 그새 나는 부자가 되어 있었다. 은 한 냥의 값을 종전의 이백 문에서 사백 문으로 하는 법령이 개정된 것이었다. 모든 공사의 빚公私債 가운데 본원은 은으로 받고 이자는 동전으로 받게 하며 새 법령 이전에 각 관사에서 내어준 빚은 종전대로 은 한 냥당 이백 문으로 갚게 했다. 가만히 앉아서 두 배로 부자가 되니 기분이 좀 나아졌다.

왕의 부름에 입궐했더니 춘당대에서 금군을 시험한다고 하여 뒤를 따랐다. 장옥정을 차지해버린 사내의 몸이든 얼굴이든 보는 것 자체가 괴로워서 고개를 숙이고 땅만 보며 걷고 있는데 갑자기 천둥과 번개가 크게 일어나며 비와 우박이 번갈아 쏟아졌다.

벼락을 내리는 뇌신이 공평하다면 나와 왕 가운데 누구를 죄 많은 자로 벌줄 것인가. 내 작은 잘못은 누군가를 사랑한 것, 큰 잘못은 크게 사랑한 것, 가장 크게 잘못한 것은 내 목숨을 바쳐도 좋다 할 만큼 사랑한 것. 그 때문에 벼락을 맞아 죽는다 해도 원망하지 않으리. 왕을 바라다보니 빗물에 익선관과 곤룡포가 젖을까 걱정하며 환궁을 서두르라고 소리치고 있었다.

그래 이 녀석아, 빗방울에 옷 젖는 게 그렇게 두려우냐? 네가 빨고 숯불 피워 다리미질할 것도 아니면서?

말이 입 밖으로 나올까 두려워 내 입을 틀어막았다. 비에 젖어 차디찬 뺨이 뻣뻣했다. 소매 속의 멍텅구리는 고자의 좆처럼 아무런 움직임이 없었다.

그래, 너는 처음부터 모든 사람의 머리 위에 군림할 존귀한 지체로 태어났다. 그게 네 잘못은 아니다. 또 너는 잘난 임금이니 궐 안팎 여인은 아무나 붙잡아서 회임을 시킬 수가 있지. 너는 그런 아버지의 아들이고 네 아들 또한 그러겠지. 말로는 성학이고 도덕이고 수양이고 양심養心이고 성의, 격물치지, 수신제가 치국평천하를 외겠지만 결국 왕이든 왕실이든 씨를 퍼뜨리고 이어감으로써 존속하는 초목과 짐승과 다를 게 없다. 잘 먹고 잘살아라. 나는 난폭한 충동에 휩싸여 머리에서 흘러내리는 빗물을 모아서 들이켰다. 우박을 받아서 입에 욱여넣었다.

"오늘 성별감이 지랄병이 제대로 도졌나보구나."

조희맹이 비꼬는 소리도 듣는 척 마는 척 하고 비척거리며 궁궐 마당을 쏘다녔다. 계속 그래봐라. 네가 늙어 죽거나 급살 맞아 죽지 않으면 언젠가 내 손에 죽는다.

장옥정은 승은을 입기는 했지만 당장 신분이 바뀌지는 않았다. 왕도 대비와 중궁 모르게 장옥정을 침소로 불러들였고 철저하게 주변 입단속을 시켰다. 대왕대비, 대비에게는 적어도 하루 두 번 문안을 갔고 오래 붙들리면 반나절은 있어야 했기 때문에 그들에게 들키지 않으려면 도둑질이라도 하듯 몰래 만나야 하는 형편이었다.

"삼복이 만들어둔 밀회의 장소가 있을 터인데. 궁궐 내에 있지만 인적이 드물고 또 보는 눈이 있다 해도 단속할 수 있는 곳. 대대로 명궁으로 이름난 집안 내력이라면 맞히고 싶은 과녁을 놓치고 싶지 않겠지요? 시도 때도 없이."

장옥정을 마음대로 침전에 부를 수 없어 난감해하는 왕에게 나는 넌지시 말해주었다. 궁궐 으슥한 곳에서 야합을 하다가 한번 개망신을 당해보아라. 그러지 못할 양이면 사랑이라 하지 말아라.

기왕 그리된 것, 나는 죽을힘을 다해 장옥정을 잊으려 했다. 그러려고 박태보를 찾아가 만났고 사람됨과 경륜에 다시 홀딱 반했다. 왕에게로 가서 세상에서 보기 드문 인재인 박태보에게 벼슬을 내리라고 탄원할 만큼.

"작년에 서인 민정중 등과 함께 서용하라고 했다가 남인 신하들이 들고일어나는 바람에 성사되지를 못했어. 올해 들어서도 민정중, 민유중, 이단하 등 서인들을 멀리로 귀양을 보내고 벼슬에 서용하면 안 된다고 대간들이 틈날 때마다 쟁론을 하고 있어. 박태보 같은 조무래기는 아예 눈에 띄지도 않던데?"

"조무래기라니요? 전하보다 덩치가 큽니다."

"이 나라에 나보다 큰 사람은 없어. 그건 누구든 마찬가지야."

왕의 눈이 맹수처럼 속을 알 수 없게 변했다. 마치 호랑이 앞에 선 강아지처럼 똥이 마려운 기분이 들었다.

"그래도 한 번쯤 등용을 해보시지요. 젊디젊은 사대부가 바람벽 지고 앉아 공자 왈 맹자 왈만 외고 있는데 쌀이 나오겠습니까, 돈이 나오겠습니까?"

"그건 스스로 군자로 칭하는 저희가 알아서들 하겠지. 그들이 죽림칠현이라도 되는 양 산다 한들 부족할 게 있을까. 한 나라의 군주에게 그런 먼지만도 못한 청탁을 가지고 오기 전에 스스로가 그럴 자격이 있는지 돌아보라고."

왕은 차갑게 말하고 나서 물러가라는 손짓을 했다. 혹 떼려다가 혹을 붙인 꼴이었다.

이래저래 내게는 불운한 한 해였다. 기미년아, 기미년아, 제발 빨리 좀 가버려라.

## 43장 미행

해가 바뀌고 왕이 스무 살이 되었다. 남자 나이 스무 살을 약년弱年[3]이라고 하니 이때부터 갓을 쓴다고 하여 약관弱冠이라고도 했다. 콧수염과 턱수염이 두두룩한 왕에게서 미소년의 모습은 사라져버리고 완연한 사내의 티가 났다. 그래도 짝을 찾기 힘든 미장부였다.

왕은 스무 살이 되면서 열 살 때처럼 신분을 숨기고 궐 밖으로 나가서 마음껏 활보하고 싶어했다. 그래서 내가 다시 왕의 앞으로 불려가게 되었으며 이전만큼은 아니라도 사이가 다소 회복이 되었다. 하지만 왕의 소망을 이뤄주기가 쉽지 않았다. 열 살 때와는 처지가 달랐다. 그때는 궐 밖에 있는 궁가, 삼복과 같은 지친을 찾아가는 길에 잠시 돌아간다는 게 핑계가 되어주었지만 왕이 된 이상 일거수일투족이 중대한 의미를 가질 수밖에 없었다. 거기다 대비와 신하들이 왕이 미행微行을 하려 한다는 것을 알기라도 하면 목숨을 걸고서 말리려 들게 명약관화했다. 그래서 그 일은 왕과 나 사이에서 극비리에 추진되었다. 우리 둘 사이에서는 '궐 밖'이라는 말을 후원에 있는 취향정으로 바꿔 썼다. 취향정은 왕의 증조부인 인조 임금이 세운 정자였다.

"취향정에 가서 뭘 하시고 싶은데요?"

"백성은 국가의 근본이라, 백성이 어찌 살고 뭘 먹고 뭘 마시며 뭘 바라는지 알아봐야겠지. 취향정은 본래 술에 취하고 향기를 맡는 곳이니 술 마시고 여색이 있는 곳에도 가야겠고."

"취향정에 가거들랑 궐내에서 결코 못하는 일을 해봐야 하는 게 아닌가요?"

"궐내에 없는 게 기생방이니까."

말이 씨가 된다더니 말을 하다보니 또 그렇게 행선지가 정해졌다. 춘삼월 호시절 따스한 춘풍이 오락가락하던 때 어스름에 돈화문을 끼고 담장을 한참 따라가서 장번내관 채성제의 등을 밟고 올라서서 담을 넘었다. 내가 먼저 담을 넘어가서 뒤따라오는 왕의 몸을 받아주려 했지만 왕은 이를 마다했다.

"그대가 장부이면 나는 대장부이다."

담에서 뛰어내리며 한 말이었다. 제법 몸이 날랬다. 밖에서 보니 키가 나보다 더 큰 것 같았다. 물감을 좀 바르고 털을 아교로 붙여서 얼굴을 바꾸고 부채로 얼굴을 가리게 한 뒤 정선방의 좁고 꼬불꼬불한 골목을 지났다. 운향각이 저만치 바라다보이는 데서 왕은 돌연히 행선지를 바꾸자고 했다.

"기생방에 가고 싶다며……요?"

"미리 정해놓고 가는 기생방은 싫어. 짜고 노는 건 재미가 없잖아. 전혀 모르는 다른 기생방으로 가자고."

"도성에 내가 모르는 기생방이 있나? 게다가 거긴 낯모르는 선객들이 있을지도 모르는데? 기생방에 출입하고 노는 것도 다 법식이 있어요. 그걸 모르잖아요."

"가르쳐주면 되지. 그게 뭐가 어렵다고. 매일같이 경연이니 청대니 하여 신하들이 내게 가르치려 드는 것만 할까. 그들이라고 잘 알고 있는 것도 아닌데 말이야. 문과에서 장원급제를 했느니 뭐니 하는 것들이 경연에서 책을 읽으면서 가價 자하고 고賈 자도 구별하지 못하고 엉터리로 설명하는 걸 내가 모를 줄 알고. 내가 어린 시절에 세자시강원의 서인들한테 배울 때는 그런 일이 한 번도 없었어. 제대로 된 바탕도 없이 벼락출세한 남인들이 청남이니 탁남이니 완론이니 준론이니 갈려서 싸움질을 할 때는 서인들 찜쪄먹게 잘하지."

엉뚱하게 남인 신하들에게 화살이 돌려졌다.

"기생방 터줏대감이 왈짜패며 천한 장사치에 한량들인데 거기에서는 귀천을 따지지 않습니다. 법식을 제대로 알지 못하고 행동했다가는 놀림을 당하거나 얻어맞고 쫓겨나는 수도 있어요."

"빨리 그놈의 법식이라는 걸 말해봐."

난감했지만 왕의 고집을 꺾을 수는 없었다. 그 대신 내 옆에 바짝 붙어 있으라고 했다. 만에 하나 왕의 신상에 무슨 일이라도 생긴다면 내 목숨을 내놔야 할 것이었다. 왕의 얼굴에 손톱자국을 냈다가 중궁의 자리에서 폐출되고 종내 사약까지 받은 성종 임금의 왕비 윤씨의 예도 있었다.

그래도 내가 믿고 있는 건 있었다. 오별감이 정예의 별감들과 함께 암중에 좇아오고 있었고 검계의 고수들도 뒤를 따라다니며 호위를 하고 있었다. 그들보다 든든한 멍텅구리가 소매 속에 잠들어 있기도 했다. 차 한 잔 마실 정도의 시간에 기생방의 법식에 대해 가르치고 나서 근래에 가장 노래와 춤에 능하다고 이름이 나 있는 기생 계향이 있는 상춘원으로 향했다.

내가 법식에 맞게 인사를 차리고 기생방에 들어가서 앉자 왕이 나를 따라 앉았다. 먼저 온 손님이 다섯 있었는데 얼굴들이 낯설었다. 내가 한동안 나랏일에 바빠 기생방 출입을 거르는 동안 손님들의 면면도 바뀐 모양이었다. 계향이 손님의 요구에 따라 먼저 시조창을 했다.

이려도 태평성대 저려도 성대태평이로다
요지일월이요 순지건곤이라
우리도 태평성대니 놀고 가려 하노라

왕이 내게 귓속말로 시조의 작자가 누구냐고 물었다.

"내 집안 어른이시오. 문정공 청송 성수침 공인데 서인들이 율곡과 함께 큰 스승으로 일컫는 문간공 우계 성혼 공의 부친이지요."

"가사의 내용이 가히 아름답고 좋구나. 그럴 이유가 있었네."

이때 밖에서 들어오기를 청하는 손님이 있었다. 내가 "평안호?"라고 인사를 주고받은 뒤 얼굴을 보니 뜻밖에도 허견이었다. 허견과 함께 다니는 이유명 형제가 뒤따라오지 않을까 싶어 바짝 긴장했으나 다행히 혼자 온 듯했다. 허견은 나를 향해 고개를 끄떡해 보이고는 자리에 앉았다. 이미 와 있던 사람들과 아는 사이인 듯 인사를 주고받았다. 허견은 남이 대신 치른 과거 시험에 꼴찌로 합격해 관리가 되긴 했으나 미관말직이라 하여 벼슬자리에 나아간 적이 없어서 왕의 얼굴을 한 번도 본 적이 없었다.

이때 갓 쓴 손님 하나가 기생더러 "무슨 놈의 시조가 그리 재미가 없느냐?" 하고 타박을 하고 다른 노래를 부르게 했다. 기생이 왕을 힐끗 보고 나더니 다시 시조창을 하기 시작했다.

> 반여든에 처음으로 계집질하니
> 우렷두렷 우벅주벅 죽을 뻔 살 뻔 하다가
> 와당탕 들이달아 이리저리 하니
> 노도령의 마음이 흔들흔들
> 진실로 이 재미 알았던들 기어다닐 때부터 했겠네

좌중에서 와르르하고 웃음이 터졌다. 왕 또한 즐거워하고 있었다. 여자처럼 부드러운 살결에 홍조가 드리워지기까지 했다. 이미 술을 몇 잔 마신 다음이었다. 왕이 소리쳤다.

"얼씨고 절씨고 잘한다! 하나 더 하여라!"

몇몇 손님의 얼굴이 굳어졌다. 법도에 없는 행동이었다. 하지만 계향은 처음 보는 멋들어진 귀공자의 칭찬에 신이 나서 노래 하나를 더 부르기 시작했다.

> 일러나 보자 일러나 보자. 내 아니 이르리 네 남편한테……
> 거짓으로 물 긷는 척 물통은 내려 우물전에 놓고
> 똬리는 벗어 통꼭지에 걸고

건넌집 작은 김서방 불러내
두 손목 마주 덥석 쥐고 수군수군 말하다가
삼밭으로 들어가서 무슨 일 하는지……

왕은 연거푸 술잔을 기울이며 연신 추임새를 넣고 있었다. 갑자기 중인이 쓰는 작은 갓을 쓴 손님이 노래를 중단시켰다.

"지금 시조 청한 친구한테 통할 말 있소."

왕은 자신에게 하는 말인 줄도 모르고 계향에게 왜 노래를 그만하느냐, 계속하라고 했다. 계향이 눈치를 보는 사이 허견이 자리에서 벌떡 일어섰다. 얼굴이 시뻘겋게 달아올라 있었다.

"어느 안전이라고 그따위 음탕하고 천한 노래를 불러대는 것이냐!"

왕이 흥이 깨진다고 투덜거렸다.

"기생방에서 이런 맛에 듣는 노래가 아닌가."

다른 손님이 일어섰다. 왕을 노려보면서 목소리를 높였다.

"나머지 시조는 두었다 듣는 청 좀 합시다."

왕이 간단하게 "싫소!" 하고 대답했다. 말을 한 사내가 어이가 없다는 듯 피식 웃다가 갑자기 계향의 따귀를 갈기고 발로 배를 걷어찼다. 왕이 무슨 짓을 하느냐고 외치자 허견이 차가운 얼굴로 "친구는 기생방의 법도를 이리도 모르는가?" 하더니 다른 손님들에게 "기생방 법도에 무지몽매한 이 어린 친구를 가르쳐야겠으니 당장 잡아 매달아서 발바닥을 매우 쳐라" 하고 종 부리듯 말했다. 사내들이 달려들었다.

나는 왕에게 "빨리 도망쳐!" 하고는 사내들을 막아섰다. 왕은 취기 어린 목소리로 "내가 왜? 왜!" 하면서 맞서보려는 듯 주먹을 쥐었다. 나는 허견에게 소리를 질렀다.

"정녕 이러긴가?"

허견은 "기생방에서는 지존의 몸이라 하더라도 기생방의 법식을 따라야 하는 법!" 하고 대꾸했다. 이놈이 도대체 뭔가를 알고 이러는 것인가? 왕은 사내들에게 잡히지 않으려고 방안을 맴돌았고 주안상이 뒤집어지고 병풍이 쓰러졌다. 나는 방문을 박차서 연 뒤 왕의 등을 힘껏 떠다밀었다. 그제야 왕이 사세가 위험한 것을 알아차리고는 신발조차 신지 못하고 도망을 쳤다.

검계의 형제들이 마당으로 들어서고 나서 사태는 어느 정도 진정이 되었다. 나는 허견을 향해 "영상 대감의 힘이 동래에서 의주, 강계까지 만천하를 뒤덮고 있다 들었는데 한양의 청루 술자리까지 손아귀에 든 줄은 몰랐소!" 하고는 왕의 가죽신을 집어든 채 밖으로 나섰다. 허견의 코웃음소리가 귓등을 때렸다.

"오늘 운좋은 줄 알아라!"

운이 아주 좋지만은 않았다. 왕은 뛰다가 발을 접질려 복숭아뼈 있는 데가 퉁퉁 부었다. 이튿날 신하들이 이를 알고는 어의에게 진맥을 하게 했는데 어의가 원인을 알 리가 없었다.

## 44장 곰팡이가 남인을 무너뜨리다

경신년1680년 3월, 관상감에서 유성이 자미성 위에서 나왔음을 왕에게 보고했다. 자미성은 제왕을 상징하는데 유성이 자미성을 범한 것은 왕에게 불길한 일이 생길지도 모른다는 징조였다. 물론 왕의 신변에 별일이 생긴 건 아니었다. 상춘원에서 허견에게 얻어터질 뻔한 것 말고는.

왕은 그 일 이후 분해서 잠을 제대로 자지 못했다. 마음속에 살짝이라도 맺힌 원한은 결코 잊지 않는 것이 집안 내력이라 어떤 식으로든 허견을 단단히 족쳐서 설분을 하지 않았다가는 화병이라도 걸릴 판이었다.

허견의 뒤에는 아비 허적이 있었고 허적은 선왕의 임종시 자리를 지킨 고명대신이었으며 일인지하 만인지상의 지위인 영의정에 군권을 총지휘하는 도체찰사이고 조정을 장악한 남인들의 우두머리였다. 웬만한 죄목으로는 무너뜨릴 수 없었다. 그렇다고 왕이 궁궐 담을 뛰어넘어 기생방에 놀러갔다 허적의 서자에게 개망신을 당하고 쫓겨났다고 할 수는 없었다.

나는 한여신에게 매일같이 허적의 집으로 가서 허견의 언동을 살피는 것은 물론 허적의 허점을 캐내게 했다. 하지만 허견에게 치도곤을 안기고 허적을 물러나게 할 만한 큰 잘못은 발견되지 않았다. 뇌물을 주고받고 백성들이 피땀 흘려 수고롭게 생산한 것을 수탈하는 것은 조정의 신하들이나 왕실과 관련된 궁가들 누구에게나 만연한 악습이어서 허적의 집만 지적할 수도 없었다.

"허적의 잘못이나 허물이라는 게 생각보다 별게 없습디다. 재물을 과하게 탐해서 뇌물을 받고 모은 재산이 내수사보다 많아 보이는 것 말고는 말이지요. 작년에 있었던 차옥의 일이 허견의 소행이 분명하긴 하지만 한번 논단하고 넘어간 것을 재론하기도 쉽지 않을 것 같습니다."

내 말에 왕은 크게 실망한 기색이었다. 하지만 이목을 돌리지 말고 더 샅샅이 죄목을 캐내게 했다. 의금부나 사헌부에서 할 일을 왜 내게 시키는지, 그 일을 잘해내면 벼슬이라도 올려줄 것인지 묻지도 따지지도 않고 도성에 있는 검계의 정예를 모두 허적과 삼복의 주변에 몰아넣다시피 했다. 삼복에 대해 무슨 말이 있었던 건 아니지만 워낙 청남 탁남 할 것 없이 조정 안팎의 남인들과 관계가 돈독했고 이참에 무슨 허물이든 적발해서 다시는 고개를 들지 못할 정도로 덤터기를 씌울 수 있다면 바랄 나위가 없었다.

미운 놈 떡 하나 더 준다고 왕이 영상 허적이 늙은 몸으로 정사에 신명을 바치다시피 한다 하여 승정원에 명하여 안석과 지팡이를 하사하게 했다. 또한 이조 판서 이원정의 진언에 따라 허적의 집안 잔치에 미곡과 포목을 넉넉하게 내리게 하고 사악賜樂의 은전을 베풀었으니 곧 장악원의 악사들을 보내 음악을 연주하게 한 것이었다. 하지만 허적은 왕의 선물을 채 다 받지 못했다. 정국이 일변하는 바람에 허적을 비롯한 남인들이 된서리를 맞고 쫓겨났기 때문이다. 훗날 경신환국, 혹은 경신대출척이라고 불리게 된 사건의 시말은 이러했다.

허적이 조부 허잠에게 시호가 내려온 것을 축하하는 잔치를 연 것은 3월 28일이었다. 하객으로 조정의 웬만한 신하들 대부분이 참석했다. 좌상 민희는 물론이고 몸이 아파 침을 맞는다며 빈청에 나오지 않던 우상 조이수도 자리를 채웠다. 서인 가운데 눈에 띄는 인물은 국구인 김만기와 왕의 누이인 명안공주의 시아버지 오두인 같은 몇 사람뿐이었다. 허적의 고종사촌 누이의 아들들인 민정중, 민유중 형제조차 오지 않았다.

서인들이 허적의 집안 잔치에 가지 않은 것은 잘못하면 그 자리에서 이승을 하직할 수도 있다는 염려를 해서였다. 잔치가 열리기 훨씬 전부터 허견이 남몰래 양성한 무인들을 몰래 숨겨놓았다가 서인들과 평소 마음에 들지 않던 남인들을 한꺼번에 척살하리라는 소문이 돌았다. 잔치 음식에 독을 넣어서 일망타진하리라는 말도 있었다. 내가 파악한 바로는 모두 헛소문에 불과했고 김석주에 의해 의도적으로 유포된 것이었다.

일이 그렇게 돌아가게 된 데는 김석주의 병풍에 핀 곰팡이가 결정적인 역할을 했다. 김석주가 제집 병풍에 곰팡이가 피자 시중의 장인에게 맡겨서 고치게 했는데 그 병풍에 바를 속지를 허견이 맡긴 병풍의 속지와 함께 묶어두었던 것이 우연히 김석주의 집으로 딸려오게 되었다. 거기에 편지가 한 통 들어 있었으니 '여수麗水의 신녀辛女를 제거하고 나서 일을 도모할 수 있다'는 내용의 글이 적혀 있었다고 했다. 김석주가 왕에게 그 편지를 극비리에 바치면서 "여수는 몇 년 전 청풍부원군 김우명이 삼복 형제 간에 오간 편지 속에서 발견한 내용과 같이 '금생려수金生麗水'에서 나온 말로 김씨를 가리키고 신녀는 신축년에 태어난 여인을 말함인데 이는 중궁전을 지칭하는 것입니다"라고 했다. 그런데 그 편지를 누가 쓴 것인지는 알 수 없었고 신축년에 태어난 여자가 중전 하나뿐인 것도 아니며 별다른 힘도 없는 중전을 제거하고 나서 무슨 일을 도모한다는 것인지도 확실하지 않았다.

왕은 그 일에 관해서는 내게 전혀 말을 하지 않고 김석주에게 따로 자세히 조사를 해보게 했다. 김석주는 자신의 심복인 이입신, 박빈, 남두북 같은 너절한 인물들을 시켜서 허견과 삼복 형제, 그리고 중앙의 군권을 쥐고 있는 야당 장군의 움직임을 파악하려 했다. 이들은 허견과 삼복의 집 주변에 잠복하고 있다가 저희 주제에 어울리는 계집종들을 사귀어서 동정을 탐문했다. 하루는 복선군 이남의 계집종이 갑자기 백 벌이 넘는 군복을 짓다가 손끝이 헐었다고 하는 것을 들어서 비상한 주의를 기울이고 있던 차에 허적의 잔치가 열리게 된 것이었다. 잔치가 열리기 열흘 전부터 허적의 집 멀고 가까운 곳에 수많은 이목이 집중되어 있었고 나 또한 잔치 당일에는 거지로 변복하고 염탐을 하고 있던 참이었다.

집안의 잔치에 유력한 인물들이 오지 않을 것을 염려한 허적이 특히 김석주와 김만기에게 공을 들여서 허견을 다섯 차례나 보내서 오기를 청했다. 김석주는 병이 들었다고 핑계를 대고 김만기에게는 가 보라고 권했다.

"우리 두 사람이 다 가지 않으면 저들이 의심할 수도 있으니 대감이 가시는 게 좋겠소."

김만기는 죽을 자리가 될지도 모른다는 두려움을 품은 채 잔치 자리에 나타났다. 그는 자리에 앉자마자 배가 고프다며 옆 사람의 술잔을 가져다 마시고는 나물을 조금 먹었을 뿐이었다. 독이 들어 있을까 염려해서 남이 주는 잔은 절대로 받지 않았다.

내가 보기에는 삼복이나 허견에게 다른 뜻이 있을 리 없었다. 내일이나 십 년 후에도 오늘처럼 살아가는 게 무슨 불만이 있어서 중전을 제거하고 무슨 일을 도모한단 말인가. 그러니까 그건 김석주의 억지에 가까웠다. 내가 주야로 허견과 삼복의 동정을 살피는 데는 야당 장군처럼 나와 연관된 사람들에게 혐의가 될 만한 일이 없다는 것을 밝히려는 것 외에도 김석주의 편협한 이목과 잘못된 생각이 왕의 판단을 흐리게 하는 것을 막으려는 목적도 있었다.

비가 내리기 시작했다. 기름 먹인 용봉 장막이 마당에 쳐져 있어서 비에도 큰 탈은 없었다. 장막은 허적이 궁궐에서 내온 것이었다. 사람들이 허적의 용의주도함에 감탄을 했고 서자이긴 하나 하나뿐인 아들로서 허견은 사람들 사이를 돌아다니며 제가 집주인인 듯 인사를 받았다.

허적이 집안의 사당에 고유제를 올릴 때 갑자기 웬 암탉이 날아들어 제상 위의 제기를 발로 차서 엎어버리는 일이 생겼다. 천막 아래 앉은 사람들에게 음식을 담은 그릇을 나눌 때에도 또 웬 놈의 장닭이

한 마리 뛰어들어와서 발길질을 하여 그릇을 엎고 똥을 싸며 돌아다녔다.

"개판이 아니라 닭이 살판이 났구만."

중얼거리던 내 눈에 대전의 오별감이 보였다. 대갓집 교군꾼 차림을 하고 있었는데 옷이 어찌나 더러운지 빗물에 땟국이 흘러내릴 판이었다. 내가 뒤로 살금살금 다가가 귓구멍에 호오, 하고 입김을 불어넣자 기절할 것처럼 놀랐다.

"무슨 일이오?"

"저, 저, 전하께서 비가 오는데 영상 댁 잔치가 제대로 돼가고 있는지 살펴보고 오라 하셨네."

"살펴봤으면 비 맞은 중마냥 쭝얼대며 서 있지 말고 어서 가시오."

"저 천막은 궁궐에서 쓰던 게 맞겠지?"

"궁궐에서 쓰는 게 아니면 어느 누가 장막에 용과 봉황을 그려넣을 수 있겠소?"

오별감이 두꺼운 입술에 손가락을 대고는 "쉬이" 소리를 내고 나서 빗속으로 줄달음쳐 간 뒤 허적이 "저놈의 닭들을 당장 잡아넣어라!" 하고 명했다. 종복 수십 명이 닭을 쫓느라고 법석을 떨었다. 문득 '닭은 유酉이고, 유는 서인西人을 뜻한다'고 했던 미수 스승이 떠올랐다. 바로 그때 마치 마음이 서로 통하기라도 한 듯 허적이 내 쪽을 돌아보며 옆에 앉은 민희에게 "닭은 서인을 뜻하는 게 아니겠소. 이게 길조일까 흉조일까?" 하고 물었다.

"동이고 서고 간에 남의 잔칫상을 뒤엎는 것들은 모조리 잡아죽여야지요."

드문드문 개밥의 도토리처럼 남인들 사이에 끼어 앉아 있다가 민희의 대답을 들은 서인들은 안색이 싹 변했지만 뭐라고 입을 열어 항변하지는 못했다. 건성으로 잔을 들어 허적에게 축하 인사를 건네었을 뿐 빨리 잔치 자리를 빠져나가고 싶은 기색이 역력했다. 본격적으로 음식이 차려지고 왕이 보낸 장악원의 악사들이 음악을 연주하며 흥을 돋우려 애썼지만 즐거워하는 사람은 없었다. 나까지 하품을 하다 못해 기둥을 잡고 잠이 들 지경이었다.

그때 지루함을 깨주려는 듯 말 한 마리가 빗물을 튀기며 달려왔다. 낯익은 승정원의 서리가 타고 있었다. 서리는 대문 앞에서 멈춘 말에서 뛰어내린 뒤 잔치 자리에 있는 사람들 중 몇을 지목해 왕명을 전했다. 왕이 훈련대장 유혁연, 총융사 김만기, 포도대장 신여철에게 궁궐로 당장 들어와 입시하라고 패초를 한 것이었다.

"이게 도대체 무슨 일입니까? 대감은 알겠지요?"

갑작스러운 패초에 놀란 허적이 불안해하며 김만기의 손을 잡고 물었다. 김만기는 무슨 까닭인지 전혀 모르겠노라고 하면서 얼른 자리를 벗어났다.

왕은 궁궐에서 비가 오는 것을 보고는 내시를 불러서 "궁중에서 비올 때 쓰는 유악油幄, 기름칠한 장막을 허적의 잔치에 가져다주어라" 하고 명했다. 이에 내시가 "허적이 전일에 용봉 장막을 찾아서 이미 가져갔사옵니다"라고 답하자 왕이 "궁궐의 물건을 제멋대로 반출하다니, 성종 임금 때 두 왕비의 아비였던 한명회조차 감히 이런 짓을 하지 못했다"며 크게 노해 남인을 척결하기로 한 것처럼 전해지고 있는데 실상 용봉 장막은 핑계에 지나지 않았다.

왕은 차옥의 일이나 윤휴의 금송 시비 등을 통해 남인들이 오만방자하게 저희 하고 싶은 대로 다 해도 이를 견제할 반대 세력이 너무 미약하다는 것을 깨달았다. 또한 즉위 이후로 같은 인물들에게 같은 소리를 듣는 게 신물이 났다. 거기다 대비의 사주를 받은 김석주가 계속해서 속살거리는 게 있었다.

"남인들이 도체찰사와 훈련대장, 남한산성의 수어사, 강화유수 등 도성 주변의 군권을 모두 차지하고 있는데 연전에 김만기의 숙부인 김익훈을 광주부윤으로 하였다가 척리에게 병권을 맡길 수 없다는 남인들의 반대로 바꾼 적이 있습니다. 이대로 두면 체찰부의 관할 밖에 있는 훈련도감과 어영청 외에도 총융사와 개성의 대흥산성, 남한산성의 수어사, 강화, 이천과 안산의 둔군이 모두 남인의 손에 장악될 것입니다."

물론 왕의 마음을 움직인 직접적인 계기는 상춘원에서의 굴욕이었다.

김만기가 자리를 뜨고 나자 잔치 분위기는 파장이 되었다. 이세명이 허적과 민희에게 "지금 정승들께서 패초를 받고 입궐하는 신하들의 뒤를 따라가서 주상께 적절히 해명하면 일을 수습할 수 있습니다"라고 했다. 허적과 민희가 부랴부랴 초헌을 타고 궐문 앞까지 갔지만 이미 패초를 받은 신하는 다 들어간 뒤였고 문을 통과할 수 있는 패가 없어서 들어갈 수 없었다. 물론 나는 패가 있었으므로 옷을 갈아입고 나서 문제없이 통과했다.

왕이 유혁연, 김만기, 신여철이 모두 패를 들고 나온 자리에서 비망기를 내렸다.

—땅 위에는 재앙이, 하늘에는 이변이 거듭 발생하고 위태롭고 의심스러운 일이 여러 가지이며 거짓 소문으로 사방이 떠들썩하니, 도성에 있는 친위병을 거느릴 장수는 국가의 지친이자 직위가 높은 사람으로 하지 않을 수가 없다. 총융사 김만기를 훈련대장으로 삼으니 즉시 병부를 받아서 임무를 살피라. 유혁연은 세 임금에 걸친 오래된 장수이므로 내가 매우 의지하고 중히 여기지만 이십 년이나 훈련도감을 맡았고 지금은 근력이 쇠했으니 우선 해임하고, 총융사는 신여철에게 제수하니 또한 즉시 병부를 받아서 공무를 집행하라.

훈련대장을 교체한 이유가 '나이가 많아 근력이 쇠했다'는 것인데 야당 장군은 웬만한 무인 서너 명은 한자리에서 해치우고 남을 무공과 용력을 지니고 있었다. 오 년 전에 왕이 김만기를 총융사에 임명하려 하자 윤휴가 "나라가 이리 어지럽고 시끄러운 때 병권을 외척에게 맡긴다니 될 말입니까!" 하고 반대했는데 도체찰사 허적이 "나라가 어지러우니 병권을 믿을 만한 외척에게 맡겨야 하지 않겠습니까아아아!" 하여 관철된 적이 있었다. 새삼 국가의 지친인 김만기로 훈련대장을 교체한다는 것은 핑계일 뿐이었다.

어쨌든 남한산성의 수어사에 좌상을 겸하던 남인 민희 대신 대왕대비의 사촌동생 조사석이 임명되었고 병조 판서와 어영대장을 겸하던 김석주는 유임이 되었다. 결과적으로 체찰부에 소속되지 않은 훈련도감과 어영청은 물론 도성 주변의 군권은 서인 혹은 훈척, 아니 왕의 수중에 들어갔다.

대세가 확연히 바뀌었다. 남인은 추풍낙엽처럼 스러지고 서풍이 폭풍이 되어 불기 시작했다. 허적의 잔치 이틀 뒤 좌상 민희와 우상 조이수가 왕이 승정원에 내린 비망기로 인해 사직했다. 왕은 인사권을 맡은 이조 판서 이원정을 삭탈관직하고 도성 밖으로 내쫓았으며 이조 참판 이세명 또한 자리를 물러났다.

4월 초하루, 지팡이도 받지 못하고 한강변으로 물러나가 죄주기를 기다리던 허적의 상소가 승정원에 봉입되었다.

—늙은 신하가 언제나 한쪽 당에 치우치지 않던 까닭에 이쪽과 저쪽 무리에 모두 미움을 받아서 쓸쓸하게 고립되어왔습니다. 지금 마침내 평생에 하지 않은 것을 가지고 어진 마음으로 사랑하시는 하늘임금로부터 견책을 받았으니, 장차 무슨 얼굴로 돌아가서 선왕을 뵙겠습니까? 쓸쓸한 강가, 싸늘한 집에서 밤을 새우며 제 잘못을 스스로 꾸짖으니, 첫째도 신의 죄이며 둘째도 신의 죄입니다.

왕이 즉시 답을 내렸다.

—일찍이 과인이 즉위한 처음에는 신하들이 서로 화합하여 국사를 같이하려고 하였는데 의견이 서로 갈린 뒤로부터 영상이 이를 제대로 조정하지 못하였다. 마침내 영상이 들뜬 의론에 이리저리 휘둘리며 갈팡질팡하는 것을 보고 과인은 혀를 차며 탄식하였다. 영상의 자리에서 물러나는 것을 윤허하노라.

이때까지만 해도 왕은 남인들을 완전히 내칠 생각은 하지 않았다. 남인들이 정권을 잡았을 때 서인들 일부를 남겨두었듯이 남인 가운데 일부는 조정에 남겨두려 했던 것이다. 물론 남겨둘 인물은 왕에게 절대적으로 충성하면서도 유능해야 했다. 그런 사람이 좀체 없다는 게 문제였다. 형조 판서 김덕원 정도가 살아남았다.

같은 날 남인 대사헌 민암이 차자를 올렸다.

—전하께서 비망기로 '위태롭고 의심스러운 일이 여러 가지이며 거짓 소문으로 사방이 떠들썩하다'고 하교하셨으나 신은 그 말이 어떤 뜻인지를 모르겠습니다. 전하께서 거짓말이라 이르고 의심스럽다고 고집하시면 고금에 신하된 자로 누가 죄를 면할 수 있겠습니까? 신은 여기에서 한숨을 쉬면서 눈물을 흘려도 부족하다 느낍니다. 양사의 많은 관원이 모두 체임遞任, 해임의 은혜를 입었는데, 신도 그들과 다름이 없으니 청컨대 체임하여주소서.

왕이 대번에 민암이 청한 대로 해주었다. 남인 대관인 집의 목임유, 장령 유하겸, 사간 박진규, 지평 이진은이 모두 체임되었다.

하루 뒤 새로 임명된 서인 장령 심유 등이 우찬성 윤휴를 귀양 보낼 것과 민암과 부제학 임정도 등을 삭탈관직하여 귀양 보낼 것을 상소해 윤허가 떨어졌다. 뒤질세라 대사간 유상운, 정언 박태손과 이언강도 윤휴를 멀리 귀양 보낼 것을 논계하고 삼복의 외숙인 조성위가 호조 판서 시절 탐학한 행동을 한 것을 문제삼아 귀양 보내기를 청했다. 마침내 윤휴가 갑산으로 귀양을 갔는데 큰 죄목으로 대비를 단속하라고 했던 점, 복창군 형제와 친분이 돈독하였던 점, 체찰부의 복설을 주장하고서 부체찰사로 자신이 임명되지 않자 왕 앞에서 대놓고 불쾌한 기색을 나타내었다는 것이 지적되었다.

허견에게는 아비의 권력을 빙자하여 교만, 사치, 음란, 방탕한 행동으로 간사하게 재물을 취하고 남을 속여서 빼앗은 것, 팔도를 두루 다니면서 뇌물을 받고 변승업 등으로부터 오천 냥의 황금을 강탈하고 수백의 종을 빼앗았다는 죄목이 열거되었다. 또한 여러 분야의 명사들과 친하게 지내고 날쌘 무인들과 사귀었으며 나라를 혼란스럽게 할 요사스러운 인물이자 집안을 망칠 자식이라고 하여 절도에 위리안치하도록 했다. 왕은 "각계 명사들과 친하게 지내고 날쌘 무인과 사귄다는 뜻이 무엇인지 헤아릴 수 없으니 기한을 정해 배소에 보내되 당장 그 이유를 캐내어 올리라"고 명했다.

이어 예조 판서 조성창과 이조 참의 목창명이 상소하여 사직을 청하니 모두 허락하였다. 허적이 도체찰사, 내의원 제조 등의 임무를 모두 사직하고 나서 병조 판서 김석주에게 도체찰사의 임무를 맡겨 대흥산성과 도성 교외의 군사에 관한 일을 주관하게 했다.

서인 이조 판서 정재숭이 출사하여 인사를 처결하기 시작해서 대사헌, 판서, 대관, 낭관을 천망하고 김수항을 영의정으로, 정지화를 좌의정으로 삼도록 주청했다. 왕이 후보를 더 올리라고 명하여 대부분 서인들로 낙점하고 박태보의 친외숙 남구만을 도승지로 삼았다. 조정의 핵심이 모두 서인으로 갈린 것이었다.

새로 임명된 대사간 유상운과 정언 이언강, 박태손이 합계하여 삼복을 탄핵했다.

—복창군 이정과 복선군 이남 등은 모두 왕실의 지친으로서 세 임금의 은혜를 입었음에도 조심하고 근신하며 나라의 은혜에 보답할 것을 생각하지 않고 법을 항시 무시하고 어겼습니다. 또한 바깥 사람들과 결탁하여 힘으로 조정을 제어하고 위엄이 궁궐에까지 도달하니 위로는 재상과 사대부에서 아래로는 무역을 하는 역관들에 이르기까지 그들의 집 문간에서 노역을 하지 않는 이가 없었습니다. 활쏘기로 많은 무사를 모으고 사냥을 하면서 교외에 오래 머무니, 행실이 지나치게 방종스러워 보고 듣는 이가 괴이하게 여겼습니다. 복평군 이연 역

시 두 형들과 마찬가지로 음탕하게 놀아났으니 그들의 방자함과 교만한 횡포와 버릇을 꺾지 아니하면 안 되겠습니다. 이들을 모조리 절도에 안치하소서. 또한 헌납 윤의제는 윤휴의 아들로 간관의 반열에 그대로 둘 수 없으니 자리를 다른 사람으로 바꾸소서.

물론 왕의 비답은 당장 그리하라는 것이었다.

4월 4일, 유성이 항성亢星 밑에서 나와서 남방으로 들어갔다. 항성은 천자의 조정을 뜻하니 불길한 기운이 조정에서 나와서 남인을 주륙한다는 것인가. 혹은 조정이 미구에 뒤집혀 남인의 것이 된다는 것인가. 내 머리는 복잡하기만 했다. 허적과 허견, 삼복이 몰려난 것은 잘된 일이지만 쫓겨난 내 기생방 동무들을 언제나 다시 볼 것인가. 늙으신 내 스승들, 미수와 야당 두 분은 어찌될까.

집밖에서 아이들이 부르는 노래가 들려왔다.

"허적은 산적散炙이 되고 허목은 도루묵回目 되네. 조이수는 먹이수食是壽 민희는 싫어라瑟熙."

민심의 예측으로라면 허적은 꼬챙이에 꿴 고기 신세가 되었고 미수 스승은 도로 벼슬도 권세도 없는 선비가 될 것이었다. 또한 조이수는 누군가에게 먹히고 민희는 무조건 싫다는 뜻인 듯했지만 그들은 내 당장의 관심사가 아니었다.

## 45장 삼복의 변

허적의 집안 잔치에서 남인의 퇴출과 서인의 등용에 이르는 엿새 동안 벼슬을 떼고 벼슬아치 명단에서 삭제하고 도성 문밖으로 내쫓으며 혹은 중도부처하고 국경 근처와 절도에 정배하라는 명이 쉼없이 내려왔으나 나는 두 스승의 목숨까지 위험하지는 않다고 생각했다. 연세는 미수가 여든여섯, 야당이 예순다섯이었다. 물러날 때도 되었다. 다시 벼슬에 오르지는 못하겠지만 죽기 전에 관작이 회복될 수 있을 것이고 그러지 않는다고 해도 이때까지 누린 영화를 생각하면 웬만한 사대부가 부러워할 만한 길을 걸어왔으니 그리 억울할 것도 없겠다 했다.

이제부터는 내가 좀 잘해드리자. 언제부터인가 두 어른을 소 닭 보듯 했으니 앞으로는 맛있는 것이나 보약이라도 싸들고 스승이 계신 초가삼간에 가서 정답게 이야기도 나누고 재미없는 이야기도 들어드리고 하면서 지금까지 못한 도리를 다하자.

그런 순진한 생각은 4월 초닷새 김석주의 심복인 남두북이 역모를 고변하는 급서를 올리고 대비의 동생인 김석익이 대비전에 들어가 역모가 있음을 알리면서 산산조각이 났다. 이어 김석주의 심복인 술사 정원로와 허견의 처남 강만철이라는 자가 허견과 복선군 이남을 주모자로 한 역모가 있음을 고했다.

훈련대장 김만기와 어영대장 김석주가 갑옷을 입고 투구를 쓴 채 삼엄하게 궁성을 호위하고 병조에 국청을 설치하여 정원로와 강만철에게 공초를 받았다. 고변과 국문, 자백과 공초를 모두 합쳐 꾸려본 역모의 내용은 이러했다.

한 해 전 가을과 겨울 사이 복선군 이남이 정원로의 집에 허견과 함께 모였다. 복선군과 허견을 소개한 것은 복선군과 같은 동네에 사는 이태서였다. 허견이 복선군을 보고 "주상께서 몸이 약하고 형제도 아들도 없으니, 만일 불행한 일이 생기는 날에는 대감께서 왕위를 이을 후계자가 될 것입니다. 그때 만일 서인들이 임성군을 추대한다면 저는 대감을 위해서 병력으로 뒷받침하겠습니다"라고 하였으나 복선군은 놀라 아무 말도 하지 못하고 나갔다는 것이었다. 다음에 세 사람이 다시 만나 서로 비밀을 엄수할 것을 맹세하는 말을 담은 종이를 나눠서 각기 가지고 닭의 피를 내어 술에 타서 함께 마셨다.

결국 모의만 있었다고 할 뿐 서찰 외에는 구체적인 증거와 정황은 없었으므로 자백이 역모의 실체를 좌우하게 되었다. 복선군 이남은 두어 차례의 형신刑訊, 형장을 가하면서 신문하는 것 끝에 역모를 인정했다. 오히려 주변 인물인 이태서가 정원로, 강만철과의 대질에도 불구하고 끝까지 범죄를 부인했다. 정원로가 증언하기를 허견이 썼다는 편지에

'부이副貳, 보좌역 임무를 희려希麗에게 맡긴다'는 말은 윤휴(윤휴의 자 희중)와 김석주('금생려수'의 '려'를 따서 김씨를 지칭함)를 가리키며, '동객洞客'은 함께 자리한 이태서가 안동방에 살기 때문에 쓴 말이라 했다. 또 '조계문이 허견과 마음이 서로 통하는 친구로 허견이 당세의 영웅임을 가장 잘 안다'라고 했는데 계문은 조성창의 자였다. 이태서는 정원로가 편지를 위조한 것이라고 주장했고 강만철에 대해서는 아예 얼굴을 알지 못한다고 했다.

역모를 추국하는 국청에서 왕에게 아뢰기를, "복선군 이남이 허견의 대역부도한 말을 예사로 듣고만 있었으니 이미 역모죄를 자백한 것이나 다름없습니다. 사안을 종결지은 다음 일각을 넘기지 말고 형벌에 처하는 것이 본래의 법례이나, 허견을 나포해온 뒤에 증거로 삼을 수 있도록 세세히 조사하여야 하겠습니다"라고 했다. 왕이 "이는 결단코 한두 사람이 일조일석에 모의한 일이 아니다. 반드시 같은 당이 있을 것이니, 서둘러 결안結案, 형을 결정한 문서을 올리지 말고 같은 당과 형제가 참여했는지 자세히 문초하고 형을 가하면서 캐물으라"고 답했다. 허견이 붙잡혀와서 한 차례 형신을 받기도 전에 순순히 죄를 자백했다.

그 와중에 김석주가 이천의 둔군이 훈련대장 유혁연의 지시로 날마다 무예를 훈련하고 진법을 익혔다면서 대흥산성에서 훈련한 것이 훗날 군사를 동원하는 계제로 삼으려 한 것이 아닌지 의심스럽다고 하여 야당 장군이 국문을 받게 되었다. 야당 장군이 삼복과 사돈 관계인 것이나 삼복이 귀양을 갈 때 방에서 눈물을 흘렸다는 것까지 불리하게 작용했다. 국문 뒤 처벌을 주청하는 소가 올라왔다.

—유혁연은 세 임금을 섬긴 노련한 장수로서 은혜를 받음이 가장 두터운데, 훗날 화가 될 만한 마음을 가지고 방자하게 굴었으며 꺼리는 바가 없었습니다. 훈련대장은 체찰부에 관여되는 것이 아닌데도 체찰사 허적과 비밀히 의논하여 이천의 깊은 산골에 천여 명의 병력을 주둔시키고 훈련도감에서 군기와 기치를 갖추어 보냈으며 군대를 양성하고 훈련하고 조련하는 명령이 모두 그에게서 나왔습니다.

임금에게 무슨 일이 있으면 허견이 복선군을 임금으로 추대할 것이고 그들을 뒷받침할 군권은 유혁연이 담당한다는 설계도를 그린 사람은 김석주였다. 김석주의 등뒤에는 대비가 있었다. 대비의 뒤에 있을 괴물은…… 생각하기도 싫었다.

야당 장군은 꿋꿋이 형신을 견뎌내며 역모에 가담한 것을 결코 인정하지 않았다. 그에 따라 일단 죽음을 면하는 처분을 받아서 유배형에 처해졌다. 검계의 주요 인물이면서 훈련도감의 군교로 있던 한여신도 야당 장군의 명에 따라 이천의 둔군에 물품을 가져다주었다 하여 귀양을 가게 되었다.

야당 장군이 경상도 영해로 가는 귀양길을 떠나기 전에 스승을 찾아가 엎드려 인사를 올렸다.

"이 나라 제일의 대장군이시며 천하에 짝을 찾을 수 없는 무공을 가지고 있으면서도 억울한 형벌을 받고 멀고먼 험지로 귀양을 가십니까? 이 불민한 제자가 무엇을 어찌해야 하겠습니까?"

야당 장군은 내 손을 덥석 잡은 채 목이 멘 듯 잠자코 있었다. 이어 코맹맹이 소리가 내 머리 위에서 울렸다.

"무공의 고하를 가리기 전에 나는 조선의 무인이고 만군을 이끌던 장수이다. 내가 어찌 일신의 무예를 믿고 왕명을 따르지 않겠느냐? 그러고서 어찌 훗날 다시 임금이 하사한 보검을 쥐게 되었을 때 군사들에게 나를 따르라고 말할 수 있으랴."

"스승님, 말씀 잘하셨습니다. 그런 갸륵한 충심을 가지고 계신데 주상 전하를 해하려 했다는 역모에 연루되어 귀양을 가신다는 게 억울하지도 않으십니까?"

"칼은 주인을 따르고 군사는 장수를 따르며 신하는 군주를 따라야 한다. 그러지 않는다면 세상은 일조일석에 망하고 말 것이니라."

"욕이라도 시원하게 하시지요. 오늘따라 점잖고 옳은 말씀만 하시니 제자는 몹시도 안타깝습니다."

야당 장군이 껄껄 웃었다.

"내가 이제까지 할 욕은 이미 다 한 것 같구나. 이제 욕을 먹을 일만 남았는지도 모르지."

"제가 스승님의 뒤를 이어 욕쟁이로 고금 제일이라는 명성을 얻어 보겠습니다."

스승은 배를 두드리며 껄껄거리고 웃다가 문득 표정을 바로잡았다.

"내가 네게 이 말을 하지 않고 배소로 떠나면 가서도 잠을 제대로 못 잘 것이고 결국 노망이 들어서 벽에 똥칠을 하며 죽지도 살지도 못하게 될지도 모른다. 내가 네게 용서를 빌 게 있다."

"스승님은 미욱한 저를 이끌어 조선 제일의 검술을 가르치셨습니다. 저는 스승님의 은혜로 재생한 것이나 다름없으니 스승님은 제 부모와 같습니다. 어찌 부모가 자식에게 용서를 비는 법이 있겠습니까?"

야당 장군은 다시 내 손을 잡았다. 평생 칼을 쥐고 살아온 무인의 손은 거칠었다. 활시위를 당길 때 쓰는 깍지를 여전히 오른손에 끼고 있었다. 그 손은 또 뜨겁기도 했다.

"너와 내가 처음 만났던 삼청동에 내가 간 데는 연유가 있었다. 너와 나는 우연히 만난 게 아니었다. 내가 너와 사제의 연을 맺은 데도 흑심이 있었던 것이다. 나는 네가 생각하는 그런 인물이 못 된다."

나는 예에, 하고 외마디소리를 질렀다.

"나는 네가 주상 전하와 결의형제가 된 것을 우연치 않은 기회에 알게 되었다. 하여 너를 내 제자로 삼으면 훗날 임금과 나라를 지킬 때 많은 도움을 받을 것이라 생각하였다. 사실이 그렇게 되었다. 네 무공으로 청나라의 제일고수를 물리쳤고 그 이후로는 청나라의 괴롭힘이 훨씬 줄어들었으니."

허탈했다. 우직해 보이기만 하는 야당 장군의 머릿속에 그런 교묘한 계획이 숨어 있는 줄은 미처 몰랐다. 한동안 나를 괴롭히던 의문을 풀어야 했다.

"스승님, 혹시 스승님께서 알고 계신 것을 다른 어떤 자에게 말씀하셨습니까?"

야당 장군은 고개를 흔들었다. 잠시 멈춘 뒤 뭔가를 생각하다가 종전보다 더 거세게 흔들었다. 저러다 목이 부러지지 않을까 싶게 머리를 흔들던 야당 장군이 마침내 움직임을 멈췄다.

"명백하게 말을 한 것은 아니지만 알고 있을 만한 사람은 하나 있다."

"그게 누굽니까? 설마 허……"

야당 장군은 허공에 눈길을 고정한 채 입을 열었다.
"그래, 허……"
이어 두 사람의 입에서 각기 다른 단어가 튀어나왔다. 스승은 적, 이라고 했고 나는 견이라고 한 것이다.
"그 애비나 그 개자식이나 매한가지지요!"
어쩌다 그랬느냐고 묻지는 않았다. 허씨 부자는 모두 다 죽을 것이기 때문이었다. 그들이 죽기 전에 나와 왕의 관계를 폭로할 이유도 없었고 그럴 겨를이 있을 것 같지도 않았다.
"또하나, 나는 너한테서 내 오랜 동무의 모습을 봤다. 아마도 네 아비일 것이다. 성이 성이고 북벌을 하겠다며 일신의 평안과 영화를 버리고 떠났으니."
"그분, 지금 어디에 있습니까?"
"소식이 끊어진 지 오래되어서 나도 죽었는지 살았는지는 알 수 없다. 하지만 그의 무예가 아직 세상에 전해지고 있다는 건 알고 있다."
"어디에요? 오살할."
"청나라 황실 내무부다. 전에 네가 겨룬 부태감의 맨손 무예가 수천 년 전 우리 조선에서 비롯한 수박手搏, 맨손으로 하는 전통 무술과 택견托肩, 주로 발을 사용하는 전통 무술에서 나온 것으로 네 아비의 독문절기였느니라."
"일이 왜 이렇게 꼬이게 만드셨어요, 예? 우라질! 떠그랄! 써그랄! 제기랄!"
스승은 미안하다는 말을 남기고 떠나갔고 나는 왕에게 무슨 일이 있어도 두 스승의 목숨만은 살려달라고 부탁했다. 왕이 그리하겠다고 해서 한시름 놓았다.

허견은 법에 따라 군기시 앞에서 능지처참을 당했다. 복선군 이남은 당고개에서 교수형에 처해졌는데 이는 왕이 특별히 종친을 후대하여 몸뚱이를 성히 보존한 채로 장사를 지내게 했기 때문이었다. 복창군 이정에게는 사약을 내렸다. 국문중에 장에 맞아 죽은 자는 이태서 등 여섯으로 대부분 여섯 차례에 걸쳐 형을 받으며 끝까지 죄를 시인하지 않고 결국 죽었다.

귀양을 간 자는 복평군, 한여신, 강만철 등 삼십여 명이었다. 벼슬에서 떨려난 자는 헤아릴 수조차 없었다. 그중 강화유수 장유인이 쫓겨난 이유는 허적에게 아첨하여 기첩의 은밀한 부위에 난 종기를 직접 살펴 치료하고 삼복 형제에게 미색이 뛰어난 여종을 바쳤다는 등의 죄목이었다.

왕은 역적을 처단하고 남인을 몰아내는 데 조금의 인정도 고려도 없이 삽시간에 결정을 지어버렸다. 어린 시절부터 함께 자고 함께 먹으며 정을 쌓았던 혈육인 삼복 형제에게 하는 것을 보니 나라고 한들 왕의 눈 밖에 나면 파리목숨이 되고 말지 싶었다. 그게 왕이라는 괴물의 실체였다. 임금이라는 자리가 왕을 그리 만든 것이겠지만 내가 가진 게 많아질수록 그것을 한순간에 잃을지도 모른다는 공포와 왕에 대한 두려움이 더욱 커질 것이었다.

역적의 재산은 적몰하는 법에 따라 정리를 해보니 허적과 허견 부자의 재산은 왕실보다 더 많았고 복선군의 재산만 해도 허적 부자의 가산보다 더 많았다. 이 많은 재물을 연이은 가뭄과 홍수에 따른 흉작으로 고통받는 백성들을 구호하는 데 쓰게 했으니 당분간 내수사의 곳간을 헐지 않아도 되었다. 왕에게는 호박이 넝쿨째 떨어진 셈이었다. 역모를 평정한 공신들에게 역적의 집과 종, 첩들을 나눠줌으로써 서로 영원히 화해할 수 없는 원수가 되도록 만들었다.

5월 15일 갑산에 유배를 가 있던 윤휴가 국청으로 불려 내려왔다. 그날 미수 스승이 삭탈관직되어 도성에서 내쫓기는 벌을 받았다.

국청에서 윤휴에게 두 번이나 혹독하게 형벌을 가하며 신문하였으나 죄를 승복하지 않았다. 양사에서 권대운과 민희의 중도부처를 헌의한 가운데 윤휴의 사사가 결정되었다. 원한이 채 풀리지 않은 서인들은 사사보다 더한 죄를 더하기 위해 다시 국문할 것을 청했지만 왕이 허락하지 않았다.

갑산의 배소로 되돌려진 윤휴는 왕이 있는 궁궐을 향해 앉아 약사발을 앞에 둔 채로 "조정에서 유학자가 미워서 안 쓰면 그만이지 죽일 것까지 있다더냐!" 하고 말했다. 의금부 도사 행색을 하고 서 있던 내가 "대감, 기왕 이리된 거 편히 가십시오" 하고 한마디 했다가 제자들이며 집안 자제들에게 맞아 죽는 줄 알았다.

"네가 감히 누구라고 이 자리에 와서 감 놔라 대추 놔라 떠드느냐!"

윤휴가 길게 숨을 내쉬고 눈을 천천히 감았다 뜨더니 주변을 진정시켰다.

"내 네가 올 줄 알고 기다리고 있었다."

윤휴는 나를 향해 벙긋 웃어 보였다. 잇몸밖에 없는 입속이 햇빛에 드러났다. 그때 나는 내가 윤휴를 좋아했었다는 사실을 뒤늦게 깨달았다.

약을 다 마신 윤휴는 미리 불을 뜨끈뜨끈하게 때둔 방으로 들어갔다. 사약 중에 있는 부자附子의 독성이 핏속에서 빨리 돌게 하려는 것이었다.

"소주를 들여오너라!"

소주 역시 사약의 효과를 앞당길 수 있었다. 그냥은 죽기도 쉽지 않았다. 땅을 치느니 기둥을 붙들고 우느니 하는 이들을 뚫고 내가 천리를 멀다 하지 않고 가져온 감홍로를 들고 직접 안으로 들어갔다. 마주앉아 큰 주발에 한 잔씩 술을 부어놓고 감회를 나누었다.

"조정에 들어간 지 다섯 해, 포의로 육십 년에 변한 것이 없구나."

"천도는 변하지 않는 법이니 악한 자는 언젠가 응보를 받을 것이고 선한 자는 추앙을 받을 겝니다."

"너는 앞으로 여러 사람에게 주상께서 내린 약사발을 가져갈 운명이려니, 늘 듣기 좋은 말을 준비해두려무나."

"저승사자가 되기는 싫습니다."

"모두 다 죽으라는 사약이랴? 병 주고 약 주는 사약도 있으리."

"대감께서는 사심이 없으셨고 누구처럼 남을 공격해 끝내 죽이고야 마는 죄업을 쌓지 않으셨으니 돌아가셔도 좋은 귀신이 되시리다."

"내 죽고 난 뒤의 일을 말하여 무엇 하리. 살면서 할 바를 다하였다면 그것으로 족한 것을."

밖에서는 계속해서 바람이 불고 있었다. 돌개바람이 되었다가 하늘 높이 솟구쳤다가 온화하게 뜨락 한가운데로 잦아들었다 다시 변덕스럽게 초가지붕을 흔들었다. 어느새 윤휴는 앉은 채로 숨이 끊어져 있었다.

"어르신!"

울음 섞인 나의 외침에 사람들이 뛰어들어왔다. 나는 어느 결에 내쳐졌는지도 모르게 마당으로 굴러떨어져 곡소리를 내고 있었다. 윤휴의 죽음을 조상해서가 아니었다. 왕의 손에 흥건하게 묻은 무고한 사람의 피를 어떻게도 지울 수 없게 되었다는 안타까움 때문이었다.

터덜터덜 도성으로 돌아와보니 김만중, 박태보 두 서인을 제외하면 내 주변에 친하던 사람이 거의 사라지고 없었다. 그들과 함께 떠들썩하게 놀던 청루 안에는 먼지와 적막이 가득했다. 외롭고 아득하고 쓸쓸했다.

# 46장 왕의 여인

조정에 돌아온 서인들과 병권을 쥔 김석주는 역적 복선군과 허견에 연루된 인물들을 참빗으로 이를 훑어내듯 색출해서 죄를 씌우고 형벌을 가했다. 문제는 허적이었다.

허적은 한사코 허견이 역모에 연루되지 않았음을 주장했고 명백한 증거도 없었다. 김석주는 병진년1676년에 대비가 위독할 때 허적이 삼복을 왕의 지근에 들어오지 못하게 하고 왕으로 하여금 궐 밖에서 들어온 음식을 일절 들지 못하게 함으로써 독살을 미연에 방지한 것을 잘 알고 있기도 했다. 왕 또한 허적이 역모를 도모할 사람이 아님을 너무도 잘 알았다.

—허적은 세 임금을 섬긴 오래된 신하인데 죄를 물으면 선왕들의 지감知鑑, 사람을 알아보는 눈에 흠이 가는데다 내가 차마 죽이기까지는 못할 일이 있으니 가산을 적몰하고 관작을 삭탈한 뒤 방귀전리放歸田里, 고향으로 쫓아냄하라.

그러나 곧이어 일 년 전에 있었던 차옥의 옥사가 재론되고 김석주의 청으로 재조사가 시작되었다. 포도청에서 자세히 실상을 조사하여 허견이 차옥이 자못 아름다운 것을 알고는 차옥의 외숙 박찬영에게 차옥을 납치하여 약탈할 계책을 얻었음이 밝혀졌다. 이에 따라 차옥을 매질하고 나서 노비로 삼고 박찬영은 교수형에 처했다.

허적은 제 아들 허견을 비호하기 위해 국법을 어기고 임금과 조정을 속였다고 하여 결국 사사되었다. 한 해 전 허견이 차옥의 죄안에서 벗어나 무죄로 풀려날 당시 의금부 당상이었던 조이수, 목내선, 이하진, 민희, 권대운이 대부분 먼 곳으로 귀양을 갔다. 가녀린 한 여인이 당한 억울한 일로 수많은 정승과 재상, 고관대작의 생사와 운명이 갈렸다. 여자가 한을 품으면 오뉴월에도 서리가 내린다 했는데 차옥은 비록 치욕을 당하고 종이 되었을지언정 수많은 남인들에게 불벼락을 안긴 셈이었다.

차옥과 아무런 관련이 없었지만 미수 스승은 기로소耆老所에서 이름이 삭제되었다. 과거에 선물로 받은 측거변소에서 쓰는 수레를 주홍색으로 칠하고 구리와 주석으로 장식했다는 죄까지 더해져서 아예 사판에서도 삭제되었다.

불똥은 사방으로 튀어 복선군과 친하게 지냈다는 혐의로 장현이 멀리 귀양을 갔다. 도체찰사부 군관이던 조카 장천익과 함께였다. 5월 7일에는 그의 아우 장찬도 김석주의 주장으로 유배되었다. 김석주가 남인들의 돈줄로 장현 집안을 지목하고 있었기 때문이었다.

조정의 판국이 뒤바뀌는 와중에 더러 이상한 일이 있기도 했다. 조사석은 본디 서인인지 남인인지 왔다갔다하며 부화뇌동하는 이로 지목받았는데 남인들이 물러날 때 돌연 조정 인사를 좌우하는 이조 참판으로 발탁되었다.

대왕대비 조씨는 남편인조과 자기 소생이 아닌 적통의 아들들 전부소현세자, 효종, 인평대군에 손자현종까지 모두 자신보다 먼저 저승으로 앞세운 불행한 여인이었다. 자의대비라는 존호를 받은 이래 기해년, 갑인년 복제 시비의 중심이 되었지만 정작 당사자는 자신이 입을 상복에 대해 가타부타 말할 기회가 주어지지 않았다. 본디 큰 목소리를 내는 사람도 아니었다. 자의대비는 그나마 친정 사촌동생인 조사석에게 크게 의지하고 있었다. 그렇다고 갑자기 이런 비상한 시국에 이조 참판 같은 중요한 자리에 조사석을 등용할 만한 이유는 없었다. 조사석 또한 자신의 그런 처지를 잘 알아서 직임을 거듭 사양했지만 왕은 일을 잘할 것이라면서 뜻을 바꾸지 않았다. 물론 나는 그 이유를 잘 알고 있었다. 장옥정의 입김이 작용해서였다.

승은을 입은 지 며칠도 되지 않아 장옥정은 왕을 완전히 사로잡았다. 비결이 뭔지는 전혀 알 수 없었다. 추월이나 내 사람이 된 계향에게 물으면 알 듯 말 듯 한 웃음을 지을 뿐이었다. 아무리 같은 사내고 의형제라지만 왕인데 위신과 염치를 불고하고 침전 속의 일을 물을 수도 없는 일이었다.

경신환국과 삼복의 변을 거치는 동안 철저히 국세를 주도하는 것은 김석주였지만 그 뒤에는 대비가 철벽처럼 버티고 서 있었다. 대비는 특히 자신에게 모멸감을 안겨준 원수를 결코 잊지 않았다. 첫번째가 친정아버지 김우명이 술병으로 죽게 만든 원인을 제공한 삼복 형제, 두번째가 자신이 측천무후처럼 나서지 않게 단속을 하라 한 윤휴, 다른 나머지는 왕의 자리가 튼튼하지 못할 때에 이리 붙었다 저리 붙었다 하며 일신과 일문의 부귀영화를 누린 허적과 그 비슷한 조정 신하들이었다. 삼복 가운데서도 궐내 궁녀와 간통하고 선왕의 승은을 입은 김상업을 제집에서 보호해주었던 복창군은 역모에도 가담하지 않았고 죽을 만큼 큰 잘못이 없음에도 사사를 당했다. 윤휴는 복선군의 역모 같지 않은 역모와 전혀 관련이 없고 삼복과 좀 친한 정도였을 뿐인데도 사약을 받았다. 왕이 열네 살 어린 나이로 즉위한 이후 사부나 다름없이 정사를 주관했던 윤휴였으니 대비가 스스로 수렴청정을 하지 못한 한을 윤휴를 죽임으로써 풀었다는 게 분명해 보였다.

그 외에 처단 대상으로 오른 조이수의 죄과는 더욱 보잘것없었다. 왕이 즉위한 이듬해 봄에 온 칙사에게서 '임금은 약하고 신하는 강하다'는 말을 듣고 여기저기 떠벌렸다는 게 죄목이었다. 조이수가 만들어낸 말도 아니고 청나라에서 자주 하는 말인데 한번 기억한 것은 절대 잊지 않는 대비의 집안 내력으로 말미암아 조이수는 목숨이 오락가락하는 신세가 되었다. 친경을 주청하여 제 딸을 후궁으로 삼으려 했던 삼복의 외숙 조성창 또한 죽음을 면치 못했다. 조성창의 형 조성위, 조이대 등은 살았으니 대비와 상대적으로 접촉이 적거나 원혐이 적었기 때문이었다. 권대운이나 목내선, 미수 스승이 그러했다.

경신환국 이후 대비의 입김은 더욱 강해졌다. 반면 약관을 넘어선 왕은 간섭을 받고 싶어하지 않았고 강력하게 친정을 펴나가고자 했다. 대비는 김석주를 통해 자신의 의사를 관철하려 했고 왕은 서인 신하들을 전에 부리던 남인들 이상으로 중용해서 대비의 의도에 맞섰다. 둘 다 겉으로는 세상 누구보다 화목한 모자였고 대비는 여인으로서 정사에는 관심조차 없는 양했다.

장옥정은 남인들이 모두 척결당하는 위기 속에서도 그럭저럭 잘 버텨나가고 있는 것처럼 보였다. 왕의 사랑을 유지하면서 대비에게 자신의 정체를 용케 드러내지 않고 있기도 했다. 미수와 야당, 두 스승의 구명 때문에 전과 다르게 왕의 비위를 잘 맞춰야 하는 나로서는 장옥정의 비방이 궁금했다. 여름이 다가오면서 비밀 하나가 풀렸다.

"국수, 그러니까 찬 국수야. 다른 이름으로 사면絲麪이라고도 하더군. 관서 땅에서 많이 해 먹는 음식인데 제 숙부들이 사행을 따라 오가면서 많이 먹고는 만드는 법을 알아가지고 와서 어릴 때부터 하루 한끼 이상은 해 먹었다고 하더라고. 이게 맛이 희한할 뿐 아니라 소화도 잘되어서 그전부터 고질적으로 있던 체기마저 사라졌어. 신령한 음식이지."

어느 날 대왕대비전에 다녀온 왕에게서 맛있는 냄새가 솔솔 나길래 캐물었더니 의외의 답이 나왔다. 대왕대비전에 문후를 여쭈러 갈 때마다 다담상을 내오다가 어느 날인가부터 냉면을 한 그릇씩 대접한다는 것이었다. 냉면을 만드는 숙수가 바로 장옥정이었다.

"밤에 늦게까지 서책을 읽다가 냉면 생각이 나서 애를 먹은 적이 있어."

왕은 원래 대비의 극진한 보호를 받으며 자란 터라 음식을 먹는 때와 종류, 양이 일정했다. 정해진 수라 외에는 군것질도 좀체 하지 않았고 편식도 없었다. 그런데 장옥정을 알게 되면서 입맛이 바뀐 것이었다.

"밤에 장옥정을 불러서 냉면을 만들어달라 해서 먹었다고요? 얼마나 대단한 국수이길래 그러합니까?"

대왕대비전에라도 쳐들어가서 음식을 담당하는 나인을 족쳐보아야 할 것 같았다. 어려운 일이 아니었다. 옛적에 장옥정에게 닿기 위해 써먹었던 자근이가 있었던 것이다.

"메밀을 가루 내어 반죽을 한 것을 구멍이 뚫린 바가지에 넣고 실처럼 뽑아내어서 사면이라고 한답니다. 그것을 삶아서 건진 다음 고깃국물에 동치미 국물을 섞어 만든 육수에 넣은 뒤 돼지 사태육과 배 같은 고명을 얹으면 끝! 아주 먹기 쉽고 만들기도 쉽지요. 설사를 유발하는 메밀의 차가운 성질은 무 동치미가 없애고 돼지고기에서 오는 풍은 배가 막아주어요. 대왕대비께서는 냉면보다는 시원한 꿀물에 만 국수를 더 좋아하셔요. 여기에 들어가는 웃기는 잣이지요."

"그, 그 냉면에 들어가는 고깃국물의 고기는 무엇이냐?"

"보통은 꿩고기와 소고기, 돼지고기를 삶아서 우려내는데 동치미 국물의 시원한 맛이 관건이지요. 우리 항아님이 장빙고에서 얻어온 얼음을 몇 개 동동 띄우면 국물 한 방울 남기지 않고 다 들이켜게 되어요. 이만한 별미는 궁중에서도 맛보기 힘들었지 뭐예요."

"야, 이것들이 보자 보자 하니까…… 그걸 이때까지 너희만 만들어서 몰래 먹었다는 게냐? 나 같은 사람한테는 먹어보라고 말도 안 하고?"

"아니, 별좌님. 지금 대왕대비전과 주상 전하께 너희라고 하신 거예요? 지금?"

"아니 내 말은 그게 너희가 너와 옥정이인 줄……"

"옥정이 옥정이 하지 마세요! 이제 곧 우리 항아님은 별좌님이 감히 우러러보지도 못할 거룩한 신분이 되실 거니까!"

"아이고, 너도 앞으로 뭔가 한자리 얻어 하려는가보다. 내가 크게 잘못했다. 용서해다구."

"쥐구멍에도 볕들 날이 있는 법이에요! 흥!"

"그런데 나도 별좌보다는 좀 별스럽지 않은 직함으로 불리고 싶은데, 내 청을 들어주려느냐?"

"그게 뭔데요?"

"앞으로는 도사님, 이라고 불러다오. 오위도총부라는 말은 빼도 되니까."

"맨입으로요, 도사님?"

자근이를 살살 달래서 냉면 만드는 법을 배웠다. 추월이에게 말을 했더니 검계 형제들이 모인 자리에서 냉면을 만들어주었다. 만드는 게 그리 어렵지는 않아 보였다. 여름에는 동치미를 만들기가 어렵다는 게 문제여서 장국에 만 사면을 만들어 먹었다. 더운 여름에 육수가 상하기 쉬워 사빙고의 얼음을 가져다 썼는데 할머니가 돌아가신 이후로 나 먹자고 얼음을 꺼내온 건 처음이었다. 물 또한 잡맛이 없이 맑은 것을 써야 했고 간장은 적어도 오 년 이상 숙성된 진장을 쓰는 것이 좋았다. 사실 장과 물만 좋으면 고명조차 필요 없었다. 사면을 먹고 난 쇠도리깨金石介가 이렇게 맛있는 음식은 평생 처음이라고 눈물을 글썽일 정도였다. 겨우 국수 한 그릇에.

겨우 국수 한 그릇으로 나라를 사고파는 건 몰라도 후궁의 지위에 오르고 말고는 정해질 수 있었다. 장옥정이 만드는 국수에는 그런 힘이 들어 있었다.

전에 없이 왕이 대왕대비전을 자주 들락거리기 시작했으므로 장옥정의 존재가 드러나는 것은 시간문제였다. 왕은 마음놓고 장옥정을 침전에 부르지 못해 안달을 하다가 결국 내게 어떻게 해달라고 부탁했다. 내게는 내가 바라는 것을 얻을 절호의 기회가 온 것이었으나 일단 뜸을 들였다.

"전하, 뜨거운 사랑만 있으면 어떻게든 만나지, 왜 못 만나겠나이까. 구더기 무서워 장을 못 담그나요?"

내 말에 왕은 미간에 주름을 모았지만 결국 한창때 젊은이답게 사랑을 선택했다. 내가 그 일을 하려면 아무 대가도 없이는 쉽지 않을 것이라고 운을 떼자 조바심이 난 왕은 내게 뭐든 필요한 게 있으면 뭐든 말을 하라고 했다.

"제게는 스승이 여러 분 계신데 지금은 두 분만 살아 계시지요. 미수 스승과 유혁연 장군입니다. 제발이지 두 스승의 목숨만은 지켜줬으면 좋겠습니다. 군사부일체라 했으니 제게 아버지나 다름없는 분들이니까 저를 생각한다면 주상께도 어른들이 아니겠습니까?"

왕은 자신은 두 사람을 죽일 생각이 눈곱만큼도 없으니 걱정하지 말라고 다시 한번 약속했다.

나는 내 집을 왕과 장옥정이 밀회를 하는 장소로 꾸몄다. 집안 중문을 들어서면 연못이 있었고 두세 사람이 탈 만한 작은 배가 있었다. 배를 타면 건너편으로 가서 동산을 넘고서 안채를 만날 수 있었다. 두꺼운 회벽에 굵은 기둥이 세워져 있었고 주렴을 지나면 채단 휘장이 둘러쳐진 실내에는 사시사철 사향과 침향의 향기가 은은하게 풍겨났다. 벽에는 명가의 서화가 걸려 있었고 병풍에는 낙동강 제일 경승 경천대의 그림이 그려져 있었다. 효종 임금이 대군 시절 심양으로 끌려갔을 때의 신하이자 마음을 통한 지우였던 우담 채득기의 고향 풍경을 침전 머리맡에 두고 보겠다며 화공을 시켜 그려오게 한 것인데 그림이 하도 선계처럼 아름다워 모본을 떠서 세자궁에 두었다가 가져온 것이었다.

옥주봉 층암절벽 아래 깊은 강에는 나신의 잉어가 뛰어놀았다. 잉어는 거침없이 아래위로 헤엄치며 암수가 서로를 탐했다. 지켜보는 눈도 없었고 이래라저래라 시시콜콜 간섭하는 대전상궁도 없었다. 그저 산수간에 자유롭게 노니는 짐승처럼 거리낌없이 몸과 마음이 동하는 대로 움직이면 되었다. 거친 열락의 시간의 지나면 왕에게는 일찍이 경험하지 못한 고요함이 찾아들었다. 아니, 고요함뿐만 아니라 거의 모든 것이 왕에게는 새로운 경험이었다.

몸속의 진액이 모두 구멍 하나로 빨려나갈 것처럼 줄어들다가 온몸 털구멍 하나하나가 터질 듯 부풀어오르는가 하면 서로 물성이 다른 둘이 한 치의 빈틈도 없이 하나가 되는 경험을 어디서 해봤을 것인가. 내가 경험한 대로라면 검술의 최고 경지인 신검합일의 순간에는 나도 없고 칼도 없는데 내가 칼이어도 좋고 아니어도 좋았다. 왕과 장옥정은 스무 살 언저리에 이미 그 경지에 들었다. 서로를 통해 각기 새로운 자신을 발견했다.

내 집은 안팎으로 물샐틈없는 경계망이 둘러쳐졌다. 안에는 최강의 무예를 갖춘 무예별감들이 비밀리에 호위를 하고, 집 바로 바깥 이웃에는 검계의 형제들이 일당백의 기세를 갖추고 있었다. 어영청이 걸어서 일각이면 닿을 곳에 있었지만 그들이야 아무것도 몰랐고 알아서도 안 되었다. 검계의 형제들은 군대는 아니어도 일정한 수준의 진을 펴고 거두는 것이 자유자재였고 특히 밤에 저승행으로 지목된 인물을 암습하는 기술을 집중 연마해서 아는 사람들에게는 점차 공포의 대상이 되어가고 있었다.

왕에게 검계의 존재를 넌지시 알려두어 안심을 시키는 동시에 내 힘을 한층 더 각인시켰다. 임진왜란, 병자호란 때 며칠 만에 허망하게 도성을 내주었는데 수십만 명이나 되는 군사가 아무런 역할도 하지 못하고 장마에 흙담 무너지듯 하던 일을 조선의 군신은 누구나 기억하고 있었다. 신하들은 관군을 믿지 못했지만 그렇다고 법을 어기고 각자 사병을 기를 수도 없었다. 왕은 달랐다. 강희제처럼 내무부를 양성하여 수족으로 만들 수는 없다 하지만 나를 통해 돈 한푼 안 들이고 검계 같은 민간의 유능한 힘과 세력, 사람의 조직을 부릴 수 있게 되었으니 손 안 대고 코 푸는 것이나 마찬가지였다.

장옥정 때문에 나와 왕, 검계의 관계는 더욱 찰떡궁합이 되었다. 왕이 내 집에 머물 때마다 동네 전체에 혜성의 희부윰한 빛이 머물렀다. 신하들은 그게 불길한 징조라고 아우성을 쳤으나 하루이틀도 아니고 이변이 수십 일씩 계속되니 심드렁해졌다. 근방에서 지진이 일어나서 말을 타고 가던 사람이 떨어져 죽기까지 했는데 그것도 여러 차례 계속되었다. 왕은 재앙과 이변이 일어날 때마다 산천에 기도를 하게 하고 자신이 부덕함을 탓했으며 반찬의 가짓수를 줄이고 근신을 약속했다.

하지만 한번 알게 된 색과 정의 세계에서 쉽게 빠져나갈 수는 없었다. 왕이 도둑도 아닌데 제 대궐을 두고 도둑놈처럼 남의 집을 들락거리더니, 또 한번 왔다 하면 방문 밖에는 코빼기도 안 비치고 중국 고사의 여와와 반고처럼 붙어 있더니 결국 사달이 났다. 과도한 방사 끝에 허리를 삐어서 운신을 하기 어렵게 된 것이었다.

지근의 내시와 나, 장옥정 등 모두가 입을 다문 가운데 왕은 경연을 거르고 사은숙배를 미뤘으며 비밀리에 가마를 타고 입궐한 김진택에게 침을 맞고 뜸을 떴다. 왕은 누워서도 어서 몸을 추슬러서 장옥정과 운우의 정을 나눌 일만 기다렸다.

그로부터 며칠 뒤 중궁전에 대낮에 도깨비가 나타났다 하여 소동이 일어났다. 그로 인해 중궁이 유산을 하고 말았다.

친정아버지 김만기처럼 성정이 더없이 예민하면서도 말이 없던 중궁이 왕과 장옥정의 관계를 눈치채고는 그예 헛것이 보이는 증상이 나타난 것이었다. 대비가 중궁전으로 한걸음에 달려왔다.

대비는 과거에 경덕궁의 방안에 큰 뱀이 도사리고 있을 때도 전혀 놀라지 않고 뱀을 살려서 밖으로 가져가게 한 일이 있었다. 그만큼 담력이 강한 여장부였다. 자신이 빌어서 소원을 들어줄 신이 있다면 무당을 궁궐 깊은 곳까지 들여서라도 신을 부리고 마는 사람이었다.

김만기와 김석주가 앞서거니 뒤서거니 달려왔다. 김만기는 곧 쓰러질 듯 휘청거렸고 김석주는 무슨 말인가를 중얼대고 있었다. 자세히 들어보니 이런 말이었다.

"곧 대군이 태어날 줄 알고서 임성군 형제를 제주에서 강화 교동으로 옮기라는 어명을 미루게 했단 말이요. 내가, 내가……"

임성군은 소현세자의 손자로 역모 사건이 터질 때마다 심심찮게 운위되는 눈엣가시였다. 중궁이 대군을 생산한다면 역모 시비도 잦아들

테니 그때까지 임성군 형제를 도성에서 먼 제주에 놔두자고 했다는 것이었다.

뒤이어 대사헌으로 임명된 김만중이 당도했다. 근래에 형의 뒤를 이어 학덕을 인정받아 성균관 대사성, 홍문관 제학, 예문관 부제학 등 과거 유현들이 걸어갔던 벼슬을 거치며 만인의 부러움을 사고 있었지만 조카딸의 비운 앞에서는 비탄을 감추지 못했다. 대비는 황망중에도 모여든 사람들의 반응을 살피고 있다가 한구석에 가만히 있던 나를 가리키며 "웬 잡인인고?" 하고 물었다. 사람들이 대답을 하지 못하자 "주상이 데리고 온 사람이오?" 하고 왕에게 묻고는 눈을 치켜떴다.

"중궁전에 비운이 닥친 것은 이따위 잡인들이 더럽고 요사스러운 기운을 끌고 들어와서가 아닌가. 당장 끌어내어 도성 밖으로 쫓아버리게 하라."

한강에서 뺨 맞고 종로에서 눈을 흘긴다 하더니 내가 날벼락을 맞은 셈이었다. 나는 더 큰 시비가 벌어지기 전에 번개처럼 날쌔게 자리를 빠져나왔다. 무슨 의논을 하는지는 나중에 들어보면 될 일이었다.

# 47장 군사부일체

송시열, 송준길, 이유태 세 사람은 예학의 종장 김장생의 문하 가운데서도 특별히 뛰어난 제자로 꼽히는 이들이었다. 갑인년 이후 남인들에게 쫓겨난 이 가운데 가장 먼저 복작된 이유태가 '송시열은 효종 임금을 폄강한 적이 없고 늘 적통을 이은 분으로 섬겨왔다'고 변호하자 왕이 이를 받아들여 송시열을 위리안치에서 풀어주고 중도부처하도록 명했다.

송시열에게 그다음으로 주어질 선물은 석방이 될 것이고 그다음에는 조정에 복귀할 것이었다. 돌아오고 나면 당연히 예전처럼 최고의 유현으로 받들어지며 누구도 대적하기 힘든 압도적인 권세를 가지게 될 것임이 명약관화했다. 왕이 송시열과 그를 추종하는 서인 신하들의 위세를 감당할 수 있을지가 관건이었다. 어쩌면 내 인생까지도 그들을 어떻게 요령껏 상대해서 잘 다루느냐에 달렸을 것이었다.

정국이 남인에서 서인으로 바뀌고 난 뒤 당분간 김수항·김수흥,

민정중·민유중 형제 등 송시열의 문하생들이 대신으로서 조정과 정사를 좌우했으니 스승을 위해 전력을 다하는 것이 당연했다. 결국 송시열은 정국이 일변한 지 한 달이 되기도 전에 풀려났다.

반면 미수 스승은 과거 경연에서 '효종 임금 당시 정치가 어지러웠다'고 한 말이 꼬투리가 되어 삭탈관직, 문외출송으로 점점 벌이 심해지다가 미수米壽, 88세를 불과 두 해 앞둔 나이에 중도부처에 처해질 뻔했는데 육 개월 만인 11월에야 논의가 그쳤다. 이수경, 이서우, 박세권 등 스승의 제자 대부분이 제 앞가림도 제대로 못하고 몰락하거나 똥오줌을 못 가린 채 칩잠해 있었고 나 혼자 외롭게 스승을 변호하는 데는 한계가 있었다.

그나마 다행인 것은 5월과 6월에 박태보가 연속으로 홍문록에 올라 복직을 눈앞에 둔 것이었다. 아버지 박세당은 응교가 되었다가 사직을 청해 일시 물러났는데 이를 두고 보기 드문 아름다운 일이라고 신하들이 입을 모아 표창까지 받았다. 나는 나대로 왕에게 박세당 부자가 참으로 훌륭한 선비이며 국가의 동량이 될 최상의 인재라고 기회가 닿을 때마다 입에 침이 마르도록 칭찬했으니, 가령 상을 당해서는 삼 년 동안 맛있는 반찬을 멀리하는 의미에서 간장조차 입에 대지 않았다는 효성스러운 사례까지 이야기했다.

미수 스승은 나이가 여든이 훌쩍 넘어서 『예기』에 나오는 대로라면 죄가 있어도 형벌을 받지 않는 모耄, 80~90세에 해당했다. 반면 귀양을 가 있는 야당 스승을 살리는 일은 첩첩산중의 난관이 버티고 선 것 같았다. 사실상 정국을 주도하고 있는 김석주에게 가서 매달려야 할지를 고민하고 있었는데 김석주가 야당 스승 알기를 철천지원수같이 여긴다는 것을 알게 되었다. 역모를 고변한 정원로가 5월 하순에 올린 상소에 이유가 확연히 드러나 있었다.

—어느 날 허견이 유혁연에게 '병조 판서 김석주가 궁중에 중무장한 군병을 매복시켜놓고 유사시에 남인들을 궐내로 불러들여 박살낼 것이다'라고 하니 유혁연이 팔을 뽐내면서 '김석주가 어찌 감히 그러한 행동을 할 수 있겠는가? 내가 살아 있는 한 김석주는 그따위 계책을 부릴 수 없을뿐더러 그렇게 한다면 제 스스로의 무덤을 파는 일이 될 것이다'라 했습니다.

두 사람이 그런 사이라는 것도 모르고 구명을 하러 갔다가 모욕과 조롱만 당하고 스승의 명을 재촉할 뻔했다는 것을 알고는 모골이 송연했다. 그뒤로는 오로지 왕에게 매달릴 수밖에 없었다.

7월에는 대간들이 야당 스승을 죽이라고 거듭 주청하고 애초에 스승이 죽을죄까지 짓지는 않았다고 옹호했던 김수항이 자신이 잘못 말한 것 같다고 하며 위리안치할 것을 청했다. 야당 스승에게 덮어씌워진 죄목은 점점 더 정교해지고 질겨져서 끝내는 죽이고야 말 것 같은 불길함이 더해졌다. 그와 함께 스승의 심복 한여신에 대한 공세도 강화되어 언제 죽어도 이상할 것 없는 신세가 되었는데도 내가 어찌할 수 없는 게 안타깝고 슬펐다. 애초에 왕을 몰랐더라면 생각할 것도 없었을 것이나 왕을 만났기 때문에 만들어진 인연과 애증, 병 주고 약 주고 하는 은원의 사슬에 친친 묶여 이러지도 저러지도 못하는 형국이었다.

내 슬픔을 대변하듯 5월부터 연일 큰비가 내려서 홍수가 났고 기청제를 지냈음에도 불구하고 도성에서 물에 빠져 죽는 자가 속출했다.

수해를 입은 자들을 구호하고 세금을 감면해주도록 했는데 이때도 내가 충실하게 곳간을 채워놓은 내수사에서 많은 지출이 있었다.

기생방 경영은 추월이 말로는 전보다 오히려 수입이 조금 더 낫다고 했다. 조도사는 지방의 전장에 내수사의 전장처럼 모내기와 보 만들기 등의 기술을 적용해서 논 한 두락 소출이 십여 석이나 되었고 담배도 모종을 내고 이랑을 만들어 가뭄에 대비했더니 잎사귀가 너픈너픈 자라서 경상들이 발떼기로 사간다고 했다. 그 외에 목화, 콩 등의 밭농사도 잘되어서 다른 농부들의 부러움을 샀다. 장현 형제가 귀양을 가 있어서 북로의 무역은 쉴 수밖에 없었고 왜관과의 거래도 눈치껏 줄였다.

애초에 역모를 고변한 무리 사이에서 내분이 일어나 이원성이라는 자가 정원로를 고발하면서 야당 스승의 목숨이 다시 위험해졌다. 정원로가 역모에 군사를 거느리고 협력할 사람으로 계속해서 야당 스승을 지목했기 때문이었다. 결국 한여신이 혹독한 고문을 받은 끝에 죽고 말았다.

야당 스승 또한 배소에서 끌려와 국문을 받았다. 야당 스승이 가혹한 형벌과 신문을 받으면서 진술한 내용은 그전이나 하등 다를 바가 없었다.

"김석주가 궁중에 갑병을 매복시켰다는 말을 허적이 저에게 한 적이 있으며 제게 비밀히 사실 여부를 탐지하게 하였습니다. 그러나 저는 병조 판서는 국가에서 의지하는 동량이므로 유언비어를 가지고 의심할 수 없다고 답했습니다. 허적과 함께 대흥산성에서 군사를 이끌고 모이기로 약속했다고 한 것은 허적이 분명히 주상께 문서로 고하였다고 했으며 저는 '장수와 재상이 함께 산성에 가는 것은 간단치 않은 사안으로 부적절하다'고 답했습니다. 이것이 허견 무리의 흉악한 역적모의와 술사의 예언에 부합하게 된 것은 제게는 꿈에서조차 뜻하지 않은 일이었습니다."

김수항 등 대신들이 왕에게 "유혁연은 여러 역적들이 의지하고 중시하는 인물이 되어서 법으로 처단할 수 있긴 하나 명백하게 역적들과 상응한 흔적은 없으니 반드시 형신할 필요는 없겠습니다"라고 아뢰었다. 그렇다고 쉽게 살려줄 것 같지는 않았다.

신하가 신하를 죽이고야 마는 악랄한 형세가 누구에게서 시작되었던가. 남인들은 서인들을 죽이고자 하는 마음이 없지는 않았으나 차마 죽이지는 못했다. 송시열이 멀쩡히 살아 있는 게 명백한 증거였다. 서인들은 환국으로 조정에 돌아오면서 역모와는 별개로 왕자들과 윤휴, 허적 같은 남인 신하들의 목숨을 가차없이 끊었다. 대표적인 무신으로 야당 스승이 표적이 되었으니 무슨 방법을 찾아야 했다. 머리를 싸매고 있을 때에 돌연히 왕의 전교가 떨어졌다.

—유혁연이 여러 임금의 후한 은혜를 받았으며 국가에서 의지하고 중시하였으나 역적들이 그를 믿고 의지할 곳으로 삼아 흉악한 역적모의를 내는 바탕이 되었으니 신하로서 응당 죽어야 하는 죄이고 서로 역모를 통하였는지 여부를 논할 필요도 없다. 나와 대신들과 여러 신하들의 의견이 같으니 특별히 사사하라.

전교를 읽자마자 나는 남들의 이목은 아랑곳하지 않고 곧바로 왕에게 뛰어갔다.

"내 스승을 살려주겠다고 한 약속은 어디로 간 것이오? 일구이언은 이부지자, 개호로쌍놈의 자식이라고 한 사람이 누구요? 한 입으로 두 말하는 자는 아비가 오랑캐라고 한 것을 잊으셨소?"

"조정의 중론을 내가 더는 막을 수가 없어. 내병조의 국청에서 형신을 받을 때 내는 신음소리가 들려오는데 차라리 그런 욕을 보기 전에 일찍 죽는 편이 나을 것이야."

왕의 안색은 어두웠다. 하지만 나는 포기할 수 없었다.

"내 스승이 비록 무식한 무장으로서 거칠고 무례했는지는 모르지만 속임수를 쓴 적이 없고 한결같이 충성을 다한 것은 하늘이 알고 땅이 알고 백성들이 다 알고 임금이 알고 내가 알고 있소. 이런 무고한 사람을 또 죽이고서 어찌 나라가 잘되기를 바랄 것이오?"

"나라가 망하는 건 나도 바라지 않지만 화약을 실은 수레가 언덕 아래로 마구 굴러내려가는 것 같은 지금의 형세를 내 힘으로는 막을 수가 없어."

"차라리 지금 이 자리에서 형제의 의를 끊고 각자 자기 길을 가기로 하는 게 어떠합니까?"

내가 소매 속의 멍텅구리를 꺼내 소매를 자를 듯이 하자 왕의 빰이 붉어졌다.

"형은 어찌 나를 모르는가. 내 마음을 또 왜 모르는가? 형마저 내게서 떠나가면 나는 누구에게 마음을 의지하며 누구를 믿고 이 자리를 지키라는 것이야?"

나는 물러서지 않았다.

"오늘 스승이 죽는다면 오늘 나는 떠날 수밖에."

그날이 저물기 전 왕이 여러 신하들을 부른 자리에서 야당 스승의 사사를 중지시켰다.

—금일 경연중에 여러 대신들의 의논으로 인하여 유혁연에게 죽음을 내리라 명하였으나 경연을 파하고 나온 뒤 다시 문안을 상고하고 되풀이하여 생각해보니, 유혁연의 공초 중에 모의하고 서로 내통한 흔적이 조금 명백하지 않은 곳이 있다. 갑자기 사사하는 것은 어렵게 여기고 신중하게 여기는 도리에 어긋나므로, 특별히 너그러운 법을 써서 전의 배소에 그대로 돌려보내고 죽음을 면하게 하여 위리안치하라.

역모와 관련하여 조성창, 정원로, 조정시 등이 숨쉴 새도 없이 연이어 처단되었지만 야당 스승은 아슬아슬하게 살아남아 다시 배소로 돌아갈 수 있었다.

8월에 청나라 사신이 도성에 들어왔다. 꼴도 보기 싫은 김석주가 난데없이 나를 불러서 부태감이 나를 찾는다고 하며 접반사를 따라가게 했다.

"스승인 유혁연 장군이 역모에 연루되어 모진 고문을 받고 귀양을 가셨다는데 무고하신 것이오?"

부태감의 물음에 눈물을 흘릴 뻔했다. 한 번도 보지 못한 아버지가 사무치게 보고 싶어졌다.

"아직까지 별 탈 없이 무사하십니다. 부태감의 사부께서는 기체가 일향후 만강하오신지?"

부태감의 얼굴이 아주 잠시 움찔거렸다.

"내 스승이 누군지 어찌 아시오?"

"제 스승께서 귀양을 가시기 전에 말씀하셨지요. 그분은 제 조모의 하나뿐인 아드님이고 제게는 하나뿐인 아버지십니다. 저 태어나기도 전에 집을 떠나서 얼굴도 모르지만."

"부자지간이란 말이오? 그걸 알고도 왜 금방 찾아오지를 않았소?"

"정국이 급박하게 바뀌고 스승들께서 억울한 누명으로 목숨이 경각에 달리는 바람에 갈 수가 없었소."

말은 그리했지만 안 간 것이나 다름없었다. 그리움보다는 원망이 더 컸고 대면을 했을 때 도대체 무슨 말을 해야 할지 알 수가 없어서였다.

부태감은 짧게 숨을 훅, 하고 들이켠 뒤 가만히 있다가 길게 숨을 내쉬고 나서도 한참을 숨을 가다듬더니 역관을 방밖으로 내보냈다. 그러더니 그는 내공을 모아 내 귀에만 쏙쏙 박히듯 들리도록 말을 하기 시작했다. 어색하긴 했지만 우리말이었다. 신기한 건 그의 말이 나 말고는 다른 사람에게 전혀 들리지 않는다는 점이었다.

—천시를 놓쳤구려. 스승께서는 한 달 전에 선화仙化하시었소.

선화라는 게 무슨 뜻인지 깨닫자마자 나도 모르게 욕이 튀어나왔다.

"이런 육시럴 놈의, 니미럴, 떠그랄, 지미럴, 경칠, 우라질, 제기랄……"

부태감이 다급히 손가락을 입에 댔다. 밖에서 수런거리는 소리가 들렸다.

—스승께서는 내가 별좌와 무공을 겨룬 이야기를 들으시고는 조선의 검술에 대해 여러 가지를 캐물으신 뒤 마지막으로 일세의 무공을 성취하기로 작정하시고 폐관수련에 들어가시었소. 스승이 연성하신 무공은 본디 조선에서 수천 년 동안 인연이 있는 사람에게만 전해진 최상승의 신공이라 많은 부분이 실전되어 연마에 어려움을 겪으셨소.

그렇지만 스승께서 참오에 참오를 거듭하시고 대의를 깨쳐서 마침내 팔구 할은 성취하기에 이르렀으나……

화가 났고 눈물은 나지 않았다.

—마지막 관문에서 기가 역행하여 주화입마에 빠지셨소. 거기다 수십 년 동안 심장에 타고난 절증絶症, 타고난 불치병 혹은 난치병을 앓고 계셨으니 깊은 내공으로도 더이상 어쩌지 못하게 되셨소. 제게 이 서찰을 망년지우인 유혁연 장군께 전하라 하셨는데 자세한 사연은 거기에 적혀 있을 것이오.

부태감은 품속에서 기름종이로 싸인 봉투를 내밀었다. 여러 겹의 종이로 둘러져 있었고 끈으로 단단히 묶여 있었다.

"아 젠장맞을, 친구에게는 서찰을 보내면서 식구들에게는, 아니 하나뿐인 아들에게는 아무런 말씀도 남기지 않으셨단 말이오? 사람의 탈을 쓰고 어찌 이토록 무정할 수가 있소?"

내가 비분강개해서 말하자 부태감은 내 격동을 가라앉히려고 애를 쓰다 바깥의 동정에 귀를 기울이더니 다시 말하기 시작했다.

—스승께서 따로 안배해두신 바가 있을 것이오. 사실 그때만 해도 별좌가 아들인지 아닌지 확신은 못하시고 짐작만 하셨을 거요. 스승께서는 제자들에게 당신의 유해를 조선 땅에 운구하여 장사를 지내라고 당부하시고는 미리 준비한 관에 들어가셔서 스스로 뚜껑을 닫으셨소. 그런데 스승의 유체를 모시고 국경을 넘어 조선 땅에 들어오자마자 관이 움직이지를 않으니 그 때문에 여러 날을 지체하여 칙사의 의심을 크게 산 바 있소. 의논을 할 유혁연 장군 또한 천리만리 떨어진 동해 바닷가로 귀양을 가 있다니 황망하여 어찌할 줄 모르고 별좌를

부른 것이오.

말을 마친 그는 길게 숨을 돌리고 나더니 "지난번에 그대가 구사한 그 검술은 더 진전이 있소? 검법의 이름은 무엇이며 창안을 한 분은 누구시오?" 하고 물었다.

나는 먼저 다짐을 받았다.

"내가 하나 대답하면 꼭 내 궁금증도 하나는 풀어주어야 하오."

"알겠소. 이제 말하시오."

나는 멍텅구리를 소매 속에서 꺼내 탁자 위에 놓았다.

"그 검법의 이름은 천하제일 바보멍텅구리 검법이라 하오. 한자로는 어찌 쓰는지 모르겠고 몰라도 상관없소. 멍텅구리라는 이름의 이 칼이 없으면 시전할 수가 없어서 그러하고 이 칼만 있으면 나 같은 바보도 천하제일의 검술을 펼칠 수 있다는 뜻에서요."

"그럴 수밖에."

부태감이 칼을 한참 들여다보더니 고개를 끄덕였다.

"내가 지난번의 대결에서 손해를 본 게 우연이 아니었군. 이 칼은 전국시대의 어장검이나 용천검, 태아검 같은 전설의 명검과 별반 다르지 않을 거요. 천상에서 떨어진 운석에 들어 있는 쇠를 정련하여 만든 것이 분명하오."

"자, 그럼 내 궁금증을 풀어주시오. 도대체 내 잘난 아버지는 어쩌다 청나라의 궁중에 들어가서 그대들에게 무예를 전수하게 된 것인지?"

부태감이 자리에서 일어서더니 손가락을 입술에 댔다. 잠시 뒤 발걸음소리가 나더니 문이 열리고 하관이 뾰족한 청나라 사신이 들어섰다. 부태감이 가볍게 인사를 했다.

"지금 남별궁에서 조선의 임금을 만나 연회를 가지기로 했네만, 태감은 가지 않으려는가?"

눈치로 보아 그런 뜻이었다.

"저는 급한 일이 있어서 뒤에 따르겠습니다."

옷에서 바람소리를 내며 사신이 나가고 난 뒤 부태감은 가볍게 코웃음을 쳤다. 부태감, 부이용의 집안은 조부 대에 조선에서 압록강을 건너가 북쪽 땅에 정착했는데 아버지가 만주 땅의 조선인 마을을 돌아다니던 무렵 그를 제자로 삼았다고 했다. 아버지는 그동안 왕태산, 비운자, 성해성 등 여러 이름을 썼다고 했다. 자신도 아버지의 본명을 알 게 된 것이 몇 년 되지 않았다는 것이었다.

"이름도 불분명한 조선 사람이 청나라 황제의 지밀에 들어가서 무술을 가르치는 스승이 되었단 말이오?"

"그게 청나라가 오늘날 강성해진 이유요. 청에서는 그 사람이 자기네 사람이라고 한번 믿으면 오직 실력을 따질 뿐 성명이며 출신은 개의치 않소."

나는 부태감을 따라 아버지의 유해를 모시러 가기로 했다. 아버지의 수제자라는 부태감이 한결 가깝게 느껴졌지만 아버지가 북벌을 위해 집을 떠난 것을 이야기해야 할지는 알 수 없었다. 야당 스승의 구명을 부탁하려다가 마음을 바꾸었다. 스승이 용납할 것 같지 않았다.

"내 긴한 부탁이 있는데, 역관 장현이 지금 어디에 있느냐고 바깥에다 크게 외쳐주시겠소? 바깥에 조선 조정 백관의 절반이 넘게 와 있으니 그들이 모두 다 들을 수 있게 말이오."

부태감은 나를 한참 바라다보더니 고개를 끄덕였다. 창을 열고는 목청에 내공을 집어넣어 사방이 다 울리도록 "장수역, 장현은 지금 어디에 있느냐!" 하고 세 번 소리쳤다. 모화관 안에 있는 사람은 물론이고 인근의 동네 어디에서도 들을 수 있을 만한 웅장한 소리였다.

내가 국청에서 풀려나 배소로 돌아가던 야당 장군을 따라잡은 것은 불과 하루 만의 일이었다. 거기에는 김만중의 도움이 적지 않았다. 편지를 읽고 난 야당 장군은 내게는 보여줄 생각이 전혀 없는 듯 피 묻은 옷에 편지를 갈무리했다.

"저승길로 미리 가서 맞아줄 동무가 있다니 기쁘구나. 내 황천 가기 전에 절명시를 쓸 때 이 서찰을 참고하면 되겠다."

"스승님, 무슨 불길한 말씀을 그리하시나이까. 스승님의 명은 장안 제일의 술사 최만열에게 제가 물어본 적이 있습니다. 스승님은 저보다 더 오래 사실 것입니다."

"그거야말로 불길한 소리다. 앞길이 구만리인 네가 당치도 않은 말로 늙은이를 불안하게 하지 마라. 이 서찰에는 네 아비가 죽은 뒤에 일어날 일에 대해 자세히 써놓았다. 영구를 묘향산의 보현사에 잘 모셔가거라. 자신은 죽어서도 조선의 귀신이 되어 이 땅을 지키겠다 했다."

"운구를 어찌합니까? 영구가 움직이지 않는다 했으니."

"그건 네가 알아서 할 일이다. 인연이 닿으면 얻는 바가 있으리라."

스승은 눈을 감은 채 말했다.

"네 아비가 미처 짐작하지 못한 것은 내가 하루아침에 몰락하여 목숨이 풀잎 위의 이슬처럼 위태롭게 되었다는 것이다. 비록 벗의 부탁이 간곡하고 무거우나 내가 해줄 수 있는 게 없으니 이 또한 부끄럽기

짝이 없구나. 내 비록 네 스승이 되었음에도 내가 너보다 많이 알거나 가르칠 게 없었건만 이제는 네게 네 아비가 내게 부탁한 것까지 맡길 수밖에 없겠다."

"아닙니다. 제게 가장 많은 가르침을 주신 스승은 스승님이십니다. 저는 죽어서까지도 스승님의 은혜를 잊지 못할 것입니다."

스승은 "어허허허허허!" 하고 사방이 찌렁찌렁 울리도록 큰 웃음을 터뜨렸다. 거기에는 끝없는 회한과 함께 한 가닥 기쁨이 스며 있었다.

"네 아비는 내게 조선과 백성을 지켜달라 하였다. 자신은 죽더라도 하늘에서 조선을 보호할 것이며 자신의 뜻을 잇는 후예들은 북쪽 국경에서 조선을 지킬 것이라 하였다. 그런데 지금 내 코가 석 자로 귀양을 가고 있으니 내 어찌 그 일을 할 수 있겠느냐? 다행스럽게도 스승보다 나은 제자가 있어 그 일을 맡길 수 있게 되었구나."

나는 공손히 명을 받들겠노라 하면서 절을 올렸다. 그러면서도 의문이 피어올랐다.

"서찰에 혹 주상 전하에 관한 말씀은 없으셨습니까?"

스승은 허공을 바라보며 긴 숨을 내쉬고는 "없었다"라고 답했다.

"네 아비는 나보다 훨씬 더 큰 그릇이어서 내가 나이를 잊고 허교를 하였으나 내심 가장 존모하던 사람이었다. 나보다 훨씬 원대한 꿈을 가지고 있었으니 장차 그것을 네가 깨달을 날이 있을 것이다."

스승은 아버지의 서찰을 꺼내 다시 훑어보고는 "살아남아라. 쉬지 않고 애쓰고 애써라. 작은 일을 이루고 이룸으로써 천하 대사가 이루어지리라. 내가 더는 할말이 없다" 하더니 고개를 돌렸다. 나는 스승의 수레 앞에서 최고의 경의를 담아 절을 올렸다. 스승은 금부도사를 재촉해 서둘러 길을 떠나갔다.

달리는 말 서서 늙고 드는 칼은 녹이 끼었다
무정한 세월은 백발을 재촉하니
임금의 넓은 은혜를 못 갚을까 하노라

쉬었지만 우렁우렁 산천을 울리는 스승의 노래가 들려왔다. 남을 원망하기보다는 스스로의 잘못을 탓하는 무장의 우직함에 목이 메었다. 앞으로 이런 식으로 얼마나 버틸 수 있을 것인가. 스승을 위해 아무것도 할 수 없는 스스로의 한심함에 진저리가 쳐졌다.

## 48장 실학

의주의 압록강은 용만이라고도 하는데 근원은 백두산이다. 예부터 전해지기를 "천하의 세 곳에 큰 강이 있으니 황하, 장강, 압록강이다"라 했고 송나라 주희는 "여진이 일어난 곳에 압록강이 있다"고 했다.

압록강변 인적이 드문 숲속에 나 있는 후미진 길에 아버지의 관이 놓여 있었다. 짐승과 사람의 이목이 미치지 않게 두꺼운 면포로 덮고 나뭇가지를 걸쳐서 쉽게 알아볼 수 없게 해놓았다. 태감 부이용은 나를 그곳까지 인도해주고는 청나라 사신을 따라잡아야 한다고 서둘러 가버렸다. 함께 온 검계의 열두 계원 중 평안도와 황해도의 소두령이 각각 둘이고 나머지는 한성에서 데려왔다.

"내가 수령이나 감사는 보내줄 수 없어도 별감이나 군사 얼마간은 딸려 보낼 수 있는데. 삼마패라도 줄 테니 연도의 역에서 인마를 빌려 쓰도록 해."

왕은 내가 아버지의 시신을 거두러 간다는 말에 예의를 차렸다. 예의뿐이라는 것은 서로가 알고 있었다. 야당 스승에게 죽음을 내렸다 거둬들인 일 이후 두 사람 사이는 살얼음이 낀 듯 겉돌기만 하고 있었다. 누가 먼저 나서서 살얼음을 녹이지 않는 한 서먹함이 가실 수는 없었다. 일단 나는 먼저 그럴 생각이 전혀 없었다. 아버지 같은 스승, 스승의 목숨을 두고서 양보를 하거나 타협을 한다면 개새끼만도 못한 놈이니까.

"평생의 대의를 이루지 못함을 알고 낙망하여 남은 생애를 구름처럼 떠돌다 객사를 하신 아버지를 집으로 모시고 오지도 못하는 마당에 남들 눈에 띄게 행차를 할 수야 있겠습니까? 그냥 제 수하 몇을 데리고 다녀오지요."

왕은 그래도 그러는 게 아니라면서 내탕금에서 면포와 은자를 넉넉하게 내렸다. 주머닛돈이 쌈짓돈이라는 말은 차마 하지 못했지만 주는 대로 받았다.

"자, 운구를 해보세나."

간단한 노제를 지내고 나서 관을 들어서 튼튼한 황소가 끄는 수레에 실으려고 하는데 부이용의 말마따나 관이 뿌리가 내린 듯 꼼짝도 하지 않았다.

"북경에서 국경 넘어 여기까지는 어떻게 왔나 안 물어봤네. 여기서 왜 멀쩡하게 가던 수레에서 관을 내렸을까? 무슨 조홧속인지 모를 일이네."

무더운 여름인데도 관 주변에서는 썩는 냄새가 나지 않았고 은은한 단향 냄새가 풍겼다.

"관이 워낙 무거운 남만산 단목으로 만들어져서 그럴지도 모르겠군."

나름대로 무공을 자랑하는 검계의 당주 이상 계원들이 나서서 팔을 걷어붙였다. 저마다 내외공을 끌어올리고 젖 먹던 힘을 다해 관을 떠받쳐올렸다. 전혀 움직이지 않는 것은 아니었지만 맨손으로 관을 들어올려 수레에 싣기에는 턱도 없었다. 거중기라도 있어야 할 것 같았다.

"우리 검계 형제 가운데 최정예라고 할 수 있는 이들의 힘을 모아가지고도 관 하나 까딱할 수 없다니 이게 무슨 귀신이 울고 갈 일인지요. 한여신이 살아 있다면 신령스러운 일을 많이 알 터이니 단박에 해결을 했겠지만요."

"죽은 자식 불알 만지기라는 말씀입지요."

검계의 계원들 사이에 그새 쌓여 있던 불만이 개방귀처럼 슬슬 새나오고 있었다. 찍어 누르기보다는 관심을 돌리기 위해 입에서 나오는 대로 말하기 시작했다.

"내가 어릴 때부터 들었던 이야기에 옛날 이 땅에 바보 온달이 살았다 한다. 궁궐에 살던 평강공주가 값진 패물을 챙겨가지고 제 발로 온달에게 시집을 가서 좋은 말과 스승을 찾아주니 온달이 나라에서 제일가는 장수가 되었다. 어느 날 온달이 남쪽으로 군대를 이끌고 가면서 '내가 계립령, 죽령의 우리 옛 땅을 회복하지 못하면 살아서 돌아오지 않겠다'고 맹세를 했는데 정벌을 마치기도 전에 아차산 아래에서 애먼 화살에 맞아 죽었다지. 시신을 모신 관이 움직이지 않으니 공주가 달려와 관을 쓰다듬으면서 말하기를 '당신은 약속을 지켰습니다. 삶과 죽음이 다르니 그만 집으로 돌아갑시다'라 하니 그때부터 관이 움직였다 하더라."

이태 전 첫 제자로 삼은 소년 김영문이 눈을 반짝이며 물었다.

"그러면 이 관의 주인도 그런 맹세를 지키기 위해 관이 움직이지 못하도록 하시는 겁니까? 그럼 공주마마는 어디 계시고요?"

또다른 제자 조성이 아는 체했다. 둘 다 약관이 되지 않아 경쟁심이 대단했다.

"스승님 말씀대로 하면 '살아서는 돌아오지 않겠다'고 했으니 산 사람은 몰라도 죽은 사람은 그 맹세의 구속에서 모두 벗어나는 셈이 아니겠어? 관 주인도 돌아가신 게 분명할 터."

아버지의 맹세는 북벌이었다. 호란으로 입은 수치를 갚기 위해 오랑캐를 정벌하러 간 것이니 북벌의 대업을 완수하기 전에는 살아서 돌아오지 않으리라 했던 것이다.

"너희 말이 맞을지도 모르겠다. 개똥도 약에 쓰려면 찾을 수 없다더니 압록강변에서 공주를 찾을 수 없으니 내가 한번 평강공주처럼 빌어보겠다."

나는 관 앞에 서서 두 손을 관에 댔다. 간절한 마음으로 기도를 올렸다.

"세상을 덮을 웅지를 펴지 못하여 한 맺힌 혼령이시여! 삶과 죽음이 서로 길이 다르나이다. 북벌을 완수하지 못한 한이 깊으시더라도 뒷일은 후예에 맡기시고 편히 북명北溟, 죽은 사람의 혼이 가는 곳의 땅으로 돌아가소서. 거기서 몽매에도 그리워하던 분들을 만나 영원한 열락을 누리시오소서."

말하는 중에 내 손에서 내공이 뿜어져나와 관을 미는 형세가 되었다. 기도가 끝나자 감응이라도 한 듯 관이 부르르 떨렸다. 진동은 한

참이나 계속되더니 마침내 관의 한쪽이 기우뚱거리기 시작했다. 모두 들 물러나 서로의 얼굴을 바라보고 있을 때 조성이 뚜껑 옆에 있는 조그만 홈을 발견했다. 구멍을 막고 있던 밀랍이 녹아 없어진 것이었다. 관이 거대한 자물통이고 거기에 맞는 열쇠 구멍처럼 여겨졌다. 자세히 보니 그 구멍을 통해 관을 열어보려고 여러 차례 시도를 한 듯 칼자국과 파인 자국, 불로 그슬린 자국이 구멍 주변에 나 있었다.

그제야 부이용의 속셈이 짐작이 갔다. 관을 움직이지 못한 게 아니라 열지를 못하자 국경 가까운 곳에 두고 연고가 있는 사람을 불러서 관을 열게 하려 했던 것이었다. 망자는 죽어가면서 산 자들에게 숙제를 내고 갔다. 하늘이 정한 바가 있으리라. 인연이 닿으면 얻는 바가 있으리라. 할머니와 야당 스승이 했던 말이 머리를 스쳐갔다. 그건 일이 안 풀릴 때 위로나 핑계로 쓰는 말인 줄이나 알았는데 내게 그런 일이 닥칠 줄은 몰랐다.

나는 멍텅구리를 꺼내서 관의 홈에 천천히 집어넣었다. 자루에서 두어 치가 남았을 때 칼끝이 무엇엔가 닿았다. 멍텅구리에 혼신의 진기를 주입하여 안으로 끝까지 밀어넣었다. 칼끝에 무엇인가 딸깍, 하고 걸리는 듯했고 더이상 앞으로 나아가지 않았다. 직감적으로 그 너머에 뭔가가 있다는 생각이 들었다. 젖 먹던 힘까지 모아 멍텅구리를 밀었다. 온몸에서 열이 나고 핏줄이 툭툭 불거졌다. 태어나서 그토록 힘을 써본 적이 없었다. 내 뒤에 다른 계원들이 모두 달라붙었다. 수레와 수레를 잇듯이 열두 사람이 등에 손바닥을 대고 각자의 내공을 앞사람에게 내주었고 마지막으로 그들 모두의 공력을 모은 기운이 멍텅구리에 응결되었다. 거의 차 한 잔 마실 시간이 지났다. 옷이 땀에

젖었다.

"하아아아아아아아아아아아앗!"

온몸의 진기가 고갈되기 직전 마지막 경력을 모아 멍텅구리를 밀었다. 푸욱, 하고 뭔가가 뚫리면서 멍텅구리의 칼끝이 관의 내부에 다다랐다. 무엇인가 멍텅구리의 몸통을 찰싹 때리는 듯하더니 관이 크게 진동하고는 관뚜껑이 헐거워졌다. 드디어 관을 열 수 있게 된 것이었다. 온몸을 꼼짝할 수 없었다. 다른 형제들도 여기저기 널브러져 있었다.

"내 이럴 줄 알고 안 가고 숨어 있었지."

호탕한 웃음소리와 함께 부이용이 나타났다. 그가 칼을 휘둘러 우리를 모조리 죽이려 한다 해도 어쩔 수 없는 상태였다. 멍텅구리는 관의 홈에 꽂혀 있었고 형제들은 혼절했거나 손가락 하나 까딱할 수 없는 상황이었다. 하지만 부이용은 예상과는 달리 혼자였다. 칼을 뽑아 든 것도 아니었고 오히려 남의 이목을 두려워하는 듯 사방을 날아다니며 개미 새끼 하나 없는지를 살폈다. 마침내 부이용이 내 곁에 앉아 내 혈을 두드리며 기운을 북돋우기 시작했다.

아버지는 부이용이 연경으로 돌아가 모화관에서 있었던 일을 전해주자 곧바로 과거의 몇 가지 일을 생각해냈다. 가장 역점을 둔 것은 자신의 운명을 예측하고 자신이 들어갈 관을 만들되 아무나 열 수 없도록 기관학과 정심한 내공이 요구되는 자물쇠를 장치한 것이었다. 일반 정강으로 만든 납작한 칼이나 날이 휘고 두터운 칼은 구멍에 집어넣을 수도 없었다. 구멍에 용케 맞는 열쇠를 집어넣었다 하더라도 최고 경지에 달한 고수의 내공이 없으면 관 속의 기관이 작동되지 않았다. 그 모든 것이 하늘이 미리 정한 것처럼 인연이 닿아 한순간에 맞아떨어진 것이었다.

"열어라!"

검계 계원 모두가 관에 달라붙었다. 뚜껑을 열자 비단에 싸인 영구가 나타났다. 영구의 주변은 호랑이 눈알만한 명월주와 황금, 수정, 산호, 호박, 사향 같은 보배로 가득차 있었다. 가장 귀중한 보물은 천에 그려진 그림이었다.

부이용이 설명한 대로라면 몇 해 전 청의 강희제는 만주족 조상들의 유골과 보물이 묻힌 비처가 백두산에 있다는, 부족 우두머리에게만 전해지는 유지에 따라 백두산을 청의 뿌리로 삼고 장백산지신長白山之神에 봉하여 제를 지내도록 했다. 이어 무묵남을 비롯 네 명의 장수에게 비처를 찾으라는 명을 내렸다. 백두산의 지리를 훤하게 아는 아버지가 별동대를 편성해 수하들과 함께 뒤를 따라갔는데 무묵남은 수백 명의 군사를 데리고 나무를 베어 길을 내가며 백두산을 샅샅이 뒤졌음에도 만주족의 발상지를 찾지 못했다. 아버지는 따로 짐작이 가는 곳을 골라서 찾아가며 백두산 일대의 지도를 만들어두었다. 거기에 작은 글씨로 설명이 적혀 있었다.

—백두산은 사시사철 흰빛을 띄고 있어서 장백산長白山이라고도 하였다. 이 산에 사는 새와 짐승이 모두 흰빛으로 신령하니 그 산을 오르고 더럽히는 자에게 뱀이 해를 입힌다 전한다. 가로 천 리에 뻗치고 높이가 백 리이며 봉우리에 큰 못大澤이 있는데 그 둘레가 팔십 리이다. 남으로 압록강의 근원이 되고 북으로 혼동강이 흐른다. 남으로 철령과 마식령을 거쳐서 금강산, 오대산, 태백산을 이루며 지리산에서

그친다. 바다 건너 한라산 또한 백두산의 지맥이 바닷속으로 뻗은 것이다.

아버지가 임종을 하는 자리를 지켰던 부이용도 지도는 처음 보는 것이라 했다. 지도에는 붉은 점이 찍혀 있었고 역시 붉은 글씨로 '토문의 서쪽, 압록의 동쪽, 천지로부터 삼십 리 백산 산록의 열여덟 그루 소나무 아래 오좌자향西爲土門東爲鴨綠自天湖三十里白山山麓十八松樹下午坐子向'이라는 글자가 적혀 있었다.

"이게 무슨 뜻일까요? 당신의 묫자리도 아닐 테고."

"나로서는 지도가 있는지 몰랐으니 물어볼 수가 없었소이다. 그보다 더 중요한 유언이 있으셔서 다른 데 정신을 팔 틈이 없었소. 선사께서는 당신이 선화하시고 삼번의 난이 완전히 진압되면 청나라에서 우리 조선을 그냥 두려 하지 않을 것이니 하루빨리 당신의 시신을 조선에 운구하여 묘향산에 가져다두고 무리는 평안도 앞바다에 있는 가도로 가서 새로운 터전을 만들라고 하셨소."

"왜 하필 가도를?"

"임경업 장군께서 왕년에 심세괴가 이끄는 명나라 잔당 오만을 대파하고 승첩을 거둔 곳인데다 장군께서 청의 재침이 있을 줄 알고 미리 준비해두신 바가 있기 때문이라 하오. 가도는 용만과 함께 조선의 문지방이나 다름없는 곳으로 그 두 곳을 제대로 지키지 못하면 조선은 남의 땅이나 다를 바 없다 하셨소."

우리 두 사람은 서로를 마주보았다. 비로소 아버지의 뜻이 뭔지 알 것 같았다. 아버지는 북벌을 위한 준비가 갖춰질 수 없다는 것을 깨닫고 나서 조선을 지키기 위한 차선책으로 청의 조정에 투신한 것이었다. 호랑이 굴에서 호랑이를 제어하고 호랑이의 이빨과 발톱이 어떤 힘을 가지고 있는지 살폈다. 청 황실의 최고 기밀을 탐지해내어 지도로 만들어서는 죽어서까지 조선에 칼자루를 쥐여줌으로써 조선을 지키려 한 것이었다. 내가 호랑이 굴에 들어간 아버지 이야기를 하자 부이용은 엉뚱하게 내가 호랑이로 보인다고 했다.

"호랑이에게 개자식 없다는 옛말이 맞는 모양이오."

"예끼, 이 양반아!"

나는 마음이 시키는 대로 포목에 싸인 아버지의 시신에 몸을 가져다댔다. 냄새도 없고 맛도 없고 색도 없고 소리도 없으며…… 온통 없는 것투성이였다. 심지어 형체조차 느껴지지 않았다. 그런데도 새똥 같은 눈물이 찔끔 흘렀다. 마치 남원에서 암행어사 출두한 조부의 행적에 관한 이야기를 듣기만 해도 그랬던 것처럼. 아버지를 한 번이라도 안아보려고 두 팔을 아버지의 몸에 둘렀다. 시신 아래 손끝에 뭔가 집혔다. 아버지의 몸 아래에 서책이 깔려 있었다. 내가 아버지를 원망하고 서운해하고 멀리하는 마음을 가졌다면 결코 보지 못했을 책자였다.

'실학實學'이라는 제목이 쓰인 서책은 상하 두 권으로 나뉘어 있었고 상권에는 한자와 이두문, 한글이 뒤섞인 내공 요결이 적혀 있었다. 하권에는 장掌, 지指, 권拳, 퇴腿 등 몸으로 발휘하는 무공과 아는 자만이 알아볼 수 있는 심오한 검법의 요결이 함께 적혀 있었다. 무학에 관한 책인데 이름을 실학이라고 지은 이유는 상권의 서문에 들어 있었다.

—송의 주희는 유학을 일러서 실학이라 하였으나 수고롭게 몸을

움직이고 땀을 흘려 곡식을 가꾸어 사람을 살리는 농부가 하는 일이 실학이다. 학문을 궁구하는 목적은 천하에 곤궁한 백성이 없게 하는 것이니 이것이 선비의 실학이다. 고관대작과 선비들이 입으로 대의멸친을 말하면서 주희의 실학을 한다 하며 농사와 장사와 공장을 천시하지만, 칼 하나 휘두를 줄 모르고 화살 하나 쏘지 못하니 나라와 식구는 물론이고 제 한몸도 건사하지 못한다. 무학을 실학이라는 것은 이러한 연유인 것이다.

하권 맨 뒤에 기운이 다한 희미한 글씨로 쓰인 글은 내게 보내는 유언이었다.

—보고 싶은 내 아들아. 아들아. 내 아들. 하늘이 허락하지 않아 내 더이상 주어진 수명을 연장할 수 없게 되어 너에게 뒷일을 맡기고 갈 수밖에 없겠다.

이 책자의 내용은 내가 원래 알고 있던 조선의 무공에 중국 땅에서 우연한 기회에 심득한 것을 더하여 실정에 맞게 편찬한 것이다. 다만 내가 도검에 익숙지 않아 검법에서는 고인이 남긴 정묘함을 충분히 얻지 못하였으니 네가 틈나는 대로 익히고 깨우쳐 이 아비가 못한 공을 이루도록 하여라. 또한 이를 후예에게 전하여 천하에 제일가는 조선의 무예와 정신이 면면히 이어지게 하라.

사람마다 무예를 닦고 조정에서 힘있는 군대를 양성한다면 언젠가처럼 나라가 치욕을 겪고 백성이 도탄에 빠지는 일은 없게 되리라. 조선 사람이 서로 도와서 조선 천지를 보존하고 그 안에 깃들인 생령들이 화목하게 번성하도록 힘써주리라 믿는다. 아들아. 너는 대장부로서 누구를 의지하려 하지는 말되 반드시 누군가의 의지처가 되어주어라.

아비의 시신은 묘향산 보현사로 가져가서 화장을 하도록 하여라. 거기서 몸은 사라질지라도 얼과 뜻은 남아 눈을 부릅뜬 채 북쪽 오랑캐로부터 이 나라 오천 리 강토와 백성과 내 핏줄을 영원히 수호하려 한다. 뜻을 같이하는 영령들이 이미 그곳에 있으니 나 홀로 외롭지는 않을 것이다.

돌이켜보면 부질없이 구름과 별빛을 좇는 인생이었으나 후회는 하지 않으련다. 인생에는 쓸모없는 것이란 없으니 누추하고 알아주지 않는 삶이라도 언제 누군가에게 이용이 될진저. 내 마침내 뜻을 다하고 영영 우주로 돌아가는 날 너를 믿고 웃으며 떠나리라. 훗날 저 아득하고 넓은 대공에서 너를 만나 정답게 살아온 이야기를 듣고 싶구나. 경신년 봄. 못난 아비가 쓰노라.

내가 책자를 읽으며 울고 웃는 동안 내내 손을 잡은 채 따뜻하게 위로를 해주던 부이용은 모든 궁금증을 해소하고 말끔해진 얼굴로 돌아가며 다시 만날 날을 기약했다. 아버지의 관 속에 들어 있는 보물과 재화는 장차 여러 곳에 긴히 쓰일 때를 대비해 내가 맡아두었다 주기로 했다. 관이 열린 이상 물건을 나눠서 싣고 다시 관뚜껑을 덮어서 수레에 싣기는 쉬웠다.

신기한 일은 묘향산에서도 벌어졌다. 보현사의 스님들이 산의 입구까지 마중을 나온 것이었다.

"십수 년 전 입적하신 보명 큰스님께서 이런 일을 예견하시고 모든 계획을 해놓으셨습니다."

주지의 말이었다. 신기한 일은 계속 이어졌다. 하늘에서는 두루미 수십 마리가 날아와 장례 절차를 지켜보았고 먼 데서 호랑이가 포효

하는 소리가 은은히 들렸다.

밖으로 나와 큰 마당에 쌓아올린 장작더미로 향했다. 먼저 홰에 불을 붙여 시신을 둘러싼 나뭇가지에 올렸다. 이어 형제들과 스님들이 그 일을 따라 했다. 저녁 골바람이 불어들기 시작하자 다비의 불길은 더욱 맹렬하게 불타올랐다. 임진왜란 때 승병을 지휘하여 나라와 백성을 지켜낸 서산대사와 사명대사의 영정이 불빛에 일렁거리고 있었다. 나는 그 앞에 꿇어 엎드려 큰절을 올렸다.

"아버지! 아버지! 내 아버지! 아버지시여! 아버지시여! 나의 아버지시여!"

호곡 대신 아버지를 외쳐 부르자 뒤늦게 눈물이 걷잡을 수 없이 터져나왔다. 잘 가세요, 아버지. 보고 싶어요. 한때 원망하고 또 원망하였으나 그래도 그래도 그래도 자랑스럽습니다. 모든 것은 못난 이 자식에게 맡기고 영원한 안식에 드소서. 그런 말은 맘속에서 불꽃처럼 타오를 뿐 종내 밖으로는 단 한 마디도 나오지 않았다.

그 시각에 야당 장군은 왕이 내린 사약을 마시고 경상도 영해 땅에서 졸하였으니 향년 예순다섯 살이었다.

나는 스승도 아버지도 없는 고아가 되었다.

## 49장 거래

나는 야당 스승을 죽인 원흉으로 김석주를 지목했다. 김석주의 사주를 받은 서인 대간들이 야당 장군을 기필코 죽이려 거듭 소를 올렸고 왕은 그것을 대세로 받아들여 못 이기고, 못 이긴 체 윤허했다. 내가 그토록 살려달라고 빌고 사정을 했건만 결국 내 뜻을 저버리고 왕은 김석주의 편에 섰다. 스승을 죽인 것이 결코 왕의 본심은 아니라 해도 왕은 적극적으로 김석주와 서인들의 잘못된 처사를 막지 않았다. 내 스승이 죽도록 방관한 왕을 보고 싶지 않았다. 보는 순간 야당 스승의 혼이 내 입을 빌려 한바탕 욕설을 퍼부을 것 같았고 결국 나까지 개죽음을 당할 수 있었으니까.

부모의 친상을 입은 벼슬아치는 삼년상이 끝날 때까지 벼슬자리에 나아가지 않아도 되는 게 법이었다. 나 또한 친상을 입었고 낮고 비루하다 하더라도 벼슬아치는 벼슬아치였다. 내가 친상을 당했다는 사실을 호조와 승정원에 통기하고 길게는 삼 년까지 직사에 나아가지 않아도 되는 말미를 얻었다. 꼴도 보기 싫은 왕을 보지 않아도 된다는 것이 가장 좋았다.

왕 역시 나를 찾지 않았다. 내가 상을 치르고 집에 돌아온 것을 알면서도 누구를 보내 위로하거나 일이 있으니 돌아오라고 하지 않았다. 친상을 당했다 해도 중대한 일이 있어 해당 벼슬아치를 써야 할 때는 기복起復이라 하여 언제라도 부를 수 있었다. 할머니가 돌아가셨을 때는 그런 명이 없었어도 스스로 보름 만에 입궐하고 업무를 보았다. 이번에는 경우가 달랐다. 스스로 복귀하고 싶지도 않았고 왕 역시 몇 달 동안 아무런 통지도, 명도 보내지 않았다. 관심이 없는 사람 같았다. 내가 더이상 필요 없어 보였다.

나는 원래 왕 같은 존재를 몰랐고 필요로 하지도 않고 혼자서 잘만 먹고 잘만 싸던 몸이었다. 군사부일체이니 스승은 아버지나 임금과 같은데 스승을 죽이는 데 동참한 왕을 형제로 생각할 수 있는가. 나는 생각했다. 왕 역시 비슷한 생각을 할 것이었다. 나는 왕에게 있으면 귀찮고 께름칙하고 없는 게 나을 사람으로 변해가고 있었다. 어쨌든 나도 사람이었다. 나는 사람이다! 이제 나는 나고 너는 너다! 나는 궁궐 쪽을 향해서는 오줌도 누지 않았다.

그렇다고 마냥 빈둥대며 아무 일도 하지 않고 살아갈 수는 없었다. 한때는 먹고 자고 놀고 먹고 자고 놀고 놀고 먹고 사는 일에 나만큼 타고난 재주를 가진 사람은 없다 여겼다. 언제부터인가, 아니 왕을 만나고 나서부터 내가 종복이나 가축처럼 제 뜻대로 하는 게 없는 허수아비로 변해버린 것 같았다.

이런 맥없는 생활을 타파하기 위해 스스로를 일으켜세울 필요가 있었다. 아버지가 남긴 책자의 무공을 전심으로 연마해서 내 것으로 만들기 시작했다. 조선 전래의 무학에 아버지가 중국에서 알게 된 무공, 돌아가시기 전 일생의 성취를 바탕으로 창안한 새로운 무공까지 망라되어 있어서 내가 그것을 익히는 것은 아예 불가능할 것으로 생각했다.

그런데 아버지는 세상에서 짝을 찾을 수 없는 게으름뱅이에 문자를 잘 모르는 나를 염두에 두기라도 한 듯 어렵고 낯선 글자 한 자 한 자에 우리말로 세밀하게 토를 달아 설명하고 있었다. 마치 사랑하는 아기에게 밥이나 밤을 잘 씹어서 암죽으로 먹이는 어머니처럼 아버지는 무공을 배우고 익히는 데 꼭 필요한 사항과 과정을 눈앞에서 말하듯 자상하고 끈기 있게 가르치고 있었다. 내 몸과 성격에 그리 잘 맞을 수 없었다. 새삼 아버지가 사무치게 그리워졌다. 하나의 무공을 익힐 때마다 나는 아버지에게 스승을 대하는 예로 절을 올렸다. 어차피 아침저녁으로 술과 음식을 올려야 하기도 했고 보름과 그믐에는 제를 올려야 했다. 그렇게 해서 나는 아버지를 또 한 분의 스승으로 받아들였다. 그전까지 내가 배운 어떤 스승보다도 자애롭고 흥미롭게 무공을 가르치는, 하나의 무공을 배우고 나면 어떤 신비로운 세상이 열리는지를 알려줌으로써 안 배우고는 배길 수 없게 만드는 특별한 스승이었다.

다른 어디에서도 배운 적이 없고 들은 적조차 없는 실질적이면서 기발한 방법도 들어 있었다. 이를테면 몸이 허공을 날아다니는 것 같은 상승의 무공을 펼치려면 도약하는 법부터 익혀야 했는데 도약의 첫 단계는 봄철에 뒷마당에 자라기 시작하는 쑥을 뛰어넘는 것이었다. 시간이 흐르면서 쑥은 종아리 높이에서 무릎 높이로, 이어 허리 높이까지 자랐는데 조금씩 자라기 때문에 그리 어렵지 않게 그 위를 넘을 수 있었다. 여름이 되면 쑥은 무성하게 자라서 사람의 키 높이까지 자라났다. 그 무렵에는 이미 책에 나와 있는 방식에 따라 기를 운용하고 호흡을 조절하여 도약하기 시작한 다음이었다. 그 이후로도 자연스럽게 기의 운용과 호흡이 따라오면서 쑥을 뛰어넘는 데 큰 어려움이 없었다. 그런 식으로 나의 무공은 모든 방면에서 일취월장했다.

아버지는 무공을 익히는 동안 기운을 북돋는 데 좋은 약초와 그것을 약으로 만들어 복용하는 법도 기술해놓았지만 중점을 둔 것은 음식이었다. 근골을 튼튼하게 하고 기를 충만하게 하는 데는 고기만한 것이 없다고 했다. 그것도 내 체질에 맞는 것을 고르기 쉽게 했는데 내게 맞는 고기는 오리였다. 무공을 집중 연마하는 몇 달 동안 오리를 통째로 푹 고아서 물처럼 된 것을 수백 마리를 먹었다. 기혈이 충만해지고 살이 포동포동 쪘다. 봄에는 잉어, 여름에는 쏘가리, 가을에는 미꾸라지, 겨울에는 개구리를 권했다. 무공을 익히는 게 아니라 소년 시절로 돌아가 천렵을 즐기듯 했다. 고기로는 오리 말고도 봄에는 사슴고기(비수리, 산약을 함께 먹음), 여름에는 닭고기(숙지황, 인삼, 연근을 함께 먹음), 가을에는 돼지고기(대추, 작약을 같이 먹음), 겨울에는 쇠고기(하수오, 구기자, 오미자를 같이 먹음)를 먹게 했다. 산으로 들로 나물 캐러 다니느라 추월이가 바빠졌다.

무엇보다 머리를 써야 빠르게 무공을 익히고 내 것으로 만들 수 있다고 했으니 거기에 도움이 되는 음식에는 찹쌀과 쌀로 만든 떡(인절미), 밥, 죽이 있었고 꿀이며 조청도 포함되어 있었다. 음식은 추월이에게 맡기고 깊은 산 돌 틈과 큰 나무 속에 있는 석청과 목청을 따러 다니느라 신이 났다. 제갈량 같은 역사 속의 위대한 책사들은 꿀을 장복했다는 것도 처음 알았다.

아버지라는 스승을 통해 배운 무공이 어느 경지에 다다르게 되자 세상이 달리 보였다. 전에는 볼 수 없었던 작고 미미한 것들의 움직임이 환하게 눈에 들어왔고 그런 것이 대국을 바꿀 수도 있다는 것을 알게 되었다. 빠르다고 생각했던 것이 느리게 보였다. 도저히 따라갈 수 없다고 여겼던 것은 곧 따라잡을 수 있는 것으로 바뀌었다. 몸은 금강석처럼 단단해지고 머릿속은 차곡차곡 정리된 지식과 논리로 빠르게 돌아갔다. 그 어떤 스승도, 아버지 이전의 모든 스승을 합한다 하더라도 나를 그토록 깨우치지는 못했다. 아버지가 준 서책을 덮고 나니 새삼스럽게 아버지와 스승들의 은혜가 어떤 것인지 깨달아졌다.

그렇게 한철을 보내고 나자 나는 그전과는 비교할 수 없이 달라졌다. 그러한 성취는 나 하나뿐만 아니라 내 주변의 사람들, 검계에도 크나큰 변화를 가져왔다. 어쩌면 나라와 백성, 한 시대에도 상관이 있을지 모르는데 아직 그런 것까지 생각하고 싶지는 않았다.

부이용이 아버지를 절대의 고수라고 말했던 뜻을 비로소 깨달을 수 있었다. 절대의 고수는 천하의 어떤 고수와 상대해도 지지 않을 것이라는 확신과 실력을 가진 사람으로 또다른 절대의 고수를 낳고 기를 수 있는 사람이다. 물론 내가 그 단계에 도달했다는 건 아니고 그 단계가 바라다보이는 정도까지 시야가 넓어지고 수준이 높아진 것이었다.

한편으로 아버지의 유언에 들어 있는 뜻을 바탕으로 검계의 공약을 정비했다.

"우리 검계의 형제들은 언제나 약한 자를 돕고 가난한 자를 구원하며 의로운 일에 힘쓴다. 우리는 불의한 재물로 육식을 하는 자肉食者, 토색질과 가렴주구로 백성의 고혈을 빨아먹는 벼슬아치와 권귀의 횡포를 막고 악인을 징치한다. 우리의 법은 우리가 정한다. 우리의 법을 어기는 자, 우리가 벌한다. 우리는 우리를 지키고 서로를 살리며 돕는다. 배신자는 죽음이 있을 뿐이고 싸움에서 물러나는 자에게는 죽음이 내릴 것이며 적을 앞두고 동요하거나 유언비어를 퍼뜨리는 자는 죽일 것이다."

내 명령 하나에 전국 수천 명의 형제들이 일사불란하게 응답했다. 그들의 얼굴에서는 빛이 났다. 사는 곳에 따라 내, 외, 남, 북 네 개의 당으로 편제를 바꾸었다. 사장 직속의 별동대를 만들어 정의대라 이름하여 비밀스럽고 중요한 일을 처결하게 했다. 모두가 서로를 형제로 부르면서도 장유유서의 규칙을 엄격하게 지키게 했다. 당장은 고단하고 힘들고 천하다 멸시받고 억울한 일을 겪는다 해도 그들은 잘 참아냈다. 정 견디지 못할 것 같으면 검계가 나서 해결을 해주리라 믿었고 실제로 그렇게 되었다. 나라의 법이 해야 할 일을 검계의 규약과 형제간의 의리가 해결해주고 있었다.

아버지의 실학은 검계의 전력을 향상시키는 데도 큰 도움이 되었다. 나보다 앞서 검계의 사장을 지냈던 인물들은 대부분 신분이 신비로웠지만 짐작이 가는 인물은 있었으니 광해군 때 역적으로 처단당한 허균과 역시 역적으로 억울하게 몰린 임경업이 그들이었다. 아버지의 책에는 임경업 장군의 무공 일부가 적혀 있었다. 검계에 내려오다 실전된 무공의 상당 부분을 회복한 것도 아버지의 책 덕분이었다.

어떤 사장은 지략과 지모로, 어떤 사장은 무역과 장사로 재물을 모아서, 어떤 사장은 검술과 권술 등 무예로 검계를 발전시키는 데 기여했다. 나는 역대 사장 가운데 가장 출신이 보잘것없고 지략이 부족했으나 다행히 주변에 비상한 천품을 가진 사람들이 많았다. 무엇보다 나는 운이 좋았다. 왕이 아우인 사장은 이제까지 없었고 앞으로도 없을 것이었다. 아마도 역대 사장 가운데 재산은 가장 많을 것 같은데 그 재산으로 뭘 할 수 있는지는 천천히 알아봐야 했다. 아버지의 책자로 나와 검계의 모든 것이, 운명과 앞날까지 달라진 게 확실했다.

무엇인가 나날이 나아진다는 것을 보는 것은 큰 즐거움이었다. 내가 매일 달라지는 나를 보는 일은 전에 없던 기쁨을 주었다. 내게는 충성스럽고 뜨거운 의기로 뭉친 형제들이 있었다. 왕후장상이 전혀 부럽지 않았다. 아니 남모르게 어둠 속에 있는 편이 사람들의 이목을 끌고 질시를 불러일으키는 왕후장상보다 훨씬 더 나았다. 파락호로 살다가 파락호로 죽었다면 결코 몰랐을 꿀 같은 재미였다. 그렇게 반년의 세월이 훌쩍 지났다. 몇 년 사이 그토록 좋은 세월이 없었다.

조이수, 장현과 벌이던 사업은 모두 망했고 몰래 심어둔 산삼밭은 절반 이상이 황폐해졌다. 그런다고 내 재산이 특별히 축나는 것은 아니었다. 왕실에 관련된 궁방의 재산과 내수사의 형편이 나빠지게 되었을 뿐이지만 그게 내 탓도 아니었다. 굳이 말로 하자면 왕이 제 도끼로 제 발등을 찍은 것이었다.

"나를 살려주오."

장옥정이 그런 말을 하지 않았더라면 나는 더이상 왕은 아랑곳하지 않고 나 하고 싶은 대로 하며 천년만년 잘살았을지도 모른다.

"내가 죽은 사람도 환생시킨다는 염라대왕이냐, 지옥에서 죄 많은 중생을 구제한다는 지장보살이냐? 내가 어찌 너를 살린다는 것이냐?"

여염의 여인들이 입는 흰옷에 쓰개를 두르고 있었지만 장옥정의 활짝 피어난 아름다움과 은은한 향기는 여전히 내 가슴을 턱 막히게 했다.

"귀양 가 있는 내 당숙들과 재종형제들을 놓아달라고 주상께 청을 올렸다가 심한 꾸중을 듣고 궁궐에서 당장 쫓겨나게 생겼소. 네가 감히 총애를 믿고 베개송사를 하려 드느냐고 주상의 진노가 대단하셨소."

"그 인간, 아니 주상이 그러건 말건 내가 무슨 상관이라고 내게 살려달라느냐 말이다."

장옥정이 몸을 내 발치에 던졌다.

"내가 잘못하였소. 하지만 지금 나를 살려주지 않으면 내 어머니, 오빠, 귀양 간 당숙들이며 내외종 형제와 외가까지 수십 수백 명의 목숨이 위태롭소. 제발 내 간절한 소청을 물리치지 말아주시오."

장옥정은 울기 시작했다. 가녀린 어깨가 들썩거렸고 이어 등짝으로 진동이 이어졌다. 아무리 정예로운 천군만마라도 두려움으로 인해 적에게 등을 돌리는 순간 그저 칼날의 처분 아래 놓인 고깃덩어리에 불과할 뿐인데 경국지색도 등짝을 보이니 그저 불쌍한 아녀자로 보였다.

"나는 사고무친의 고아이니 내 형세가 너보다 나을 것이 없다. 주상은 이미 영상부터 천민에 이르기까지 누구든 죽이고 살리는 것을 마음대로 하는 무상의 권력을 쥐었고 무엇보다 네 치마폭에 푹 빠져서 나 같은 한미한 사람은 안중에도 없는 듯한데 이제 와서 내 말을 들을 것 같으냐? 내게 무슨 능력이 있어서 주상의 마음을 돌리겠느냐?"

"나는 아오, 주상께서 누구보다 사랑하고 그리워하는 이가 누구인지. 잠꼬대를 하면서 이름을 외고 부르는 이가 누구인지. 지금 주상께서는 사방이 다 적이라고 생각하고 계시오. 이 세상에서 주상보다 외로운 분은 없으시오. 지금 주상께서 누구보다 의지하고 가까이할 이는 대비전도 병조 판서도 송시열도 삼공육경 그 누구도 아닌 단 한 사람, 한 분이오."

"그게 나라는 말이냐?"

"그렇소."

"그 말을 주상께서 직접 찾아와서 하면 입이 부르트기라도 한다더냐?"

"주상께서는 차마 그리하지는 못하신다는 걸 아시지 않소? 별좌가 찾아가지 않으면 용상에서 일어나지도 못할 분이오."

"제발 부탁이니 별좌라고 부르지 좀 말아라. 그 말을 들을 때마다 송충이가 등짝을 기어가는 것 같아서 손발이 다 오그라든다."

"뭐라 부르리까. 자근이가 말한 것처럼 도사라고 하리까? 성도사님? 뭐든 하라시는 대로 할 것이니 일러만 주시오."

장옥정이 고개를 들었다. 둥글고 큰 눈 속으로 내 온몸이 빨려들 것 같았다. 이런 게 미인계인가. 나는 아버지가 물려준 내공을 수련할 때처럼 연화좌로 몸을 꼬아 앉은 뒤 연신 부채질을 했다.

"좋은 말도 많지 않으냐. 여인들이 친애하는 남자를 부를 때 쓰는 말은 몰라도……"

서방도 있고, 낭군도 있고 임도 있다고 하고 싶었지만 이를 꽉 물었다. 장옥정은 눈치가 빨랐다.

"사고무친의 고아가 되었다 하셨지요? 이제는 미거하나마 여동생이 하나 생겼다 하시면 안 되시올지요? 제 목숨을 다해 지극한 경애와 지성으로 섬기겠어요."

"경애? 지성?"

"제 목숨이 경각에 달렸으니 곧 입궐하실 줄로 알겠어요. 오라버니."

오라버니란 말에 온몸이 녹는 것 같았다. 도대체 장옥정으로부터 자나깨나 오라버니니 아비니 아저씨로 불리는 인간들은 어떻게 오뉴월 밀랍처럼 녹아 없어지지 않고 살아 있는지 궁금했다.

결국 나는 다시 입궐을 했다. 왕이 부르지도 않았는데.

"성별감이 오랜만에 왔구나."

내가 얼굴을 들이밀자 왕은 애써 외면한 채 무심한 어조로 물었다. 나는 왕을 향해 네 번을 절하고 난 뒤 전에 그랬던 것처럼 지근으로 가려 했다.

"구구한 말은 듣지 않겠다. 할말이 있으면 거기서 하라."

완연히 냉기가 느껴지는 언사였다. 이런 수모를 겪고서 화병에 걸리거나 심장이 터져 죽으면 나만 손해 아닌가. 장옥정이 원망스러웠다. 장옥정이 하라는 대로 덜렁 궁궐에 들어와서 왕 앞에 머리를 숙인 내가 한심했다. 하지만 그 자리를 박차고 나서지 않는 것이 내가 전과 달라진 점이었다. 박차고 나서지 못하는 것이 아니라.

"전하, 미천한 소인이 무슨 드릴 말씀이 있사오리까마는 오늘날 내수사며 궐내 각사, 바깥의 궁가에서 청과 왜와 하는 교역에 관해 긴히 아뢸 것이 있사옵니다."

"교역이라니, 내수사나 궁가가 국경에서 무역을 하고 있다는 것인가? 그게 언제부터의 일이란 말이더냐?"

네가 철딱서니가 없어 몰라서 그렇지 내 주변에는 물론이고 사방천지에 그걸 안 하는 사람이 없단다. 하늘이 유성으로 불타고 땅이 흔들리는 재변에 가뭄에 홍수에 서리에 우박에 벌레에 염병에 호환에 마마에 날벼락에 우역에 나라가 거덜나지 않고 백성들이 겨우겨우 끼니라도 이어온 이유가 뭔지 궁금하지는 않더냐? 그렇게 속시원히 말해주고 싶었다. 하지만 나는 목청을 낮추었다.

"오래도록 왜국에 대해 해금을 하고 있던 청에서 근래에 황당선[4]을 대거 보내고 해금을 풀어서 교역을 재개하려는 기맥을 보이고 있으며 이는 조선의 백천만 신민의 호구가 달린 문제로서……"

결국 왕은 나를 가까이로 불러들였다. 나는 장현에게서 받은 서찰을 요약해서 왕에게 들려주었다.

―제가 주상 전하를 등지고 남인들의 편을 들어서 자금을 댔다는 소문은 천만의 억측이올시다. 제게 하늘은 오로지 전하 한 분뿐입니다. 저희 형제 모두 마찬가지인데 이렇게 귀양을 와서 손발이 묶여 있으니 나라와 전하를 위해 극진히 충성을 다하고 싶어도 그럴 수가 없습니다. 차라리 가슴을 베어서 심장을 보여드리고 싶습니다. 저희 형제 모두가 오장육부를 드러내어도 부끄러울 일이 없습니다. 저희가 모아놓은 삼십만 냥의 은을 내수사에 올리려 하니 쾌히 가납하여주시기 바랍니다. 이는 저희 목숨이 달린 일이오라 전하께만 극비리에 알

려드리오소서.

"누가 그런 천한 무리의 더러운 오장육부를 보겠다던가."

왕은 전에 없이 거드름을 피웠다. 아니꼬워서 몇 달 전에 먹은 냉면이 뱃속에서 도로 다 올라올 지경이었지만 제가 켕기는 게 있어 그러려니 하고 꽉꽉 눌러 참았다.

"장현이 맹세하기를 전에도 그랬고 앞으로도 영원히 전하께 충성을 바치겠다 하였고 성의의 표시로 조정에서 거둬들이는 대동미보다 많은 은자를 바치겠다 하는 것입니다. 돈밖에 없는 역관들에게 돈을 공물로 바치게 하면 각 지방에서 올라오는 공물을 대신한 대동미보다 전하의 치세에 보탬이 될 것입니다. 돈에는 눈이 없고 부피가 눈에 띌 만큼 크지도 않으니 서인 신하들이 탈을 잡을 게 없을 겝니다."

"북쪽의 강성한 오랑캐와 남의 왜구가 다시 쳐들어와 나라가 망하면 대신이고 국부고 천만금이 있은들 뭘 해. 미리 국가를 위해 쓰자 하는 게 당연한데 그걸 가지고 목숨을 구걸한다니 한심하다 못해 가엾구나."

왕에게서는 남인들이 집권하고 있을 때와는 전혀 다른 감정이 묻어났다. 남인들은 무능하기는 했지만 고분고분했다. 왕이 쫓겨날 염려 같은 건 하지 않았다. 서인들은 달랐다. 임금을 쫓아내고 새 임금을 세운 경험이 있었다. 그 임금이 삼전도에서 죽음보다 더한 치욕을 당하고 아들들과 수십만 백성을 승전국에 인질로 보내면서 자신의 목숨을 보전한 것과 돌아온 세자를 죽게 하고 며느리를 사사한 것을 알고 있었다. 강성한 세력을 지닌 신하들에게 무능한 군주로 몰려 언제든 쫓겨날 수 있다는 것은 악몽만으로 그치지 않았다. 그저 송시열 같은 나이든 신하들의 얼굴만 봐도 움츠러드는 것이었다.

"돈이 없으면 비루먹은 당나귀 한 마리 움직일 수 없는 세상인데 돈을 가지고 있다는 건 힘을 가지고 있다는 뜻이지요. 돈 가진 인물들을 내 편으로 만드는 게 중요합니다. 음으로 양으로."

"장현을 놓아주라는 건 장옥정이 애걸복걸하며 한 말인데? 숭선군과 동평군이 문안차 들어와서 같은 말을 하고 갔고."

왕은 의심스러운 듯 나를 건너다보았다.

"목마른 사람에게 물을 줄 수 있을 때 주는 것이 후일 몇 배의 보답으로 돌아오는 법입니다. 장현이 절대 배신할 사람이 아니라는 징표로 내수사에 이미 은 십만 냥을 옮겨놨습니다. 십만 냥이면 무게로 육천 근이 넘어서 사람들이 몰라보게 돼지 삶은 것처럼 해가지고 지게로 옮기려니까 내수사 노비 여럿이 허리가 휘었습니다."

이미 돈이 옮겨져 있다는 말에 왕의 얼굴은 많이 풀렸다.

"외당숙이 내 말을 들으려 하지 않을 거야. 장현, 장찬을 콕 찍어서 귀양 보낸 사람이 외당숙이니."

"지금 이 나라의 지존이 누구이신데 사사건건 척신에게 허락을 받아야 합니까?"

왕은 이를 사리물었다. 격장지계가 먹힐 나이가 된 것이다. 더이상 어린아이가 아니었다. 나는 아예 못을 박았다.

"청나라 사신들이 장수역을 계속 찾고 있었습니다. 모화관 십 리허에 모르는 사람이 없지요. 그들과 떼려야 뗄 수 없는 거래를 하고 있는 것이 적실합니다. 동래 왜관에 보냈다는 말로 은휘해두기는 했는데 추궁을 심하게 당한다면 귀양을 보낸 실상을 토정할 수밖에 없습니다. 왜 그랬느냐는 식으로 따지고 들면 애써 가져다놓은 십만금이 청국 사신들 수중에 뇌물로 고스란히 들어가야 할 것입니다. 그 뒷감당은 누가 하겠습니까? 저 훌륭한 시임 병조 판서, 외당숙이? 송시열이? 아니면 김수항이나 민씨 형제가?"

왕은 고개를 끄덕거렸다. 눈먼 돈을 모른 체 받아두는 것이 나라를 튼튼히 하고 적을 막으며 꾸준히 왕의 곳간을 채워줄 장현 형제를 살려내놓으니 화살 하나로 두세 마리의 꿩을 잡는 격이었다.

사실 왕에게는 조그마한 일로 나와 티격태격하고 있을 겨를이 없었다. 송시열이 오고 있었던 것이다.

# 50장 승부

"우암장, 대로께서 오신다!"

"저 청백한 골기骨氣와 웅혼한 기상으로 조정의 더러운 기운을 일거에 몰아내고 나라를 숙연케 하시리."

중후한 풍채에 옥색 도포를 정하게 차려입은 백발노인이 노량나루를 건너기 위해 한강변에 이르자 사람들은 물론 남쪽의 산천수택이 온통 들썩거리는 듯했다. 과천 역참의 찰방으로 있는 검계의 계원이 송시열이 도성 근처에 도착했다고 알려왔을 때에 내 목줄이 바짝 조여지는 느낌이 왔다. 나보다는 왕이 더할 것이었다.

송시열은 귀양에서 풀려나고 정일품 영중추부사 직함을 돌려받은 뒤 10월 12일 사은을 하러 도성 밖에 도달했다. 먼저 미리 써온 상소문을 들여보내 자신에게 허물이 많음에도 임금이 관대히 용서하고 과분한 벼슬을 내려준 것에 감사했다. 동시에 죄인에게 어울리지 않는 높은 직위를 감당할 수 없으니 곧바로 물러나게 해달라고 청원했다.

왕이 부드럽고 따뜻하게 답을 내렸고 승지에게 직접 가서 도성 안으로 함께 들어오게 했다.

송시열이 입성을 한다고 하자 백성들이 생업을 뒷전으로 돌린 채 구름처럼 모여들었다. 대궐 문 앞에는 일찌감치 궁궐의 서리들과 액정서의 하인들이 빙 둘러선 채 송시열이 오기를 기다리고 있었다.

마침내 궁궐 앞에 이르러 송시열은 조그마한 말에서 내렸다. 주변을 천천히 돌아보았는데 누구에게도 눈이 머무는 법이 없었다. 세상사에 초탈한 신선 같은 풍모, 아니 허허실실 속을 알 수 없는 절세 고수의 면모였다.

마침내 왕이 송시열과 대면했다. 나는, 아니 모든 사람이 숨을 죽인 채 송시열과 왕 사이에 벌어질 건곤일척의 대결을 기다리고 있었다. 침 삼키는 소리가 들릴 만큼 사방은 조용했다. 뇌성 벼락이 치기 직전처럼 허공에는 저릿저릿한 기운이 흘렀고 내 머리털이 다 곤두섰다.

나로서는 송시열이라는 인물의 실체를 처음 보는 셈이었다. 송시열이라는 이름을 들은 건 수만 번은 되겠지만. 내 소매 속의 멍텅구리는 송시열이 나타났는데도 잠들어 있는 듯 평온했다. 위험하지 않다는 뜻인가. 죽을 날을 진작에 받아놓은 늙은이라서? 모를 일이었다. 왕은 옥좌에서 남쪽을 향해 앉아 있었고[5] 송시열은 군신이 인견을 하는 예에 따라서 왕의 앞에 부복했다. 등을 보인 채 엎드리는 게 맹꽁이처럼 느렸지만 왕은 참을성 있게 기다리고 있었다. 왕이 그토록 긴장한 기색은 본 적이 없었다. 떨지나 않을까 겁이 날 정도였다. 그러나 목소리는 분명했다.

"대로께서 노구에 멀고 또 먼 길, 오시느라 노고가 매우 많으셨소."

왕의 말에 송시열이 쿨룩쿨룩 기침을 하더니 쉰 목소리로 응답했다.

"성상께서 동궁에 계실 때에 노신이 세자 사부로 잠깐 입시하였사온데, 그뒤에 여러 해 동안 천안天顔, 임금의 얼굴을 뵙지 못하였사옵니다. 노신이 진실로 원하건대 전하의 용안을 올려다볼 수 있게 허락하여주시옵소서."

법으로 신하가 왕의 얼굴을 정면으로 쳐다보는 것이 금지돼 있는데 예외적으로 바라다볼 수 있게 해달라는 것이었다. 다른 신하들과 자신은 다르다는 뜻을 명백히 한 것이었다. 왕이 그러라고 허락했다. 두 사람의 눈빛이 마주쳤다. 짧은 순간 두 사람의 시선이 얽히면서 분위기는 한껏 당겨진 활시위처럼 팽팽하게 부풀었다. 왕이 먼저 입을 열었다.

"과인이 동궁에 있을 때 한두 차례 경을 보았었는데 지금 경의 수염과 머리가 이미 쇠잔하여 희어졌구려."

감기에 걸린 것처럼 잠긴 목소리였다. 목이 멘 것인가? 나는 왕의 표정을 살폈다. 하지만 왕에게서 희로애락의 감정을 읽기는 힘들었다.

송시열이 이번에는 천천히 고개를 들어서 무한한 감개를 담아 왕을 올려다보았다. 다시 교환되는 두 사람의 눈길에는 일찍이 보지 못했던 뜨거운 정의가 오갔다. 금세 불꽃이 피어오르거나 눈물이 터질 듯했다. 그게 한바탕 놀음이라면 두 사람 다 대단한 연희자였다. 아주 사당패로 나서서 묶음으로 팔도를 돌아다닌다 해도 굶어죽지는 않겠구나. 나는 소리 나지 않게 조심하면서 중얼거렸다. 송시열이 차가운 공기를 깊이 들이마시고 나서는 또박또박 말했다.

"전하께서 동궁에 계실 때에는 『소학』을 배우셨는데 그뒤에 경연에서 몇 책이나 끝마치셨는지요? 지금은 또 무슨 책을 배우고 계십니까?"

학문 이야기를 꺼내기 시작하자 송시열의 목소리는 자못 까랑까랑해졌다. 왕이 주눅이 든 학동처럼 천천히 대답했다.

"『논어』와 『중용』을 읽었고 겨우 『서전』을 끝마쳤으며 이제금 『시전』을 읽으려 하고 있소."

송시열은 갈수록 허리가 꼿꼿해지고 목소리에 기운이 들어갔다.

"경전을 입으로만 읽는 것은 아무런 도움이 되지 않을 것입니다. 예부터 신하는 군주에게 언제나 체득하기를 우선하도록 권했습니다. 성상께서 과연 경전의 내용을 체득하셨는지 아니면 읽는 형식만 갖추었을 따름인지 알지 못하겠습니다."

왕은 목소리가 점점 낮아지고 신중해졌다.

"과인이 비록 불민하지만 하고자 하는 바를 체험하여 얻을 뿐이오."

송시열이 느닷없이 자리에서 일어나서 천천히 두 번 절을 올렸다. 좌중에 수런거림이 일었다. 하지만 그 또한 계속되는 시험의 하나일 뿐이었다.

"전하께서 그러하시다면 우리 동방 사직의 천만다행이라 하겠으니 노신은 감격을 금치 못하여 절로 경하를 드리게 됩니다. 한 번의 경연에서 몇 편을 진강하시며 몇 차례나 되풀이하여 읽으십니까?"

왕은 끊어질 듯 이어질 듯 하며 아슬아슬하게 답변을 해나갔다.

"소편小篇이면 다 진강하고, 대편大篇이면 반을 나누는데, 읽는 것은 많이 할 경우 팔십 차례 하고 있소."

"옛사람이 독서하는 법은 문자에 익숙하게 한 다음에 바야흐로 문의文義를 알게 하였으니 문의를 안 다음에야 몸과 마음에 도움이 있게 될 것입니다."

군신 간의 문답이 거북스러울 정도로 학문에 치우치는 듯하자 춘추관 조지겸이 조심스럽게 입을 열었다.

"전하, 원로대신이 몇 년 만에 먼 곳에서 왔으니 근래의 여러 재앙과 하늘의 이변을 그치게 할 방도를 물어보시는 것이 어떠하시겠습니까?"

왕이 숨을 고르며 그의 말에 따랐다.

"경이 멀고먼 외방에서 수고롭게 왔으니, 근자 그치지 않는 천재지변을 없앨 방략과 탁견을 말씀해주시오."

송시열은 기다렸다는 듯 거침없이 말했다.

"노신에게는 별다른 식견이 없습니다만, 『춘추』에 군주가 덕을 닦는 것이 재이를 없애는 근본이라 했습니다. 이 말이 비록 진부하긴 하지만 실제로 이것 말고는 다른 방도가 없습니다. 또 주자의 말씀에 '경계하고 성찰하라'라는 것이 있습니다. 송나라 때 소인들이 국정을 담당하면서 언제나 하늘에 이변이 있으면 죄를 오랑캐에게 돌렸으므로 주자께서 '우리 임금을 임금으로 여기지 아니하기 때문에 이를 오랑캐에게 돌리는 것이니 어찌 더러운 말이 아니겠느냐?'고 하였습니다. 어떤 사람이 성상께서 듣기 좋게 하려고 오랑캐 탓을 한다 하더라도 성상께서는 결코 믿지 마소서."

저 노인네는 주자를 끌어들이지 않으면 말을 아예 못하는가? 내 의문과는 상관없이 왕이 곰곰이 생각을 하다 입을 열었다.

"옛말에 이르기를 '연나라 사람들이 하늘의 징조와 땅의 재앙을 두려워하였다'라고 하였는데 오늘날 천재지변이 자주 있으니, 오직 과인의 치세에 이런 일이 있는 것이 두려울 뿐이오."

"그와 같이 두려워하시고 삼갈 줄 아신다면 어찌 참으로 선하다 하지 않겠습니까? 그렇지만 이러한 재이를 없애려고만 한다면 임금의 큰 뜻이 이루어지지는 못할 것입니다. 옛말에 '백 리 길을 가는 자가 구십 리를 반으로 삼는다면 그 길을 다 간 것이다'라고 하는데, 지금 이와 같은 재이를 없애는 것만으로 자족하면 작은 성과만 이룰 뿐 신민들이 주상께 바라는 바와는 다를 것입니다. 조정의 업무와 시의時宜, 시대에 맞는 방침과 조치는 신이 아는 바가 없으므로 자세히 아뢸 수가 없습니다. 학문상에 의심스러운 곳이 있어서 하문하신다면 신이 아는 것을 아뢰고자 합니다. 경전 중에서 어떤 말이 의심스러우십니까?"

송시열은 마침내 있는 그대로 스스로를 드러내어 더없이 자신만만한 태도로 왕을 바라다보았다. 처음에 대궐에 들어설 때 구부정하고 비틀거리던 모습은 간 곳이 없었다. 왕이 수세로 돌아서서 "경전은 본디 심오하여 의심스러운 점이 한두 가지가 아니니 후일 조용한 때 경이 입시하면 어려운 것을 논하겠소" 하고 자리를 벗어나려 했다.

송시열은 끈덕졌다. 독수리가 어린 닭을 어르듯 왕의 진로를 가로막았다.

"전하께는 무엇보다 신독愼獨[6]의 공부가 가장 절실합니다. 신하와 상대할 때에는 성심을 다하시되 잡념을 없애고 모습을 엄숙하게 하시며 내전에 들어가 편히 거처하실 때 환관과 비빈 앞에서도 여러 신하들을 대하는 것과 같이 하셔야 할 것입니다. 만약 안팎의 행동을 능히 똑같이 할 수가 없다면 날마다 경연에 나오시더라도 형식에 불과할 뿐입니다."

찰나지만 왕이 내가 서 있는 곳을 바라보았다. 장옥정의 일을 알고 하는 이야기일까, 하는 눈빛이었다. 나는 절대 그럴 리가 없다고 입술로 신호를 보냈다. 넘겨짚는다고 넘어가지 말라고. 왕은 천천히 대답했다.

"『중용』에 이르기를 '숨은 것보다 더 잘 드러나는 것이 없다'고 하였으니 과인이 비록 한가하게 있으면서 마음대로 할 수 있는 자리일지라도 경계하고 두려워하는 마음을 어찌 잠시라도 늦출 수가 있겠소?"

"열성조와 종사의 기업基業과 백성의 안락과 근심 걱정이 모두 여기에 관계되고 요순의 방도도 또한 이것을 벗어날 수 없는 것이므로, 전하께서 그리하신다면 신이 당장 죽더라도 눈을 편안히 감을 수 있겠습니다. 또한 신의 스승 김장생이 인조대왕께 고하기를 '옛 제도에는 신하가 임금을 대할 때 임금의 앞에서 부복을 하는 예가 없었으니 오늘날에도 옛날의 의례와 같이 하도록 하소서'라고 하여 선대왕께서 이를 흔쾌히 허락하셨습니다. 하지만 그때 다른 대신들이 황공해하며 감히 예를 바꾸지 못하였기 때문에 김장생 또한 혼자서만 옛적의 바른 예에 따를 수가 없었으므로 물러나와서 이를 크게 통탄하였습니다. 신이 이런 말씀을 드리는 것은 군신이 반드시 서로 낯이 익숙해지고 정의가 두터워진 다음이라야 할말을 다 할 수 있기 때문입니다."

그 말은 자신이 왕 앞에 엎드린 게 지나친 예의를 갖춘 것으로 옛 제도에 맞지 않는다는 것이었다. 이러한 도발에도 왕은 동요하지 않고 "어찌 그것이 좋다 하지 않을 수 있겠소?" 하고 침착하게 대응했다. 그렇다고 옛적의 예대로 송시열더러 일어나 앉으라고 권하지도 않았다.

송시열은 화제를 돌렸다.

"듣건대 성상께서 총명하심이 전고에 다시없을 정도로 뛰어나다고 멀리까지 전파되어 만백성이 모두 칭송하고 있습니다. 총명이란 곧 성인의 자질에서 첫번째 조건인데, 스스로 총명한 사람이라고 여겨서 아무도 나에게 미치지 못할 것이라 한다면 그것은 잘못입니다."

왕이 아무렇지도 않은 듯 "『서경』에 '총명한 체하여 옛 전장典章, 규칙과 제도와 문물을 어지럽히지 말라'고 하였으니 마땅히 두렵게 생각할 뿐이오"라고 했다. 마침내 송시열이 눈을 몇 번 감았다 뜨더니 기세를 늦추었다.

"오는 길에 거쳐온 지방의 농사가 잘 안 된 상황을 특별히 유념하여주소서."

왕이 이를 기꺼이 받아들여 해당 관사의 신하에게 당장 송시열이 지나온 지방 가운데서 피해가 심한 곳을 골라 신역을 줄이도록 조처하라 했다. 기나긴 문답이 끝났다. 마치 무학의 일대종사끼리의 대결을 지켜보는 것처럼 내 손바닥에 땀이 흥건했다. 살벌한 칼빛이 없을 뿐 생사를 건 싸움이었다. 거기서 왕은 전혀 밀리지 않았다. 칼과 주먹, 파락호들의 패악질이라면 나는 얼마든 왕을 지켜주고 도와줄 수 있었다. 하지만 문장과 유학에서는 어쩔 수 없었다. 왕은 스스로를 지켜야 했고 마침내 지켜냈다.

가슴이 먹먹했다. 송시열을 귀양에서 풀어주고 영중추부사에 다시 임명하면서 왕은 얼마나 고심참담해가며 만남을 준비했을 것인가. 과연 승산이 있을 것이라 여겼을까. 그 두려움과 외로움을 왕은 혼자서 이겨냈다. 내게 일절 도움을 요청하지 않고, 하긴 나한테 그런 말을 해봐야 "그 늙은이, 귀찮게 나오면 단칼에 확 찔러서 죽여버리지요 뭐" 하는 대답밖에 나오지 않았겠지만, 온통 송시열과 같은 편인 서인들 틈에서 남몰래 예상되는 질문과 정답을 공부했을 것이었다. 그리고 마침내 스무 살의 어린 왕이 유학이며 학문이라면 천하제일이라 자부하는 노회한 능구렁이에 맞서 스스로를 지켜낸 것이었다. 장하구나, 내 아우여. 왕에 대해 가지고 있던 섭섭한 감정이 춘삼월에 얼음이 녹듯 스르르 풀려내렸다.

그날의 대면 이후 조정은 완연히 송시열을 중심으로 돌아갔다. 조정의 대신들부터 재상, 간관들이 대부분 송시열 문하이거나 문하에 들지 못한 것을 한스러워하는 무리이니 그럴 수밖에 없었다. 송시열은 조정에 직접 나오지 않고도 권력의 향배와 정사를 좌지우지했다. 이의를 제기하는 사람이 있을 리 없었다.

송시열이 궁궐과 도성을 잠시라도 떠나가면 신하들은 끊임없이 조정 안으로 다시 모셔오라고 왕을 채근했다. 송시열이 시골에서 불편하게 거처하는 것은 왕이 부덕한 소치이고 송시열이 아픈데 어의를 보내지 않아도 왕이 잘못한 것이고 송시열이 배고프면 음식을 보내고 날씨가 추워지면 땔감을 보내야 했다. 그 외에도 조정의 대소사나 예에 관련된 일이 있으면 승지나 사관, 해당되는 조의 판서를 보내 의견을 물었다. 조선이 건국한 이래 그렇게 자주 왕의 문안 인사를 받은 신하는 없었다.

송시열이 어쩌다 경연에 참석해서 진강을 하는 날이면 으레 자신에게 씌워진 누명에 대해 억울함을 표명했다. 표면적으로는 남인들을 비난했지만 왕과 선왕이 그것을 방치하거나 조장, 가납하여 그렇게 되었다는 원망이 은연중 가시처럼 돋쳐 있었다. 왕이 그런 말이 듣기 싫어서 몸이 불편하다는 핑계로 경연을 열지 않자 느닷없이 죽은 부인의 시신을 이장해야 하니 고향으로 돌아가야 한다고 했다. 왕이 아무리 극진히 만류해도 소용이 없었다. 이장을 마치고 돌아온 뒤에는 도성 밖 여각에 머물면서 곧 다시 떠나갈 것처럼 시위를 했다. 왕이 세 차례나 도성 안으로 들어오라고 명했으나 따르지 않더니 여각에서는 지병이 회복되지 않는다면서 고향집으로 돌아가서 조리를 하게 해달라고 전했다. 누가 멀쩡한 제집—경저를 놔두고 여각에 있으라고 했느냐 말이다.

왕이 막무가내로 뻗대고 있는 송시열에게 승지를 보내서 유시를 했다.

—아! 경은 효종과 현종 두 대의 임금이 특별하게 후대하는 은총을 받았고 사림의 중망을 짊어지고 있으니, 제갈량이 출사표에서 '선제인 소열황제의 특별한 은혜를 되새겨 폐하에게 보답하고자 합니다'라고 한 것이 바로 오늘날 경과 같은 이를 두고 한 말이라 하겠소. 더구나 나라의 근본이 위태롭고 형편이 매우 어려운 이때 경처럼 덕망이 높고 학문이 깊은 이가 함께 구제할 생각은 하지 않고 훌쩍 떠나기로 결심하였으니, 어찌 과인의 마음만 허전할 뿐이겠소? 실로 국가의 불행이오. 금년 겨울의 추위가 평소보다 배나 심하고 경이 한때 감기에 걸렸다 들었으나 천지신명이 보살펴주실 것이라 약을 쓰지 않고도 반

드시 나을 수 있을 것이오. 경은 모름지기 과인이 못 잊어하는 마음을 이해하고, 제갈무후가 '힘을 다하겠다'고 한 말처럼 군신 간의 도리를 생각하여 멀리 떠날 마음을 속히 돌이켜서 과인의 부족한 점을 도와주시오.

왕이 스스로를 낮추어 『삼국지연의』에 나오는 촉의 어리고 아둔한 황제 유선에 비유하고 송시열을 제갈량에 비유해 칭송하며 들어오기를 비는 글이었다. 거기에다 호조에 명하여 물품을 넉넉히 보내주게 하였다. 그럼에도 송시열은 아무도 물어보지 않은 자신의 질병을 시시콜콜 밝히고 조상의 분묘를 돌보아야 하니 귀성을 허락해달라고 차자에 썼다. 왕은 이를 윤허하지 않고 승지를 통해 위로의 뜻을 보낸 뒤 승정원에 명을 내렸다.

"지금 들으니 송영부사의 거처가 도성 밖에 있다고 하는데 해당 관서로 하여금 성안에 편리하고 가까운 곳에 있는 집을 속히 물색하여 편안하게 지낼 수 있도록 하라."

송시열은 왕이 도성 안에 마련해준 집으로 오지도 않았고 더이상 상소도 올리지 않았다. 그렇게 앓다가 병이 위독해져서 죽기라도 하면 왕이 책임과 비난을 뒤집어쓸 판이었다. 늙음도 질환도 송시열에게는 모두 무기가 되었다.

그때 대비가 한글로 편지를 써서 친정 동생이자 예빈시 정인 김석연을 통해 송시열에게 보냈다. 내용을 입수해 살펴보니 명분은 교지였지만 사실은 간절한 애원이나 다름없었다.

—경은 선왕들께서 예우하던 원로대신으로서 육칠 년 동안이나(사실은 오 년 정도였다) 먼 곳으로 귀양을 가서 온갖 어려움과 고생

을 다 겪으셨으며(귀양 간 곳마다 시장 바닥처럼 사람이 모여들고 보내온 산해진미가 썩는 냄새가 끊이지 않았다) 다시 들어와서 경연에 출입하고 있으나 그동안의 비감함을 어찌 다 설명할 수 있겠습니까? 그런데 들으니 경이 요즈음 곧 고향으로 돌아가려 하므로 주상께서도 이를 만류하고 또 만류하여 반드시 머물게 하려고 한다 합니다. 지금 하늘에서는 상서롭지 못한 조짐이 매우 심하게 나타나고 국가가 안정되지 못하여 백성들의 근심이 많은데다 나이 어린 주상이 온갖 기무를 혼자 담당하여 홀로 애쓰는 모습이 참으로 민망하고 염려가 됩니다. 이럴 때에 송영부사처럼 중망을 받는 유학의 종주께서 어찌 여러 임금의 은혜를 뒤로하고 조정을 떠나려 결심하셨는지요? 한양의 집이 겨울철이라 매우 춥겠지만 되도록이면 도성 안으로 들어오시기를 바라 마지않습니다. 미망인이 조정 일에 대해서 간여할 바는 아니지만 영부사께서 지금까지 들어오지 아니하시고 주상도 들어오시기를 바라는 마음이 간절하므로 이 몸이 친정 동생 김석연을 시켜 말씀을 전합니다.

임금의 모후가 유신에게 교지를 보내 낙향을 만류한 것은 전례가 없는 일이라 조정에 가득한 송시열의 당여들이 감격에 겨워 눈물을 비처럼 뿌렸다. 대비의 한글 교지를 통해 완전하게 주도권을 확보한 송시열은 비로소 조정으로 출사했다.

그로부터 송시열은 주로 경연에만 출입하며 명나라에 대한 의리를 강조하고 예에 관해 하나하나 자문했으며 세금의 전납, 대동법의 폐단, 군사의 축소 등에 대해 의견을 개진했다. 거기다 홀아비와 과부와 고아와 홀로 사는 노인에게 세금을 감면하는 문제, 공물의 민폐와 대비전에 대한 효행 등 건드리지 않는 문제가 없었다. 그렇지만 그전과 확실히 달라진 점이 있었다. 귀양을 가서 죽을 뻔한 것이 마음에 두려움의 씨앗을 심어두어서 언행에 조심성이 더해진 것이었다. 거기에는 자신이 섬긴 선왕들보다 훨씬 강한 면모를 보여준 왕에 대한 존중도 어느 정도 들어 있었다.

그후에도 송시열은 걸핏하면 벼슬을 그만두고 고향으로 가겠다고 해서 왕이 승지며 사관을 보내 만류하는 일이 잦았다. 그때마다 왕은 마음에도 없는 말을 해야 했는데, "경은 연세가 높아지면서 덕도 따라 높아졌소. 비유하자면 큰 산악이 움직이는 것은 보이지는 않지만 도움과 이로움이 사물에 미치는 것과 같을 것이오. 비록 간사한 자가 간특한 마음을 채워보려 한 것으로 말미암아 창황히 끝내 돌아가려고 하나, 이것이 어찌 경의 본심이겠소?" 하는 식이었다.

# 51장 인경왕후

중궁은 태어났을 때부터 말수가 적고 얌전했으며 걸음이 더뎠고 함부로 뜰 계단을 내려가지 않아서 타고난 존귀함이 있다 했다. 어려서 친구들과 만났을 때 아이들이 병아리를 놀리거나 공기놀이를 하거나 배와 밤을 두고 다투거나 간에 꼼짝도 않은 채 단정히 앉아 마치 안 보는 것처럼 하고 있었다.

중궁의 숙부인 김만중의 이야기를 들으니 중궁의 어린 시절이 눈에 보이는 듯했다. 중궁처럼 아름답고 선하고 있는 듯 없는 듯 하면서 임금을 조용하게 내조하는 사람은 조선의 역대 왕비 중에서도 짝을 찾기 힘들다는 것이 나이든 궁녀들의 말이었다. 하기는 궐내에서 먹을 것, 뇌물을 두고 아귀다툼을 하던 사람들조차 멀리서 중궁의 그림자만 비쳐도 다른 곳으로 자리를 옮기는 것을 여러 차례 보았다.

"엿이며 떡 같은 음식을 드실 때에는 반드시 먹을 만한 사람이 다 모인 연후에야 드시었네. 화려한 물건을 좋아하지 않고 옷이 해지거나 때가 묻어도 싫어하지 않으셨으며 곱고 아름다운 옷을 입은 사람을 부러워하지 않았다네. 내 물건을 남에게 줄 때 절대로 아까워한 적이 없었으니 이 또한 아름답지 아니한가?"

김만중은 거의 흐느껴 울다시피 했다.

중궁은 세자빈에서 왕비가 되던 갑인년 한 해에 시할머니인 인선왕후와 시아버지 현종대왕의 대상을 두 번이나 만났는데 지극한 예와 효성으로 어려운 절차를 잘 치러냈다. 열여섯 살에 왕비로 책봉된 뒤로부터 본가와 서신을 통하면서도 안부 이외의 일은 언급하지 않고 농사가 잘되었는지, 전염병이 누그러졌는지, 민생의 어려움에 대해 물었을 뿐이었다.

남인들이 조성창의 딸을 후궁으로 들여오려 획책하여 왕에게 친경례를 하도록 한 날 난데없이 비바람과 천둥 번개가 위세를 떨치는 바람에 남인들의 계획은 수포로 돌아갔다. 궁궐 안팎 사람들이 중전의 덕성에 하늘이 감동하며 그리된 것이라 입을 모았다. 나는 차라리 중전의 뛰어난 선녀 같은 미모가 조성창의 딸 따위의 천박한 미색을 간단히 덮어버리는 것을 보고 싶었다.

왕비는 종묘사직을 이어갈 원자를 낳기 위해 갖은 노력을 다 기울였다. 첫 소생은 열일곱 살 때에 보았으나 공주였으며 일 년도 되지 않아 죽고 말았다. 둘째 딸 또한 공주로 열아홉 살 때 낳았는데 다음 날 죽었다. 하지만 왕비의 나이가 한창이고 얼마든지 생산할 능력이 있어서 낙심치 않았으며 곧 다시 회임이 되었다.

왕비가 거푸 공주를 회임했을 때에 왕은 후궁을 들이지 않았다. 대비가 선왕과의 사이에 후궁 하나 없이 지내도록 맑고 엄하게 처신한 영향도 있고 왕이 아직 어리기 때문이기도 했다. 왕은 여색에는 관심이 없는 것 같았지만 실상은 꼭 그렇지만도 않았다. 음탕한 성정의 복창군 형제가 어릴 때부터 영향을 주었고 최측근에 있는 무리들이 여자에 관련된 것은 빠짐없이 왕에게 알려주어 관심을 부채질했다. 따지고 보면 측근 중에서도 왕에게 다른 여자를 넘보도록 부추긴 원흉은 나였다.

어느 날부터 왕이 문후를 드리러 증조모인 자의대왕대비전에 가면 시간을 끄는 일이 잦아졌다. 왕비가 뱃속의 아기 때문에 몸이 무거워진 뒤 위험한 일이 생길 수도 있으니 해산을 할 때까지는 문후를 드리러 오지 말라는 양전의 명이 있은 후부터 왕은 혼자 문후를 드리러 가게 되었다. 왕은 대비전에 가서 형식적으로 예를 갖춘 뒤 곧바로 대왕대비전이 있는 창경궁으로 가서 길게는 한나절씩 머물러 있곤 했다. 대왕대비전은 궁궐 안에서도 남자들은 더욱 들어가기 힘든 곳이어서 외인들은 무슨 일이 벌어지는지 알 수 없었다.

"창경궁 통명전에서 글을 읽어드리면 대왕대비께서 절로 침수에 드신다 하여 효성스러운 주상께서 어린 시절처럼 『소학』을 읽어드렸다 합니다. 때가 이른지라 수라를 올리는 법은 없었고 다담상이나 국수가 진어되어 소찬을 함께하시면서 더욱 화기가 애애하니 비국의 당상이나 대신들조차 방해하지 말라는 명이 내렸다지요."

김만중은 충혈된 눈으로 나를 바라보았다.

"그래도 자네는 알 게 아니야? 창경궁에서 정말로 무슨 일이 있었는지?"

"저 또한 쉽게 들어갈 수 없는 곳이라 들어서 아는 것 외에는 말씀드릴 수가 없습니다만 무슨 일이 있겠습니까? 대궐 안에는 많은 눈이 있고 또 제가 있는데요."

"그건 그렇네만."

김만중은 더이상 묻지 않았지만 실상 나 또한 대왕대비전에서 무슨 일이 어떻게 벌어지는지 자세히는 몰랐다. 이궁離宮, 경우에 따라 왕이 옮겨 지낼 수 있도록 지은 궁궐으로 쓰이는 창경궁은 법궁인 창덕궁에 비하면 사람이 훨씬 드물고 숲이 많고 후미지고 으슥한 곳도 많았다. 자신이 아기씨를 회임하고 있는 동안 왕에게 궁녀 하나가 고임을 받기 시작한 것을 직감한 왕비가 높은 부덕婦德 때문에 무슨 말도 하지 못하고 속을 끓이는 바람에 심신이 허약해졌던가. 그래서 대낮에 허깨비를 보고 놀라 유산을 하기까지 하였던가. 누군가 가짜 도깨비를 만들어서 왕비를 경악하게 하여 아기씨를 떨어뜨린 것이라는 소문이 있기는 했으나 삼복과 허견이 처단당하고 나서는 그런 일을 할 세력이 없었다. 있다 한들 그래서 무슨 이익을 볼 것인가.

어쨌든 왕비는 죽었다. 아니 중궁께서 승하하셨다. 그보다 중대한 일은 없었다. 서인들이 남인들을 박살내 쫓아낸 뒤 국구 김만기가 훈련대장으로서 궁성을 호위하는 막중한 책임을 맡았으나 정작 왕비를 두역신의 침범으로부터 지켜주지 못했다.

중궁은 마마에 걸린 뒤에도 자신보다는 전에 마마를 앓은 적이 없는 왕을 염려했다. 열이 높아 헛소리를 하기까지 되었는데 그 내용이 상감께서 자신에게 병이 옮지 않도록 가까이 오지 말았으면 한다는 것이었다. 이 말을 듣고 눈물을 흘리지 않는 사람이 없었다.

친정아버지가 진맥하는 여의女醫를 따라 들어오면 잠시라도 어깨와

등을 곧추세우고 일어나 앉으면서 몸을 단정히 하여 예와 공경을 다하려 했다. 병세가 점점 심해져 위독해졌음에도 정신은 조금도 흐려지지 않았다. 한때 조선의 누구도 따르지 못하던 아름다운 용모가 발진과 열, 딱지로 알아볼 수 없을 정도로 상하여 영원히 돌이킬 수 없게 된 것을 왕비를 아는 모든 사람들이 슬퍼했다. 왕비는 시종일관 왕과 대왕대비, 대비 등 왕실의 어른들을 염려하고 친가의 족속들이 자주 드나드는 것을 오히려 삼가게 했다.

왕은 중전이 마마에 걸렸다는 말을 듣고 두려움 때문에 멀찌감치 떨어져 있다가 대비를 모시고 창경궁으로 처소를 옮겨야겠다고 서둘렀다. 내시와 별감, 호위하는 무리들이 뒤따르는 소리가 우박 떨어지는 소리 같았고 왕과 대비가 창경궁으로 떠난 뒤 창덕궁은 귀신들만 배회하는 무덤처럼 텅 비었다. 중궁전의 나인들과 수라간 무수리들조차 버림받은 아이들처럼 울어댔는데 그 역시 전장의 까마귀 울음처럼 음산하고 불길하게 들렸다.

마침내 10월 26일 해시밤 9시~11시에 경덕궁의 회상전에서 왕비 광산 김씨가 불과 스무 살의 나이로 마지막 숨을 삼켰다. 돌도 채 넘기지 못하고 죽은 두 딸들이 기다릴 구천으로 떠난 중궁을 둘러싸고 친정아버지 김만기, 숙부 김만중을 비롯한 친족들, 궁인들, 대소 신료들이 모두 소리 높여 호곡했다.

중궁이 경덕궁에서 승하할 무렵 영상 김수항이 승정원을 통해 '내전의 증후가 어젯밤부터 기침으로 숨이 차서 헐떡거리고 힘이 없으니, 증세가 십분 위중하다'고 보고했다. 왕 또한 몸이 며칠 전부터 편치 못하고 밤중에 토하는 증세가 있어 두역인지 의심을 받고 있는 중이어서 대비에게 먼저 고했는데 대비가 그 사실을 왕에게 알리기도 전에 중전이 승하했다. 약방의 신하들이 즉시 대비에게 부음을 알렸다. 이에 대비가 한글 교지로 답했다.

—서찰을 보고 중전이 위급하다는 보고를 들었는데, 지금 또 이 말을 들으니 망극하여 할말을 알지 못하겠다. 주상께서 야간에 구토한 뒤에 가슴과 배에 통증이 조금 있었는데, 지금 겨우 진정이 되어 잠자리에 드셨다. 만약 이러한 때에 갑자기 부음을 전한다면 주상께서 놀라 환후가 더할 염려가 있을까봐 두려우니, 기다렸다가 잠자리에서 일어난 뒤에 조용히 고하여 아뢰고자 한다.

이어 의관이 왕의 침소에 들어서 진찰을 하고 두역에 듣는 약을 의논해서 시험하기 시작했다. 곧 왕의 병은 두역이 아닌 것으로 밝혀졌다.

결국 왕은 왕비가 임종하는 자리에 가지도 못한 채 영결을 하게 되었다. 조선이 개국한 이래 마마로 죽은 부인이야 수를 셀 수가 없지만 국모인 중궁이 마마로 죽은 일은 처음이었다. 왕 또한 초비를 마마로 잃어서 슬퍼하기보다는 얼떨떨한 상태였다.

왕비의 시호는 '인경仁敬'으로 인덕을 베풀고 의를 행한 것을 인仁, 자나깨나 항상 조심하고 가다듬는 것을 경敬이라 한 데서 나왔다. 인경왕후의 묘지문은 송시열에게 짓게 했다. 송시열은 인경왕후가 명문가의 후손으로 왕을 도와 왕도정치를 이루는 데 큰 공이 있음을 기리고 나서, 자신이 연루된 갑인년의 예송에서 서인들이 억울하게 박살날 뻔했을 때 인경왕후가 흔들림이 없이 자리를 잘 지켜 화가 그 정도로 멈추게 되었다는 말을 집어넣었다. 송시열은 언제나 송시열이었다.

## 52장 출궁

왕이 대행大行, 왕이나 왕비가 죽은 뒤 시호를 정하기 전에 이르는 말 왕후의 복을 입는 한 달 동안 대왕대비는 경덕궁에서 증손부를 위해 입는 상복을 입고 효종 임금이 왕위에 오르기 전에 기거하던 어의동 별궁으로 거처를 옮겼다. 장옥정도 대왕대비를 따라 어의동 별궁으로 나갔다가 복상 기간이 끝날 무렵 대왕대비를 따라 만수전으로 돌아왔다. 어의동 별궁은 내 집에서 엎어지면 코 닿을 거리여서 무시로 장옥정을 만날 수 있었다.

국상이 나고 나서 얼마 안 있어 하늘에 큰 이변이 나타났다. 처음에는 흰 기운이 서쪽으로부터 중천에 뻗쳐서 모양이 혜성 같았는데 여러 날 동안 사라지지 않았다. 관상감에서 천문에 밝은 문신 측후관을 차출하여 돌아가면서 수직하고 관찰할 것을 왕에게 청해서 그리하도록 했다. 그후로 혜성이 우성牛星, 두성斗星, 삼성參星, 허성虛星, 위성危星, 실성室星, 벽성壁星, 규성奎星, 누성婁星, 위성胃星 위에 두루 출몰하면서 두 달 동안 나타났다 사라졌다 했다.

혜성의 출현은 불길한 조짐이고 특히 궁중 안에서는 여관들이 총애를 다투어 불화를 초래할 수 있다 하여 신하들의 시선이 후궁으로 향했다. 그러나 왕에게는 공식적으로 후궁이 없었다. 인경왕후가 죽었을 때는 혜성이 출현하기 전이었다.

예기치 않게 왕비를 잃었지만 왕은 젊었다. 장옥정이 궁으로 돌아오자 대왕대비전으로 향하는 왕의 발길이 또다시 잦아졌다. 그렇다고 대왕대비전에서 왕이 장옥정에게 승은을 입혔을 리는 없지만, 또 중궁의 시신이 궐내 빈전에 머물러 있고 조석으로 제를 올리는 중에 그런 마음을 먹었을 것 같지도 않지만 대비는 수상한 기색이 있음을 알고는 전에 없이 왕의 일거수일투족을 낱낱이 살피고 궁녀와 내관들을 다그쳐 마침내 장옥정이라는 이름을 알아냈다. 대비는 왕이 죽은 인경왕후와 자신도 모르게 일개 궁녀에게 승은을 입혀왔다는 데 격노했다. 왕이 왕비의 회임에서 죽음에 이르기까지는 물론 왕비의 복상 기간 중에 간택된 후궁도 아닌 미천한 나인에게 남모르게 승은을 입혔다는 게 알려지면 송시열 같은 노대신을 비롯한 서인들에게 어떤 망신과 비판을 당할지 알 수 없었다. 하지만 대비는 복상 기간이 완전히 지나기 전에는 아무런 말도 하지 않았고 어떤 행동도 취하지 않았다.

11월 26일에 왕이 인경왕후의 복을 벗고 백관들에게 소식素食, 고기 반찬이 없는 식사을 중지하도록 했다. 하루 뒤에 삼복의 변을 고변한 원흉인 정원로와 강만철, 조성창, 술사 최만열을 역적으로 정형正刑, 역모에 따른 형벌로 사형에 해당에 처한 것을 교서로 반포하여 경신년의 기나긴 옥사가 마무리되었다.

다음날 대비가 빈청에 한글로 된 교지를 내렸다. 조이수가 오 년 전에 청국 사신을 접대하면서 청국 사신들이 하지도 않은 '군약신강'이라는 말을 전파했다는 죄목으로 사형이 조율되었으나 "이번 옥사를 전후해서 극형을 받은 자가 이미 많고 죄인을 모조리 사형시킨다면 국가의 기맥을 다칠까 두려우니 특별히 사형은 감하여 어진 덕을 보이고 한편으로 인심을 진정시키도록 하라"고 했다. 이에 박태보가 즉각 상소하기를 "조이수의 죄는 청나라 역관에게 들은 말을 조정에 전한 것뿐인데 역관에게는 죄를 주지 않고 대신을 지낸 사람에게 먼저 형벌을 내리는 것은 앞뒤가 맞지 않는 처사입니다"라고 하여 왕에게 질책을 당하고 동당인 서인들에게 "대신을 지낸 남인을 비호하다니, 혼자 대범하고 관인대도하다는 것인가" 하는 비아냥을 듣기도 했으나 본인은 전혀 개의치 않았다. 어쨌든 그 덕분에 조이수는 잔명을 보존하여 다시 배소에 위리안치되었다. 겉보기로는 죽일 사람을 살리는 관대한 처분으로 궐내에 훈풍이 부는 듯했다.

하지만 대비는 왕에게 결정적인 타격을 안길 준비를 모두 마치고 행동에 나섰다. 대비의 노여움이 불러일으킨 눈보라가 창경궁을 새하얗게 뒤덮었다. 궐내의 궁인과 신하들은 물론 그 많던 날짐승조차 숨을 죽이고 있는 듯 자취가 없었다.

"주상께서 어찌 내게 이럴 수가 있단 말인가. 내 몸으로 낳고 지성으로 기른 자식인데 어찌 이리도 생각이 다를 수가 있는가. 주상의 몸속에 흐르는 피의 절반은 내 친정인 청풍 김씨의 피가 아닌가? 우리 집안의 그 누가 초취 부인이 회임을 하였을 때 천하디천한 종년을 상관하였던가. 내 실로 피가 거꾸로 솟아 더이상 살아갈 수가 없을 지경이다. 일찍이 조정 신하들의 얼굴을 대하기가 이토록 두렵고 창피하기는 처음이다."

김석주를 불러들인 대비는 분노를 터뜨렸다.

"대비마마, 고정하시오소서. 군왕이 종사의 대계를 잇기 위해 후궁을 취하는 것은 결코 허물이 될 수 없사옵니다. 또한 주상께서는 지금 보령이 한창 피가 끓을 때가 아니시옵니까? 인경왕후께서 처음 병을 앓으시고 회복할 기미를 보이시다가 돌연 승하하심에 큰 충격을 받으셔서 환후가 있기까지 하였으나 불과 사흘도 되기 전에 쾌차하셔서 어려운 집례 절차를 빈틈없이 주관하셨사옵니다. 인경왕후의 회임과 와병, 복상 기간이 주상께는 결코 짧은 시간이 아님을 통촉하소서."

"내가 이 나라 왕실의 종사를 못 잇게 막아서자는 게 아니오. 인경왕후가 지난봄 회임을 하였다가 도깨비를 보고 낙태를 하였을 때 이미 대왕대비전을 드나들며 그 미천한 것을 취하였다 하지를 않소? 그게 회임한 중궁을 두고 주상이 할 짓이란 말이오? 게다가 주상이 승은을 입혔다는 그 천한 것이 대관절 어떤 아이인 줄 아오? 아비가 역관인 중인 출신이라지만 어미가 대왕대비의 친정 권속의 천한 종년이었으니 그 아이 또한 천하디천한 것이라. 사람들이 모두 다 대왕대비전을 온화하고 담백하며 일절 바깥일에 관여하지 않는 부덕을 갖춘 분으로 칭송하지만, 그분이 어떤 괴이한 속셈으로 천한 궁녀로 하여금 주상의 고임을 받도록 하였는지 내가 환히 들여다보고 있소. 거기다 그 천한 궁녀의 뒤에 있는 권속들은 누대로 역관을 지내면서 장사로 치부하여 남인들에게 뒷돈을 대왔다 하오. 혹여 그 천한 것이 우리 집안과 서인들을 몰락게 하려고 사주한 간활한 상역 무리의 끄나풀로 궁에 들어온 것이라면 어찌되겠소? 그런 흉한 것이 후궁이 되어 내명부에 오르고 혹여 왕자라도 낳는다면 이 나라 왕실은 그길로 백성들 보기도 부끄러운 혼탁한 피로 물들 게 틀림없소."

왕이 장옥정을 취한 것을 계기로 대비가 평소 대왕대비전에 대해 가지고 있던 생각까지 발설하자 노회한 김석주마저 할말을 잃고 허둥댈 정도로 당황했다.

"윗대를 돌아보면 문정왕후께서 생산하신 명종 임금 말고는 이후 선조 임금부터 광해군이며 계해년의 거사로 반정한 인조 임금에 이르기까지 모두 후궁의 몸에서 나시지 않았던가. 중종 임금 때 기묘사화를 당한 사서沙西, 김식 할아버지 때부터 우리 집안은 순정한 혈통을 이어왔으니……"

대비의 입에서 적자로만 대를 이어온 청풍 김씨 집안과 서자로 이어진 왕실을 비교하는 말이 끝까지 나오기 전에 김석주가 비둔한 몸을 방바닥에 내던져 막기는 했다. 하지만 한번 시작된 대비의 원망과 분노는 봇물이 터진 듯 아무도 말릴 사람이 없었다.

"내가 주상을 위해 재물과 색만 밝히는 비루한 남인들과, 문정공김육 할아버지 무덤을 두고 우리 집안을 모욕한 송씨를 비롯한 광산 김씨, 여흥 민씨 등의 귀근과 훈척들에게 굴욕을 참고 머리를 숙인 채 입에 꿀을 바른 소리를 한 게 도대체 몇 번인가. 내가 이런 꼴을 보자고 세자빈이 되어 궁에 들어왔으며 병약한 선왕을 지성으로 섬겨 주상을 낳아 종사에 반석을 놓았는가. 주상이 열네 살 어린 나이에 보위에 오른 뒤 수백 번의 수라를 내가 먼저 맛보고 수십 번의 위난을 몸을 던져 막아왔던 게 도대체 무엇을 위함이었던고. 애고애고 내 신세야."

마침내 눈물까지 터져나오니 왕에게 그 사실이 알려지지 않을 수가 없었다. 전 같으면 모후 앞에 달려가서 무릎을 꿇고 빌었을 왕이 달라졌다. 아무런 대응도 하지 않고 평소처럼 정사를 처리하다가 그날 밤 대전내관을 보내 장옥정을 침전으로 불렀다. 장옥정이 침전으로 갔다는 소식은 거기서 그리 멀지 않은 대비전에 곧바로 전해졌다. 그날 대비전에서는 밤새 촛불이 꺼지지 않았고 궁녀들 역시 한잠도 자지 못하고 대비의 신음을 들어야 했다. 그때부터 왕과 대비, 모자 사이에 궁녀 하나를 사이에 두고 치열한 대결이 펼쳐졌다.

대비전 앞뜰에 궁인들을 신문하기 위한 형구가 차려졌다. 남인들과 조금이라도 기맥이 통하던 내관들과 궁녀들이 표적이었다. 궐내의 궁액들이란 권세 앞에서는 바람 앞의 풀보다 더 쉽게 눕는 족속들이라 대비가 직접 나서서 뽑고 잘라버리기에는 너무도 시시했다. 그나마 그중 머리가 굵은 것들은 대부분 귀양을 가거나 궁에서 쫓겨나기 직전의 상태였다. 평생을 궐내에서만 있던 궁액들은 궐 밖으로 쫓겨나가는 것 자체가 나가 죽으라는 말이나 다름없었다.

"대비께서 얌전한 인경왕후께 차마 하지 못할 말을 많이 하고 인경왕후가 두역에 걸린 뒤로 창경궁으로 도망치듯 이어하지 않았던가. 중전이 승하한 뒤에도 임금이 편치 않다는 핑계로 시신을 보려고 하지도 않아 모질고 독하다는 상하의 평판이 있자 이제 와서 기강을 바로잡는다는 핑계로 염치와 체통을 살리려 하는 것이겠지."

조도사와 추월이가 모인 자리에서 한 내 말은 반만 맞았다. 대비전에서 대왕대비전에 나인을 보내 장옥정과 자근이를 불러내린 것은 나머지 반의 목적을 관철하기 위한 것이었다.

장옥정이 겁에 질려서 제대로 걸음도 걷지 못하는 자근이를 부축하다시피 하여 대비전에 이르자 이미 바닥에 여기저기 핏자국이 뿌려진 것이 몇 해 전 삼복과 관계한 상궁 김상업과 내수사 종 귀례를 때려잡을 때 못지않게 삼엄했다. 불려온 사람 대부분은 사정없는 매질에 있는 것 없는 것, 아는 것 모르는 것을 모조리 토설하고 난 뒤에나 풀려났으나 대왕대비전 소속인 장옥정과 자근이는 체면을 봐주는 듯했다. 대비 또한 나중의 풍설을 염려해 장옥정을 직접 신문하지는 않았다.

"내 이미 들은 대로 자못 요사스럽게 생겼구나. 너희 죄가 뭔지 알겠느냐?"

대비전 지밀상궁 정씨가 낮은 소리로 물었다. 문을 닫고 방안에 앉아 있는 대비는 이미 자신이 궁금해하는 것을 일러두었을 터였다.

"쇤네 죽을죄를 지었사옵니다. 살려만 주신다면 죽기까지 영원히 제 머리를 삼아 신발을 만들어 바치겠나이다."

자근이는 이미 혼이 나가 있어서 제가 무슨 말을 하는지도 모르고 중얼거리고 있었다. 장옥정이 궁금해하는 바는 대비가 자신이 왕의 승은을 입은 지 오래임을 알고도 이러는 것일까 하는 것이었다.

"쇤네가 천한 몸으로 아득한 하늘 같은 궁궐에 신세를 의탁하였으니 죽이시든 살리시든 처분하시는 바에 따르겠습니다."

정상궁은 조도사와 먼 친척으로 어릴 적 한동네에서 자란 사이였다. 궁궐 밖 사가에 어란에 참기름 바르듯 돈을 잔뜩 먹여놓았으니 없는 죄를 만들어서 장옥정을 족칠 이유가 없었다. 하늘이 무너져도 헤어날 구멍은 있는 법인데 그 구멍은 대개 사람이 만드는 것이었다. 될 만한 사람을 통해 일이 성사될 때까지 돈이든 뭐든 퍼부으면 안 될 일이 없었다.

정상궁은 장옥정의 생김새보다는 몸을 세세하게 살폈다. 눈치 빠른 장옥정은 그것만으로도 대비의 마음을 읽었다. 승은의 다음 단계는 회임이었다. 정상궁은 장옥정이 행여 아기를 가지지 않았는지 살펴보고 있는 것이었다. 하지만 정상궁은 궐내 다른 대부분의 궁녀와 마찬가지로 남자를 몰랐고 임신을 해본 적도 없었다.

"너희 둘 다 소매를 걷고 치마를 걷어올려보아라."

정상궁은 늙은 보모상궁을 불러서 두 사람의 팔뚝에 있는 앵혈鶯血, 혼인하기 전의 처녀에게 찍는 물감으로 남자와 잠자리를 함께하면 사라진다는 속설이 있음을 살피고 종아리에 튼 자국이 없는지 꼼꼼히 확인했다. 그래도 회임을 했는지 하지 않았는지 확신을 할 수는 없는 정황이었다. 신문을 마친 정상궁이 대비에게 손 안 대고 코 푸는 계책을 진달했다.

"장씨라는 아이는 회임을 한 형색은 아닌 듯하나 만일에 대비해서 몸을 다치게 해서는 아니 될 듯하옵니다. 빼어난 용모를 가지고 있고 별다른 의지가지가 없으니 궁에서 내쳐서 다시 들어오지 못하게 하는 것이 상책일 듯하옵니다. 후일 회임을 한 것이 밝혀지면 다시 데리고 들어오면 될 것이나 지금으로서는 그럴 일이 없을 듯합니다. 출궁한 궁녀가 여염의 남자와 관계하는 일이 있으면 쌍벌죄로 엄히 다스릴 수가 있사옵니다."

대비는 낮은 기침소리를 냈을 뿐 무슨 말을 하지 않았다. 혹여 왕이 뭐라고 하더라도 몰랐다 하면 그만이기 때문이었다.

뒤늦게 소식을 들은 왕이 대비전으로 직행했다. 얼마나 급했던지

보교를 탈 겨를조차 없었다. 미행을 나왔을 때 외에는 뛰어본 적이 없는 왕이었다. 궁궐에서 임금이 달리는 광경은 여러 대 임금을 섬긴 늙은 내관들도 본 적이 없었다. 그러나 그날 왕은 임금도 급하면 호랑이보다 더 빨리 달릴 수 있다는 것을 모두에게 보여주었다.

"어마마마, 죄 없는 나인 장씨를 그만 놓아주시지요."

왕은 대비와 마주앉자마자 정통으로 일검을 찔렀다. 대비는 눈을 치뜨고 반문했다.

"주상은 내가 왜 여러 궁액들을 잡아들였는지 알고 있소?"

"모르옵니다. 다 이유가 있으니 그리하셨겠지요. 허나……"

"이들은 저 흉한 남인들이 궁 안에 남긴 잡초 같은 것들이오. 남인들이 뱀이라면 이들은 풀이니 이들이 다시 무성해질 때 남인들이 풀숲에 몸을 숨기고 꾀어들 것이라 내 몸소 풀을 베고 불을 질러 풀씨와 뿌리를 제거하려고 형틀을 차렸소."

"다른 궁액들이야 어찌하든 나인 장씨는 승은을 입었으니 남인이고 서인이고 관계없이 제 사람입니다."

"선왕께서도 주상의 할아버지인 효종대왕께서도 단 한 번도 미천한 후궁의 몸을 빌려 종사를 이으려고 하지는 않으셨소. 오늘날 이만큼 왕가의 핏줄이 맑아진 것은 모두 역대 임금들께서 몸가짐을 삼가셨기 때문이오."

"말씀이 지나치시옵니다."

"내 말이 과하다?"

"그러하옵니다. 후궁이든 정궁이든 후사를 빨리 낳아 종사의 앞날을 밝히려는 것은 군왕의 상도이고 열성조에 대한 도리이옵니다."

왕과 대비는 불꽃이 튀는 시선을 주고받으며 맞서고 있었다. 잘못 불똥이 튈까 싶어 내관과 상궁들이 모두 벌벌 떨었다. 그대로 두었다가는 조선 천지에서 가장 고귀하고 지엄한 모자 사이에 상상치 못할 어떤 불상사가 벌어질지 알 수 없었다. 신하들의 입초시에 오르는 것은 물론이고 망신을 당할 것임은 떼놓은 당상이었다. 내가 만난을 무릅쓰고 죽어도 일으키기 싫은 몸을 억지로 세우려 하는데 장옥정이 먼저 대비전 앞마당 꽁꽁 얼어붙은 땅에 이마를 두드렸다. 소리가 날 정도로 부딪치니 몇 번 지나지 않아 고운 얼굴에 선혈이 낭자했다.

"마마, 이년을 제발 죽여주시옵소서. 모두 다 이 미천한 년의 죄악이옵니다. 전하께서는 아무런 잘못도 없사옵니다. 혹여 성은을 베푸시어 이년을 궐 밖으로 내쫓아주시면 다시는 주상 전하의 눈에 띄지 않는 곳에서 숨어살겠으니 부디 호생지덕을 베풀어주시오소서. 다만 한 가지 소청이 있으니……"

대비는 안상을 주먹으로 내리쳤다. 왕은 눈살을 찌푸린 채 아무 말도 하지 않고 있었다. 정상궁이 대비를 대신해 소리쳤다.

"이 천하고 더러운 미물 같은 것이 감히 어느 안전이라고 무슨 조건을 내건단 말이냐!"

마침내 왕이 단호하게 고개를 돌려 나를 불렀다.

"성별좌가 거기 있느냐?"

내가 나서지 않을 도리가 없었다.

"대령해 있사옵니다."

"너는 지금 즉시 나인 장씨를 끌고 나가서 제가 원래 살던 곳으로 돌려보내주도록 해라. 아울러 거처를 보살펴 부족함이 없도록 한 뒤 과인에게 경과를 아뢰어라."

나는 왕이 알아듣게 물었다.

"나인 장씨의 사가는 사역원 역관 장현의 집이온데 장현이 원지에 귀양을 가 있어서 집이 텅 비어 있사옵니다. 나인 장씨를 장현의 귀양지로 보내오리까?"

왕의 입가에 보일락 말락 한 웃음이 번졌다.

"전 역관 장현은 지난 옥사에 과거의 잘못으로 유배되었다. 이제 당자가 충분히 죄를 뉘우치고 죗값을 치렀으니 석방하게 하라. 내관은 승정원에 일러 왕명을 속히 집행하라 일러라."

"명을 받들겠사옵니다."

나는 뜰로 가서 장옥정을 잡아끌었다. 장옥정은 산발을 하고 질질 끌려서 대궐 밖으로 쫓겨나는 행세를 제대로 하였으나 제가 원하는 것을 모조리 얻어냈다.

어차피 왕이 대비를 이길 수는 없었다. 자식이 어머니를 거역하는 것은 불효이고 불효는 광해군이 보위에서 쫓겨난 것처럼 임금에게 중차대한 허물이 되기 때문이었다. 물론 대비도 왕이 후궁을 들이는 것을 방해한 처사를 한 것으로 흠절이 남았다.

왕이 대비와 맞선 것은 그때가 처음이었다. 왕에게는 어머니조차 왕권의 장애물이 될 수 있다는 자각을 안겨주기에 충분했다.

"일단은 네 어머니가 있는 외가에 가 있으려무나. 이 오라비가 마련해둔 아방궁 같은 곳으로 언제든 올 수 있도록 준비를 하고."

"이리도 마음이 시원할 줄 알았더라면 진작에 궐 밖으로 나올 걸 그랬지요, 오라버니? 대비마마가 제 은인이셔요."

장옥정의 콧소리 섞인 음성에 온몸이 녹아나는 듯했다. 나도 모르게 동백기름이 자르르 흐르는 장옥정의 머리를 쓰다듬을 뻔했다.

## 53장 간택

신유년1681년 새해가 밝자마자 대비가 더이상 참지 못하고 대신과 중신들에게 한글로 교지를 써서 내렸다.

—승하한 인경왕후가 왕비로서의 자질과 덕성을 갖추었고 현명하고 효성스러움이 극진하였으며 진실로 주상을 잘 내조하였소. 이제 해가 이미 바뀌어서 산릉에 장사를 할 날이 멀지 아니하니 슬픔이 더욱 간절하오. 생각해보건대 나라에 아직 임금의 대를 이을 국본이 없으니 국가의 일로 이보다 큰 대사가 없을 것이오. 전해 내려오는 예절에 따르자면 국혼은 왕비가 죽은 뒤 일 년이 지나 해야 하지만 절차가 지나치게 복잡하고 시일이 많이 걸리오. 전례를 살펴보면 계비는 숙의에서 뽑는 일이 많았다고 하는데, 지금은 숙의가 없을 뿐만 아니라 숙의를 먼저 들이고 난 뒤 계비의 자리에 오르게 한다면 도리에도 맞지 않을 것이오. 지금 마땅히 예조에서 널리 국혼이 있을 것임을 알려서 도성과 외방 명문가 처자들의 단자를 거두어들이게 하고, 3월의

인경왕후 졸곡卒哭, 삼우제를 지내고 곡을 끝낸다는 뜻으로 사람이 죽은 지 석 달 만에 지내는 제사 후에 초간택을 행하는 것이 어떨까 하오. 정승들과 원임 대신 및 예관들이 모여서 의논하여 결정을 해주기 바라오.

인경왕후의 시신이 아직 궐내에 있고 무덤에 장사를 하기도 전인데 새 왕비를 맞이할 준비를 하자는 것이니 인경왕후가 살아 있다면 기가 막힐 일이었다. 이미 죽어 막힐 기가 없는 게 다행이었다. 국모로 일컬어지는 왕비 대접이 이 모양이니 여염의 부녀자가 아들을 못 낳으면 칠거지악으로 쫓겨나는 게 다반사가 된 것이었다. 자신도 여자라 사정을 잘 알면서도 대비가 무리하게 새 왕비를 맞을 준비를 서두르는 것에는 자신이 명문가에서 왕실로 시집와서 국본을 낳은 것을 은연중에 과시하는 뜻도 들어 있었다.

영중추부사 송시열, 좌의정 민정중, 우의정 이상진과 예조 판서 이단하가 빈청에 모여서 의논을 한 끝에 왕에게 소를 올렸다.

—자성께서 국본이 없음을 근심하셔서 계비를 어서 빨리 맞으라는 하교를 하셨는데 절차를 따르자면 먼저 숙의를 뽑고 다시 명가에서 좋은 배필을 뽑아 왕비를 정하는 것이 정당한 도리가 될 것입니다. 대행 왕비의 상이 끝나기도 전에 새 왕비를 정하는 일은 성인이 권도權道, 제도와 상도를 벗어난 행위를 행하는 것에 관계되므로 신들은 감히 가볍게 의논하지 못하겠습니다. 만약 자성께서 종사를 위한 대계로 상도가 아닌 방식을 취하고자 하신다면 재량하셔서 선처하시기 바랍니다.

신하들은 죽은 왕비의 상이 끝나기도 전에 국혼을 하는 것은 성인聖人이나 행할 수 있는 권도여서 자신들은 책임을 질 수 없다고 하면서 대비에게 결단을 미룬 것이었다. 왕 또한 "경들이 의논하여 아뢴 뜻은 모두 알았으나 이 일은 나 스스로 결정하지 못하겠소. 마땅히 자성께 계품하여 처리하기 바라오"라고 하여 서로 미루었다.

"결국 서인들이 좋을 대로 하겠죠. 이참에 왕비를 서인 명문가 출신으로 뽑아서 그들의 세상을 영원한 것으로 만들려고 할 겝니다."

장옥정은 태연하게 말했다.

"주상께서 네게 무슨 약조라도 하지 않더냐?"

"그럴 리가 없지요. 전하께도 서인의 피가 흐르고 있지 않습니까? 계해년에 광해군을 쫓아내고 인조대왕을 옹립한 이후로 서인들이 거의 언제나 득세하였으니 광해조의 대북 이후에 어느 당이 다시 권세를 이어갈 수 있었던가요?"

"네가 그리 옳은 말만 한다면 주상께서 좋아하지 않을 것이다. 지난번에 장수역을 풀어주라고 했다가 자칫 네가 쫓겨날 뻔하지 않았더냐."

봄날 맑은 햇빛이 비쳐들어 장옥정의 눈은 영롱하고 투명해졌다.

"제게는 당숙들이 의지할 수 있는 유일한 분들이었지요. 그분들은 당색에 좌우되는 분들이 아니라 언제나 제 편입니다. 제가 주상을 지아비로 섬기는 한 그분들도 저처럼 물불 가리지 않고 주상만을 편드시겠지요. 주상의 충신이 혹 귀양지에서 무고하게 변이라도 당하게 둘 수는 없다고 말씀드렸을 뿐이어요."

"내가 그런 궁박한 처지가 되면 네가 나를 위해 어찌 나올지 궁금하구나."

장옥정은 배시시 웃었다. 호랑이가 제 말 하면 나타난다더니 장현이 동생과 조카를 데리고 들이닥쳤다.

"그동안 별래무양하시었소? 신수가 훤하시오."

장현은 귀양에서 풀려나오면서 전보다 훨씬 은근해지고 깍듯해졌다. 동생 장찬은 나를 생명의 은인이라도 되는 것처럼 대하여 공경스럽게 읍했다. 나도 황급히 맞받았다.

"자, 이제 봄도 오고 하니 눈도 얼음도 녹아서 세차게 흐르고 있습니다. 저 도도한 강물처럼 우리 또한 사업을 제대로 벌여봅시다. 작년 옥사 이후 서인들이 조정을 차지하고 난 뒤로 나라의 재정이 몹시도 궁핍해져서 각사마다 비용을 줄이라는 명이 빗발 같습니다. 그 많던 돈이 도대체 어디로 갔을까요?"

장찬이 즉시 대답했다.

"남인들이 조정을 차지하고 있을 때는 지금처럼 국고가 탕진되도록 한 적은 없었지요."

"어느 당이 권세를 잡든 간에 국가의 재정은 남인들에게 맡기는 편이 나을 수도 있겠소."

"남인들의 물욕이 다소 과하고 국가보다는 제집 곳간을 먼저 채워 넣으려고 한 것 때문에 문제가 되었지요. 삼복이나 삼복의 외숙들이며 외종 간에 모은 재산이 왕실보다 몇 배는 더 많았습니다."

"그 많은 재산이 공신이라는 김석주, 김만기, 김익훈 등에게 나눠졌지 않습니까? 그게 어디로 갔을까요?"

"재산이 아무리 많아도 서인들은 재물에 집착하는 것을 금기시하는 기풍이 있어서 운영을 제대로 할 줄 모릅니다. 게다가 허례허식이 많아서 아무리 권문세가니 고관대작이니 해도 대를 물린 부자가 많지 않습니다."

"실속이 없다는 것이로군. 결국 서인들의 재산은 손아귀 속의 모래처럼 흘러내려서 부자나 장사치, 이재에 밝은 사람들 손에 들어가겠소."

"국가 경영의 핵심은 재정입니다. 재정을 제대로 다루지 못하면서 어찌 정치를 제대로 한다 하겠습니까?"

거기까지만 말하고 장찬은 입을 다물었다. 소매 속에 손을 집어넣은 채 침묵 속에서 관망하고 있는 장현을 의식해서였다. 장현이 낮은 목소리로 말했다.

"어쨌거나 지금 유배형에 처해지거나 파산관 신세로 있으면서 식솔들 끼니를 걱정하고 있는 남인들 문제를 어찌해야 할지 정해야 할 것 같소. 그들이 은밀하게 사람이나 통지를 보내 구원해줄 것을 빌고 있소."

장찬이 거들었다.

"곤궁한 그들에게 지금 작은 은혜를 베풀어주면 훗날 몇 배의 응보를 받을 수 있을 것입니다. 다만 그것을 서인들이나 김석주의 수하 간자들이 눈치채게 하면 우리 또한 그들처럼 어육이 되기 십상이겠지요."

자리에 모인 이들에게 당금 조정의 사세를 길게 이야기해주고 돈을 벌려면 사람을 주목해야 하는 것으로 결론을 내렸다.

"주상께서 작년에 옥사가 마무리된 뒤 죄지은 자들에게 사면령을 내려 차등을 두어 구제하셨는데 김덕원은 그전부터 등용이 되어 남인들을 위해 신원을 해왔고 이당규, 이우정, 김몽양 등이 곧 서용이 될 것이오. 그들을 발판으로 해서 조금씩 조정에서 운신의 폭을 넓혀갈 수 있을 겁니다."

장찬은 고개를 흔들었다.

"그 사람들은 과거에 우리 역관들을 돈만 아는 장사치들이라고 내리깎고 욕하던 사람들인데 말이 통할까요?"

가만히 있던 장옥정이 나섰다.

"궁즉통이라 하지 않던가요?"

"그게 무슨 말이더냐?"

"원래는 아무리 궁지에 몰려도 통할 방법이 있다는 말이지만 곤궁한 처지에 빠진 사람들과는 쉽게 통할 수 있다는 말도 되지요."

"사람이 많아질수록 기밀이 새나갈 우려가 큰 법이니…… 누구를 접촉해서 뜻을 통해야 할지 모르겠구나."

비로소 내가 할 일이 생겼다.

"그건 내게 맡기시오. 과거 탁남의 일원이자 내 할머니의 기생방 출입을 자주 하던 사람들이 나와는 모른 척할 수 없는 사이지요."

불과 일 년 전만 해도 지붕이 날아가라 시끌벅적 호탕하게 술판을 벌이던 이들의 면면이 떠올랐다. 그중 벼슬자리에 붙어 있는 자는 하나도 없었다. 목이 잘려 죽지나 않았으면 다행이었다. 그새 왕이 얼마나 많은 사람의 목숨을 취했는지 헤아려보았다. 다시 두려움이 느껴지며 손이 절로 내 목으로 올라가 붙었다. 이거 하나밖에 없는데, 아껴서 오래 써야지.

# 54장 국혼

2월에 인경왕후를 장사 지내고 위패를 영소전에 봉안했다. 발인을 하는 데 왕의 행동이 적절하지 않다고 지적하는 상소가 가차없이 나왔다. 언관은 박태보였다.

―전하께서는 인경왕후의 초상이 났을 때에 환후가 있어 빈전에 가서 곡을 하지 못하였다 하시더니 이제 발인을 하는 데도 곡을 하지 않으십니까. 전하의 옥체를 보호하시느라 자잘한 예는 돌아보지 않으시려는 뜻은 알고 있으나 전염병에 걸렸다가도 더 도지지 않으면 석 달 후에는 그 기운이 없어지는 법입니다. 이제 석 달이 지났는데도 아직도 곡을 꺼리고 계시니 이는 잘못입니다. 지금 전하께서 꺼리지 않아도 될 일을 꺼려서 없애면 안 될 예절을 생략하시니 백성들이 이를 본받는다면 어찌하시겠습니까. 지금 즉시 발인을 하는 곳에 들어가서 곡을 하시고 백관에게 명하여 교외에까지 따라가 인경왕후의 혼령을 송별하게 하십시오.

박태보의 상소에 왕은 뜨끔하여 탐탁지 않은 비답을 내렸다.

—이번의 상례에는 과인이 꺼리는 일 때문에 초상부터 발인까지 몸소 가서 곡을 하는 예를 다하지 못하였으나 슬픔과 아픔을 어찌 다 말하겠는가. 훗날 내가 정해진 날에 혼전에 가서 서러움을 뿜어내려 하였으나 지금 빈전에 가서 곡하는 일은 전과는 달라서 시행하기 어렵다. 교외에 백관을 보내는 일은 시행하게 하라.

죽은 사람에게서 두역이 전염이 될 것 같지는 않지만 그래도 꺼림칙하여 곡을 하러 가지 않은 것을 변명한 것이었다. 이어 인경왕후의 장례를 치르는 데 공이 크다 하여 세 도감의 총호사 민정중과 김수항, 제조, 낭청의 각 차비관에게 직급을 가자하고 물건을 내려주었다. 뜻밖에 내게도 선물이 내려왔다. 관복 표리表裏, 겉옷과 속옷 한 벌이었다. 보통은 지방 수령들을 표창할 때 주는 경우가 많았으니 그 관복에는 나를 사사로운 지근뿐만이 아니라 일반 관원들 사이에 끼워주려는 배려가 들어 있었다. 코끝이 찡한 것까지는 아니었지만 고맙게 잘 받았다. 왕과 나 사이에 있던 약간의 찜찜함이 사라지고 춘풍이 불어드는가 싶었다. 그까짓 옷 한 벌로.

곧이어 대비의 소원대로 새로운 중궁을 간택하는 절차가 시작되었다. 가례와 친영親迎, 신랑이 신부 집에 가서 신부를 맞이해오는 대표적인 유교식 절차의 처소는 어의동 별궁으로 정해졌다. 동지 겸 사은사로 청국에 갔던 김수흥이 돌아왔는데 사행을 떠날 때 그랬듯이 국가의 재정이 궁핍하니 비용을 줄이라는 잔소리를 한번 더 했다. 꼭 그래서는 아니지만 국혼 절차는 최대한 간략하고 신속하게 이루어졌다.

새 중궁은 이미 병조 판서 민유중의 딸로 내정되어 있었다. 그것은 대비의 뜻이었다. 민유중은 형 민정중과 함께 송시열의 가장 중요한 제자였으니 앞으로 왕을 지켜줄 서인의 협조를 받기 위해서는 민유중의 딸만큼 적당한 왕비감은 없었다. 민유중은 돌아가신 동춘당 스승의 사위이기도 했다. 동춘당 스승의 두번째 부인은 퇴계와 서애의 학맥을 잇는 영남 유학의 대학자이자 예학의 종장인 우복 정경세의 딸이었다. 내 조부가 열 살 무렵 전라도 남원 땅에서 경상도 상주 땅까지 가서 우복 문하에서 수삼 년을 기거하며 배움으로써 피를 나눈 부자와 다름없는 사제의 인연을 맺었다니 나와 새 중궁의 관계는…… 아무것도 아니었다.

새 중궁은 외할머니를 빼닮았다고 했다. 그게 뭐냐고 했더니 내관 이후립은 '현숙하고 인자하며 타고난 품성이 국모의 자격을 갖추고 있다'고 설명했다. 아름답다는 말은 없었다.

내가 장황하게 새 중궁의 이야기를 전해주자 장옥정은 나지막하게 코웃음을 쳤다. 그것이 뜻하는 바는 분명했다. 자신감이었다. 장옥정이 왕비가 될 만한 다른 여자들에 비해 부족한 점은 신분과 문벌뿐이었다.

왕이 대례를 치르던 날 중궁의 용모를 볼 수는 없었다. 보아서도 안 되었다. 계비의 나이는 열다섯 살이었고 왕은 스물한 살이었다. 왕의 듬직한 체구에 비해 작고 가녀리고 수줍다는 것은 누구나 알 수 있었다. 초미의 관심사는 언제 대군을 생산하느냐 하는 것이었다.

국구가 된 민유중은 외척으로서 군권을 쥔 병조 판서를 맡고 있는 것이 외람되다 하여 사직을 청했으나 오히려 국가 재정을 관장하는 중요 관사인 선혜청 당상과 군제의 개혁을 위해 설치한 혁폐청의 당상을 더 맡도록 했다. 중궁의 외조부인 동춘당 스승에게는 '문정文正'이라는 시호가 내려졌다. 선비의 사표인 정암 조광조, 척화파의 거두인 청음 김상헌이 받은 것과 같은 최상급의 시호였다. 거기다 민유중의 형 민정중이 좌상을 맡고 있어 중궁의 집안은 조선에서 으뜸가는 문벌로 우러름을 받게 되었다.

문제는 왕이 새 중궁을 얼마나 좋아하느냐 하는 것이었다. 왕에게는 죽은 인경왕후의 그림자가 아직 남아 있었다. 가장 결정적인 건 역시 장옥정이었다. 몸과 마음, 입맛까지 감칠나게 맞추는 재주는 누군들 갖추기가 쉽지 않았다.

혼례를 치르던 바로 그날, 왕은 이어지는 가뭄에 대응하여 사직단에 직접 가서 기우제를 지내겠다며 준비를 하라고 명했다. 초야를 치르는 둥 마는 둥 하며 기우제에 참여하는 관리들에게 숙직을 하도록 하고 집사관들에게 몸을 정결하게 하고 정성을 다하도록 했다. 몸을 정결히 하는 것에는 술을 마시고 고기를 먹거나 여색을 가까이하는 일이 금기였으므로 왕 스스로도 그 핑계로 새 중궁과 자연스럽게 거리를 둘 수 있었다.

5월 18일 새벽에 왕이 궁을 나와서 사직단에서 기우제를 행했다. 장옥정은 사직단에서 작은 고개를 두 개 넘으면 닿는 연희동에 살고 있었는데 일찌감치 사직단 근처에 와서 자리를 잡고 있었다. 왕 역시 장옥정을 찾는 눈치가 분명했다. 두 사람은 지척에서도 손 한 번 잡아보지 못하고 지나쳐야 했다. 오직 나만이 두 사람 사이에 오가는 극진한 그리움과 안타까움을 느꼈을 뿐이었다. 생각 같아서는 왕이 그길로 내처 산 넘고 물 건너 장옥정의 처소로 가서 하룻밤이라도 만리장성을 쌓고 오면 좋으련만.

왕이 기우제를 지내고 나서 육 년 전처럼 비가 오지 않나 기대를 했으나 비는 오지 않았다. 백성들 사이에서 '복을 가져오는 재수좋은 임금'이라는 말이 나오지도 않았다. 왕이 등극한 이후 단 한 해도 빼놓지 않고 가뭄이며 흉년이 들었던 것이다.

먹을 게 없어 굶어죽고 전염병으로 죽고 집을 떠나 유랑하는 백성들이 사방에 넘쳐났다. 먹을 것을 구하려는 백성을 막을 수는 없었다. 밤에 횃불을 들고 양식이 있을 만한 양반가나 부잣집을 터는 명화적이 도성의 서소문 밖에까지 출몰했다. 포도대장을 문책하게 했으나 그런다고 뾰족한 대책이 생겨날 리 없었다. 왕은 백성을 하늘처럼 알아야 하지만 백성은 밥을 하늘로 안다는 말이 실감났다.

장옥정은 집에 가만히 박혀 있으면서 몸단장이나 하고 있을 사람이 아니었다. 장옥정에게는 왕은 이미 제가 없이는 살아갈 수 없게 되었다는 자신이 있었다. 자신감의 근거는…… 장옥정 외에는 아는 사람이 없었다. 다른 건 다 물어볼 수 있어도 차마 그건 물어볼 수가 없었다.

새 중전을 맞고 나서도 왕이 미행을 나서는 일이 여러 차례 있었다. 시중에 마마나 호환이 있어서 위험한 경우만 제외하고는 아무도 왕의 미행을 말리지 못했다. 물론 미행을 나갔다는 사실을 안다 해도 무조건 입을 다물어야만 했다. 왕이 자신과 대비 사이에 조그마한 틈조차 있으면 안 되는데 그 틈이 생겨나는 건 주변 사람들과 신하들의 고자질 때문이라고 명토를 박아 이야기했고 비밀을 엄수하도록 서약을 시켰다. 죽은 중전이나 새 중전이나 왕의 미행에 관해서는 대비나 친정아버지를 포함해 누구에게도 이야기한 적이 없었다. 내가 알기로는 죽을 때까지도.

장옥정이 출궁 이후 살던 도성 서쪽 안령 아래 연희동 바로 이웃에는 외숙 윤정석이 살았고 윤정석은 육의전의 면포 상인으로 거부 소리를 듣는 사람이었다. 장옥정의 외할머니 변씨는 변승업의 당고모였으니 내가 굳이 부탁하지 않아도 생활을 해나가는 데 부족함은 없었다. 장현과 장찬이 번갈아가며 이틀이 멀다 하고 땔감과 음식물을 수레에 실어 보냈다. 게다가 궁에서 모셨던 자의대비전에서 친필로 한글 편지를 써서 친정의 외질녀인 영풍군부인 신씨에게 장옥정을 잘 돌봐달라고 해둔 터였다. 신씨의 남편인 숭선군과 두 사람의 아들인 동평군은 장옥정을 보자마자 『사기』의 '여불위전'에 나오는 '기화奇貨'를 얻은 것으로 생각했다.

장옥정은 왕이 미행을 올 때마다 몸과 마음과 용모가 꽃처럼 피어나고 있었다. 안타깝게도 왕과 장옥정 사이에는 회임의 소식이 없었다.

여느 부인네들처럼 장옥정도 목욕재계하고 봉원동의 절간을 다니며 아들이 생기기를 비는 기도를 올렸다. 죽은 술사 최만열의 제자 김홍일이 앞날을 내다보는 혜안이 있다 하여 사주를 보였더니 아직 운이 틔지는 않았으나 훗날 여자로서는 더 이를 데 없는 높은 지위와 영화를 누릴 것이라고 단언했다. 네 스승은 죽을 자리를 내다보지 못했던가 물어보려다 말았다.

어느 날 중전이 대비에게 문후를 하러 간 자리에서 특유의 나지막한 목소리로 진언했다.

"대비마마, 전하의 성총을 입은 궁녀가 오랫동안 궁 바깥의 민간에 머물러 있으니 이는 법도에 지극히 맞지 않는 일이옵니다. 다시 불러들이는 것이 마땅할 줄로 아뢰옵니다."

이에 대비가 중전을 지그시 바라다보고 나서 한숨을 쉬며 말했다.

"내전께서 아직 그 사람을 보지 못하였기 때문에 그런 말씀을 하시는 것이오. 그 사람은 사람 중에서도 특별히 간사하고 악독한 요녀라오. 주상이 평상시에도 기뻐하고 노하는 것이 천둥 벼락처럼 자주 뒤바뀌는데 만약 그런 요녀의 달콤한 꾐에 빠지게 되면 주상의 일신에 불행일 뿐 아니라 이 나라 종사의 대계에 이루 말할 수 없는 큰 앙화가 될 것이오. 내전께서는 내 말을 잊지 말고 명심하여 그 사람을 이후에라도 결코 궁에 들여놓지 않도록 하시오."

이어서 신색을 엄숙하게 바꿔서 다짐을 받았다.

"이는 내가 사사로운 여인들의 투기나 미워하고 싫어하는 데 근거해 하는 말이 아니라 국가의 안위를 위해 신중하게 생각해 이르는 것이오. 중전께서는 후일에도 나의 이 말을 다시 고칠 수 없는 유언이라 생각하고 받들도록 하오."

중전은 그 말을 듣고도 맑은 물처럼 고요했다.

"대비마마, 마마께서는 어찌 아직 일어나지도 않은 일을 가지고 성심을 쓰시나이까. 혹여라도 그 사람이 회임을 하여 종사의 경사를 가져오게 된다면 이는 곧 국가에 큰 도움이 되는 일이 아니오리까?"

대비는 그지없이 선하고 때묻은 바 없는 며느리를 칭찬하고 아까워하면서도 종내 장옥정을 궁에 다시 들여놓는 일은 허락하지 않았다.

대비전에서 시어머니와 며느리가 나눈 내밀한 이야기가 다른 곳은 몰라도 장옥정에게 이르는 데는 순식간이었다. 어느 곳에도 사람이 있고 귀와 눈이 있으며 그 사람은 다른 사람과 어떤 식으로든 연결이 되어 있기 때문이었다.

"과연 새 중전이 오로지 선한 마음씨로 종사를 잇게 하기 위해 너를 궁으로 다시 들여보내달라고 한 것일까? 나는 믿을 수가 없다."

내 말에 장옥정은 뜻을 알 듯 모를 듯 한 미소를 지었다. 그 또한 사람인지라 한줄기 가을바람 같은 슬픈 기운이 이마를 가로지르는 것을 막지는 못하였다.

## 55장 전화위복

어수선한 가운데 4월 초 청나라의 사신이 국경을 넘어 들어왔다는 평안감사의 치계가 올라왔다. 한림 시독학사 우유가 정사이고 종실의 이등시위 교로아이도가 청나라의 무관을 대표해서 입경할 것인데 승하한 인경왕후의 조문을 할 것이라고 했다.

인경왕후를 죽음으로 몰고 간 두역이 여전히 창궐하고 있었고 왕은 두역에 대한 두려움이 몹시 커서 청나라 사신을 전례에 따라 서교까지 가서 맞이하는 절차를 생략할 수 있기를 바랐다. 조정의 명을 받은 지방 수령이 왕의 뜻을 전하자 우유는 "만약 조선의 왕이 전례에 따라 교외에 와서 마중하는 예를 갖추지 않는다면 더 갈 것도 없이 홍제원에서 그냥 돌아가겠다고 전하라"고 단호하게 응답했다. 거기다 "인경왕후의 혼전에 치제할 때에는 반드시 조선 국왕이 곁에 있도록 하라"고 조건을 달았다. 혹 떼려다 혹 붙인 격이었다.

과거에 남인 윤휴는 임금이 청의 사신들을 마중할 필요가 없다고 하면서 그들이 그것을 트집 삼아 침공을 해온다면 어떻게 하겠느냐는 왕의 물음에 '이런 일을 기화로 군사를 몰아 쳐들어가서 과거의 복수를 하고 오랑캐를 무찌르면 된다'고 소매를 걷어붙이며 기세를 올렸었다. 서인 영상 김수항이 주저하며 의견을 올렸다.

"이번 칙사는 사람됨이 교만한데다가 절차가 제대로 진행되는지를 극진하게 살피니 일이 어렵습니다. 저들이 만약 처음부터 끝까지 주상께서 마중을 나와야 한다고 고집한다면 역질이 두루 퍼져서 어가가 움직이기 어렵다고 해보겠습니다. 또한 형편상 혼전을 임시로 옮겨야 하니 날을 조금 늦춘다는 뜻을 미리 통지하고 편전에 자리를 배설하는 것이 좋겠습니다."

듣고 있다보니 참 구구했다. 왕이 힘없이 "경의 말이 나의 뜻과 부합하오. 조문을 할 위패는 문정전에 배설하도록 하오" 했다.

다음날 좌상 민정중이 이조 판서 김석주와 왕을 만난 자리에서 길게 말을 늘어놓았다.

"청나라 사신의 언동이 괴상망측하고 악랄하기가 이루 말할 수가 없습니다. 영상이 홍제원에 가서 하룻밤을 지내면서 전하의 교외 마중을 중지하게 해달라고 간곡히 청하였으나 끝내 들어주지 않았다고 합니다. 신들이 백관을 거느리고 홍제원에 나아가서 글을 올리고 간절히 사정해보겠습니다만 저들이 끝내 허락하지 않는다면 일이 지극히 난처해질 것입니다. 그러니 도로를 청소하고 치운다는 것을 구실 삼아 저들로 하여금 하루를 지체하고 입경하게 한다면 저들이 혹시라도 이를 번거롭다고 여겨서 청을 들어주지 않겠습니까?"

김석주 또한 답답해하기는 마찬가지였다.

"더 글을 올려 청할 수는 없습니다. 또 저 사람들이 하루 정도 기다리는 것을 별스럽게 여기지 않는다면 마중하시는 것을 그만둘 수가 없을 것이니 일이 걱정스럽습니다."

왕이 "시험삼아 나가서 간청해보도록 하라"고 하여 대신 이하 문무관 삼백여 명이 하나같이 연명하여 청나라 사신에게 간절한 청원을 담은 글을 올렸다. 시독학사라면 명색이 글줄깨나 읽어야 될 수 있는 자리인데 우유는 그 글을 잠깐 쳐다보는 시늉조차 하지 않고 조선 만조백관의 간절한 청을 물리쳤다. 이제까지의 칙사에게 그리했듯 내밀하게 황금을 안기려 해도 혼자 청렴, 개결한 척 거절했다. 왕이 거듭 승정원에 일러 왕이 청나라 사신을 교영郊迎, 교외에 영접하러 가는 일하러 갈 연도에 역질이 성하고 소제할 일이 많다면서 궐문 밖에서 공경스럽게 사신을 맞으면 안 되겠느냐고 물어보라 했는데 그마저 일도양단하듯 물리쳤다.

야당 장군이 있었다면 그냥 그렇게 되도록 두었을까. 아니다. 어떤 식으로든 해결을 하고 담판을 지으려 했을 것이었다. 하지만 나는 야당 장군이 아니었다. 당분간 지켜보고 있을 수밖에 없었다. 그래도 강단이 있는 신하가 전혀 없는 건 아니었다. 박태보의 친구인 교리 임영이 상소를 올렸다.

—전하의 어가가 장차 교외에 나가 칙사를 맞이하지 않을 수 없을 것이라 하니, 신은 진실로 가슴이 저리도록 한탄하며 비분이 끓어오름을 감추지 못하겠습니다. 성상께서는 어가를 움직이지 마시고 대신으로 하여금 온 조정의 신하를 모두 거느리고 가서 다시 힘써 청하되 떠나지 말고 지키면서 밤새도록 지성으로 말하게 하십시오. 예부터

사신은 왕래하면서 그 나라 선비들의 기개가 강하고 약한 것을 보아 그 나라의 허실을 엿본다고 하였습니다. 오늘 온 조정이 가서 주상의 행차를 면하게 한다면 이 또한 국세에 관계되지 않겠습니까?

왕은 "그대의 염려하는 정성은 가상하지만, 이번에는 사세가 그렇지 않으니 교영하는 일을 피할 수 없겠다"고 답했다. 그것으로 조정 안팎의 공공연한 논란은 종지부를 찍었다.

한밤중에 청나라 사신이 있는 홍제원에 몸에 착 달라붙는 검은 옷을 입고 복면을 한 채 단신으로 뛰어들었다. 우유는 한인 출신이었다. 일찌감치 청나라를 섬기기로 마음먹고 고개를 숙인 자치고는 눈치코치가 없고 잠귀가 어두워서 내가 방안에 들어가서 흔들어 깨울 때까지 코를 골며 자고 있었다. 코가 비뚤어지도록 비틀어서 깨지 않을 수 없게 만들었다.

"너희가 승하하신 우리 국모의 조문을 핑계하여 연도를 오가며 수탈하고 착취하여 취하는 것이 이루 말할 수 없이 많은데 여기에 더하여 우리의 임금께서 두역이 창궐한 연도를 오가며 너희를 맞으라고 핍박하여 이 나라와 죄 없는 백성들에게 더 큰 괴로움을 안겨주고 있다. 너희 황제라는 자에게 일러라. 힘이 있거든 조선에 출병을 하여 천하를 두고 자웅을 겨룰 것이고 그러지 않을 것이라면 두 나라의 화호를 위해 쓸데없이 사신을 보내 협박 따위를 일삼지 말라고 말이다. 내 마음만 먹으면 너희 구중궁궐에 들어가 황자니 황비니 하는 것들 목을 취하는 것이 주머니 속의 구슬을 꺼내는 것보다 쉬우니라."

우유는 입이 틀어막힌 채 고개에서 바람소리가 나도록 끄덕거렸다. 역관이 없으니 알아들을 수 없을 것 같은데 멍텅구리가 모든 통역을 대신했다.

"조선의 두역은 청나라의 그것과 비교할 수 없이 독하다. 너희 나라 추장 순치가 마마로 죽고 강희는 마마를 앓고도 살아났기 때문에 후계자가 되었다는 걸 우리는 잘 알고 있다. 지금 내가 너희에게 조선에서 쓰는 인두법을 그저 베풀어줄 테니 청나라로 돌아가 이미 마마를 앓은 적이 있는 자들에게 옮겨서 어떻게 되나 보아라."

나는 고름이 덕지덕지 묻은 헝겊을 우유의 콧구멍과 아가리에 쑤셔 넣었다 빼어서는 온몸 곳곳에 고루 발랐다. 우유를 묶어놓고 대청 밖으로 나서는데 소리 없이 칼이 이마에 닥쳐들었다. 가볍고 쾌속함에서 내가 칼을 잡은 이래 가장 강력한 적을 만났다는 직감이 왔다.

"으헛!"

멍텅구리가 발동할 겨를도 없이 몸을 굴려 피했다. 섬돌에 머리를 찧었더니 별이 반짝거렸다. 일생에 없던 치욕이었다. 몸을 추스르자마자 멍텅구리와 한몸이 되어 상대를 향해 쏘아져나갔다.

"신검합일이다!"

놀란 음성이 터지고 말을 한 놈의 손목이 날아가며 뜨뜻한 피가 튀었다. 아버지의 책자에서 나온 조선의 최상승 검술이었다. 과연 위력이 놀라웠다.

"누구냐! 장부라면 숨지 말고 나와서 정당한 무공으로 승부를 결하자!"

내 외침에도 아무런 답이 없었다. 꼬리가 길어봐야 좋을 게 없을 것 같아 몸을 날려 담장 위에 올라서자 쌕, 쐐액, 하고 표창이 연신 날아왔다. 피하느라 담장 안으로 떨어졌는데 반대편에서 석궁으로 쏜 화살이 잇달았다. 간신히 피하자 그물이 덮어씌워졌다. 마당을 데굴데굴 굴러서 겨우 잡히는 걸 면했나 싶었는데 어느새 바닥에 깔려 있던 독 묻은 마름쇠에 무릎이 찍혔다. 가죽신 바닥을 뚫고 못이 솟아올랐다.

안 그래도 화가 머리끝까지 나 있던 참에 "꼴좋구나!" 하는 소리가 나는 쪽을 향해 손에 잡히는 대로 집어서 던졌다. 금세 내가 집어던진 것의 몇 배가 날아오는가 싶었는데 "아고고고!" 하는 소리가 나고는 은밀하게 내 뒤를 좇던 검계의 호위들이 담장에서 바깥으로 떨어졌다. 조창용과 쇠도리깨가 바닥에 요란하게 나뒹굴었다. 내가 위험에 빠진 것을 알고는 저희 온몸을 던져 나를 보호하려다 철편에 맞은 것이었다. 어쨌든 그들 때문에 내가 피할 시간을 벌었고 공격과 수비를 겸할 수 있는 자리를 확보했다.

"먼저 가거라!"

갓 잡아올린 물고기처럼 꿈틀거리는 멍텅구리를 바로 잡고 검계의 형제들이 무사히 업혀갈 수 있도록 뒤를 지켰다.

"덤벼라, 오랑캐 놈들아! 오늘 너희가 진정한 조선의 칼맛을 보게 되리라!"

부우우웅, 하고 멍텅구리가 화답했다. 공기가 끈끈해지고 머리털이 거꾸로 곤두서는 것 같았다. 적이 뭔가 소리를 치는 동시에 역관의 말소리가 울려퍼졌다.

"나는 대청의 종실 교로아이도다! 무명지배와는 싸우지 않는다. 네 이름을 밝혀라!"

나는 칼을 들어올려 기수식을 취하면서 대충 뇌까렸다.

"나는 조선의 제일가는 파락호 마당쇠場金이시다. 나는 너희들이 오가는 연로의 주막에서 매일 마당 쓸고 소제나 하고 똥장군을 지노라."

말을 하는 중에 소리 없이 날아든 장검이 코앞에 이르렀다. 몸을 수평으로 눕혀 피하면서 아래에서 위로 장검을 끊어갔다. 하지만 교로아이도는 이미 나에 관해 상당한 견식이 있는 모양이었다. 검신을 빙그르르 돌려서 칼이 서로 마주치는 것을 피했다. 그 틈에 가슴이 벌어지고 허점이 드러났다. 금세 뱀의 혓바닥 같은 칼날이 파고들어왔다. 멍텅구리가 그 칼을 맞아 짤깍짤깍하는 소리 몇 번에 삽시간에 서너 조각으로 만들어버렸다.

"하으앗!"

내 기합 소리에 교로아이도가 칼을 던지고는 나뭇잎처럼 가볍게 물러났다가 돌아오면서 장을 날렸다. 이어 주먹과 손바닥, 발길질이 풍우처럼 날아들었다. 그토록 쉽게 제 목숨과 같은 칼을 버릴 줄 몰랐던 터라 어리둥절하다 예상치 못한 일권에 가슴을 맞았다. 이어 갈퀴 같은 손톱에 옷이 걸려 찢어졌다. 간신히 몸을 굴려 공격을 피했다. 무릎과 발바닥의 상처에서 피가 흘러나왔고 가슴이 저려왔다. 그 와중에도 아버지의 책자를 읽기 전이었다면 왜 다치고 죽는지도 모른 채 죽었을 것이라는 생각이 들었다.

모든 경력을 칼끝에 모았다. 눈을 감고 상대가 다시 공격해오기를 기다렸다. 무명의 노승이 가르쳤던 단 한 수의 검술은 언제나 내게 구명절초의 역할을 했었다. 상대의 공세가 발동되면 거의 동시에 검이 튀어나가되 상대가 예측한 것보다 훨씬 빠르게 상대를 공격하게 되기 때문에 대부분의 상대는 속수무책으로 패할 수밖에 없었다.

"이엽!"

기합을 내지르며 추켜올린 칼끝에 무엇인가 걸렸다. 구멍을 뚫듯이 힘을 주면 상대는 치명상을 입을 게 분명했다. 하지만 내 목덜미에도 서늘한 칼날이 닿아 있었다. 상대 역시 힘을 주면 내 목을 동강낼 수 있는 상황이었다. 지극히 짧은 순간 서로의 칼을 통해 상대의 의사를 확인했다. 서로가 죽일 뜻까지는 없으나 우위에 선 자가 상대에게서 원하는 것을 다 얻으리라는.

결정적으로 상대는 청 황실의 일원이고 나는 가진 게 없는 파락호였다. 식구, 조상, 가문, 학문, 지위, 명예…… 원래는 아무것도 없다 해도 과언이 아니었다. 내가 왕의 의형제라는 건 상대가 알 리 없었다. 그게 상대와 나의 차이였다. 나는 상대가 모든 것을 다 걸어야 할지 멈칫거리는 찰나의 기미를 틈타 몸을 아래로 낮춰 공격권에서 벗어났다. 하지만 멍텅구리는 교묘하게 상대의 몸에 지워지지 않을 상처를 남겼다. 적어도 한두 달은 운신하기 쉽지 않을 것이었다.

"이것이 조선의 검이다. 너희가 다 죽었다 깨나도 따라오지 못하리."

내가 뿌듯하여 의기양양하게 외치는데 쾅, 하는 폭음이 일고 옆구리가 뜨끔했다. 총이었다. 하늘이 빙그르르 돌았다. 나도 모르게 멍텅구리를 땅에 짚으며 무너졌다.

"스승님!"

도망친 줄 알았던 김영문과 조성이 마당 안으로 긴 줄을 집어던졌다. 내가 부지불식간에 줄 끝을 잡자 제자들은 죽을힘을 다해 줄을 잡아당겼다. 그 힘을 빌려 지붕 위로 날아올라 담을 넘었다. 아래에서 횃불이 움직이면서 외치는 소리가 들렸다.

"잡아라!"

개가 닭을 놓치고 나서 뒤를 쫓을 때 그런 말을 해봐야 아무 소용이 없다는 것을 꼭 말해주고 싶었다. 하지만 내 입에서 나온 말은 내가 생각해도 나에게 어울리지 않는 이상한 개소리였다.

"청산이 우거져 있는데 나무꾼이 어찌 땔감을 걱정하리!"

검계의 형제들이 총력을 다해 추격자들을 막고 이목을 흩뜨리는 동안 무악재 고개 위로 혼자 도망쳤다. 상처마다 화끈거리고 아팠다. 빈 오막살이의 입구를 무너뜨려 막고 조섭에 들어갔다. 옆구리에 박힌 총알을 제거하고 맑은 피가 나올 때까지 기다렸다 뼛가루를 뿌려 지혈했다. 못 때문에 입은 발바닥의 상처와 마름쇠에 찍힌 무릎은 물로 씻고 소주로 소독한 뒤 남은 소주를 모두 들이켰다. 정좌를 한 채 기를 몇 바퀴 운행하자 통증이 가셨다. 새살이 돋은 것은 아니지만 운신은 할 만했다. 밖에 뿌려놓은 모래를 보고 내가 거기 있음을 안 검계의 형제들이 속속 모여들었다. 나는 그들 앞에서 고개를 숙였다.

"내 독단으로 일을 처결하려다가 신중치 못하여 이런 일을 당하고 말았다. 형제들의 도움으로 재생의 삶을 살게 되었구나. 내외 남북의 당주, 정의대 대장 쇠도리깨, 다친 형제들께 머리 숙여 사죄드리오."

"밤낮으로 검계의 형제와 제자들이 사장의 뒤를 따르고 있지 않았다면 오늘 사세는 알 수 없었을 것이오. 앞으로는 절대 이런 일이 있어서는 안 되겠습니다."

외눈박이 김자수의 지적에 나는 다시 사죄하고 갑자기 나타난 조총을 탓하는 한편 재차 그런 일이 있을 때는 모가지로 보상하겠다고 맹세했다.

"목은 아니 됩니다. 우리가 사장의 목을 가지고 무슨 탕국을 끓여 먹겠습니까? 사장께서는 혼자의 몸이 아니라는 것을 잊고 계십니다. 작금에 검계의 가장 큰 위험은 사장께서 경솔하고 성급하게 혼자 움직이시는 데 있습니다. 저는 염려가 큽니다."

"그러게, 난 무리를 영솔할 재목이 못 된다고 하지 않았소…… 선대에서 내려온 지고무상의 무공을 제대로 익히기에는 재주가 메주이고 꿀벌보다 할 일이 많으나 천성이 게을러서 감당할 수 없는 터라……"

김자수가 곧 울 것 같은 표정을 지었으므로 말을 끊었다. 한편으로는 부담스러운 자리와 일을 다른 누군가에게 나누어 맡기는 방법을 생각해야 했다.

집으로 돌아가 몸져누웠다. 오랜만에 추월의 극진한 간호를 받으며 비단 금침 신세를 지고 타락죽과 전복죽을 먹으며 호강했다. 곰곰이 생각하니 내가 검술을 익힌 이래 별다른 시련이나 위험이 없이 잘한다는 소리나 들으며 성장해온 것이 스스로를 자만에 빠뜨린 것이 분명했다. 주먹이 세다고 모든 분쟁을 주먹으로 해결할 수 없듯이 세상사는 무학만으로 해결이 되지 않았다. 대소사 할 것 없이 모두 면밀한 계획과 상대에 따라 즉시 변환하는 임기응변의 지혜, 끊임없는 단련이 필요했다. 몇 날 며칠을 두고 그날 밤 나의 행동을 하나하나 떠올려 점검하고 초식을 되새겨보니 전에 몰랐던 허점이 눈에 훤히 드러났다. 아버지의 책자를 다시 꺼내 재삼재사 꼼꼼히 읽고 손가락 발가

락부터 꼼지락거리기 시작하여 손발을 흔들고 때로 도약까지 흉내내며 잘못을 보완했다. 어느 때는 안방에서 연못을 건너고 사랑채에서 굴을 지나 다시 안채로 들어왔다. 반복이 거듭되자 차 반잔 마실 시간이면 되었다. 어둠 속에서도 눈이 밝아지고 물속에 있는 개구리의 움직임을 읽을 수 있었다. 전화위복이라더니 쓰라린 패배가 오히려 내 무공을 한 단계 도약시키는 결과를 가져온 것이었다.

"이웃 동네 갔다가 사나운 개한테 물려서 아파 죽겠다 하시더니 이불 속에서 웬 활갯짓이시오? 상처가 빨리 아물려면 해다드리는 음식이나 드시고 쥐죽은듯 가만히 계시는 게 상책인데."

추월이 농인지 잔소리인지 한마디했다. 갑자기 원님 덕에 나팔 분다는 말이 떠올라 추월이의 발을 걸어 쓰러뜨리고 옷고름을 풀어젖혔다.

"아무래도 내가 미친개한테 제대로 물린 놈 같긴 한가?"

한바탕 거센 춘풍이 휩쓸고 지난 뒤 내가 추월의 볼을 꼬집으며 놀리자 추월은 눈을 흘겼다.

"미쳐도 곱게 미친다는 말도 있지요. 자주 곱게 물려 오시면 좋겠구려."

추월이에게 바깥소식을 듣자 하니 조정과 임금에 대한 사신들의 횡포가 거의 사라졌고 연로 주막집의 마당쇠들을 대하는 태도에 두려운 빛까지 비친다 했다. 그래야 내가 보람이 있지.

사신이 대궐에 들어가서 인경왕후의 영전에 제를 올렸는데 왕이 예에 따라 접대했다. 문정전의 위패는 가짜였고 사신이 잔을 올리기도 전에 이미 제문을 읽고 안에서 꿇어앉으라고 수창을 했을 때 밖에서는 곡을 먼저 하는 등 절차가 엉망이었으나 사신들은 알아채지도 못했다.

청의 사신들은 국경을 넘어 들어온 뒤 평안감사에게 과거 모문룡이 있던 평안도 철산 앞바다의 가도를 가보고 관측을 하겠다고도 했는데 조정에 들어와서는 그에 대해 일언반구도 하지 않았다. 영상 김수항이 "청국 사신이 가도를 보려 하는 것이 강희제의 뜻이라면 유독 평안감사에만 말하고 조정에 말하지 않을 이유가 있는지 경험 많은 통관의 무리에게 탐문을 하게 하소서"라고 진언하여 장현 형제가 차출되어 그들을 따라갔다.

열흘쯤 뒤 장찬이 여러 가지 소식과 함께 부이용의 편지를 가지고 돌아왔다. 청나라 사신은 제 나라로 돌아가는 길에 가도로 가서 하룻밤을 묵었다. 가도에는 부이용이 아버지가 모으고 가르친 정예 군사 오백과 그들의 식솔을 합쳐 무리 이천여 명을 데리고 와 있었다.

청나라 사신들은 부이용에게 뭔가를 열심히 부탁했지만 부이용은 그들의 부탁을 들어주지 않았다고 했다. 교로아이도는 다음을 기약하며 부이용에게 조선 조정에서 받은 은자와 면포, 양식과 땔감을 남기고 갔다는 것이었다. 부이용의 봉서에는 그런 사정이 자세히 적혀 있었다.

—선사께서 남기신 백두산의 지도에 관한 말이 어떻게 새나갔는지 청나라 황실의 손꼽히는 실력자인 교로아이도가 지도를 한 번만 보여 달라고 은밀하고 간절하게 청을 해왔소. 앞으로도 수없이 같은 청을 해올 것인데 내게 있지도 않은 지도 덕분으로 땔감과 양식 걱정은 안 해도 될 것 같긴 하오. 내가 언제까지 그렇게 버틸 수 있을지 자신이 없으니 사장께서 가르침을 내려주시기 바라오.

나는 즉시 답서를 썼다. 아버지의 지도와 대충 비슷하게 소가죽으로 가짜 지도를 하나 만들고 산꼭대기의 신령한 대택大澤, 백두산 천지를 이르던 말 한가운데에 무덤 자리까지 표시해두었다. 구멍을 두어 개 뚫고 흙물에 잿물을 섞어 발라서 오래된 문서인 것처럼 꾸몄다.

—그들이 설령 저희 조상이 남긴 비처를 찾으려고 백두산 꼭대기의 천 길 물속 밑바닥까지 들어간다 한들 아무것도 찾지 못하겠지만 그렇다고 해서 누구를 원망하겠소. 이 지도는 낡은 오동나무 상자에 넣어서 적당한 곳에 표시 나게 묻어두었다가 청의 조정 신하 삼천 명이 연명으로 구걸을 해오거든 한 번씩만 보여주시오.

조도사에게 편지와 함께 아버지의 관에서 나온 보배를 처분하여 마련한 은 십만 냥을 보냈다. 농구와 씨앗, 물품과 돈이 든 가죽농을 가득 실은 수레를 황소 수십 마리가 끌게 하고 그 뒤를 암소 백여 마리가 따르게 했다.

그로부터 가도에서는 군사들이 잠시 병장기를 놓고 식구들과 어울려 벼와 콩, 목화를 재배하게 하니 첫해의 수확이 수삼 년은 먹고 입고도 남을 만큼이나 되었다. 소를 섬에다 놓아기르자 저절로 새끼를 쳐서 몇 배는 되게 불어나 고기를 실컷 먹을 수 있게 되었다고 했다.

섬에서 난 양곡과 어염, 여인들이 길쌈을 해서 만든 피륙을 배에 실어서 의주, 송도, 강경, 동래까지 도회지를 돌아다니며 사고팔아 큰 이득을 보았다. 그 돈으로 활과 화살, 칼과 창이며 조총과 대포까지 구입해서 누구도 쉽게 넘볼 수 없게 무장을 튼튼히 갖추었다. 군율이 도덕이 되어 질서가 분명하면서도 식솔들이 아쉬울 게 없이 안온하고 요족하게 사니 활기가 넘쳐흘렀다. 가도에서는 아무도 배를 곯지 않고 헐벗지 않아도 되었으며 얼어죽는 일도 없었다. 남녀가 공평하게 일하고 결과를 나눠 가졌다.

이제 그들은 뭍과 바다를 통해 쳐들어오는 외적을 감시하고 조선의 강토를 지키는 망루가 될 것이었다. 조선의 관군, 수군이 하지 못하는 일을 그들이 맡았다. 그것이 아버지의 진짜 유지였다.

## 56장 노소 분열

추월이 경영하는 기생방 하고도 상등방에는 김익훈이 앉아 있었다. 운종가 뒷골목에 즐비한 기생방을 모조리 휩쓸다시피 하고 마지막으로 운향각에 온 것이었다. 그 모든 기생방마다 혼자 가서는 춤, 노래, 환락에 술과 음식을 토하도록 먹어가며 돌아다녔는데 기생들은 그 대가로 쥐꼬리만한 보답을 받았을 뿐이었다. 그것도 김익훈이 갖은 희롱을 다 하고 누릴 것 실컷 누린 뒤에 뒤가 구린 부자들을 불러 주게 한 것이었다.

그러나 운향각에서는 김익훈이라면 몸서리를 치는 다른 기생방과는 달리 김익훈을 가마까지 대령해서 모시러 가서 처음부터 상등방에 들여놓았다. 거기다 근자에 아름다움과 춤과 노래로 가장 유명한 어린 기생 초향으로 하여금 시중을 들게 했다.

김익훈은 경신년에 복선군과 허견의 역모 사건에 공을 세워 보사공신 이등에 책록되고 광남군이라는 군호까지 받은 바 있었다. 죽은 인경왕후의 종조부이고 김장생의 손자, 송시열의 스승인 김집의 조카이기도 했다. 병자호란 때 강화도에서 김상용과 함께 폭사함으로써 순절한 김익겸은 그의 형이며, 광성부원군 김만기와 김만중 형제가 그의 조카였다.

문벌이 이쯤 되니 과거를 거칠 필요도 없이 음관으로 벼슬길에 나섰다. 그건 같은 물건이라도 공짜부터 먼저 집어드는 김익훈의 성향에도 부합했다. 첫 벼슬이 의금부 도사였고 지방관으로 남원부사, 장성부사를 지냈으며 사도시 정, 장악원 정, 돈령부 도정 등 자신도 무슨 일을 하는지 모를 중앙 각사를 거쳐 무관직인 수원방어사, 충청병사, 전라병사까지 지냈다. 남인들이 쫓겨난 경신년에 도성 수비를 겸하는 군권을 가진 광주부윤에 임명되고 한성부 우윤이 되었다. 김석주의 전폭적인 후원으로 총융사를 겸임하고 어영대장에 재임하다 형조 참판에 올라 있었다.

내가 조방꾼의 복색을 하고 상등방에 들어서자 김익훈은 그답지 않게 무슨 문서를 손에 들고 읽고 있었다. 아니 읽으려 애쓰고 있었다. 김익훈이 까막눈이라는 것은 알 만한 사람은 다 알고 있었다.

"말 그대로 글자를 몰라. 어려서부터 워낙 학문을 하는 집안에서 귀하게 키워져서 자나깨나 보고 듣는 게 문장인데 어찌 그럴 수가 있느냐 하겠지만, 바로 그런 어린 시절이 글을 익히지 못하게 한 걸세. 귀로 들어 외운 게 있기 때문에 아는 체할 수는 있지만 실제로 글을 쓸 때나 차자를 올릴 때는 늘 남의 힘을 빌려왔다네."

김만중이 들려준 말이었다. 웬일인지 나와 비슷한 부류라는 생각이 들면서 동병상련에 가슴이 시큰해져왔다. 저 도저한 허장성세를 어찌

할까.

"두루 평안합시오?"

내가 들어서자 김익훈은 어린 기생 초향을 무릎에 앉힌 채 나를 아래위로 훑어보다가 다시 문서에 눈을 떨어뜨렸다. 부주의하게 들고 있는 문서에 사람 이름이 여러 명 보였다. 그중에서도 눈에 띄는 이름은 남인 이유명과 민영이었다.

"시무가 급하신가봅니다. 기방에 와서도 공사에 여념이 없으시니……"

내 말에 김익훈은 다시 고개를 들어서 나를 힐끔 바라보고 나서 다시 문서에 눈을 집중했다. 내가 그걸 넘겨다보는지 마는지 전혀 마음에 두지 않는 것 같았다. 아니, 볼 테면 보라는 식이었다. 나를 우습게 알거나 가지고 있는 문서의 내용이 중요치 않거나였다. 아니, 또 하나의 경우는 그런 식으로 슬쩍슬쩍 살생부를 흘리는 편이 뇌물이 들어오게 하는 데 유리하게 작용할 수 있다는 것이었다. 그렇다면 김익훈은 결코 바보가 아니었다. 글을 모르면서 수없이 많은 문관 직사를 맡고 창검을 휘두르고 군사를 지휘하는 법을 모르면서도 여러 도의 병사를 지냈으며 세상을 뒤엎는 책략과 심모원려, 수많은 사람의 생사가 서리서리 얽혀 있는 역모 사건을 해결하는 데 공을 세워 공신이 된 사람이 바보일 리가 없었다.

"네가 이 집의 주인이냐?"

김익훈이 문서를 품속에 갈무리하고는 비로소 장죽을 쥐었다. 초향이 그에게 담뱃불을 붙여주었다.

"그러합니다. 미천한 소생 대감께 문안드리옵니다."

김익훈은 절을 올리는 나를 똑바로 보지도 않은 채 "여기가 연전에 조이수 같은 탁남의 무리가 드나들었던 곳이라고 들었다. 듣던 것보다 제법 으리으리하구나" 하고는 누르께한 굵은 가래를 돋우어 타구에 뱉었다.

"조이수는 그예 더 버티지를 못하고 얼마 전 사사되었지요? 인생은 일장춘몽이니 으리으리한들 뭐하겠습니까. 금준미주에 옥반가효가 아무리 대단한들 하룻밤 지나면 다 쉬어지더이다."

"조이수는 숨겨놓은 돈 덕분에 명이 천수에 비해 길었어. 이제 더 짜내봐야 똥물밖에 나올 게 없으니 죽여버린 것이지."

김익훈은 자못 당당했다. 속이 쓰려왔다. 조이수는 사오 년 이상을 함께 얼굴을 마주하던 사람이었다. 잘 속이고 계교가 많은 사람이라 하지만 미운 정 고운 정이 다 들었다. 그러나 지금에 와서 어쩔 수가 있겠는가.

"역관에게서 군약신강이라는 말을 들어서 옮긴 죄라 합니다만."

"모두가 다 한통속이라 나온 참람한 말이 아니겠느냐. 죽어 마땅한 버러지 같은 것들이었다. 이제 삼복 가운데 가장 쓸모없던 복평군만 남았으니 남인들의 세상은 영원히 되돌이킬 수 없으리라."

"옥당과 대각의 젊은 관리들이 조이수를 역관과 함께 자세히 물어서 처분해야 한다 했다가 체직을 당했다 들었습니다만. 수찬 박태보가 먼저 역관부터 형문해야 한다 했고 대사간 윤지완이 조이수를 구하려다 자리에서 떨려났다지요."

"무지한 기생방 주인이 아는 척하는 게 자심하구나. 내 너희가 잡아끄는 대로 여기에 못 이긴 체 들어온 것이 너 같은 파락호와 심심파

적이나 하며 기생들 냄새나는 속곳 구경을 하자는 게 아니었다."

갑자기 기운이 부쩍 솟아났다. 나를 파락호로 불러준 사람은 실로 오랜만이었다.

"근자에 검계니 살주계니 하는 강호의 비밀 방회가 준동을 하고 도성 안에서 명화적이 날뛰며 호랑이까지 기승을 부리는 판인데, 비밀 방회의 근거지가 바로 이런 기생방이나 교외의 여각, 절간 같은 데라고 알고 있다. 바로 여기가 도적놈의 소굴이요, 네놈이 바로 그 와주窩主, 도적떼나 노름꾼의 우두머리가 아니더냐!"

마지막 말을 고막이 터져라 소리를 질러 겁박을 하려 했다. 내가 깜짝 놀라는 체하면서 목소리를 최대한 낮춰서 "아차차, 잘못 짚으셨습니다" 하고 들릴 듯 말 듯 하게 소곤거리니 김익훈의 머리가 절로 딸려왔다.

"뭐라 했느냐?"

"조선에서 가장 빼어난 미색과 미주, 성색을 누릴 수 있는 환희의 소굴이지요. 단 돈이 있으면."

김석주와 김익훈이 도성은 물론이고 돈이 많이 도는 평양, 전주, 동래, 개성, 강화, 의주에 이르기까지 광범위한 기찰을 해오고 있다는 것은 더이상 비밀이 아니었다. 명목은 남인들의 준동을 사전에 차단한다는 것이었으나 실상은 자신들에게 이익이 될 만한 것을 남보다 먼저 챙기려는 것이었다. 남인들은 숨을 죽이고 목을 뺀 채 전전긍긍하면서 처분만 기다리는 상태였다.

"이 방은 조선에서 국부 칭호를 듣는 사람들이며 조정의 고관대작들, 궁가의 재물을 경영하는 집사와 국경 근처 무역이며 인삼 거래가

성한 곳의 지방 수령이나 장신들이 천금을 들고서라도 한번은 다녀가기를 소망했던 곳입니다. 하지만 아무나 받아들였더라면 어찌 이곳이 조선 최고의 기생방이라는 이름을 얻을 수 있었겠습니까?"

내 말은 거짓이 아니었다. 초향이 김익훈의 수염을 어루만지는 동안 그는 짤따란 담뱃대를 털었다. 속으로는 웃음이 생겨났으나 무릎을 꿇은 채로 공손히 아뢰었다.

"하지만 예학과 문장, 지조와 충렬로 뭇사람의 존경을 받는 당세 제일 명문가의 기린아에 천하의 영웅호걸인 대감께 어찌 감히 냄새나는 구린 돈을 받고서야 문을 열겠습니까. 오늘부터 이곳은 오직 대감 한 분을 위한 기생방이 될 것이니 오래오래 있어주셔서 저희의 광영을 더 크게 만들어주시리라 믿사옵니다. 어찌 이제야 오셨는지 만시지탄이올시다."

김익훈은 재산과 문벌, 벼슬 등 가진 것이 누구 못지않게 많으면서도 공짜라면 사족을 못 쓰는 병통이 있었다. 집에 만금을 쌓아놓고도 남의 것을 더 빼앗아와야 했고 남의 떡이 더 커 보이는 것을 참아내지 못했다.

김익훈은 보사공신이 되었을 때 허적의 집을 물려받았다. 역적의 집 가운데서도 가장 실속이 있으리라 하여 공신들이 모두 탐을 내던 집이었다. 하지만 죽기 전 허적은 심복을 시켜서 대부분의 값나가는 물건을 미리 빼돌렸다. 앞날을 기약할 수는 없지만 그렇다고 자신이 수십 년 동안 모아들인 보물과 황금이 서인들의 뱃속으로 홀딱 다 들어가게 할 생각은 없었던 것이다. 허적이 죽은 이후에 영남과 강원, 함경도 등지에서 큰 부자까지는 아닐지라도 알부자 소리를 듣는 사람

수십 명이 갑자기 생겨났다. 그들은 과거에 장사니 광산, 염전, 어살 등으로 떼돈을 벌었노라고 둘러댔지만 실상 허적의 집에서 도피한 종복이나 사돈의 팔촌까지의 먼 친척, 마름들이었다.

김익훈은 허적의 집 곳간 바닥에서 물이 나도록 파대도 기대했던 재물과 보물이 나오지 않자 이웃에 사는 백성들의 고혈을 짜낼 작정을 했다. 허적의 집이 역적의 자산으로 적몰되어 자신에게 하사되기 직전까지 그 집의 지붕 기왓장을 이웃들이 멋대로 가져가서 제집을 수리하는 데 썼는데 이는 국법에 어긋나는 행위라 하여 도로 가져다 놓게 한 것이다. 문제는 그 양이 백성들이 몰래 가져간 기왓장의 몇십 배에 이른다는 것이었다. 백성들은 각자 자신의 죄를 면하려고 더 많은 기와를 가져간 사람을 지목했다. 그런 방식으로 한 동네의 기왓장이 거의 동나는 지경에까지 이르렀다. 김익훈은 지붕과 마당에 첩첩이 쌓인 기왓장을 자신의 집에 갈을 기왓장이 없는 백성들에게 팔아서 제법 큰돈을 벌었다.

경신년의 옥사로 권력과 재물이 남인에게서 서인으로 옮아오는 와중에 제일 많은 몫을 챙겼다는 말을 듣는 사람이 김익훈이고 자신이 역적으로 몰아 처단한 사람들의 첩과 여종을 제집에 그득하게 데려다 놓고도 기생방을 돌며 공짜 여색을 찾는 사람이 김익훈이었다. 김석주는 그런 김익훈을 이용하여 제 마음에 들지 않는 사람과 적대 세력을 손쉽게 처치하려 했고 김익훈은 그 결과 떨어지는 콩고물 생각에 김석주의 수하처럼 일했다.

김석주에게는 남인 출신의 김환이라는 재빠른 심복이 있었다. 김환은 삼복의 변에 연루되어 처형된 조성창의 천첩 딸이 아내였으므로 그 약점을 가리기 위해 물불을 가리지 않았다. 김석주가 용산에 사는 남인 허새, 허영의 집을 알려주고 그들에게 역모를 할 의사가 있는지 떠보게 했고 유명견에게도 전익대라는 자를 붙여 동정을 살피게 했다. 김석주가 청국에 사신으로 나가면서 김익훈에게 그 일을 맡겼는데 김익훈이 김환을 불러서 어서 역모를 고변하라고 강요하니 김환은 전익대에게 함께 고변하자 했고 전익대는 유명견에게 아무런 혐의가 없다고 거절했다. 이에 김익훈이 전익대를 어영청에 잡아 가두고 김환이 고변을 하여 허새, 허영이 역적으로 처단되었다. 나중에 돌아온 김석주가 국청의 신문을 맡은 위관이 되어 김익훈에게 "아방兒房, 궐내에서 대궐을 지키는 장수가 머무는 장소에 가서 밀계를 하면 임금의 지시가 국청으로 내릴 것이니 그때 내가 알아서 조처하겠다"고 했다. 김익훈이 "나는 글을 모르는데 어찌 임금께 아뢰는 말을 쓸꼬" 하니 김석주가 대충 초안을 잡아서 편지 봉투에 적어주었고 곧 전익대를 국문하라는 왕명이 내렸다. 그 결과 김석주와 김익훈을 비롯한 과격한 서인들은 상대와 공존하려 하기보다는 아예 멸절시키는 쪽을 택함으로써 일마다 무리한 궤계를 남발하게 되었고, 장차 스스로의 멸망을 재촉게 하는 원인이 되었다.

왕이 등극한 이후 있었던 다른 역모와 마찬가지로 김석주와 김익훈이 주도한 세 건의 역모 사건壬戌三告變은 태산 명동에 서일필 격으로 끝났다. 고변 셋 중에 단 하나만이 사실에 부합되니 역적 허새 등을 손톱으로 파리 몇 마리 눌러 죽이듯 쉽게 토멸하고 정창도 등 무명지배들을 유배에 처했다. 그나마 이름이 알려진 남인 민암 등 다섯 사람은 죄가 없음이 밝혀져 석방되었다. 무고를 한 김중하와 전익대는 삼천 리 유배를 가게 되어 역모와 관련된 사람을 통틀어 가장 무거운 형벌을 받았으니 역모의 체모가 말이 아니었다. 영상 김수항이 역옥을 잘 다스리지 못했다고 개탄할 정도였고 이는 왕의 위신에도 심각한 손상을 가져왔다. 어떻게든 처분을 해야 했다.

내가 김익훈을 공짜를 미끼로 운향각에 붙들어 앉히고 사흘 내리 미주와 미인, 달콤한 노래와 절묘한 춤, 산해진미로 온몸이 노글노글해지게 만드는 사이 박태보의 형 박태유, 박태보의 친우 유득일이 함께 소를 작성해서 승정원에 올렸다.

—김익훈의 마음과 계책은 음험하고 비밀스러우며 절조는 헤아리기 어려워 위로 조정 신하들부터 풀옷 입은 아낙네, 걸어다니는 마소에 이르기까지 깊이 미워하고 질시합니다. 김익훈은 예전부터 간악하고 오래 묵은 음험함을 가지고 있어 역모의 증거를 조작하고 옥사를 크게 벌여 공과 상을 바라는 것이 명백하니 절도로 귀양을 보내시옵소서.

소가 탑전에 도달한 걸 확인하고 나서야 술과 환락에 취해 혼절하다시피 한 김익훈을 자신의 집 안방까지 편안히 모시게 했다. 물론 그것도 공짜였다.

그때부터 김익훈의 처벌에 관해서 격렬한 논란이 일어났다. 조정 내 노장층과 소장층의 의견이 확연히 갈렸다.

모든 사람이 서인의 가장 높은 어른인 송시열의 입을 바라다보았는데 처음에는 송시열이 소장층의 의견을 지지하는 듯하여 젊은 벼슬아치들과 재야의 선비들이 송시열을 찬양하고 따랐다. 마침 송시열은 한성으로 상경한 뒤 병에 걸려서 외부 손님을 받지 않았다. 김만기,

김만중 형제만이 밤낮으로 곁에서 간호하며 숙부 김익훈이 오해를 받고 부당하게 공격을 받고 있다고 극력 변호했다. 병석에서 일어난 송시열이 젊은 무리들이 지나치게 격렬하여 실제 죄를 지은 역모의 무리를 벌하기보다 공을 세운 김익훈을 죽이는 데 더 힘을 쓴다는 말로 박태유, 유득일 등을 준엄하게 질책했다. 좌상 민정중, 국구 민유중 형제는 이 일에 대해 스승과 의견이 다른 것 때문에 사이가 다소 멀어지게 되었다.

이로써 서인 내에 두 세력이 생겼으니 이를 두고 노론老論, 송시열의 편과 소론少論이라 했다. 소론은 조지겸, 최석정, 오도일, 한태동, 박태보, 박태유, 임영, 서종태, 유득일 등 여러 젊은 사람이고, 노론에는 이선, 이수언, 이이명, 이여 등이 있었다. 김석주 등 뿌리깊은 훈척과 송시열과 가까운 선배들은 대체로 노론의 편을 들었고, 소론을 돕는 자는 박세채, 이상진, 남구만, 윤증 등 여러 사람이었다.

소론의 혈기왕성한 젊은 관료와 선비들은 '노론은 훈척을 끼고 사람들을 모아 세력으로 억누르며 청의를 가진 자를 아주 말살하려 하므로 이제 송시열을 다시 선비로 여길 수 없다'고 강력히 비판했다. 송시열로서는 결코 단 한 마디도 용납할 수 없는 도전이었다. 그러거나 말거나 나 같은 사람은 이처럼 복잡하고 시끄러운 세상이 좋은 것이었다.

어떤 세상에서도 먹고살 사람은 살아야겠기에 흉년에 신음하는 나라와 백성을 진휼하기 위해 왕이 내수사에서 은 천 냥, 명주 오십 필을 호조에 내리고 연말에 진휼청에다는 은 천 냥, 후추 백 말, 단목 천 근, 백반 삼백 근, 호피 열 장을 주게 했다. 호피를 가지고 무슨 진

흉을 할까 싶어 진휼청에서 되사가지고는 내 집에다 깔았다. 물론 내가 깔고 앉으려는 게 아니고 왕이 미행을 나왔을 때 쓰게 하려는 것이었다.

## 57장 숨은 거상

"지난번에 오라버니께서 데려오신 술사가 제 팔자에는 '대인난待人難, 사람을 기다리는 고통과 안타까움'의 수는 없을 것이라 하였어요. 오지도 않을 사람을 기다리며 괴로움을 참느니 제가 찾아 나서겠어요. 오라버니가 도와주신다면 어떤 일이라도 성사시켜보겠습니다. 그분이 오지 않은 것을 후회하게 만들 터예요."

장옥정이 제집에 나를 청하고는 강희제가 직접 차밭을 가꾸고 차를 만들어 마실 정도로 좋아한다는 중국의 항주산 용정차 한 잔을 내온 뒤 입을 열었다. 오래도록 별러온 말 같았다.

궁궐 내부는 장옥정을 사이에 두고 왕과 대비 사이에 벌어진 냉전으로 매일이 미끄러운 살얼음판 같았다. 중궁전에서 대비에게 장옥정을 궁 안에 들여올 것을 청했다가 거절을 당한 일은 결과적으로 왕이 미행을 해서라도 장옥정을 만나러 오는 일을 크게 줄였다. 그게 중궁의 계획이었다 한다면 중궁은 상당한 지략과 현명함을 갖춘 사람이었다. 과연 동춘당 스승의 외손녀라 할 만했다.

"내가 뭘 해주기를 바라느냐? 네게는 국중거부인 친척들에 외가까지 거부들이 드글드글하건마는 굳이 나 같은 학문 없고 무식하고 물정 모르는 파락호에게 뭘 바라는 것이냐?"

장옥정은 만면에 웃음을 피웠다. 방안이 환해지는 것 같았다.

"오라버니는 처음 보았을 때부터 예사 분이 아니라는 것을 알았어요. 그때보다 거짓말이 훨씬 더 고명해지셨군요. 눈도 깜짝하지 않고 하루종일 거짓말을 주워섬기는 것이나 불쌍한 사람을 보면 저절로 도움의 손이 뻗어나가되 그 선행을 남들이 알아보는 것을 꺼리는 천성은 이미 세상에 드문 것입니다."

"네가 나를 들었다 놨다 하다가 어디에 팽개치려고 하는지 모르겠다."

아직 나이 스물세 살, 아이도 낳지 않고 정식 혼례도 치르지 않았으며 힘들다는 시집살이도 겪어보지 못하여 장옥정은 처녀나 다름없었다. 그러나 장옥정은 남달리 명민하고 열 길 물속보다 깊은 사람 속을 꿰뚫어보는 눈이 있었다.

"제 집안의 남자들이 모두 역관 아니면 무과를 하였는데 저는 여자의 몸이라 집안을 돌보고 후손을 양육하며 가내의 어른들과 남편을 받드는 일 외에는 다른 할 일이 없습니다. 제 낭군은 오라버니가 아시는 바이지만 언제 다시 뵙게 될지 알 수 없으니 제 신세는 청상과부나 다름없지요. 듣자 하니 시정에서는 과부들이 술청을 차리되 내외를 하여 손님을 직접 대하지 않고 술과 음식을 팔아 호구를 한다 하더이다."

"허허, 내외술집 말이렷다? 그런 일이라면 내 어린 시절부터 봐온 터라 누구보다 잘 안다. 그렇지만 너는 지존의 여인인데 내가 너를 술청 주모가 되게 하고 살기를 바랄 수 있겠느냐?"

장옥정은 흰 손을 뻗어 소매를 걷어붙였다.

"제 손을 보시어요. 이 손은 지금까지 제 낭군을 제외하고는 어떤 사람의 손도 닿지 않았습니다. 이 손을 시정의 뜨내기들에게 함부로 잡히게 할 듯싶습니까?"

내 손이 절로 그쪽으로 뻗어가는 것을 간신히 억제했다. 그녀의 손은 여전히 흰떡처럼 찰지고 부드러워 보이는 것이 꿈속에서라도 한번 잡아보고 싶기도 했다. 굵은 침을 목에 넘기고 나서 물었다.

"그래서 뭘 하자는 것이냐?"

"기왕 상역의 딸이라는 말을 들었으니 장사치로 나서보겠습니다."

"장사? 무슨 장사를 말하느냐?"

"오라버니의 할머님이 한양과 조선 팔도를 울리는 대고이자 여걸이라고 자랑하셨지요. 저도 그 할머님의 뒤를 따라가렵니다."

"할머니는 원래 신분이 기생……은 아니었지만 그쪽으로는 문리가 훤하였던 분이란다. 수십 사내들을 한꺼번에 상대하면서도 눈 한 번 깜짝하지 않았지. 오히려 사내들이 시중의 호랑이인 양 공경하고 두려워했다. 그런데 너는 어려서 궁에 들어갔다가 세상에 나가보지도 않았으니 할머니와는 처지가 많이 다르다."

장옥정은 몸을 앞으로 기울여 내게 다가왔다.

"그러니 제가 오라버니에게 이렇게 간절히 부탁드리는 게 아니겠어요? 오라버니에게는 타고난 영웅호걸의 국량이 있고 거만의 부를 물려받으신데다 제 낭군까지 등에 업고 있으시니 세상 누구보다도 큰 힘을 가지고 계시지요."

"듣기는 좋은 말이다. 허망한 말이기도 하고."

장옥정은 계획해둔 바가 있는 듯 거침이 없었다.

"지금 이 나라에서 크게 장사를 벌이려 하면 종로의 육의전 외에 무역과 칠패, 삼개, 배오개, 남대문의 난전에 물건을 풀어먹이는 길이 있습니다. 오라버니가 이미 손을 대고 계신 장빙이나 인삼도 있지만 저는 고관대작과 부잣집에서 소용이 되는 고급스럽고 값비싸고 가벼우며 작은 물건을 취급해보려고 합니다. 제게는 궁궐 상의원의 옷가지나 수라간의 기명들도 별반 눈에 차지 않았습니다. 분명히 세상 어느 곳에는 빼어난 실력을 가진 장인들이 만드는 세상 하나밖에 없는 물건들이 있습니다. 앞으로는 그런 물건들로 장사가 될 것입니다. 각 지역의 공물을 바치는 법이 대동법으로 바뀌면서 백성들의 고생은 줄어들었지만 장인들이 만드는 물건들도 팔 곳이 막혀 어려움을 겪고 있는데 이들을 제 편으로 끌어들이기는 쉬울 듯합니다."

"그런 물건들을 알아보는 안목 또한 중요하다. 또한 그런 물건을 찾는 시속의 흐름이며 그 흐름을 바꿔 타는 게 어떤 것인지 알고는 있느냐?"

장옥정은 대답 대신 웃음을 지으며 다탁 아래에서 한자와 한글, 그림이 뒤섞인 책자를 한 권 꺼냈다. 장현의 필체도 있었고 조도사의 것도 있었으며 변씨 집안의 것도 들어 있었다. 물론 육의전 시방市房, 시전 상인의 점포에서 면포를 팔고 있는 외숙 윤정석의 것도 있었는데 남들에게, 내게조차 발설하지 않은 장사 방법이 비밀스러운 요결처럼 적혀 있었다.

"네가 나를 찜쪄먹을 작정을 한 게로구나. 이토록 준비를 미리 하였으면 장사 밑천을 구하기도 쉬웠을 터, 굳이 내게 부탁을 하는 이유가 뭔지 궁금하구나."

"저는 오라버니가 별감과 별좌에 머물러 있는 이유가 궁금하여요. 오라버니는 창공의 신룡처럼 훨훨 자유롭게 우주를 노닐 분이신데 조선이라는 답답한 나라의 파락호연하면서 납작 붙어 계시지요. 그 이유를 말씀해주시면 저도 굳이 오라버니께 강청을 하는 연유를 말씀드리지요."

나는 손을 홰홰 저어 담배 연기를 흩뜨렸다.

"그만두자꾸나. 부질없는 소리로다. 인생은 길어봐야 백 년, 떠도는 삶이란 한낱 꿈과 같은 것을."

"이태백의 시로군요."

한마디도 지지 않는 아이였다. 장옥정은 내가 가진 재물 가운데 절반을 던져도 아깝지 않을 기화였다.

그로부터 불과 며칠 뒤 장안에서 제사에 소용되는 과일과 갓을 만드는 데 쓰는 말총의 씨가 말랐다는 소문이 돌기 시작했다. 가격이 수십 배로 폭등하였지만 백성들 사이에서는 아무런 동요가 없었다. 백성들은 제사에 주로 소용이 되는 과일이나 머리에 쓰는 갓이 굳이 필요하지는 않았던 것이다. 사대부가와 양반들이 손 하나 까딱하지 않고 벌어들인 돈이 축났을 뿐이었다.

말총은 패물로, 노리개, 비단으로, 명장의 명품과 귀한 음식물, 서책, 벼루, 서화, 향초, 최고급 차로 품목이 바뀌어가며 이전까지는 없던 화려한 시장을 만들어냈다. 적은 양이 유통되는 고급스러운 물건이나 사치품을 매점매석하여 폭리를 얻는 방식의 장사는 그뒤로도 몇 년에 걸쳐 되풀이되었다. 안목과 식견이 없이는 아무나 할 수 없는 것이었으므로 돈 버는 사람은 따로 있었다. 그 때문에 억만금을 벌었다는 부자의 정체는 내내 가려져 있었다.

# 58장 본색

신유년 4월 5일, 가뭄의 대비책에 관해 수찬 박태손이 상소했다. 박태보와 먼 친척이 되고 같은 항렬의 인물이라 주목을 하고 있던 차였다. 유학 출신이 가뭄에 관해 뭘 알까 싶었는데 역시 반백 년 넘게 농사를 지어온 농부들은 꿈에서도 생각지 못할 의견을 내놓았다.

—가뭄을 걱정하여 스스로를 돌아보고 삼가는 방도에는 기도, 소결疏決, 죄수를 너그럽게 처결함, 구언求言, 널리 어진 선비의 의견을 구함, 감선減膳, 임금의 수라에서 반찬의 가짓수를 줄임, 철악撤樂, 행사에서 음악을 뺌, 피전避殿, 근신하는 뜻으로 임금이 궁궐을 떠나 행궁이나 별서로 옮김 등 오로지 대여섯 가지뿐입니다. 옛날에 이로 인해 비가 온 적이 많았습니다. 이것 말고는 다른 방도가 없으니 이제 마땅히 시기를 맞춰서 거행함으로써 하늘의 노여움을 돌이키도록 하소서. 근래에 풍속이 날로 화려해지고 사치가 습성을 이루었으니, 대개 이는 위에서 좋아하는 것을 아래에서 따라 하여 그리된 것입니다. 삼가 바라건대 지난 일을 깊이 살피셔서 폐습을 통

렬하게 혁파하시며 이미 검약하게 하고 있다고만 말씀하지 마시고 더욱 참고 절제하게 하시고, 궁중에서 사치를 못하게 하고 있다고만 말씀하지 마시고 더욱 검소한 덕을 넓히소서.

이에 왕이 도탑고 부드럽게 답을 내렸다. 그렇게 조정은 잘 돌아가고 있었다.

여름에는 왕이 영중추부사 송시열과 박세채, 이상, 윤증을 출사케 하려고 벼슬을 내려 불렀으나 모두 사양하고 오지 않았다. 며칠 뒤 옥당 관원과 야대를 했는데 시독관을 맡고 있던 박태손이 송시열, 박세채 등 지방에 있는 여러 유현들을 다시 부르도록 청했다. 왕이 '마땅히 더욱 정성과 예를 더하여 초치해 맞을 것'이라고 답한 뒤 물러나려는 신하들을 만류하고 술과 안주를 내렸다. 왕이 나이 비슷한 젊은 신하와 영명한 언관들을 철두철미 자기 사람으로 만들고 싶어해서였다.

"그러려면 술을 먹이면 됩니다. 술 취하면 본색이 다 나오니까 제대로 된 인물인지 소문만 요란한 빈 수레인지 알아볼 수도 있지요."

전날 내가 한 충고에 따른 것이었다.

내관이 왕명에 따라 술잔을 돌렸다. 왕이 잔을 앞에 두고 앉은 신하들에게 "술을 같이 마시면 서로 한집안 사람처럼 화기가 풍성해지니 효종대왕 때에 자주 야대를 하여 술을 내리신 것은 이 때문이었다. 비록 술을 마시고 실수하는 일이 있다 하더라도 마땅히 관대하게 용서할 터이니, 제신들은 각각 자신의 주량에 맞추어 모두 마시라"고 했다.

북벌을 꿈꾸던 효종 임금은 무인들끼리 그러하듯 신하들에게 자주 주연을 베풀며 호연지기를 함양하곤 했다. 태조의 호방한 무인 기질을 물려받은 태종, 세조 임금 또한 자주 그리했으며 야인으로 반정을 통해 왕이 된 인조 임금도 신하들과 자주 술자리를 가졌다. 왕은 태종과 효종 임금을 특별히 숭상하고 존모하는 마음을 드러내고 싶은 나머지 주연부터 본받으려고 했다.

술이 한 사람의 예외 없이 여덟 순배가 돌자 신하들이 체통을 잃고 주정을 부리기 시작했다. 박태손이 우는소리를 하며 "부디 저를 외직에 보임시켜주셔서 여든 살이 된 외조모를 봉양할 수 있도록 해주십시오"라고 한 게 시작이었다. 이진환이 혀 꼬부라진 소리로 "국법에 부모 외에는 봉양을 위하여 걸군乞郡, 외직에 나가기를 청원하는 것을 할 수 없으며 임금 앞에서 울음소리를 내며 애절하게 말하는 것 또한 격식에 어긋나는 일입니다. 청컨대 해당 관서로 하여금 박태손이 범법한 사실을 엄히 따져 묻게 하십시오" 하니, 왕이 웃으면서 답했다.

"술을 마신 뒤에는 평상시와 다르니 그리 따지지 말라. 시독관의 사정이 가엾으니 특별히 원하는 대로 허락하겠소."

밤이 깊어서야 자리를 파하였다. 이는 송시열이 자주 옥당의 관원을 야대하라고 권한 것에 따른 것이기도 했다. 그게 생각이 나서인지 왕은 며칠 뒤 사관을 송시열에게 보내 따듯하게 유시하고, 사관이 되돌아와서 송시열의 병세를 아뢰자 어의에게 약물을 가지고 가서 보살피도록 명했다.

이토록 군신 간에 아름다운 정의가 쌓여가던 신유년이 저물어가던 12월 20일, 홍문관 교리 박태보가 뇌성벽력과도 같은 소를 올렸다.

—가만히 보건대 성상께서는 춘추가 한창 젊으신 까닭에 학문에는 몹시 충실치 않으십니다. 혈기의 작용은 빨라 일의 쉬운 점만 보고 어려운 것은 잘 보지 않으십니다. 일의 시초만 염려하고 그 종말을 생각

하지 않으며 사체의 경중을 살피지 못하고 매사에 지나치게 과감하고 빠르게 시행하십니다. 신의 망령된 생각으로는 이런 병통이 제거되지 않으면 반드시 조정 정사에 방해가 될 것이니 크게 염려가 됩니다. 오늘날 신하들은 식견이 좁고 적어서 전하께서 겸손함을 숭상하고 신중하도록 하는 도리를 깨닫도록 할 생각은 하지 않고 갑자기 문묘에 종사된 선유先儒를 배척하여 내쫓도록 하고 중대한 법례를 훼손시키도록 하였습니다. 전하께서 바로 붓 한 번을 놀려서 옛 법식을 없애시면서 이를 조금도 어렵다 여기지 않으시니 그 행동거지를 보는 이들이 심한 의구심을 나타내고 있습니다. 이런 폐단이 점차로 자란다면 한 가지 일이 잘못되는 데 그치지 않을 듯하여 신은 실로 두려워합니다. 이조 판서 이단하는 지난 갑인년에 지어 올린 현종대왕의 행장에 예론의 시종을 자세히 보충하라는 어명에 따라 임금에 대한 두려움으로 스스로 지켜야 할 바를 잃어버리고 하지 말아야 할 말을 써넣어서 이미 중론의 배척을 당한 바 있습니다. 또한 전하께서 여양부원군 민유중에게 그대로 병조 판서의 직임을 맡도록 하셨는데 이는 외척이 정치에 간여하는 폐단을 열게 되는 것이므로 대신과 삼사가 함께 힘껏 간쟁하여야 마땅합니다. 그런데 이단하는 사헌부의 수장으로서 잘못을 바로잡아 자신의 직임을 다하려고는 하지 않고 오히려 민유중을 위해 따로 한 관서를 설치하도록 청하면서 '이 자리는 법전에 기재되지 않았으니 국구가 차지하더라도 불가할 게 없습니다'라고 하였습니다. 이것은 남의 이목을 가리고 그저 위아래 사람들에게 잘 보이려고 하는 의도에서 나온 것으로 대체로 그가 일을 처리하고 의논하는 시말이 이와 같습니다. 그럼에도 주상께서는 지금 바로 그를 재상의 반열에 발탁하여 총재冢宰, 이조 판서의 중대한 임무를 맡기고 인사를 하도록 하셨으니 세상 사람들이 부적절하다고 여기고 있습니다. 오늘날 간관의 자리에 있는 신하들은 가만히 있으면서 이단하를 탄핵하지도 않고 물러나게 하지도 못하였습니다. 전하의 눈과 귀가 될 임무를 맡은 자들이 귀가 멀고 벙어리가 된 것이니, 어찌 한심하다 하지 않을 수 있겠습니까?

상소가 올라올 경우 왕은 보통 짤따란 비답을 내리는 법인데 이때에는 특별히 긴 전교를 내렸다.

—재앙과 이변이 겹쳐서 덮쳐오고 국가의 형세가 위태로운 이때에 비록 대소 신료가 모두 공경하고 합심하도록 힘을 다하게 하더라도 화란을 이겨내지 못할까 두려운데, 하물며 억지로 있지도 않은 죄로 안건을 만들어 조정의 불안을 야기할 수가 있는가? 박태보가 조정을 가볍게 여기고 공의를 멸시한 죄는 바로잡지 않을 수 없으니 먼저 직책을 파면하고 앞으로도 서용하지 말라.

박태보는 파직되고 이단하는 후배에게 잘못을 지적당한 것을 부끄럽게 여겨 자리에서 물러나 고향으로 돌아갔다. 이 일로써 박태보의 깐깐하고 물불 가리지 않으며 비판할 것은 누구도 가리지 않고 비판하는 성벽이 천하에 알려지게 되었다. 상소의 내용에 비하면 그만한 정도로 수습이 된 게 다행이라고 나는 가슴을 쓸어내렸다.

마침 박태유, 박태보 형제의 아버지 박세당이 아들들을 경계하는 편지를 보내 '남을 보거든 삼가 침묵하고 말할 때에는 번잡스럽게 하지 말 것이며 시사적인 문제의 시비를 가지고 한마디도 하지 마라. 이것이 후회와 근심, 욕됨을 피하는 좋은 방법이다'라고 했는데 불같고 무쇠 같은 두 아들의 성정에는 별무소용인 것 같았다. 위로는 임금에서 송시열, 나는 새도 떨어뜨린다는 여흥 민씨 집안의 두 형제, 이조판서에 올라 자신의 출셋길을 좌우할 수도 있는 이단하를 한꺼번에 언급하고 통렬히 비판한 것은 전례가 드문 일이었다. 왕의 성격이 급하고 일을 서둘며 일의 시말을 차분히 살피지 않고 학문이 부족하다는 등의 지적은 그전까지 어느 누구도 감히 하지 못한 말이었다. 막혔던 것들이 쓸려내려가는 듯 내 속이 잠시 시원하긴 했다. 자칫하면 만인의 미움을 받을 수도 있는 일이어서 마음이 조마조마하기도 했다.

하지만 박태보가 파직이 된 다음날부터 당장 교리 신엽, 수찬 이언강 등이 소를 올려 박태보를 파직하라는 명을 중지하도록 청했고 대사간 이익, 헌납 오도일도 잇달아 소를 올려 박태보를 구하려 했다. 왕은 오히려 지은 죄에 비해 처벌이 가볍다면서 받아들이지 않았다. 영상 김수항이 박태보의 과실을 처벌한 것이 너무 성급했다고 하자 왕은 "박태보는 경연에 참여하면서 한 번도 어려움을 풀 만한 신통한 계책을 올린 적이 없고 단 한 사람의 인재도 추천을 하지 못했소. 그래놓고 지금에 와서 추잡하게 사람을 헐뜯어 마침내 나라가 결딴이 난 뒤에야 그만둘 것이오. 이와 같은 부류를 어떻게 임금에게 논사를 하는 직임이라 하여 내버려둘 수 있겠소?" 하고 답했다. 우상 이상진이 "박태보는 나이가 젊고 의기가 날카로우니, 비록 지나치게 격렬한 말을 하였다 하더라도 잘못을 용납하고 감싸주는 것이 적합합니다"라고 변호하고 수찬 이돈이 박태보의 처벌이 과하다는 소를 올렸으며 해가 바뀐 정초 첫날 사헌부에서 박태보의 파직을 취소할 것을 청했다. 비판의 대상이 된 민정중 또한 박태보를 벌하지 말고 이단하를 다시 불러와야 한다고 했고 여러 신하도 여기에 찬동했지만 왕은 "박태보를 오래도록 버리려는 것이 아니라 한동안 가볍게 제어하려는 것이니 이것이 무엇이 해롭겠는가?" 하고 대답했다. 2월 2일 사헌부에서 다시 박태보의 파직 처분을 도로 거둘 것을 아뢰었는데, 이때에 이르러 비로소 윤허하였다. 이로써 박태보는 생각을 함께한 수많은 지우를 얻었으며 촉망받는 신진기예로서 남달리 우뚝한 모습을 보이게 되었다. 동시에 왕의 가슴속에 분노의 불씨를 하나 남겨놓았다. 그것이 얼마나 크게 자랄지 알 수는 없지만 결코 없어지지 않을 것임을 나는 잘 알고 있었다. 흥정은 붙이고 싸움은 말리랬다고 나라도 나서서 어떻게든 둘을 떼어놓아야 했다.

5월 2일, 대제학 이민서가 독서당에 들 여섯 사람을 뽑았는데 조지겸, 임영, 오도일, 박태보, 이여, 서종태 등이 면면이었다. 독서당은 문신 가운데 문학과 학문이 뛰어난 사람에게 임금이 휴가를 주어 오로지 학업을 닦게 하던 곳으로 한강 두모포 옆에 있어서 호당湖堂이라고도 하고 동호독서당이라고도 했다. 독서당의 하인들이 독서당의 위세를 믿고 백성에게 폐를 끼친다 해서 독사당毒蛇黨이라 부르는 사람도 있었다. 독서당에서 공부하는 사람 또한 호당이라 칭하여 유생 출신 벼슬아치로서는 최상의 영예로 알았다. 호당은 주로 당하관인 문사를 대상으로 대제학과 예조 판서가 선발했다. 독서당을 거친 사람만이 조선의 학문을 대표하는 대제학에 임명될 수 있었으니 독서당에 들어가는 건 일신과 가문의 영광이라 할 만했다.

왕이 호당의 인재들에게 글을 지어 올리라 명하고 사슴 가죽을 내리고 술과 은잔을 내리니 박태보 등이 표문을 올려 은혜에 감사했다.

잠시나마 왕과 박태보 사이에 고요함이 찾아들었다. 그해 겨울에 박태보가 이천현감으로 임명되었는데 조정의 청요직에 있다가 지방의 수령이 된 것은 분명한 좌천이었다. 나는 그게 다행이라고 가슴을 쓸어내렸다. 전송을 하는 자리에서는 '어차피 경력을 쌓는 데는 지방 수령으로서 한 고을을 맡아 임금을 대신하여 주야로 민생을 돌보는 일이 중요한데 이천은 금강산 가기에도 좋고 한성에서 멀지도 않으니 주효를 싸들고 봄가을에 쳐들어가겠다'고 다짐하기도 했다. 박태보 또한 웃는 얼굴로 벗들과 술잔을 주고받았고 전보다는 한결 편안한 신색과 언행을 보였다. 그런데 지방 수령의 과만인 이 년이 지나고 오년이 다 되도록 왕은 다시 그를 불러올리지 않았다. 내가 은근히 언질을 주는데도 주제넘는 짓 하지 말라는 듯 반응하지 않았다. 왕은 자신에게 날아든 돌멩이나 말 한마디를 결코 잊지 않는 사람이었다. 그게 집안 내력이었다.

박태보의 아버지 박세당, 서계 선생은 여러 번 벼슬자리에 추천되고 임명되기까지 했으나 양주의 석천동 은거지에서 나오지 않고 있었다. 내가 이따금 음식과 술을 들고 찾아가면 늘 책상 앞에 앉아 글을 쓰거나 독서를 하고 있었다. 진정한 독서인은 아들이 아니라 아버지였다. 박태보의 형 박태유는 동생보다 뒤늦게 문과에 급제했는데 젊은 나이 때부터 형제가 안진경체를 되살린 명필로 이름이 나서 세상 사람들이 서로 필적을 구해보려고 했다. 그래도 형이 낫긴 나았다.

글씨는 형만 못하고 독서는 아버지만 못하며 식견과 학문은 족숙인 박세채를 따를 수 없고 학문은 양외숙 윤증에, 정사와 시무는 친외숙 남구만에 못 미치지만 그 모두를 능가하는 아름다움을 지닌 사람은 박태보였다. 대전 황촉대의 대초처럼 은은한 향을 내며 고요히 타오르는 촛불과 같은 박태보를 보고 있노라면 배가 고프지도 않았고 마음이 평온했다. 서계 선생은 어떤 글에서 이렇게 썼다.

—사람은 태어나면서부터 정을 갖게 되니 정에는 희로애락이 있다. 이 여러 정들이 마음에 쌓이면 말로 풀어내지 않을 수 없는데, 이 말에 장단과 가락이 있으면 시가 된다. 시는 본래 뜻을 표현하고 정을 말하는 것이니, 정이 흡족하고 뜻이 합당하기를 기약하면 그만이다. 진실로 정교하고 교묘하기를 바랄 필요는 없다.

내가 박태보에 대해 가진 정은 말로 풀어낼 수가 없었다. 나는 그저 속에 쌓인 정으로 앓을 뿐이었다. 그래도 무한히 좋았다. 그때가, 그런 때가.

# 59장 천하무적

그로부터 내 직함도 몇 달이 멀다 하고 바삐 갈리기 시작했다. 정신이 핑핑 돌 정도였다. 왕은 도대체 조정에 이런 관서와 관직이 있었나 싶은 것을 골라서 수시로 이 자리로 보냈다 저 자리로 보냈다 하며 나를 승경도놀이[7]의 말처럼 가지고 노는 듯했다. 막상 그 자리에 가서 일을 하다 재미를 들일 만하면 또 다른 데로 옮기라는 명이 내려왔다. 일단 벼슬길에 들어서서 조용히 실속을 챙기면서 오래오래 살 생각을 하는 관리들은 직임을 옮기는 것을 싫어했다. 어디로 가나 텃세가 있고 경력이나 나이 고하에 관계없이 신참례를 호되게 당하게 마련이었다. 사내를 욕보이는 일 가운데서 가장 으뜸은 후배나 아랫사람에게 깔보이거나 망신을 당하는 것이었다. 자리를 옮기면 어김없이 그런 일을 겪어야 했다.

하지만 나는 그런 걸 별로 상관하지 않았다. 출륙出六, 참하의 품위에서 육품의 품계로 오르는 일을 한 조정의 벼슬아치치고 나보다 더 낮은 신분에서 출발한 사람은 없었다. 할머니가 속량한 관기의 서녀이고 아버지는 할머니라는 양첩의 서자이며 나는 기생방에서 나고 자라 배운 데 없고 잘난 것 하나 없는 홀가분한 신세였다. 그러니 크게 손해볼 일이 없었고 마음이 상할 일도 없었다.

처음으로 옮긴 자리는 종오품 사도시 정이었다. 사도시는 내선內膳, 대궐 내의 음식의 미곡을 수입·지출하는 일을 관장했다. 내수사의 일과 겹치는 부분이 많아서 일은 어렵지 않았다. 아니, 너무 쉬워서 딴짓을 많이 했다. 이조에 속한 사옹원에서는 첨정으로 왕의 수라, 궁중의 음식 등에 관계된 일을 맡아보았다. 지방에서 제수용으로 올라오는 계절별 수확물, 어장에서 걷는 세금도 담당했는데 콩고물이 생기는 것이 심히 많았으나 그걸 앉아서 받아먹는 입도 많아서 음식물인지 뇌물인지를 실어나르느라 마냥 바빴다. 호조에 속한 내자시의 주부로 옮겨가서는 왕실의 창고를 관리하고 왕실에서 사용되는 쌀, 국수, 술, 간장, 기름, 꿀, 채소, 과일, 꽃과 연회의 장식 등도 관장했다. 내섬시는 여러 궁전에 대한 공상과 공경 이상 직급의 신하들에게 주는 술과 안주, 왜인·여진인에게 주는 음식물과 직포 등의 일을 맡는 한가한 관서였다. 여러 대가댁 청지기, 집사며 왜인 들과 낯을 익히고 나서 잘 놀다가 사포서로 전임되었다. 왕실의 채소와 밭을 관리하는 곳이라 괭이와 호미가 손에 제법 익었다 싶을 때까지 자리를 지켰다. 무엇인가 심고 가꾸어 그것이 잘 자라는 것을 보는 기쁨은 적지 않았다. 전생서와 사축서에서는 동물을 키웠고, 사복시 판관으로 가서는 조선의 국마 가운데 명마의 혈통을 가진 것들은 원 없이 탈 수 있었다.

사재감으로 갔을 때가 가장 일이 많았다. 사재감에서는 궁중에서 쓰는 생선, 고기, 땔감, 숯 따위를 관장했는데 각 지방에서 궁중의 잡역을 하게 차출한 기인其人 이백서른세 명이 배속되어 있었다. 기인들은 매일 땔감 쉰일곱 근, 이틀 간격으로 싸리 횃불 열 근을 해내야 했고 이를 선공감의 것과 합쳐서 대전, 대비전, 중궁전 등 각 전과 궁, 관서에 배분했다. 가뭄이 계속되어 산림과 숲, 시장柴場의 초목이 메마르고 땔감을 구하기가 힘들어서 기인들의 고생이 막심했는데, 그래도 이들은 선공감에 속한 기인 구십구 인이 매일 숯 다섯 말 다섯 되를 납입하는 것에 비해서는 고생이 덜한 것이었다. 숯은 땔감보다 불을 훨씬 쉽게 빨리 피울 수 있는 반면 그냥 땔감으로 쓸 나무로 숯을 만들면 원래 나무의 일이 할밖에 되지 않아 양을 채우기가 쉽지 않았다. 그런 일을 해보고 나서야 민생이 어쩌고 충성이 저쩌고 할 자격이 생길 법한데 내 생각에 찬성하는 이는 그나마 박태보와 벗들밖에 없었다.

그 외에도 상의원, 군기시, 예빈시, 종이를 만드는 조지서와 기와를 만드는 와서, 얼음을 만드는 빙고까지 자잘한 관서를 돌아다니면서 첨정, 판관, 정, 부정, 별제, 주부 등등 갖가지 벼슬을 지냈다. 당금 조정에서 나만큼 많은 관서를 돌아다닌 사람은 단연코 없었고 조선 전체로 따져도 유례가 없으리라고 했다. 그러다보니 세월은 홍수가 난 강물처럼 호호탕탕한 기세로 거침없이 흘러갔다.

서인이 노소로 갈리는 와중에도 조정은 송시열을 중심으로 돌아가고 있었다. 조정의 정사에서 벼슬자리를 나누고 여론을 이끌고 민생을 보살피며 외적의 침입을 막는 등 국사는 물론이고 학문과 도덕, 예의 같은 고담준론을 주도하는 것과 법을 정하고 바꾸는 것, 경세제민의 모든 일에 왕보다 송시열의 입김이 더 강하게 작용했다. 조정의 신하와 지방의 수령은 물론이고 일반 백성들과 사농공상, 우수마발에 관련된 만사가 송시열을 통해야만 성패가 결정되었다. 송시열의 한마디에 목이 붙었다 떨어지고 벼슬자리가 있다 없다 하며 사람이 되었다 짐승이 되었다 하니 누군들 송시열의 눈치를 보지 않을 수 없었다. 왕 또한 마찬가지였다.

송시열은 한적한 시골에 머물러 있으면서도 힘이 미치지 않는 곳이 없었다. 도성에 있는 왕은 끊임없이 송시열에게 신하를 보내 안부를 묻고 위로하고 약과 음식을 보내는가 하면 조정에 나와달라고 간절히 불렀다. 송시열은 자신이 하는 일이 없다며 월봉을 받지 않고 받는 것을 모두 산사에 쌓아둔다 하여 청렴함이 칭송되었는데 왕이 특별히 하사하는 좋은 술과 고기, 약재는 모두 받아먹었다.

임술년1682년 9월 말에 송시열이 집을 떠나 도성으로 가는 길에 병 때문에 중도에서 더 나아갈 수 없다고 사직하는 소를 올리니, 왕이 사관을 보내어 휴양하여 천천히 오라고 신신당부했다. 며칠 뒤에는 어의를 보내어 병을 돌보게 하였다. 드디어 송시열이 도성 근처에 도착하니 승지를 보내어 수찰을 내리고 숙배를 면제하고 머물러 있기를 간곡하게 권하는 등으로 법석을 떨었으나 송시열은 곧장 소 한 장을 남기고 표표히 한양을 떠났다. 예조 판서 남용익이 송시열을 쫓아가 가지 말라고 만류했고 왕은 연이어 어찰을 내렸는데 마치 어린아이가 부형에게 가지 말라고 애원하는 것이나 다름없었다. 그러나 송시열은 끝내 부름에 응하지 않고 수원으로 가 곧장 치사致仕, 나이를 이유로 실직에서 물러나는 일를 원한다는 소를 올렸다. 지중추부사 이상진이 송시열의 치사를 윤허하되 더욱 힘써 불러들일 것을 청했다. 송시열이 상소하여 재차 치사를 청하니 사관을 보내어 물러나지 말 것을 당부하였다. 이단하가 "송시열의 치사를 본인의 뜻에 따라 허락하고 따로 도타이 부르소서" 하자 왕이 알겠노라고 대답했다.

11월 3일, 왕이 비국의 여러 신하들을 인견한 자리에서 송시열의 치사에 관해 논의하고 승지에게 송시열에게 가서 편안한 마음으로 도성에 들어오라는 유지를 전하게 했다. 다음날 승지가 송시열의 답을 가지고 돌아왔는데 고향으로 돌아갈 수밖에 없다는 것이었다. 왕이 손으로 직접 쓴 서찰을 보내 거듭 달래어도 끝내 명에 응하지 않았다. 송시열이 있는 여주에 서찰을 가지고 갔다 온 승지가 "송시열이 물러가 쉬도록 윤허하신다면, 자연히 명을 받아들일 생각이 있는 듯했습니다"라고 하니, 임금이 "치사를 허락할 것 같으면 물러가버릴까 두렵고, 치사를 허락하지 않으면 불러오기가 어려울 듯하니……"라고 하였다. 송시열이 물러가 쉬게 하여줄 것을 빌며 『예기』의 글을 인용하여 거듭 청했는데 "근교를 배회하며 차마 멀리 가지 못합니다. 다만 한강 상류에 엎드려 여주 효종 능의 잣나무 그늘에 의지하여 아침저녁으로 영릉을 바라보며 읍궁泣弓[8]의 통한을 달래려고 합니다"라고 했다.

해가 바뀌어 송시열이 조정에 나올 뜻이 있다는 말을 들은 왕이 올라올 때에 충청도에서 말을 내어 호행하라고 명했다. 송시열이 도성으로 올라와서 상소했는데 그 내용이라는 게 자신은 이미 늙었다고 사직을 청하는 것이었다. 왕이 음식을 주라고 했지만 사양하고 받지 않아서 결국 내섬시에 있던 내가 송시열의 집까지 음식물을 수송했다. 비상을 두 냥쭝 넣을까 하다가 말았다.

이처럼 송시열은 지겹도록 사직을 하겠다고 하고 왕은 그것을 만류했다. 그새 송시열은 자신을 존숭하는 선비들을 과거로 뽑았다. 송시열이 여러 신하와 유생들을 앞에 놓고 당 위에 올라가 경전을 가르쳤다. 송시열이 경연에서 수어사를 혁파하는 등 열두 조목의 차자를 올렸다. 왕이 마음에 두고 시행하겠노라고 답했다.

2월에 전라도 부안의 선비 신종제가 배고픔을 참지 못하고 얼음을 깨고 물에 뛰어들어 죽는 일이 일어났다. 송시열이 이에 관해 올린 차자는 이러했다.

—역적 허적이 나라를 맡았을 적에 흉년이 들어 백성들이 굶주린다는 말을 듣기 싫어하였습니다. 그러기에 감사는 허적의 뜻을 거스를까 두려워하고 수령은 감사를 거스를까 두려워하여 백성들이 죽은 것이 몇만 명인지를 알 수 없었지만 제대로 보고하는 이가 없었습니다. 지금은 부안의 수령이 감사에게 숨기지 아니하고 감사가 조정에 계품하였으니 감사와 수령이 그 죄를 면할 만하다 하겠습니다.

왕이 답했다.

—흉년이 들어 백성들이 곤궁하여서 이렇게 놀랍고 비참한 일까지 있으니, 이를 보고서는 울음을 참지 못하겠다. 해당 고을의 수령은 이미 조정에서 참작하여 처리하였다.

백성이 배가 고파 자결하는 참혹한 때에 송시열은 효종대왕을 높여 부조지위不祧之位, 신주를 옮기지 않고 영원히 제사를 지내게 하는 자리로 삼도록 소를 올렸다. 신하들이 일제히 찬성하니 왕이 "효종대왕의 성덕과 신공은 천고에 높이 뛰어났으니, 높여서 세실世室을 삼아 영원히 옮기지 아니하는 것이 실로 오늘날 임금과 신하들이 추모하는 지극한 바람에 맞는다. 예관으로 하여금 이를 빨리 거행하게 하라"고 하여 통상적인 경우를 뛰어넘는 불천위[9] 제사가 이루어지게 되었다. 송시열은 효종대왕의 대군 시절 사부로서 효종대왕 승하시의 불충, 불손함의 의혹을 씻어내는 계기를 만들어냈다.

송시열이 자신을 둘러싸고 소문이 떠들썩하게 일어난 일에 관해 소를 올렸다.

—지금 세상 사람들의 마음이 괴벽하고 비뚤어져서 와전된 참언이 떠들썩하게 여항에 퍼져서 사람들이 좌고우면하며 손을 움츠리고 말을 못하고 있습니다. 노신이 도성에 들어오기 전에 김익훈을 구하기 위해 온다는 소문이 많았지만 그런 일이 없었습니다. 도성에 들어와서는 상평통보의 유통을 금하려 한다고 했지만 돈을 사용하면 남녀가 모두 어려움에서 벗어나고 공적으로나 사적으로 크게 이익이 되는데 제가 왜 그걸 폐지하려 하겠습니까. 그런데도 이러한 말을 지어내어 저자의 백성들로 하여금 이익을 잃게 하였으니, 백성들에게 이보다 더한 해가 있겠습니까?

말미에 다시 치사를 청했는데 왕이 윤허치 않았다.

3월에 왕이 김익훈의 관작을 삭탈하고 도성 문밖으로 내치도록 명했다. 김수항이 김익훈을 위해 애를 썼지만 박세채가 김익훈의 죄를 결단해야 할 것이라고 강하게 주장해서였다. 이전에 김익훈이 장수의 직임에 제수된 것은 김수항의 천거 때문이라는 것을 뒤늦게 알게 되었다.

젊은 사류들은 송시열이 여러 번 죽을 뻔한 고비를 넘기면서 감정과 분노 때문에 전혀 다른 사람처럼 행동한다고 지적하고 김수항은 무르고 나약해서 김석주 같은 훈척에게 휘둘리는 일이 잦다고 비판했다. 그리하여 젊은 사류들이 송시열과 김수항이 아닌 박세채와 윤증 등을 추앙하고 따르게 된 것이었다.

송시열이 마침내 치사를 하고 봉조하[10]가 된 뒤 첫번째 주강에 나왔다. 그 자리에서 처음으로 엄숙하게 왕에게 아뢴 안건이 내수사에 관한 것이었다.

"지난번에 성상께서 사사로움이 없어야 된다는 것으로 대신들에게 권면하셨는데, 이는 반드시 성상께서 먼저 몸소 행하신 뒤에야 신하를 책망할 수 있는 것입니다. 사사롭기로는 내수사보다 더 큰 것이 없습니다. 성상께서 이를 혁파하고 내수사의 재물을 진휼하는 물자로 써야 합니다. 그러한 뒤에야 여러 신하들에게 사사로움이 없도록 요구할 수가 있습니다."

좌상 민정중도 이에 찬동하고 지중추부사 이상진은 "성상께서 송시열을 도성에 머물러 있게 하고자 하면서도 그의 의견을 받아들이지 않으시면 이것이 어찌 어진 이를 머물러 있게 하는 도리이겠습니까?" 하고 압박했다. 왕은 내 눈치를 볼 것도 없이 오래전 조상들이 만든 것을 자신의 대에서 폐하는 것이 불가하다고 했다. 하지만 그뒤에 왕은 두 대비전의 하교를 받들어서 양전 소속인 수진궁과 명례궁에 저장된 물품과 중궁에 소속된 용동궁의 재용을 모두 덜어내어 진휼을 하는 데에 보태게 하였다.

송시열이 누이를 문병하려고 김화에 가자 왕이 어의를 보내어 약과 물품을 전하게 했다. 송시열은 간 김에 고성의 온천에 가서 목욕을 하고 오겠다고 했다. 왕이 이번에는 송시열이 목욕을 하고 나서 입을 옷이라도 하사하지 않을까 싶었다. 그러지는 않았다. 또다른 일로 바빠져서였다.

5월 5일에 윤증이 왕의 부름을 받고 과천에 와서는 감히 왕명을 받들지 못하는 사정을 아뢰는 소를 올렸다. 왕이 승지를 보내어 돈독히 권유하면서 도성으로 들어오게 했지만 윤증이 또 소를 올려 애써 사양했다. 왕이 연달아 사관을 보내 불러오게 했지만 결국 벼슬에 나오지 않고 향리로 돌아가고 말았다.

윤증이 과천에 이르렀을 때 박세채가 가서 만났는데, 윤증이 지금 조정에 출사할 수 없는 이유 세 가지가 있다고 말했다.

—지금 남인의 원한을 풀어주고 화평하게 할 수 없는 것이 하나이고, 삼척三戚, 왕실의 세 외척. 김석주의 청풍 김씨, 김만기의 광산 김씨, 민정중 형제의 여흥 민씨의 위엄과 권력을 제지할 없는 것이 하나이며, 우옹尤翁, 송시열의 세도를 변화시킬 수 없는 것이 하나이다.

윤증의 아버지 윤선거와 송시열은 원래 동문수학한 절친한 벗으로서 윤증은 송시열의 제자이기도 했다. 하지만 윤선거가 윤휴를 당세의 젊은 유학자로 높이 평가하고 송시열에게 거듭해서 화해를 하라고 권한 것이 두 사람 사이를 나쁘게 만들었다. 윤선거가 죽고 나서 아들 윤증이 아버지의 묘에 들어갈 묘갈문을 스승 송시열에게 부탁했다. 이때 송시열이 지어준 묘갈문이 윤선거를 비판하는 논조를 담고 있어서 문제가 되었다. 그로부터 윤증과 송시열 사이에 치열한 논전이 전개되었으니 후세에 이를 일컬어 '회니시비'[11]라 했다.

박세채는 윤증과 헤어져 도성으로 돌아온 뒤 왕에게 송시열과 윤증을 함께 부를 것을 청해 윤허를 받았다. 하지만 송시열은 온천을 한 뒤에 곧바로 집으로 돌아가겠다고 상소하면서 "신이 듣자 하니 박세채가 상소하여 신에게 내린 휴치休致, 늙은 관리가 사직하고 물러남의 명을 도로 거두어주기를 청했다고 합니다. 박세채의 학식으로 갑자기 이와 같은 말을 하니 신이 그런 말이 있기를 바라며 도성 주변을 배회하다가 다시 조정에 들어가기를 도모한다는 비방이 있을까 두렵습니다"라고 했다.

이어 조선을 건국한 태조와 태종의 시호를 더해 위상을 높여야 한다고 주장했다. 아울러 위화도 회군을 명나라에 대한 충성스러운 의거로 태조의 공덕 중에서도 가장 큰 것이라고 찬양했다. 이에 대해 박세채는 전례에 따라서 신중하게 의논해서 결정해야 한다는 반대 의견을 냈다. 이 무렵 사간원 정언 박태유가 소를 작성해서 제출하기 전에 여러 사람에게 보였다. 읽어보니 내용은 대강 이러했다.

—태조와 태종께 추가로 시호를 올리는 것이 얼마나 중대한 일입니까? 조정 상하가 모두 송시열의 건의대로 시행하는 것이 마땅치 않음을 다 알고 있습니다. 서로 눈치를 보고 반대하기를 어렵게 생각하며 자신에게 미움이 돌아올까 두려워합니다. 결국에는 종묘의 중차대한 전례가 여론에 맞지 않는 결과를 가져오게 될 것입니다.

박태유의 소를 읽어본 사람들은 그것이 신상에 큰 화를 불러일으킬 것이니 올리지 말라고 말렸다. 박태유는 서인들의 뿌리가 된 율곡 이이와 쌍벽을 이루는 우계 성혼의 외손 윤선거의 외손이었다. 나 또한 박태보에게 '지금은 때가 좋지 않다. 잠시 기다리라고 하라'고 했다. 박태유는 동생과 마찬가지로 고집이 세서 기어이 상소를 들이겠다고 고집을 부렸다. 송시열이 무슨 소리를 들었는지 길을 왔다갔다하는 중에 소를 올렸다.

—신이 들으니 대간들이 글을 올려서 준엄하게 논척하기를, '송시열이 태조와 태종의 휘호에 관한 일을 함부로 논하였으나 이론을 내세우는 자가 없는 것은 송시열에게 구차하게 잘 보이려고 하기 때문이다'라고 하였다 합니다. 신이 당초에 논한 바는 태조가 다스릴 당시의 춘추대의가 흐려져 아직까지 회복되지 못하기에 원통하고 억울한 마음으로 말한 것입니다. 주자가 말했듯이 국가의 대사는 종묘보다 큰 것이 없는데, 종묘의 예가 잘못되었다면 인정과 천리가 뒤집어지고 어긋나는 것이니, 그렇다면 지금 저의 잘못이 어찌 땅과 하늘 사이에 용납될 수 있겠습니까? 그리고 예를 그르치고 권세를 잡은 것은 신에게 종전부터 있었던 본래의 죄입니다. 속언에 '활에 다친 새는 굽은 나무만 보아도 놀라고, 더위에 병든 소는 밤에 달만 보아도 숨을 헐떡거린다'고 하였으니, 신이 놀라고 두려워하는 것이 이에 더욱 심하게 되었습니다.

이에 왕이 답하기를 "공식적으로 제출되지도 않은 상소의 말 때문에 글을 올려 죄를 기다린다는 말까지 있게 되었으니, 나도 뜻밖이라 무어라 할말이 없다"고 하였다.

우상 김석주가 중재를 하겠다고 나서서 당파의 고질을 척결하고 과격한 소를 올린 신완과 조지겸 등에게 벌을 줄 것을 아뢰었다. 이리하여 오도일, 유득일, 박태유, 조지겸, 한태동 등 소론에 속한 신료들이 대거 지방의 한직으로 밀려나거나 파직되었고 조정의 신진기예들이 된서리를 맞았다. 대사헌 박세채가 이들을 구하기 위해 상소를 했으나 무위로 돌아갔다. 송시열 한 사람의 기염을 만 명이 힘을 합쳐도 꺾을 수 없었다. 송시열은 천하무적이었다. 치사를 하건 말았건, 봉조하가 되었든 말았든, 굽은 나무 아래 병든 소가 되든 말든.

## 60장 안녕하신지를 묻다

왕이 드디어 두역에 걸리고 말았다. 대비가 그리 근심을 하던 일이었고 왕도 어떻게든 피해보려고 한 일인데 즉위한 지 아홉 해만인 계해년1683년 늦가을, 마침내 초대하지 않은 큰손님마마이 궁궐 대전을 침범해왔다. 그나마 다행스러운 것은 왕이 스물셋의 보령으로 신체가 강건하다는 것이었다. 능히 병마를 물리칠 수 있을 것이었다.

여름에 근기 지방에 사나운 호랑이가 횡행하여 경기도 감사에게 각별하게 힘을 기울여 호랑이를 잡게 한 적이 있었다. 그 호랑이보다 무섭다는 마마가 7월부터 도성을 중심으로 무섭게 번지기 시작해서 왕이 7월 25일에 창경궁 저승전으로 이어하고 닷새 뒤 대비가 뒤를 따랐다. 10월 들어 찬바람이 불기 시작해도 마마가 수그러들 기세가 없어서 진사·생원시의 합격자를 궐 밖에서 발표하도록 하고 도성 내의 백성들을 두역이 가라앉을 때까지 안전한 곳으로 이송할 것을 비변사와 한성부에서 의논하도록 했다. 대비가 궁궐 내에서 왕래할 때 두역을 옮기지 않도록 각별히 조심하도록 한글로 교지를 내렸다.

10월 18일 왕에게 감기 증상이 나타났다. 두통이 있었고 메스꺼워했다. 약방의 신하들이 즉시 입진하고 어의가 진맥을 하여 적절한 약을 쓰도록 했다. 다시 약방에서 감기에 잘 듣는 승마갈근탕을 지어 올리되 가시나무 열매와 황령을 각 일 전, 자소엽 팔 푼, 연진 두 첩을 더하여 열기를 발산시키도록 하겠다고 하여 왕이 알겠다고 대답했다.

다음날에는 왕이 세수를 하지 않는 게 좋겠다고 하여 그리하도록 했고 반점이 나타나기 시작하여 대비가 두역을 잘 아는 김석주를 불러 보게 했다. 약방의 신하들이 숙직을 하기 시작했다. 목을 조이는 듯한 긴장이 이어졌다. 왕의 환후가 두역이라는 게 점점 분명해졌다.

두역을 전문으로 다루는 유상이라는 의원으로 하여금 왕의 환후를 돌보게 했다. 영상 김수항과 한림 이현조가 의원과 함께 침소에 입시하고 나머지 사람들은 모두 바깥에서 대기하도록 했다. 내의원 소속 의원 일곱 명을 뽑아 항상 약방에 입직하게 하면서 매번 같이 들어오게 하였다. 약방을 처음에는 시강원과 익위사로 옮기려고 했는데 대비가 "대내에 너무 가까우니, 창경궁의 내병조로 옮겨서 설치하게 하라"고 명하여 그곳에 설치했다. 약을 의논하는 데 내병조가 가깝고 편리하다 하여 그리하도록 했으나 대비의 마음은 다른 데 있었다. 신하들의 눈을 피해 무당 막례를 불러들였던 것이다.

왕실의 제도에 죽음에 임하여 천우신조를 빌기 위해 신에게 기도하는 일은 있었지만 무당을 궁에 불러들이는 일은 유자들이 조정을 차지하고 있는 이상 결코 있을 수 없는 일이었다. 무당이 궐내에 들어오거나 푸닥거리를 하다가 발각되면 왕에게 주어질 타격이 엄청났다. 대비는 그 또한 잘 알았다. 하지만 대비로서는 그렇게 하지 않을 수 없었다.

그믐이 가까운 겨울밤, 자시밤11시~1시가 넘은 한밤중에 대비는 막례가 시키는 대로 오직 홑치마 하나만 입고 창경궁 뒤뜰로 가서 섰다. 막례가 명산대천에서 길어온 물이라며 물동이를 들어서 얼음같이 찬 물을 대비의 몸에 가차없이 퍼부었다. 대비는 안간힘을 써서 쓰러지지 않고 버텼다. 두 손을 연신 비비며 이름 모를 귀신에게 아들 대신 자신이 병을 앓게 해달라고 빌었다. 아들의 병이 제발 자신에게 옮아오게 해달라고, 울면서 빌고 또 빌었다.

북풍한설 찬바람이 부는 가운데 찬물 세례는 물동이의 물이 다 떨어질 때까지 계속되었다. 물이 거의 다 떨어지면 마지막으로 그 물에 머리를 감고 다시 천지신명에게 빌며 호소하는 일이 남아 있었다. 젊고 피 끓는 장한들도 견디지 못할 일이었다. 대비는 온몸을 부들부들 떨고 이를 딱딱 부딕치지 않으려 애쓰며 침소로 돌아가 혼절하다시피 했다.

하지만 그것을 몰래 보고 있던 나는 깊이 감동했다. 왕이 부러웠다. 아들을 위해 목숨을 내던질 수 있는 어머니, 자신의 모든 것을 바쳐 아들을 위해 무슨 일이든 하는 어머니를 나는 까맣게 잊고 있었다. 대비 알기를 저승사자처럼 생각하던 내가 감동을 받았을진대 하늘이 어찌 감응하지 않을까.

왕이 두역을 앓는 동안 대비의 전교에 따라 청성부원군 김석주와 여양부원군 민유중이 나란히 입직을 하게 되었다. 마지막 순간에 민을 사람은 훈척뿐이라는 것이었다. 대비의 푸닥거리를 알고도 모른 체할 수밖에 없는 사람들이었다. 그들에게는 왕과 대비의 안녕과 권위가 그들 자신의 것과 마찬가지일 것이기 때문이었다.

막례의 푸닥거리와 대비의 기도가 시작된 지 이틀 만에 왕의 몸에 곪은 자국이 나타났다. 다음날 밤에는 병증이 극심해져서 여러 신하들이 상의 끝에 김석주에게 왕의 침소로 들어가서 진찰을 하게 했다. 김석주가 왕의 맥을 진찰해보고 큰 소리로 안녕하신지를 묻자 왕은 베개에 기댄 채 단지 턱만 끄덕일 뿐이었다. 그날 밤 대비의 기도 또한 이제까지 볼 수 없이 더욱 처절했다.

마침내 다음날인 10월 28일, 왕의 몸에 딱지가 생기기 시작했고 열도 내렸다. 그다음날에는 봉조하 송시열이 들어와 문안을 해도 될 정도로 나았다. 왕이 승지에게 명을 내려 전옥서의 죄수를 모두 방면하라 하자 대궐 내외에서 환호가 터져나왔다. 왕의 쾌차는 두역을 앓고 있거나 굶주림, 흉년 등 다른 고통으로 신음하던 백성들에게도 희망의 빛을 던졌다.

"재수좋은 임금이 맞아. 복 많은 임금."

나도 모르게 중얼거리며 퉁퉁 부어오른 눈을 비볐다. 동짓달 초하루에는 왕의 몸에서 딱지가 모두 떨어졌다. 병상에서 일어난 왕이 첫 번째로 한 일은 추운 날씨에 얇은 옷을 입은 군사들에게 유의襦衣, 솜옷를 주게 하고 궁궐을 숙위하는 군인들에게 왕골이나 부들로 짠 자리를 주게 한 것이었다. 자리가 가마니보다는 나았다. 팔아먹을 수 있기 때문이었다.

왕은 양 대비전에 두역의 금기 때문에 진어하지 않던 고기를 수라에 올리게 하고 각전에 바치던 물선物膳, 지방에서 서울의 각 전(殿)에 진상하던 쌀, 콩, 물고기, 젓갈, 기름, 과일, 나물, 날고기 따위의 식품도 평상시대로 회복하게 했다. 초이레에는 도성과 지방의 옥문을 활짝 열라고 명을 내렸다.

—과인의 병이 며칠이 못 되어 낫게 되었으니, 실로 천지의 음덕과 말없이 도우시는 종사의 덕에 힘입은 것이다. 어찌 특별히 비상한 은전을 베풀어 팔도의 인심을 위로하고 기쁘게 하지 않을 수 있겠는가? 더욱이 이 얼어붙는 계절에 죄수가 오랫동안 갇혀 있는 것 또한 염려하지 않을 수 없다. 도성과 지방의 죄수를 아울러 모두 풀어서 놓아주되 죄가 윤리에 관계되어 완전히 석방하기 어려운 경우는 감사가 문안을 살펴보고 차례를 나누어 기록해 아뢰도록 하라.

승정원에서 "죄인으로 이미 자복한 자와 십악대죄十惡大罪, 『대명률』에 정한 열 가지의 큰 죄로 강상의 죄를 범한 자를 모두 함께 석방하기는 어렵습니다"라고 했으나 왕은 듣지 않았다. 사간원에서도 "도성과 지방의 사형수를 모두 같이 석방한다면 성덕에 누를 끼치고 뒷날의 폐단이 될 것입니다"라고 했으나 왕은 "왕명이 내려지자 인심이 모두 기뻐하는데 왕명을 바꾸어 처분한다면 인민들에게 신용을 잃을 것이니 결코 그리할 수 없다"고 했다. 또 왕의 쾌차를 종묘와 사직에 고하는 제사를 지내게 하고 대사령을 내리고 교서를 반포했다.

대제학 남구만이 지은 교서의 대강은 이러했다.

—임금은 이렇게 말하노라. 지극히 작은 과인의 몸이 일찍이 크나큰 대업을 물려받았으니 종사와 신인이 의탁한 바라 어찌 스스로 가벼이 함을 용납하리요. 때마침 두역이 크게 일어나 궁금에까지 번졌다. 하지만 하늘과 때가 그렇게 만든 것이었지 병이 침노한 것으로 빌

미를 삼을 수는 없다. 열흘 동안 괴롭게 앓으면서, 혹은 땀을 내기가 어려울까 염려하여 하늘을 향해 자신을 책망하였다. 양 대비전에서는 밤새도록 잠들지 못하시고 애를 태우고 마음을 졸이심이 절실하였다. 열성이 보우하시고 약이 주효하여 쾌히 두역을 몸에서 떨쳐버리게 되었다. 병을 앓는 동안 깊이 생각한 바가 있었으니 내가 편안해졌다고 백성들의 신음소리를 어찌 잊을 수 있겠는가? 음식이 다시 감미로워지니 다시 구덩이에 버려지고 식구를 여읜 사람들을 생각한다. 누가 부모가 없으리오마는, 돌림병이 서로 겹치고 고통과 질곡 속에서 오랫동안 막혀 있음을 또한 아노라. 기뻐하는 것은 평소의 마음에 부끄러우나 기쁨을 보이는 것이 또 여러 사람의 마음이 원하는 바이기 때문이다. 희생을 바치는 제사로 종묘사직을 위안하고 기쁨의 말씀을 신민에게 내린다. 이달 17일 새벽 이전까지의 잡범으로 죽을죄를 지은 자 말고는 모두 사면한다. 그리고 관직에 있는 자는 각각 한 자급을 더한다. 아! 몸이 기대할 것은 병고를 모두 없애는 것이며 만물과 더불어 유신하는 것은 흠과 허물을 모두 씻어버리려는 것이다. 이에 교시하는 것이니, 생각하여 모두 알도록 하라.

이날 성균관의 학생들이 글을 올려 진하하고 전직 관리와 유생, 민간의 백성들이 모두 대궐 밖까지 달려와 거리를 메우고 환호작약했다. 전 승지 이현석이 '성두가聖痘歌, 임금이 두역에서 나은 것을 찬양하는 노래'를 지어서 기쁨을 표시하니 사람들이 일제히 따라서 부르고 배워서 다투어 널리 전했다.

그럴 무렵 대비가 병을 앓기 시작했다. 11월 22일이 되어서 약방에서 대비의 환후가 심상치 않다는 것을 알고 왕에게 아뢰었다. 그달 말에는 궁궐 바깥의 용한 의원을 불러서 대비의 약을 의논하는 데 참여하게 했다. 민간에서 신의로 불리는 송파의 김진택을 내가 데리고 와서 김석주에게 인계했다. 김석주는 진땀을 흘리며 대비의 환후를 돌보고 있었다. 내가 곧 물러나려고 하는데 대비가 손짓해 나를 가까이 오게 했다.

"네가…… 그 잡인이로구나. 언제나 주상과 내 곁에 머물고 있었지. 치맛자락을 잡고 맴도는 아기처럼."

평소답지 않게 낮고 부드러운 대비의 목소리에서 불길한 예감이 들었다. 김진택과 눈이 마주쳤다. 그 역시 암울한 눈빛이었다.

"황공하옵나이다, 대비마마. 소신은 본디 하잘것없고 미천하기 짝이 없는……"

"네가 시정의…… 제일가는 파락호라 한다지? 주상이 네 이야기를 할 때만큼은 언제나 신명이 나고 기운이 넘치셨다. 내 그리도 가까이 하지 말라고 말렸건만……"

김석주가 눈물을 흘리면서 물러섰다. 대비는 무명천에 싸인 손을 들어서 나를 잡았다. 나는 속으로 부들부들 떨고 있었다. 대비의 손은 힘이 없었다. 하지만 부드럽고 따뜻했다.

"앞으로 주상의 옥체가 미령하시게 되면 내가 귀신이 되어서도 늘 용서치 않겠다. 너는 단 하루도 이승에서 편히 잠들 수 없을 것이라."

정신을 차려보니 어느새 대비의 손은 제자리로 돌아가 있었다. 그리고 무명천으로 싸인 두 손이 흔들거렸다. 가보라는 뜻 같았다. 왠지 모르게 서럽고 한없이 슬펐다.

"대비마마, 미천한 소생, 잡인은 이만 물러가나이다. 내내 옥체 강녕하소서."

내가 몸을 일으키는데 작은 소리로 "아들아, 아, 내 아들" 하는 소리가 들렸다. 내가 귀를 기울이자 다시 대비의 손이 나를 붙들었다. 무서운 힘이었다.

"내 아들을 너에게 맡긴다, 아들아……"

그러고 나서 그녀의 손이 아래로 툭 떨어졌다. 나는 입을 틀어막은 채 밖으로 뛰쳐나갔다. 눈물을 멈출 수가 없었다.

섣달 닷새째 되는 날, 대비 청풍 김씨가 창경궁 저승전에서 승하했다. 왕은 대비가 위독해졌음에도 아직 두역의 뒤끝이 남은 탓에 신하들이 극구 만류하는 바람에 병석에 가보지도 못했다. 다급히 예조의 관리들에게 명하여 대비가 쾌차할 수 있도록 종묘와 사직, 산천에 가서 기도를 하게 했는데 막 전지를 내리자마자 대비가 숨을 거뒀다. 시각은 미시오후 1시~3시였다.

대비는 죽기 전 한글로 유언을 남겼다. 거기에는 자신이 죽고 난 뒤의 일을 처치하는 방도에 대한 언급이 자세히 들어 있었다. 또한 상사에 드는 의대와 물품을 봉해두었다가 승하시에 내려서 쓰도록 미리 조처해두었다.

—습은 구슬 장식이 없이 할 것이며, 대렴과 소렴의 의대는 교포로써 하라. 입관시 의대, 초상 때의 명정, 발인 때 명정의 소금저, 평상시에 덮는 구의, 현궁에 시신을 내릴 때 쓰는 삼중구의, 영좌의 휘장 및 신문의 휘장, 영좌의 교의 아래에 까는 욕, 제상의 탁의와 영상 교의의 방석, 혼백 교의의 복, 초상에 쓰이는 홍초 탁의, 산릉 영침의 욕, 퇴광에 들이는 함자의 안팎 복, 산릉 찬궁의 현훈은 내가 신묘년

에 세자빈이 되어 들어올 때 납채로 쓴 두 빛깔의 필단이 있으니 『예기』의 척도에 의하여 재단해 쓰고 새로 직조하지 말라. 발인 때의 영침함, 유의함과 다른 것을 담는 함자와 복은 내간에 있는 것이 또한 쓸 만하니, 이것을 가져다 쓰라. 내가 중궁에 책봉될 때의 교서와 옥보·책보, 이 세 가지 물건의 안팎 복은 모두 새 필단인데 이들 물건은 모두 글에 쓴 대로 이미 비치하였으니 이중으로 만들지 않게 하라. 삭망제의 과실 그릇 수는 전례에 따르지 말고 모두 절반으로 하며 아침저녁의 전은 행하지 않아도 좋을 것이나, 만약 예 때문에 다 폐지할 수 없다고 한다면 유과와 이병을 한 그릇씩만 차리고 다른 전물도 또한 반으로 감하라. 그리고 각도와 각사의 진향 또한 정지시키라. 제사에 쓰는 상탁은 혹 전날 쓰던 것이 있다면 그대로 다시 쓰도록 할 것이며, 초상에서부터 발인하여 현궁에 내리고 반우하는 데 이르기까지의 여러 도구가 만약 예전 것으로 쓸 만하면 다시 만들지 말게 하여 폐단을 줄이는 바탕으로 삼으라. 혹 너무 검약한 것이 불가하다고 생각하는 사람이 있다 할지라도 위에서부터 솔선하여 감하고 줄이는 것이 내 뜻이니, 모름지기 여러 사무를 줄이고 간략하게 하는 것이 내가 간곡하게 바라는 바이다. 지금 나라의 곳간이 텅텅 비고 민력이 고갈되었으며 국사가 망극하도다. 만약 구례를 따르지 않고 손실을 줄이는 바가 있다면 내 혼백이 편안할 수 있을 것이라. 오직 성상의 마음이 어질고 효성스러워 어김이 없을 것을 믿기 때문에 이와 같이 말하는 것이다.

총호사 민정중이 대비의 마지막 한글 교지를 봉하여 올리며 눈물을 참느라 얼굴이 온통 일그러졌다. 몰래 눈물을 흘리며 호곡하는 자가 수없이 많았다. 민정중이 왕에게 아뢰는 말 한마디 한마디가 모두 끊어져 나왔다.

"만약 성모의 유교遺敎에 의해 제수를 줄이신다면 마땅히 습전襲奠, 장례 전에 영좌 앞에 제사를 지내는 일에서부터 시작해야 할 것입니다."

왕이 목멘 소리로 승정원에 일러 "모두 자전의 유교를 준수하여 검소한 덕을 받들라"고 하고는 도저히 울음을 참지 못하고 보좌 아래로 내려오려다 겨우 "다만 낮의 차례만은 원래의 예법대로 하라"고 명했다. 대비가 평상시에 즐기던 대로 낮에 차를 마시는 의식을 거행하는 것은 대비가 내린 유교에 들어 있지 않아서였다.

제상이 차려진 대비의 빈전 주위는 당상관 이상으로 직임을 맡은 공경대신과 옥당, 약방, 액정서, 파산관 가운데 원로대신 등이 뒤섞여 장바닥을 연상시키도록 혼란스러웠다. 그런 와중에 민정중은 각 아문의 서리와 비복들이 일을 게을리하지 않도록 단속하고 끊임없이 대소 관리에게 명을 내려 절차를 돌봤다.

대신과 이품 이상이 회의를 하여 대행 왕대비의 시호를 '명성明聖'이라 하고, 휘호를 '정헌 문덕貞獻文德'이라고 하였다. 시호를 정하는 법에 사방을 환히 밝혀 임하는 것을 명明이라 하고, 착함을 드날리고 간소함을 편 것을 성聖이라 하며, 큰 계책으로 훌륭히 성취한 것을 정貞이라 하고 총명하고 밝고 작은 일에 통하는 것을 헌獻이라 하며, 자애로움으로 백성을 사랑한 것을 문文이라 하고, 의를 잡고 착함을 드날린 것을 덕德이라 한 데 따랐다. 능은 현종 임금의 능에 함께 장사 지내게 했다.

열 살에 세자빈으로 대궐에 들어와서 머문 지 서른두 해, 불행히도 남편의 몸이 약하고 병환이 잦아 늘 마음 졸이고 시부모인 효종대왕, 인선왕후의 상에 여섯 해 동안이나 거상하고 갑인년 선왕의 대상에는 또한 삼 년을 외로이 죄인처럼 살았으며 자신이 낳은 두 공주와 며느리 인경왕후의 상에 거듭 절통하게 가슴을 두드리며 통곡하는 모습을 보였다. 자식인 왕이 나이 어리고 병약하여 늘 마음에 근심이 되었고 나라에 재이와 천변이 잇달았으며 강신과 간신들로 마음이 편안한 날이 없었다. 저승으로 천천히 향하던 대비가 문득 뒤를 돌이켜서 살펴보는 듯했다.

아아, 이 모두가 부질없음이 또한 슬프구나.

# 61장 맹약

9월에 대사헌이 되었다가 이틀 만에 자리를 내준 김만중이 대행 왕대비의 빈전에 곡을 하러 들어왔다. 김만중에 이어 대사헌을 물려받은 바 있는 조사석이 역시 흰옷을 입고 예곡을 하고 있었는데 김만중은 그쪽으로 눈길 한 번 주지 않았다.

"자장, 오랜만이네."

자장子長은 미수 스승이 내게 지어준 자字였다. 김만중은 자든 호든 이름이든 직함이든 별로 개의치 않는 내게 편하게 쓰라고 자약自若이라는 호를 하나 선사했다. 김만중은 자장이 사마천의 자로 사마천마냥 내가 궁궐 주변을 맴돌면서 뭔가를 살피고 이야기를 자아내고 있는 것을 미수 스승이 예견한 것 같다고 해석했다. 자약은 '뭘 믿고 그러는지 늘 태연자약泰然自若하다'는 데에서 빌려왔다고 했다. 돈으로 살 이름도 아니었으므로 호탕하게 마주 한 번 웃고 술잔을 부딪치는 것으로 값을 치렀다.

나이 어리고 지체가 낮은데다 무식하기까지 한 나를 흉금을 터놓는 붕우로 허교한 대단한 도량을 가졌으며 민간의 속요를 듣기 위해 기생방 출입을 마다하지 않는 풍류남아이기도 해서 나는 스승들 이상으로 김만중을 존경하고 있었다. 미수 스승 역시 나이가 마흔두 살이나 어린 낭선군 이우에게 허교를 한 적이 있는데 이우는 종친이면서 그림과 글씨에 능하여 화첩을 내기도 했으니 나와는 경우가 달랐다. 김만중의 도량은 누구보다 넓다 할 수 있었다.

"정재定齋, 박태보의 호는 이천으로 가고 나서 소식이 없지? 금강산이 그리도 좋은가?"

박태보는 이천현감으로 나간 이래 통상적으로 공물을 가지고 올리는 인편에도 소식 한 자 전하지 않았다. 내가 일부러 편지를 보내서 잘 있는지 소식 좀 보내달라고 그리 독촉을 해도 묵묵부답이었다.

홍문관 부수찬으로 있으면서 오도일, 임영, 유득일 등 젊고 강직한 사류들과 어울려 내 집에 찾아들어 밤새 논쟁하고 시책을 강구하던 것과는 딴판이었다. 그때 나는 마치 노름판의 심부름꾼처럼 그들이 먹고 마실 음식과 술, 차를 대령하면서 한마디 끼지도 못했다. 그러면서도 내가 마음 깊이 친애하는 사람은 박태보였다. 어쩔 수가 없었다. 보고 있기만 해도 가슴이 두근거리고 좋으니.

"대로께서 광남군을 구원하실 때 형님과 광성부원군의 활약이 엄청나시었다 들었습니다. 그 귀한 담비 가죽으로 이불을 해서 덮어드리고 손수 해삼죽을 쒀서 올리기까지 했다고요."

"그거야…… 우리는 모두 한집안이 아닌가. 광남군께선 내게는 숙부이신데 아무리 세론이 갈린다 한들 내 어찌 가만히 있을 수 있겠나."

"대로께서 광남군이 스승의 손자로서 당신과 형제나 다름없다 하셨으니 이참에 대로와 촌수를 따져보시면 숙질간이 되시겠습니다. 이크! 호랑이도 제 말 하면 온다더니 아재비께서 저기 오시네요."

"대로는 다 대로대로 보시는 눈이 있으니…… 이크!"

송시열의 시선이 쓸고 지나가는 데마다 이크 혹은 읔, 킥, 컥 하는 소리가 들렸다. 몸가짐을 바로 하고 잡담을 그쳤으며 저마다 찬 숨을 들이켜는 것이었다. 송시열이 지나가자 김만중이 생각난 일이 있는지 입을 열었다.

"자장은 알겠지, 궁궐 안에서 주상께서 두역으로 옥체가 미령하실 때 무당을 불러들여 푸닥거리를 했는지 말았는지."

"모릅니다. 진정코 아는 바가 없습니다."

"궁중에서 밤낮을 불고하고 벌어지는 모든 일을 낮에는 솔개처럼 밤에는 부엉이처럼 지켜보는 자장이 그걸 모른다면 누가 알겠나."

"밤말은 쥐가 듣고 낮말은 새가 듣는다 했으니 쥐나 새가 알겠지요. 저는 모를 뿐만 아니라 알고 싶지도 않고 그게 무슨 이야깃거리가 된다고 생각하지도 않습니다. 쥐구멍에 있는 쥐를 불러 하문하시지요."

"해동의 추로지향으로 일컬어지는 조선의 궁중에서 무당이 날뛴다는 게 말이 되는가. 이건 공자의 가르침을 따르는 유신들로서는 그냥 넘어갈 수 없는 중차대한 문제일세."

"형님, 그게 정말 그리 중요하오? 형님은 부모님께서 편찮으신데 물에 빠진 사람 지푸라기라도 잡는 심정으로 푸닥거리든 뭐든 뭘 못하겠소? 지금 주상께서 병마를 떨치고 일어나신 게 약방의 신하와 어의들의 공훈이오, 신의 허준의 환생이라는 송파 의원 김진택의 약 덕분이오, 두의 유상의 의술 때문이오? 저는 승하하신 대비마마의 간절한 기도 덕분이라 생각합니다. 각자가 알아서 할 바를 다하는 게 뭐가 나쁩니까? 꼭 그렇게 해서 제 잇속을 차려야 배가 부르답니까? 마음대로 되려나, 흥!"

"이자가 한강에서 뺨을 맞고 종로에서 화풀이한다더니…… 진정 이러긴가?"

"속상하고 울화를 풀 데가 없어 그리하였소. 용서하시우."

그래도 손바닥으로 슬며시 등을 두드려주는 김만중이 고마웠다.

"형님도 인지상정의 인간사를 너무 가파르게 따지지 마시고 너그럽게 마음을 먹으신다면 조심하실 일도 많이 줄어드실 게요."

"내가 뭘, 뭘? 도대체 무슨 말을 듣고 그러는 겐가?"

김만중이 턱짓을 하는데 오별감이 소리 없이 다가왔다. 왕이 나를 부른 것이었다. 김만중에게 눈인사를 보내고 보경당으로 뛰었다. 왕이 처음 선왕의 상사 때 편전인 선정전에 빈전을 차리고 쓰러질까 염려하여 대신들의 청으로 잠시 물러나 쉬던 곳이 보경당이 아닌가. 왕이 등극하고 나서 처음 불이 나고 그때 자객이 들어서 왕을 해치려 할 때 숨은 곳이 그 어드멘가…… 그게 벌써 몇 년 전의 일이던가.

까마득했다. 그때 왕과 함께 뛰기 시작해서 계속 숨이 차게 달려온 세월이었다.

"어서 오너…… 오라."

보경당 깊숙한 곳에 두꺼운 요를 깔고 보료를 둘렀으며 뒤에는 병풍을 세웠는데 거기에 왕이 곧 쓰러질 듯 힘없이 앉아 있었다. 오별감은 벽에 스미듯 어느새 사라지고 없었다. 왕은 얼굴이 창백했다. 내가 어전에 꿇어 엎드리자 왕의 옥음이 떨어졌다.

"일어서서 이리 가까이 오라."

왕은 손을 내밀어 내 팔목을 잡았다. 손이 선뜩하도록 차가웠다.

—형, 형, 어마마마, 어머님께서 나를 두고 떠나셨어. 내 어머니가, 엄마가, 이 불효막심한 자식을 두고 돌아가셨어. 형. 나 어떡해, 이제, 응? 내가 어떻게 해야 돼? 응?

—전하, 고정하시옵소서. 보는 눈이 적지 않사옵니다.

왕은 우리끼리만 통하는 말로 울음 섞인 넋두리를 쏟아냈다. 그 말을 쓰던 아이 때로 돌아간 것처럼.

—어머니는 나를 살리려고 이토록 애쓰셨는데 나는 어머니의 말씀을 거역하고 한 여인을 사랑한다 하여 어머니를 거역하고 불공스럽게 말대꾸나 하고, 아아, 나는 죽을 때까지 죄책감에서 벗어나지 못할 거야. 나는 천하에 짝이 없는 불효자야. 어머니의 가슴에 못을 박은 불효자여, 너는 살아 있을 자격이 없다. 이 못된 놈, 천벌을 받아 마땅한 놈……

무슨 말로도 왕을 위로할 수 없었다. 나는 그저 손을 마주잡고 같이 눈을 붉히며 울었다. 비록 나를 낳고 기른 어머니는 아니었지만 내게도 어머니였다. 선왕의 왕비로서 국모였고 만백성의 어머니였으며 왕의 어머니로서 자애로운 어머니로 불렸다. 그때만큼은 왕도 파락호도 없었고 성이 다른 것도 아무런 문제가 되지 않았다. 일각이 넘게 그렇게 소리 없이 흐느끼다가 왕이 울음을 그친 뒤 나는 김진택에게서 얻어온 약물을 왕에게 권했다. 홍더덕, 청더덕을 달인 물에 인삼과 석균, 하수오, 영지를 찐 것을 갈아 넣고 뭉근하게 끓이다 식힌 것이었다. 왕의 고질인 천식에 탁월한 효과가 있었고 심신을 안정시키고 정신을 맑게 하며 기운을 북돋우기 위해서였다.

—대비마마께서 내리시는 것이라 생각하시고 드시오소서. 대비마마께서는 제게 주상의 옥체가 미령하시면 밤마다 꿈에 찾아와서라도 저를 살려두지 않을 것이라 하셨으니 앞으로 아래에서 주상께 특별히 몸에 좋은 것이나 얼마 되지 않는 진미를 진어할 때 제가 먼저 맛을 볼 수 있도록 해주시오소서.

왕은 대비라는 말이 나오기만 하면 눈물을 비치면서도 그렇게 하라고 허락했다.

—어머니를 생각하면 나는 장옥정 그 아이를 이제 더는 볼 수 없을 것 같아.

—그 아이는 걱정하지 않으셔도 됩니다. 그 아이는 지금 이대로 가만히 놔두면 조선 제일의 부자가 될 테니까요.

—무슨 비방이라도 있기에?

—제게도 자세히 말하지 않아서 잘 모르옵니다. 다만 그 아이가 천생의 자질을 가진 것은 알겠더이다. 돈이 새끼를 치고 돈이 바람을 타고 돈다는 이치를 알고 있습디다. 잘될 때는 호랑이 등에 탄 기세 그대로 달리고, 잘 안 될 기미가 보이면 과감하게 뛰어내려야 한다는 것도.

—여인의 몸으로 그런 재주가 있었던가?

—역관으로 여러 대를 풍미하며 조선의 국부라는 말을 들은 집안의 딸이니까요. 그 핏줄이 대대로 이 나라의 국부가 될 것인데 그 아

이는 특별히 재물이 흥왕할 복성을 타고난 것 같습니다. 당분간은 잊으셔도 될 것입니다.

—당분간이라……

고개를 흔들었다 끄덕였다 하던 왕은 어상에서 문서를 한 장 꺼내 내 앞에 내려놓았다.

—봉조하가 지어 올린 지문이야. 어마마마 능에 묻힐 글인데 오늘 아침에 올라와서 아까 보았어. 내가 형에게 물어볼 게 있어서 그러니 한번 읽어봐줬으면 좋겠어.

—읽어볼 것도 없습니다. 저도 내용은 대충 들어서 알고 있나이다.

—형은 진서眞書, 한문를 모르니까 못 읽겠구나.

—진서를 아는 사람을 알면 금방 읽을 수 있지요. 밥을 제가 지어야 먹습니까? 반빗간 칼자에게 시키면 될 일이이고요. 탁주는 주모에게, 과실은 원두한에게 얻어먹으면 되지요. 저는 언제나 그래왔는데 불편한 게 하나도 없습니다!

—그만한 일에 왜 목소리가 높아지는지 모르겠군. 역시 형은 나와 전혀 다르다니까.

승하한 대행 대비의 지문을 조정에서 학덕이 가장 높은 송시열에게 짓게 한 것은 누가 보아도 당연한 일처럼 보였다. 망자의 무덤에 함께 묻을 묘지석에 새겨질 지문은 망자의 간략한 행장과 업적을 쓰고 생시의 덕을 찬양하는 내용이 들어가는 게 보통이었다. 하지만 송시열이 지은 명성왕후의 지문은 보통의 지문과는 달리 특정한 사실에 대한 내용이 필요 이상으로 자세했다.

—윤휴, 허목이 충익공김우명을 모함하여 이정복창군, 이연복평군 형제

의 죄를 벗기려 할 때에 성모께서 '내 어버이가 죄 없이 측량할 수 없는 위험에 빠지려 하니 내가 몰래 업고 달아나더라도 괜찮을 것이다'라고 생각하셨으니, 그 효성스러움이 여기에서 더욱 나타났다. 기미년 봄에 역적 허견이 손으로 성모의 작은어머니를 때려 이까지 부러뜨렸으나 성모께서는 끝내 말 한마디 하지 않고 그런 일이 있는 줄 모르는 듯이 하셨으니, 침착하고 도량이 큰 것을 여기에서도 알 수 있다. 성모께서 승하하신 뒤에 여염에서 혹 전하기를 '주상께서 병환이 심하실 때에 궁중에 요사한 무당이 굿판을 벌였다'고 하므로 법을 집행하는 관서에서 그 말을 전하는 자를 잡아 가두고 유신이 소를 올렸으나, 성상께서 답하시기를 '자성께서는 평소에 식견이 높고 밝아서 떳떳하지 않은 무당의 사설을 매우 미워하여 진작 끊으셨으니, 어찌 그런 것을 믿고 현혹되셨을 리가 있겠는가?' 하셨다. 그래서 뭇사람의 의혹이 얼음 녹듯이 풀렸다. 지난겨울 성상께서 이상한 병에 걸려 증세가 비상하실 때에는 또 추위를 무릅쓰고 힘을 다하여 하늘에 목숨을 빌어서 겨우 신명의 위로를 받게 되자 스스로 병환에 걸리셨다. 아! 하늘이 어찌하여 이토록 큰 덕이 있는 이를 내고서 복록은 내리지 않아 우리 성상께는 크나큰 슬픔을 더하고 신민으로 하여금 울부짖고 사모하는 것이 더욱 깊게 하는가……

나는 내가 느낀 그대로 이야기해주었다.

—이렇게 분명치 않고 시시콜콜한 이야기를 꼭 천년만년 남을 기록에 담아야 합니까?

—하여튼 괴벽스럽고 까다로운 늙은이야.

—송시열은 당세 최고의 학문과 식견, 문장을 두루 갖춘 유학자이

니 그의 문장은 죽은 사람의 백세를 이어갈 평판을 좌우하여 글을 부탁한 사람은 모두들 할말이 있어도 알아서 사정을 봐주기만 바랄 뿐 입을 떼어 고쳐달라고도 하지 못합니다. 이 나라를 다스리는 건 전하이시나 사람들을 문장 하나로 공깃돌처럼 가지고 노는 건 송시열이지요.

왕은 보료에 기대어 머리를 짚었다. 이제는 흔해져버린 모습이었다. 해결되지 않는 고민이 더해지면 두통이 오고 그뒤에는 배앓이, 그다음에는 토사곽란이 오는 게 순서였다. 이제 그것을 달래줄 어머니가 없었다. 대신해줄 사람은 아직 없다. 열일곱 살밖에 되지 않은 중궁은 너무 어리고 자의대왕대비는 핏줄조차 닿지 않으며 너무 멀다.

—이럴 때일수록 모든 것을 품어주고 안아주며 치유하고 살아 움직이게 하는 힘을 가진 누군가가 필요한 법인데 전하의 주변에 따뜻하고 부드러운 기운이 너무도 부족합니다. 조선 팔도를 다 돌아다니며 샅샅이 뒤져서라도 그런 사람을 찾아보겠습니다.

왕은 뚫어지게 나를 바라다보았다. 나는 얼굴을 손바닥으로 비벼보았다. 아침에 바른 물감이 조금 잡혔을 뿐 멀쩡했다. 급급히 덧붙였다.

—그것이 대비마마께서 정녕 바라시는 바일 것이옵니다.

왕은 나를 정시한 채 말했다.

—먼 데 가서 찾을 게 뭐 있다고? 이제 내 곁에는 천륜으로 맺어진 지친이 몇 분 남지 않았어. 지금으로서는 따듯하게 온기를 느낄 수 있는 가장 가까운 사람이 형이야. 형제는 촌수가 없으니까.

—전하, 아직 대비마마의 혼령이 이승을 떠나가지 않으셨는데 전하의 말씀을 들으시면 천한 시정의 잡인에게 만승의 지체를 터무니없

이 낮추었다 하여 몹시도 슬퍼하실 것이옵니다. 고정하소서.

—안 돼.

왕은 기어이 십수 년 전 두 사람이 결의형제할 때 함께 하늘에 맹세했던 말을 외게 만들었다.

—우리 형제는 무슨 일이 있어도 서로를 배신하지 않으며 추호도 속이지 않으며 형의 원수는 아우가 갚고 아우가 입은 은혜는 형이 반드시 갚으며 한 사람의 원수는 두 사람의 원수로서 목숨을 바쳐 갚을 것을 맹세하나이다. 청천의 신은 저희의 맹약을 굽어살피시고 사직의 신은 저희의 마음을 기억하시어 만일 저희가 서로에게 조금이라도 소홀하게 되는 날이면 하늘의 벼락과 땅의 불길로 죽이소서.

거기에 천지신명과 종묘사직, 명산대천의 지령을 더해 두 사람 중 하나가 맹세를 어길 시에는 불벼락, 날벼락을 내려 목숨이 끊어지게 해달라고 빌었다. 내가 불벼락, 날벼락을 맞을 것이라고 되풀이하자 왕은 "금석에 새긴 언어보다 무거운 것이 진심을 다한 맹약이리" 하고 안심한 듯 엷은 미소를 지었다. 소년 시절과 달리 사내다운 굵은 목청과 수염, 속을 꿰뚫어볼 듯한 눈빛이었다.

# 62장 입궁

하늘에서 드러내는 불길한 징조는 여러 가지가 있었는데 왕이 즉위한 이후로 가히 안 나타난 게 없다 할 정도로 다양했다. 일식과 지진이 거의 매년 일어나고 무지개가 해를 관통하며 혜성이 대낮부터 나오고 태백성이 빛을 뿜었다. 무지개가 내전의 뜰에서 일어나고 큰 뱀이 대궐 뜰에 나타나며 큰바람이 사직을 무너뜨리고 큰비가 산릉을 무너뜨리는 것이 모두 나라가 망할 징조라고 했는데 나라가 망하지는 않았다. 그럭저럭 태평천하였던 것이다.

가뭄은 여전히 심했다. 가뭄이 심하지 않으면 신기할 지경이었다. 거듭 신하들을 보내 기우제를 지내고 종묘와 사직, 북교에 대신을 보내 비를 내려달라 빌었다. 도롱뇽을 항아리 속에 집어넣고 푸른 옷을 입은 동자들에게 항아리를 버들가지로 두드리며 노래를 불러 비를 빌게 했다. '토룡아 토룡아 네가 비를 내려주기만 하면 너를 잡아먹지 않으리'라는 내용이었다. 그러면 도롱뇽이 구름을 일으키고 비를 내려준다고 믿었다. 남문을 닫고 북문을 열기도 했는데 그리하면 반드시 비가 올 것이라는 술사의 말을 그대로 믿어서가 아니라, 하도 답답하니 그렇게라도 해본 것이었다.

11월 7일은 자의대왕대비의 환갑일이었다. 교서를 반포하고 죄인을 특사하는 은혜를 베풀었다. 왕의 어머니이자 대왕대비의 손부인 명성왕후의 상기가 아직 다 끝나지 않아서 진하를 임시로 줄였다. 대제학 이민서로 하여금 교서를 짓게 했다.

—탄신일을 맞은 대왕대비의 은혜가 시위하는 무리에게도 미치게 하고, 아울러 반사의 은전을 더하였으며, 널리 죄수를 석방한다. 바야흐로 만수무강을 기원하며 함께 유신하려는 것이니, 자주 사면하는 것을 다행으로 삼지 말도록 하라.

'은혜가 시위하는 무리에게도 미치게 한다'는 말에는 내가 알 듯 말 듯 한 뜻이 숨어 있었다. 쫓겨난 장옥정이 한때 대왕대비를 시위했던 건 사실이었다. 대왕대비의 환갑잔치에 중궁과 왕이 참석한 것은 물론이었는데 그 자리에서 중궁이 주변이 조용한 틈을 타서 대왕대비에게 장옥정에 관한 일을 아뢰었다. 주상의 승은을 입은 궁녀가 대왕대비전에 있다가 사가에 나가 있으니 법도에 맞지 않는다고 하면서 입궁시키도록 조처해달라는 것이었다. 대왕대비는 총애하는 장옥정이 돌아오는 게 좋기는 하나 장옥정을 그리도 싫어하던 손부의 소상도 지나지 않은 상태라 드러내놓고 그리하겠다고 말하지는 못하고 주상의 처분에 맡기겠다고 했다.

"소손은 할마마마의 명에 따르겠사옵니다."

왕은 효도와 사랑 사이에서 여전히 거리끼는 바가 없지 않았다. 그

때 대왕대비가 떨어져 앉아 있던 조사석을 불렀다. 대왕대비의 사촌 동생인 조사석은 누이를 잘 둔 덕분으로, 그 누이가 의지하고 기댈 만한 친정의 척족이 거의 없다는 요행으로 경신환국 이후에도 한성부 판윤과 각 조의 판서를 돌아가며 맡으면서 영화를 누리고 있었다.

"장옥정이는 어찌 지내고 있소?"

대왕대비가 묻자 조사석은 잔치 자리에 와 있던 숭선군의 처 신씨에게 또 미루었다. 신씨는 대왕대비에게 장옥정이 출궁 이후 하루도 빼놓지 않고 새벽마다 목욕재계를 한 뒤 정화수를 떠놓고 왕이 있는 궁을 바라보며 지극한 정성으로 강녕을 축수하며 예의에 조금도 어긋나지 않는 언행으로 근신하고 있다고 했다. 아울러 『소학』과 『내훈』 『여계』 등의 서책을 몸에서 떼놓지 않으면서 바느질과 베짜기 등으로 남들에게 폐를 끼치지 않으면서 살아가기를 도모하고 있으나 다소간의 곤궁함이 있어 자신이 음식과 땔감을 보태주었노라고 했다. 왕은 그저 잠자코 듣고 있기만 했다. 그때 중전이 나섰다.

"비록 미천한 궁녀라고는 하나 정성이 자못 갸륵합니다. 이미 승은을 입었는데도 궁 바깥에 버려두고 돌보지 않는다면 왕실의 체통과 종사의 대계에 상서롭지 않은 일이 생길까 두렵습니다. 대왕대비마마께서 각별히 조처하시어서 장녀장옥정를 다시 궐내로 오게 하였으면 합니다."

대왕대비는 알고도 모른 체하면서 중전의 말에 따르는 형식을 갖추었다.

"중전이 그리 생각한다면 아름다운 부덕이 만세에 빛날 일이오. 또한 장녀가 그리도 성정과 본원이 바르고 맑은 아이라면 내가 다시 대왕대비전에 데려다두고 보호하였다가 훗날 주상이 사직을 튼튼히 할 때에 보탬이 되게 하는 것이 가할 듯하오."

자의대왕대비의 말 한마디로 장옥정은 다시 입궁을 할 기회를 잡았다. 하지만 왕은 모후의 상기가 완전히 끝나기 전에는 드러내놓고 장옥정을 침소에 불러들일 수 없었다. 세상에서 어떤 나라보다 예의, 염치, 효도를 숭상하는 나라의 임금이기 때문이었다.

"일각이 여삼추라 하더니 정말 일각이나 지났나 싶었는데 가을이 네 번이나 후딱 가버렸지 뭐예요."

장옥정은 배시시 웃으면서 궁으로 들어갔다. 마치 백만대군을 지휘하여 전장으로 떠나는 장수처럼 무궁한 자신감이 넘쳤다.

나보다 열두 살 어리고 왕보다 한 살밖에 많지 않은 동평군이 신경 쓰이기 시작했다. 그 아버지 숭선군은 나보다 아홉 살 많았는데 대궐에 처음 들어왔을 때 복창군 형제에게 느꼈던 경계심이 발동했다. 동평군은 삼복 가운데 가장 어렸던 복평군과 비슷했다. 왕 또한 한동안 잊고 있었던 핏줄의 존재를 반기고 있었다. 피 한 방울 닿지 않은 나는 그럴 때마다 입안에 씁쓸한 침이 고였다.

장옥정이 입궁한 뒤로 왕이 과한 직무로 환후가 있다고 하여 창덕궁 태화당으로 이어했다. 이때부터 신하들 이목을 끌지 않도록 은밀하게 장옥정이 태화당에 출입하기 시작했다. 왕은 환후를 핑계로 되도록 신하들과 얼굴을 마주치려 하지 않았지만 정사를 게을리하지는 않았다.

이해의 수확은 팔도가 비슷하게 좋지 않았으므로 진휼청에 제때 구호를 하게 했다. 청에서 사신이 오자 연도의 백성들에게 민폐를 끼치게 하지 말고 비변사의 군량과 면포를 주어서 칙사가 오가는 길에 드는 비용으로 쓰게 했다. 청의 사신이 도성에 들어왔을 때 왕의 신병이 심각하다는 사정이 받아들여져서 태화당에서 접견하고 나중에 모화관에 가서 칙서를 받았다.

해가 지나기 직전 왕이 창경궁 요화당으로 이어했다. 물론 장옥정은 그곳으로 출입을 하기 시작했다.

해가 바뀌고 나서 한성 부민들이 갖가지 요역에서 빠지는 폐단이 많다 하여 이후부터는 대군과 왕자, 공주, 옹주와 대신들의 집 외에는 사대부로서 역이 있고 없고를 논하지 말고 각 집마다 하나씩 장정을 내보내도록 했다. 3월에는 비가 많이 내려 숭릉 계단의 섬돌이 무너져서 고쳤다. 해안에 정체 모를 황당선이 더욱더 많이 출몰하고 있는데 각 진의 변장들이 이를 잡지 못하므로 엄히 추궁하게 했다. 수많은 배 중에는 가도의 배들도 섞여 있었는데 일본과 유구琉球, 류큐를 오가며 무역을 하고 있었다. 여름이 오자 여지없이 가뭄이 닥쳤고 언로를 열어 현능한 선비의 소를 받아들이게 했다. 늘 하던 대로 송시열에게 사관을 보내서 조정의 정사가 잘못된 것은 없는지 물었다. 세 차례 기우제를 지낸 뒤에도 가뭄이 더욱 심하자, 왕이 비망기를 내려 사직단에서 친히 기도하겠다고 하고 제사를 지낸 뒤 다음날 묘시오전 5시~7시에 환궁을 했다. 그다음날에도 남교와 저자도 등에 대신을 보내 기우제를 지냈다. 마침내 7월에 큰비가 내리자 제사를 지내느라 고생한 남구만 등을 포상했다. 중부 수표가 삼 척 오 촌, 남부 수표가 오 척 오 촌에 달하고 8월까지도 비가 그치지 않아 농사에 피해가 없도록 기청제를 지내도록 했다. 송충이 피해가 극심하여 한성부 오부의 병력을 총동원하여 송충이를 잡아 없앴다. 형조의 옥에 갇혀 있는 죄수가 백십사 명이나 되므로 해당 관사로 하여금 즉시 소결하도록 하여 옥사가 지체되지 않도록 했다. 호패를 위조한 자는 사형에 처하게 했고 인경궁 터에 들어와 살고 있는 민가를 헐게 하고 죄를 물었다. 9월에는 송충이가 더욱 성해서 제사를 지내기로 했다. 사옹원에서 무 뿌리에 벌레가 나왔으므로 잠정적으로 수라 올리는 일을 멈추도록 청했다. 송충이와 무 벌레를 잘못 먹고 죽은 사람까지 있다 해서였다.

9월 20일 김석주가 쉰한 살의 나이에 갑자기 죽었다. 내 스승 야당장군을 죽인 원흉에 권모술수의 대가로 항시 나를 능멸하고 감시하던 존재가 사라졌다. 김석주가 왕이 어린 나이에 왕위를 계승할 때 든든한 버팀목이 되어준 것은 사실이었다. 하지만 김익훈과 함께 도모한 임술삼고변 사건 이후 왕의 총애가 거의 사라지고 없는 상태였다. '심기가 음흉하고 정탐을 일삼는다'는 말이 마지막까지 그를 따라다녔다. 왕은 김석주의 부음을 듣고는 슬퍼하여 경연을 중지했으며 소식을 했다. 나는 혼자 고기를 먹고 술을 마시면서 생전에 김석주에게 스승의 복수를 하지 못한 데 대한 허전함과 허무함을 달랬다.

누가 죽건 살건 간에 나라는 굴러가야 했고 하던 일은 해야 했으니 11월에 종묘와 사직단, 북교에 중신을 보내 기설제를 행하게 했다. 11월에 청의 사신이 왔는데 오자마자 세 정승을 모화관으로 호출했다. 청나라의 국경을 침범한 스물다섯 사람과 이들이 인삼을 판 곳과 양을 대라고 추궁하기 위한 것이었다. 조정이 발칵 뒤집혔고 함경감사와 남병사, 삼수군수가 줄줄이 불려 내려왔다. 청의 사신들은 국경을 넘어간 자들에게 직접 형을 가해가면서 신문했다. 그 일 때문에 북경에 가는 사행 편에 가지고 갈 인삼을 일시 금하기까지 했다. 그 일을 계기로 장현과 장찬, 장천익, 변승업, 조도사 등이 모였다.

"청에서는 곧 왜국에 대해서 해금을 풀 것입니다. 이제 왜관을 통해 무역을 하는 것도 전과 달리 땅 짚고 헤엄치는 것같이 하기는 어렵게 되었습니다."

변승업은 근심으로 얼굴이 온통 주름투성이가 되었지만 장현의 백발과 주름은 지혜로워 보이기까지 했다.

"어차피 청에서는 해안 백성들의 살림 때문에라도 해금은 할 요량이었소. 일시적으로 조선에서 두 나라의 중간에 들어 많은 이익을 취했으나 국세의 변화에 대비해야 할 것이오. 왜국의 은광들도 거의 바닥이 드러나고 있고 질이 많이 떨어졌다지 않소? 인삼상들이 왜은의 질을 못 미더워하니까 인삼 대금을 치를 때만 순은이라는 저희 조정 막부幕府의 보증을 얻어서 거래를 한다 들었소."

조도사는 장부를 꺼내놓고 셈을 하면서 말했다.

"그러합니다. 이제는 인삼만이 아니라 비단이나 쌀의 교역도 많이 늘려야겠습니다."

변승업은 고개를 저었다.

"그것들은 부피가 있어서 보는 눈이 많으니 큰 이익을 남기기는 어려울 게요. 인삼만한 것을 찾기가 쉽지 않소."

내가 나섰다.

"세상은 넓고 할 일은 많은 법. 저들이 국경을 넘어가서 인삼을 캐는 일을 가지고 한두 번 문제를 삼은 게 아니지 않소? 오랑캐 놈들은 어차피 저희들이 잘 캐지도 못하는 인삼 때문에 그러는 것이 아니라 저희 조상의 뿌리가 있는 만주를 아예 봉금하려는 심산으로 그러는 것이오. 일시 만만한 조선의 관원들을 들들 볶는 것이니 바람이 지나기를 기다렸다가 다시 인삼 사업을 재개하면 될 것이오. 청산이 있는데 땔감을 걱정해야 할까요?"

변승업은 여전히 비관적이었다.

"청산이 어디에 있다는 것이오? 제 눈에는 온통 벌건 민둥산에 송충이 때문에 다 죽어가는 비쩍 마른 소나무밖에 안 보입니다."

"그걸 잡으라고 군사들을 모조리 풀었지 않소? 군사들은 보이지 않습니까?"

"군사들이야말로 하는 일도 없으면서 놀고 먹고 자고 빼앗고 하면서 민폐가 자심한 것이 송충이나 다를 바 없지요."

셈이 밝은 것을 보니 상역이라는 말이 맞았다.

"돼지를 잔치 때가 올 때까지 잘 먹이는 것은 돼지가 귀여워서도 아니고 집을 잘 지켜서도 아니오. 군사는 만에 하나의 사태를 대비하는 것이니 만에 구천구백구십구 번이 평안하다 해도 군사를 폐할 수는 없습니다."

내 말에 장찬이 끼어들었다.

"지금까지는 가뭄과 홍수가 교차하여 농사의 소출이 많지 않았어도 무역으로 식량을 들여와서 살 수는 있었으나 앞으로 무역으로 일이 잘되지 않을 것 같으면 안에서 먹고살 것을 궁리해야 합니다. 명례궁, 용동궁, 수진궁, 어의동 별궁, 여러 공주방…… 이것들만 끌어들여도 먹고살기에 부족함이 없을 것입니다."

그것들은 모두 왕실에 관련된 궁가였다. 명례궁은 승하한 대비와 연관이 있고 용동궁은 중궁전, 수진궁은 대왕대비전에 속해 있었다. 각기 딸린 전장과 염분, 노비가 있어 거기서 나오는 것으로 살림을 했는데 세금도 없고 관에서 규찰을 하는 것도 아니어서 그야말로 땅 짚고 헤엄치기가 따로 없었다. 변승업은 여전히 떨떠름한 말투였다.

"그것들은 모두 주인이 있고 잘못 뜯어먹다가 뒷감당할 돈이 더 들어갈 수 있소."

젊은 장천익이 나섰다.

"어차피 가난한 백성을 상대로 해서는 큰 이익을 남길 수 없습니다. 소금이나 미곡, 싸구려 물품을 팔아서 입에 풀칠하는 건 등짐장수에게나 맡기고 우리들은 고관과 부자들이나 부인들이 좋아하는 값비싼 물품에 주력해야 합니다. 내 손에 재물이 있으면 절로 힘이 따라오고 힘이 있으면 뒷감당을 걱정해야 할 필요가 없지요."

아버지 장찬은 그런 아들을 대견하다는 듯 흐뭇하게 바라보고 있었다. 장현은 무슨 생각을 하는지는 알 수 없었지만 어차피 자신과 집안 혈족의 번영을 우선한다는 점은 틀림없었다. 변승업은 오로지 돈을 긁어모으는 데 혈안이 되어 있었고 그 때문에 벼슬아치들에게 뇌물을 바치고 돈을 빌려주었다 떼이는 일도 다반사였으나 그것을 호신책으로 알고 있었다.

나는 무엇을 좇고 있는가. 왕이 있었고 그를 지켜야 했으며 선대에서 남긴 재산과 경영할 사업, 검계와 가도의 무리처럼 돌봐야 할 것과 사람들이 있었다. 그렇다고 내 마음속 깊은 곳에서 하고자 하는 것, 나 아니면 안 되는 것이 뭔지 알 수 없었다. 내가 아직 철이 나지 않은 것이어서 그런가?

왕이든 조정의 신료이든 지방의 수령이든 유학자든 양반이든 백성들처럼 피땀 흘려 생업을 이어가고 세금 바치고 군역에 나가지는 않았다. 그들의 종복조차 군역을 지지 않아도 되었다. 저들에게 그 잘난 지위와 이름과 영광, 힘과 부를 안겨주는 건 백성들이었다. 그럴 때만 백성이 필요했다.

백성은 모두에게 밥이었다. 밥이 언제까지 참고 견딜지가 관건이었다. 내게 무슨 뾰족한 수가 있는 건 아니지만 바닥 출신인 내게는 많지 않은 것조차 빼앗기고 병으로 앓고 신음하는 백성들이 그저 남으로만 보이지는 않았다.

해가 바뀌고 달이 바뀌었고 날이 바뀌었다. 마침내 대비의 상기가 완전히 끝났다. 3월 16일, 왕은 아버지 현종의 숭릉, 선조의 목릉, 태조의 건원릉을 알현하고 술자리를 마련하여 배행한 장수와 군사들을 넉넉히 먹고 마시게 했다. 그 무렵 궁궐 안에서는 중전의 주도로 새로운 후궁을 뽑으려는 절차가 진행되었다. 장옥정에게 왕의 총애가 집중되는 데 따라서 중전이 견제를 하러 나선 것이었다.

2월 27일 왕이 예조에 명해 후궁을 간택하게 하는 형식을 취했다. 왕이 즉위 후 십 년이 지났고 곧 서른 살이 다 되어가는데 후사가 없는 것을 걱정하여 중궁이 여러 차례 권유한 것으로 되어 있었다. 어느 누가 시앗 보기를 좋아하겠는가. 하지만 중궁의 입장에서는 어차피 장옥정이 은밀하게 왕의 사랑을 독차지하고 있는데다가 곧 회임을 하기라도 하면 벼락같이 후궁의 지위에 오를 것이니 자신의 자리도 그만큼 불안해질 것이라 차라리 선수를 치려는 뜻이었다. 왕은 왕대로 후궁을 하나쯤 들인 뒤 장옥정을 자연스럽게 후궁의 자리에 올리려고 계획하고 있었다.

서인 신하들은 반대하지 않았다. 조선의 역대 임금들은 늘 후사 문제로 국력을 낭비했다. 왕이 젊다 해도 늘 강건한 게 아니고 환후가 잦았다. 중전이든 후궁이든 어서 서인의 피가 닿은 국본이 나와야 그들의 세월도 영원한 게 되리라는 건 삼척동자도 다 알았다.

전 영상 김수흥과 현 영상 김수항의 조카인 김창국의 딸이 내명부 정이품 숙의 직첩을 받고 후궁으로 들어왔으나 왕의 사랑과는 거리가 멀었다. 오히려 김숙의가 들어온 것을 계기로 장옥정이 더 기세가 등등해지는 기미가 보였다.

어느 날 왕이 장옥정과 놀고 있었는데 왕의 장난이 심해지자 장옥정이 피해 달아났다. 하필 장옥정이 다다른 곳이 내전이었는데 그곳에서 장옥정은 조금도 당황하지 않고 중전 앞에 꿇어 엎드려 "중전마마, 제발 저를 살려주십시오" 하고 하소연했다. 중전은 조용한 어조로 "너는 마땅히 주상의 명과 가르침을 잘 받들어야만 하는데 어찌 감히 전하를 뿌리치고 달아나 지금처럼 할 수가 있느냐" 하고 부드럽게 타일렀다. 장옥정은 단 한 번의 대면으로 중궁이 승하한 대비와는 비할 수 없이 수월한 상대라는 것을 깨닫고는 이후로도 비슷한 일이 생기면 거리낌이 없이 내전으로 들어갔다. 심지어 중궁전에서 불러도 가지 않는 일까지 있었다.

"저는 중궁전의 웃어른인 자의대왕대비전의 나인이니 중전마마께서 제게 하실 말씀이 있으면 자의대왕대비께 먼저 여쭈셔야 할 것입니다."

장옥정이 저를 부르러 온 중궁전 상궁에게 했다는 말인데 말이야

맞았다. 김숙의는 중전에게 아침저녁으로 문후를 드리며 지극정성으로 모셨다. 중전도 친정아버지와 동문인 할아버지를 둔 김숙의를 자신에게 어울리는 후궁으로 여겼다. 결국 두 사람은 한마음이 되어 왕의 사랑을 독차지하고 있는, 자신들과 비교할 수 없는 미천한 출신에 남인의 끄나풀이라는 의심을 받고 있는 일개 궁녀 장옥정을 공격하게 되었다. 그 결과는 황당한 매질 사건이었다.

장옥정과 관련해서 가장 만나고 싶지 않은 인물이 오빠 장희재였다. 포도청의 포도부장이고 허여멀끔하게 잘생기기까지 했으며 체구가 훤칠했다. 죽은 아버지나 당숙 장현처럼 역관이 되려고 공부를 한 적이 있어 제법 문자도 통했다. 하지만 내 눈에는 타고난 천골이었다. 내실은 전혀 없는 허장성세, 분수를 모르는 허영이 가득차 있고 무책임하며 별것도 아닌 데 이상하게 집착하여 목숨을 거는 고집불통이었다.

대비가 죽던 계해년 3월 13일은 인조반정의 일주갑回甲, 60년이 되는 날이었다. 선조의 딸 정명공주의 집에서 잔치를 베풀어 조정 대신 이하의 관원이 모두 공주의 집에 모였는데, 장안의 이름난 기녀를 많이 모아 술을 따르고 가무를 하게 했다. 그중에 숙정이라는 이름을 가진 기생이 가장 어여쁘고 노래를 잘한다는 명성이 있어서 권주가를 부르도록 시켰다. 술을 마신 손님 가운데 하나가 숙정을 데리고 춤을 추며 놀아보려고 했는데 숙정의 남편인 장희재가 숙정을 불러내어서는 함께 도망쳐버렸다. 다 잡은 고기를 놓친 그 사람이 대신들에게 그 일을 일러바치고 좌상 민정중이 비변사의 낭관을 시켜서 '조정의 큰 연회가 끝나기도 전에 술을 따르는 기녀가 먼저 달아났으니 일 자체가 놀랍다' 하면서 장희재를 잡아다 곤장으로 엄히 다스렸다. 그 이후 장희재는 그 사람을 비롯해 그 자리에 모인 서인, 없던 서인들에게까지 원한이 사무쳐서 언젠가 보복을 하리라고 원독을 품었다고 했다.

장옥정이 중궁전에 불려가서 자신보다 훨씬 어린데다 나중에 궁에 들어오고도 직첩이 자신에 비할 수 없이 높은 김숙의가 보는 앞에서 두 개의 백옥 같은 종아리가 터져나가도록 매를 맞고 원독을 품지 않았다면 사람이 아니었다.

"도저히 이렇게는 살 수 없어요. 그냥 죽고 말래요."

장옥정이 장희재를 통해 내게 보낸 전갈은 그게 전부였다. 답답한 노릇이었다.

"입궐을 했을 리도 없고 어디서 전갈을 받았소?"

뻔했다. 자의대비전을 뻔질나게 드나드는 숭선군의 아내 신씨가 전갈을 전해주었을 터였다. 장희재는 내게 처음부터 고분고분하지 않았다. 포도부장이 된 뒤로 기생방의 조방군 노릇을 하다가 숙정을 얻더니 다른 기생방을 침노하는 일이 잦아서 기생방들에서 학을 떼고 있었다.

"어떻게 할지나 말해주시오. 오늘 안에 답을 보내야 하니까."

오는 말이 고와야 가는 말이 고운 법이었다.

"왜 나한테 이런 걸 보낸 거요? 장부장이 있고 당숙들이 뜨르르한데. 다들 당상관이 아니신가?"

"나도 모르겠소. 동생을 위해 해줄 일이 없으면 그리 말하더라 전해드리지."

장희재는 트림을 하고 거드름을 피웠다. 나는 웃었다. 아이구, 이놈아. 멀끔하게 잘생긴 그 얼굴, 그 허우대로 여자나 후리고 다니지 말고 꼴값 좀 하려무나, 그럴 뻔했다. 일단 알겠다고 하고 장희재를 보냈다. 궁궐로 들어가는 발길이 무거웠다. 장옥정이 점점 부담스러워지고 있었다.

왕 역시 장옥정 때문에 때로 골치가 아픈 모양이었다. 왕의 사랑을 믿고 예의에 어긋나는 행동을 하다가 매를 불러들였다는 것이었다. 중전은 물론 자신이 전혀 관심을 가지지 않는 김숙의에 대해서까지 강짜가 너무 심하고 궁내의 다른 궁녀들을 보는 눈도 곱지 않다고 하면서 자신이 어찌해야 하느냐고 물었다.

"제가 그걸 알면 지금쯤 여우 같은 처첩과 토끼 같은 자식들에게 둘러싸여 행복하게 살고 있겠지요. 여자 문제는 저 말고 딴 사람한테 물어보시오소서."

"내게 그럴 사람이 누가 있느냐고?"

"고자인 내시들도 혼인을 해서 집에 부인들을 두고 있고 양자를 들여 대를 잇는 것은 물론이고 심지어 첩까지 두는 사람도 있다 합니다. 또 종친 중에 요즘 그리 자별하게 지내는 동평군이나 그의 아비 숭선군이 있지 않습니까? 엽색이라면 호가 난 복평군도 있네요. 귀양 가서 멀리 있어 그렇긴 한데 송시열한테 승지며 사관을 보내서 정사에 관해 물어보듯이 복평군한테 여자를 어찌 다루는지 물어보시는 것도 좋을 듯합니다."

그동안 쌓인 섭섭함을 담아 좀 비꼬아대긴 했지만 왕이 여자 때문에 골치를 앓는 것은 내가 원하는 바가 아니었다. 후궁이든 정궁이든 잘 지내서 대군과 왕자를 어서 생산하는 것이 왕위를 튼튼하게 만드는 것이고 궁궐에 생기와 화기를 불어넣는 가장 좋은 방법이었다. 왕을 더 놀려먹었다가는 마음속에 원한의 산가지를 더 쌓게 할 우려가 있었다.

"기왕 벌어진 것은 어쩔 수 없지만 여자들은 선물에 약하니까 생각도 못할 큰 선물을 주는 건 어떠할까 합니다."

"장옥정에게 후궁의 직첩을 주라?"

"그게 장옥정이가 예상치 못한 선물이 되겠습니까? 그리고 직첩을 준다면 중전마마와 김숙의가 또 어떻게 생각할지를 생각해봐야 합니다. 그들의 뒤에 있는 조정의 신료들은 또 어떠하겠습니까? 단 한 사람의 여인을 대한다 하더라도 신중하게 심사숙고하고 각고면려하며 각진기도 동인협공으로 머리를 써야 합니다."

"그런 머리가 나한테는 없다니까 그런다."

"본인이 짐작도 못할 깜짝 놀랄 선물이라. 제가 한번 여인의 마음을 명경지수처럼 훤하게 들여다보는 사람에게 알아보겠습니다."

괜히 중전이 장옥정의 종아리를 치는 바람에 나만 허벅지가 빠근하도록 이리저리 다니게 생겼다. 오랜만에 들른 기생방인데 추월은 여전했다. 나이를 거꾸로 먹는 것처럼 얼굴이 화사해졌는데 말은 곰살맞지 않았다.

"청상과부나 다름없는 제게 여인이 가장 바라는 일을 물어 무엇 하시렵니까? 굳이 그러하시겠다면 집 나간 낭군이 돌아오시는 것이라 하겠습니다."

"내가 언제 집을 나갔다고 그러는가? 내 집이 여긴데. 내 여기서 태어나지는 않았지만 어려서 잔뼈가 굵고 자라서는 세상에 없는 진귀한 맛을 여기서 맛보았네. 내가 사람이 되었다 한다면 바로 여기서 살며

숱한 여인네들의 보살핌을 받아서일세."

"그런 분이 지척에 계시면서 몇 달씩 발길을 끊으셨습니다그려. 독수공방하며 바람 부는 겨울, 길에서 신발 끄는 소리가 들리는 여름, 비 내리는 봄, 낙엽 떨어지는 가을밤마다 눈물로 베갯머리를 적시는 사람은 모르셨겠지요."

"어, 그러한가. 그럼 그런 한 맺힌 여인이 가장 고대하는 선물이란 무엇일까?"

추월은 곰곰이 생각을 하던 끝에 나를 둥글고 큰 눈으로 바라보며 "집이올시다"라고 했다.

"누구의 간섭도 침범도 받지 않고 내 사랑하는 임과 단둘이 하룻밤을 보내더라도 만리장성을 쌓을 수 있는 집."

웬일로 가슴이 찌르르했다. 내가 뭐라고 이리 다른 사람 가슴을 저미게 할 수 있나. 이승에서 인연이 아니라 할지라도 만날 때만은 사랑스럽게 자별하게 지낼 수는 있지 않은가. 그럴 마음이 전혀 없다면 할 수 없는 일이지만.

"고맙네. 내가 일을 보고 나서 다시 올 테니 오늘은 천리고 만리고 간에 장성을 한번 쌓아보세나."

"진심이시오, 나으리?"

"사내 입에서 두말이 나올까?"

"나으리께서 그리하신다면 저는 대문을 닫아걸고 나으리만 기다릴지도 모릅니다."

"그럴 때도 되지 않았던가?"

나오는 대로 지껄이고 나서 궁궐로 뛰면서 될 대로 되라, 고 속으로 소리쳤다. 왕은 내 말을 듣고는 반색을 하더니 비밀스럽게 집 짓는 선공감의 일에 가장 밝으면서 입이 자물통처럼 무거운 부정을 불러들이게 했다. 당하관이라 문을 통과할 수 있는 패가 있어야 해서 내가 나가 데리고 들어왔다. 내수사의 서리 김억년을 집 짓는 현장에 보내어서 감독을 맡게 했다.

장옥정이 살 집을 짓는 공사는 급속하게 진행되기 시작했고 이름이 정해지기를 취선당就善堂이라 했다. 선함으로 나아가라는 좋은 뜻이었다. 그 뜻대로 삶이 풀릴지는 알 수 없으나. 집 짓는 목수와 인부들에게 임금을 지급하는 것을 모두 상평통보로 후하게 하니 다들 기뻐하며 열심히 일했다.

그로부터 두 달쯤 지난 7월에 부교리 이징명이 소를 올렸다.

—근년의 천재와 시변은 모두가 놀랍고 괴이할 만한 것이오나 그중에서도 지진은 더욱 두렵습니다. 지난해 서울의 지진과 작년과 올해 팔도에서 일어난 지진은 무슨 조짐인지를 알지 못하겠습니다. 『사기』를 상고하여본즉 지진은 외척의 집권으로 혹은 여알女謁, 후궁의 극성으로 연유하였다고 되어 있었습니다. 지금 전하의 외척은 모두가 유학을 하는 선비의 집안이니 아직 크게 염려할 만한 자취는 없습니다만 아무쪼록 경계하여 폐단을 미연에 방지하는 것이 좋을 것입니다. 바라건대 성상께서 중전마마로 하여금 힘써 주의하게 하고 외척을 경계하여 근신하게 하시기를 바랍니다. 궁내에 후궁이 들어온 지 반년이 채 못 되어 벌써 과람한 조짐이 많이 보이고 있으니, 이는 작은 걱정이 아닙니다. 또 외간에 전해진 말을 들으니 궁인으로서 은총을 받고 있는 자가 많은데, 그중의 한 사람이 역관 장현의 가까운 친

족이라고 합니다. 장현 형제는 일찍이 역적 복창군 형제와 빌붙은 자이고 마음가짐이나 하는 일들이 온 나라 사람들에게 의심을 받아온 지가 오랩니다. 이제 만약 그들의 친족을 가까이하여 좌우에 둔다면 앞으로의 걱정은 이루 말할 수 없게 될 것입니다. 예로부터 국가의 화란이 다 여인을 총애하는 데서 나오고 화란의 근원은 바로 이러한 족속을 총애하는 데서 시작되었습니다. 장씨 성을 가진 궁녀를 내쫓아서 맑고 밝은 정치에 누를 끼치지 말게 하소서.

상소를 읽고 난 뒤 왕은 크게 노하여 장옥정에 대한 일은 일절 답하지 않고, 중전에게 외척을 주의하고 경계하며 근신하게 하라는 말은 임금에게 신하가 할 말이 아니라면서 그 말의 출처를 캐물었다. 승정원에서 극력으로 간쟁하자 더욱 노하여 승지들을 잡아 가두게 했다. 홍문관에서 입대를 청하는데도 윤허하지 않고 관원들에게 각각 소회를 글로 써서 올리라고 해놓고는 그걸 보지도 않은 채 다시 비망기를 내려 이징명을 파직하고 서용하지 말라고 특별히 명했다. 승지 홍만종, 김창협이 또 거듭 아뢰며 간쟁했는데 '군왕의 처사가 재변을 만나서 스스로를 반성하는 도리가 아니다'라는 요지였다.

그때 왕이 비망기를 내려 답한 것이 신하들을 크게 놀라게 했다.

—나는 본래 배우지 못해서 아는 게 없다. 내가 비록 어둡기는 하지만 결코 이 여우와 쥐狐鼠 같은 무리들에게 제재는 받지 못하겠다. 지금 잇달아 서로 구원하고 해명해주는 것은 이징명이 죄에 대한 처벌을 가볍게 받아서 그러하니 이징명을 삭탈관직하고 도성 밖으로 내쫓으라.

그러자 옥당의 이이명, 서종태, 김만길, 김창집, 박태만이 입대를 청하고 승정원의 홍만종, 김창협도 같이 어전에 들어가서 서종태가 대표로 아뢰었다.

"이징명이 죄를 입은 것은 오히려 사소한 일입니다. 성상의 지나친 거조가 거듭되고 있는 것이 걱정스럽고 한탄스럽습니다."

왕이 버럭 소리를 질렀다.

"너희들의 방자함이 이와 같기 때문에 전날에 북인北人, 청나라 사람 즉 강희제를 의미함이 조선의 군주는 약하고 신하가 강하다는 말을 한 것이다!"

왕은 장옥정에 관해 무슨 말만 나오면 펄펄 뛰면서 말을 꺼낸 신하를 파직하고 도성 밖으로 내쫓는가 하면 그 신하를 구하려는 다른 신하들까지 엄하게 질책하고 벌을 주었다. 그러자 신하들도 장옥정을 왕의 약점으로 알고는 더욱 붙들고 늘어졌다.

대비와 김석주가 죽고 난 뒤 왕과 신하 사이에는 충돌을 완화하거나 중재할 사람이 없어졌다. 곧 서로를 구분하고 막아주던 둑이 무너져버렸다. 군신 모두가 자신들도 어찌할 수 없는 위험에 알게 모르게 드러났고 임금과 신하 간 대결의 양상은 극단적으로 변해가고 있었다. 장옥정이라는 문제 앞에서 노론, 소론이 따로 없었다.

왕은 장옥정을 가까이하면 신하들의 간쟁이 심할 줄 잘 알고 있었다. 하지만 왕은 장옥정에 관한 한 신하들에게 져줄 생각이 전혀 없었다. 신하들도 쉽게 물러서지 않고 이어지는 하늘의 재이와 가뭄, 홍수, 전염병 같은 재앙이 왕의 덕이 부족한 탓이며 왕이 가까이하는 여인 때문임을 지적했다. 때로는 간언이 훈계가 되고 꾸짖음이 되었으며 군신 간에 지켜야 할 선을 아슬아슬하게 넘나들었다. 그럴수록 왕이 화를 내는 빈도도 잦아졌다.

어느덧 장옥정은 왕과 신하들 사이에서 서로 양보할 수 없는 요충으로 변해갔다. 경험이 많은 늙은 신하들은 젊은 신하들과 피가 끓는 임금 사이에 팽팽한 긴장과 전운이 감도는 것을 염려했다. 그것이 피바람을 몰고 올 수도 있다는 것을 수차례의 사화로 경험했기 때문이었다.

영상 김수항이 차자를 올렸다.

—신이 들은즉 전하께서 '임금은 약하고 신하가 강하다'는 말을 거론하셨다고 하니 놀랍고 두렵습니다. 지난날 남인들이 이런 명목으로 송시열 이하 여러 사람의 죄를 만들어냈음에도 성상의 통찰과 보호에 힘입어 생명을 보존할 수 있었는데, 그렇지 않았다면 살아남은 자가 없었을 것입니다. 신이 이 하교를 들은 뒤로 밤에 잠을 이루지 못하고 있는데, 만약 지금의 조정에 불만을 품은 사람들이 이것을 가지고 다시금 조정 신하들의 죄를 만든다면 뭇 신하들이 어찌 감히 하늘과 땅 사이에 서 있을 수 있겠습니까?

왕은 말을 못 알아듣는 사람이 아니었다. 일단 대신의 주청을 받아들여 긴장을 늦추려 했다.

—신하에게 참으로 죄가 있다면 그 죄에 따라 벌줄 일이지, 어찌 숨기고 참으면서 서로 의심할 리가 있겠소? 나의 칠정七情 중에서 쉽게 발동하고 제어하기 어려운 것이 노여움인데 내가 성미가 급하여서 자신도 모르게 이런 말을 하였으나, 추후 생각하고 그 말이 지나쳤음을 매우 후회하였소. 『승정원일기』에는 이 일에 관해 쓰지 말도록 하라.

김수항이 또 전일에 왕이 궐내에서 가마를 불사르게 한 일을 가지고 "그 가마가 대왕대비전에서 쓰기 위해 만들어졌다면 불사르라고 명하기까지 하신 일은 매우 황공한 일입니다"라고 하자 왕이 "바깥에서 물정 모르는 사람들이 그것을 두고 궁녀 장씨를 태우기 위하여 만들었다고 하는 말이 자자하여 그리하였소. 어찌 궁녀를 태우기 위하여 고귀한 사람이나 타는 주홍색 가마를 제조했겠소? 그런데도 뭇사람들의 말이 이와 같으니 만약 그 가마를 그대로 두었더라면 와전된 소문이 그치지 않았을 것이오. 그렇기 때문에 비록 마음이 아팠으나 아예 불사르라고 명한 것이오"라고 답했다.

그로부터 두 달이 지난 뒤 이번에는 영상 김수항의 아들인 대사헌 김창협이 소를 올렸다. 역시 장옥정과 관련해서였다.

—전하께서 즉위하신 이후로 십수 년 동안 가뭄과 장마의 피해와 바람과 벼락, 그리고 서리와 우박의 재앙과 별들의 이변과 기후의 이상과 요사스러운 인물들이 해마다 겹쳐서 나타나 수가 몇백, 몇천에 이를 정도입니다. 그때마다 두려워하시는 뜻과 애통해하시는 말씀이 지극하셨습니다. 옛사람이 말하기를, '사람은 속일 수 있다 하더라도 하늘은 거짓을 용납하지 않는다'고 하였는데, 신은 '하늘이 진실로 거짓을 용납하지 않는다면 사람도 속일 수가 없다'고 말하고 싶습니다. 최근에 전하께서 천재지변에 따른 백성의 고달픔을 돌보라는 애절한 하교를 내리셨을 적에 도성과 지방에서 이를 예사롭게 보고 별다른 반응이 없었던 것은 전하께 애당초 정성스러운 마음이 없으시다는 것을 알았기 때문입니다. 인심이 이와 같으니 하늘의 뜻을 알 수가 있습니다. 지금부터는 단지 말씀과 글을 하늘에 대응하고 사람을 감동시

키려는 도구로 쓰려 하지 마시고, 일의 근본과 절실한 형편을 깊이 유념하신다면 재앙을 소멸시킬 수도 있고 화란을 구제할 수도 있을 것입니다. 그런데 요즈음 들으니, 궁중 안에서 실제로 집을 짓는 일이 있어서 큰 목재를 구하는 목수들이 민간을 자주 출입하고 있으며 대간들이 '목수를 불러들이고 목재를 실어나를 적에는 반드시 이른 아침이나 늦은 저녁에 한다'는 말이 거짓이 아니라고 합니다. 지금 전하께서는 하늘의 경계를 두려워하고 스스로를 허물하는 전교를 내리셨으나 궁중 안에서 급하지 않은 역사를 일으켜놓고서 밖으로는 이를 막아 가리는 말씀을 하시어 스스로를 속이고 남을 속이시니, 위에서 모든 것을 내려다보는 하늘이 어떻게 전하께서 하시는 일을 믿고서 노여움을 돌이켜 기뻐하고 재앙을 바꾸어 상서로운 일이 되게 하겠습니까? 후궁 중에 특히 사랑할 사람도 있지만 순서대로 은혜를 내리시어 종사의 경사가 있게 하고 미색에 마음이 현혹되지 않으면서 편파적으로 은총을 내린다는 비난을 피할 수 있다면 무슨 문제가 있겠습니까? 전하께서 스스로 사심을 없애지 못하고 항상 치우치며 공평하게 하지 못하시기 때문이 아니겠습니까? 진실로 원하건대 전하께서는 깊이 그 원인을 살피시고 신이 말씀드린 근본과 절실한 형편으로 빨리 마음을 되돌리셔서 한결같은 생각으로 뜻을 두어 규모를 정하소서. 그런 다음 먼저 글을 읽고 학문을 강구하며 성현의 말씀과 도리로 마음이 트이게 해야 합니다. 그리하여 성공과 실패, 옳고 그름, 어질고 간사함의 소재를 찾아서 적절하게 조처한다면 궁리窮理, 사물의 이치를 깊이 탐구함의 공부가 마땅한 곳에 이르러 마음으로 아는 것이 기능을 다하게 될 것입니다. 전하께서는 헛되이 겸손해하려고만 하지 마시고, 새로운 각오로 분발하셔서 깊이 체득하고 자주 반성하시며 힘써 실행하소서.

나 같으면 이런 건방진 녀석이 있나, 하면서 불벼락을 내릴 텐데 웬일로 왕은 "나라를 근심하고 나를 사랑하는 마음으로 경계해주고 가르쳐준 것은 간절하고 지극한 논의가 아님이 없으므로, 내가 갸륵하게 여긴다. 마음에 새겨두고 머무르게 하겠다. 다만 이징명을 죄준 것은 외척을 근거 없는 말로 논변한 데서 말미암은 것인데, 상소 중에서 말한 다른 것은 너무 지나친 억측으로 전혀 이해할 수가 없다"고 했다. 하지만 김창협의 상소는 왕과 서인 신하들 사이의 파탄을 예고하는 불길한 기운을 내장하고 있었다. 왕은 자신에게 가해진 비난과 위신을 깎은 신하를 잊을 사람이 아니었다. 내가 대비와 김석주에게서도 이미 보았던 집안 내력으로 자신의 체면과 관련된 것은 조그마한 것까지 모조리 기억했다. 내가 장부를 꺼낼 것까지도 없었다.

박태보는 이단하가 우상이 되면서 대범하게 자신을 규탄했던 박태보를 옥당으로 데려올 것을 주청함에 따라 다시 중앙의 청요직으로 돌아올 수 있었다. 박태보는 삼십대에 들면서 세상 바라보는 눈이 한결 원숙해졌고 왕의 역린 중에서도 역린인 장옥정의 존재를 내가 누누이 알려주었던 까닭에 직접적으로 부딪칠 일은 없었다. 박태보가 원하는 것은 출세나 권력이 아니고 만백성이 바른 세상에서 바르게 잘 사는 것이었다. 그것은 서계 선생이 원하는 것과 같았다. 필요하다면 의약, 점술, 천문까지 모르는 게 없이 공부했고 중국과 왜국 너머 멀고먼 세상의 고을과 나라, 백성의 숫자까지 알아냈다. 그러느라 바빠 왕의 후궁에게까지 관심이 미칠 수가 없었다.

마침내 왕은 장옥정을 정식 후궁으로 책봉해서 내명부 정사품 숙원으로 삼았다. 중궁과 왕의 후궁 가운데 가장 나이가 많은데도 가장 낮은 직급이었다. 후궁은 정궁과 달리 혼례의 절차에 친영이 없었다. 그 대신 신랑 없이 가마를 타고 궁궐에 들어와 왕을 알현하는 조현대전의 의식을 거행했다. 후궁으로 책봉하는 뜻을 담은 교명을 받았는데 옥축으로 만든 두루마리로 홍, 황, 남, 백, 흑의 순서로 짠 오색 비단에 필사한 것이었다. 왕비에게는 교명 외에도 책문, 보인, 명복을 주었지만 후궁에게는 그런 게 없었다. 숙원방에 사패 노비 백 명을 나눠줬는데 역시 숫자가 가장 적었다. 숙의 김씨는 백오십 명을 주었었다.

정언 한성우가 즉각 소를 올려 이를 반대했다. "이징명을 소로 인해 파직했는데 다시 용서한 뒤 아직 기용을 하지 않았고 후궁 김숙의를 들인 지 얼마 되지 않아 다시 후궁 직첩을 내린다는 것은 너무 서두르는 일입니다. 효종 임금께서는 궁녀에게서 옹주를 보시고도 후궁으로 들이지 않으셨으니 이런 전례를 따르는 것이 옳습니다. 주상께서 장숙원의 미색에 혹하여 총애가 과한 나머지 이런 결정을 하신 것이 아닌지 의심스럽습니다"라는 내용이었다. 이에 왕은 "효종 임금께서는 그러했던 일이 없으시고 내가 궁녀 장씨의 미색에 혹하여 과한 총애를 한 까닭에 숙원에 봉했다는 것은 억측에 불과하다. 한성우의 소는 근거 없이 임금을 모함하는 것이므로 한성우의 벼슬을 갈아버리도록 하라"고 답했다. 또한 "궐내의 궁인이 바깥의 궁가와 짜고 궁궐내 사람을 비방하는 말을 만들어내면 바로 목을 베어 매달 것이다. 앞으로 이를 법령의 으뜸으로 삼으라"고 명했다. 그것은 직접적으로는 숙의 김씨를 염두에 둔 말이면서 궁 안의 모든 사람에게 장숙원에 대해 비방과 험담을 하지 말라는 경고를 발한 것이었다.

정묘년1687년 봄에 송충이가 창궐해서 관서부터 경기, 도성까지 솔잎을 몽땅 먹어치워버렸다. 6월에는 큰 수해가 나서 익사한 사람들이 많았는데 기청제를 지내야 할 정도였다. 자의대왕대비전이 있던 창덕궁의 만수전에 화재가 나서 자의대왕대비가 통명전으로 이사했다. 겨울에 날씨가 혹독하게 추워서 군사들에게 겉옷을 나눠준 것은 평년과 같았다.

드디어, 마침내, 이제서야 추월이를 마누라로 맞아들였다. 정식으로 혼례를 올릴 생각은 하지 않고 그저 둘이 함께 살기로 한 것이었다. 씨도둑은 못한다던 할머니의 말이 실감났다. 내 할머니의 어머니가 기생 출신이고 나는 세상에 나와서 보느니 기생이요 안아주는 이가 기생이며 듣느니 기생의 춤과 노래였으며 기생방을 사업의 터전으로 삼았으니 내가 장차 대광보국숭록대부가 된다 하여도 기생 없이는 못살지 싶은데 기왕 이리된 거 죽어 극락이라도 가자고 추월이에게 몸을 맡긴 셈이라고나 할까. 그리 말했다가는 추월이에게 등짝이 성히 남아나지 않을 것이라 그저 입을 다문 채 가만히 있었다. 나 너 없이는 못살겠다, 추월아.

추월이는 면천을 하고 해방된 지 오래인 양인 신분이니 두 사람 사이에 소생이 있더라도 상놈은 아닐진대 아이가 들어서지 않았다. 그 대신 웬만한 집안일은 아랫것들을 부리지 않고 손수 정성과 즐거움으로 해내니 저나 나나 흐뭇하기 이를 데 없었다. 이제는 추월이라 부르는 것도 이상한 일이었지만 쉽게 고쳐지지 않았고 그건 또 그대로 다정스러웠다.

생활이 안정되고 나서부터 내 나름으로는 오로지 무공 수련에만 힘을 기울였다. 그것 말고는 달리 할 수 있는 일이 없기도 한 평안한 세월이었다. 그 또한 추월이 덕분이었다.

# 63장 역린

4월에 조사석에게 대광보국숭록대부 정일품 우의정이 제수되었다. 조사석이 정승이 되는 데 결격사유는 별로 없었다. 이십여 년 전 주서에서 벼슬을 시작하여 강원도 관찰사, 충청도 수사, 경기감사, 이조참판 등 요직을 거쳤고 경신년 정국이 바뀔 때에도 무난히 살아남아서 대사헌과 육조의 판서를 두루 역임했다. 내가 갖가지 잡다한 미관말직을 거친 것과는 달리 꽃길을 골라 걸은 셈이었다.

우상 이단하가 좌상으로 승차해 우상 자리가 비자 왕은 영상 김수항과 이단하에게 우상을 추천하라고 말했다. 그들은 처음 이상을 천망했으나 왕이 낙점하지 않자 이민서, 신정, 여성제를 차례로 추천했다. 그러나 왕은 이들 또한 낙점하지 않았다. 심중에 둔 인물이 있었기 때문이었다. 왕의 뜻을 알기 위해 김수항과 이단하가 청대하여 어전에 들자 왕은 이들에게 은근한 어조로 "조사석은 어떠하오?" 하고 물었다. 왕이 그렇게까지 하는데 신하들은 더이상 반대할 수 없었다.

그러자 소문이 들끓기 시작한 것이었다.

장옥정의 어미는 조사석의 처가의 종이었다. 조사석이 젊었을 때에 처가의 종과 사통을 했고 그녀가 장씨 집으로 시집을 가고 남편과 사별한 이후에도 때때로 조사석의 집을 오가고 있다고 했다. 어디까지나 추악한 소문일 뿐이지만 듣기에 따라서는 조사석이 왕의 장인이 될 수도 있는 것이었다. 장옥정이 종의 딸이니 결국 천출이라는 것 또한 뼈아픈 지적이었다.

장옥정을 기화로 알고 적극적으로 후원하여 오늘날의 위치에 오게 한 것으로 알려진 동평군 이항은 혜민서의 제조로 임명되었다. 혜민서는 의약에 관한 사항과 백성들을 구호하는 사무를 맡아보는 한가한 부서였다. 종육품 주부가 책임자로 있는 하위 관청이었고, 제조는 종일품이나 정이품으로서 직급은 높았으나 겸직에 지나지 않고 하는 일도 별로 없었다. 하지만 서인들은 동평군을 혜민서 제조에 임명한 데 대해 강력히 반발하고 나섰다. 먼저 인사를 담당하는 이조에서 왕명을 받기를 거부했다.

"사옹원과 종부시를 제외하면 종친이 제조에 제수된 예가 없으므로 명을 받들 수 없습니다."

왕도 물러나지 않았다. 법을 직접 꼼꼼히 살펴본 뒤 응수했다.

"사옹원 제조에 종친이 제수된 것도 원래 법전에는 없는 일이니 지금 종친이 혜민서 제조에 제수된 것도 불가한 일이 아니다."

대간들의 잇단 탄핵과 반대로 불편해진 조사석이 이레 만에 우상을 사직하는 차자를 올렸다. 왕은 이를 허락하지 않았는데 그뒤에도 조사석이 사직서와 사직소를 낸 것이 다섯 차례나 되었다.

이때 김만중이 작심을 하고 경연에 들어가서 조사석의 재등용을 막으려고 팔을 걷어붙였다.

"요사이 전하께서 김수항과 이단하에 대한 대우가 이전과 크게 달라지셨는데, 김수항에 대해서는 사람들 말이 '작년에 김창협이 상소에서 말한 과격한 내용 때문'이라고 합니다. 전하께서 어찌 아들이 한 일 때문에 그의 아비에게 화풀이를 하시겠습니까? 전하께서는 신료들에 대한 의심이 쌓여 풀리지 않으시는 것 같은데, 그렇다면 아래에서도 전하께 의심이 있을 수밖에 없습니다. 대사헌 이수언이 '조사석이 불안하게 된 것은 부교리 민진주가 우의정 임명을 비판한 상소 때문이 아니다'라고 한 것은 이 때문입니다. 바라건대 전하께서는 반성하시면서 더욱 수신하고 제가하는 도리를 닦으소서."

왕이 침묵하다 묻기를 "그럼 조사석이 불안하게 된 것은 과연 무슨 일 때문인가?" 하자 결국 할말을 하고야 마는 김만중이 하지 말았어야 할 말을 하고 말았다. 왕이 치명적인 약점으로 여기고 있는 곳, 곧 역린을 건드린 것이었다.

"후궁 장씨의 어미가 평소에 조사석과 사사롭게 정을 통했다는 소문이 있습니다. 조사석이 정승으로 대배된 것이 후궁 장씨의 연줄로 된 것이라고 온 나라 사람들이 모두 말하고 있습니다마는, 유독 전하께서만 듣지 못하셨는지요. 임금과 신하의 사이는 마땅히 환하게 트이어 조금도 틈이 없어야 하는 것인데다가 전하께서 물으시는데 신이 어찌 감히 숨기겠습니까?"

왕이 화가 머리끝까지 나서 밖에까지 들리도록 소리를 쳤다.

"나같이 재주도 없고 덕도 박한 사람이 임금의 자리에 있으면서 이러한 말을 듣게 되니 진실로 훌륭한 신하들을 대할 면목이 없구나. 작년에 김창협이 상소한 내용이 비록 해괴하기는 했지만 어찌 그 죄를 그의 아비에게 옮길 리가 있겠는가? 좌상 이단하는 정승의 직책에 합당하지 못함을 내가 본래 알고 있었거니와, 속언에 '돌아가며 해먹는 대간'이라는 말이 있는데 어찌 '돌아가며 해먹는 대신'인들 없겠는가? 조사석이 연줄을 대어 정승이 되었다고 한다면 광해군 때에 재물을 바치고 벼슬을 얻게 된 일과 같은 것인데, 내가 조사석에게서 금을 받은 것이라 여기는가 은을 받은 것이라 여기는가? 분명히 그 말의 출처를 대지 못한다면 결코 그냥 두지 않겠다."

김만중은 목소리의 높낮이조차 전혀 바뀌지 않은 채 꿋꿋하게 말했다.

"전하께서 이미 신으로 하여금 말을 하도록 해놓고 또한 그 말의 출처를 물으십니다마는, 신이 비록 부족하기는 하지만 어찌 그것을 말씀드릴 수 있겠습니까? 소신이 비록 주륙을 당하더라도 달게 죽겠습니다만 출처를 추궁하시는 건 전하께서 지금 바로 소신에게 형을 가해 죽이려고 하시는 것입니다."

왕은 표정과 말투가 더욱 분노로 가득해지며 거듭 다그쳐 물었으나 김만중은 그 말의 출처를 대지 않고 "소신이 감히 여기에 있을 수 없으니 의금부에 나가 처분을 기다리겠습니다" 하고 물러나갔다. 대간들이 황급히 김만중을 변호하려다 모두 엄한 질책을 받고 물러갔다. 왕이 이날 승정원에 전교하여 "김만중을 잡아다가 문초하라는 전지를 즉시 써서 입계하고, 의금부로 하여금 철저히 따져서 신문하여 아뢰게 하라"고 했다. 승정원에서 명을 거두어줄 것을 청하자 "그대들은 단지 대각이 있는 것만 알고 임금이 있는 것은 알지 못한다"고 준엄하게 나무랐다. 또 비망기로 "여러 신하들이 임금 보기를 일개 시종보다 못하게 여긴다"고도 했는데 그건 그동안 쌓이고 쌓인 불만이 폭발한 것이었다.

왕이 승정원에서 전지가 봉입되지 않자 입직 승지를 불렀다. 왕이 여러 신하를 꾸짖고 타이르고 하면서 전지를 봉입하라고 재촉하니 승지 유명일이 할 수 없이 붓을 가져다 쓰려고 했다. 그러자 임시직 주서假注書 최중태가 유명일에게 "생각하고 있는 바를 다시 진언해야 합니다"라고 했다. 왕이 화를 내면서 "종구품 주서가 어찌 감히 당상관인 승지를 지휘하느냐? 즉시 파직하라" 하니 최중태가 빠른 걸음으로 밖으로 나가버렸다. 유명일이 붓이 없다는 핑계를 대자 왕이 사관에게 가지고 있는 붓을 내주라고 했다. 사관 송상기가 "역사를 기록하는 사필史筆은 결코 내줄 수 없습니다"라고 하며 붓을 어디론가 감추었다. 왕이 어이가 없어하는데 또다른 사관 윤성준이 "사필이 중요한 것이기는 하지만 성상의 분부가 이러하신데 어찌 감히 내드리지 않겠습니까?" 하여 유명일이 드디어 왕이 구두로 부르는 내용을 받아 적을 수 있었다. 왕명에 따라 김만중은 의금부에 하옥되었다가 바로 다음날 국경 근처에 있는 평안도 선천 땅으로 귀양을 갔다. 법례에 따라 백 대의 장을 맞고 난 다음이었다. 여론이 입을 다투어 김만중이 과감하게 직언을 하는 신하라 칭찬을 했지만 실제로 김만중처럼 하려는 신하는 다시 없었다.

"형님이시여, 어찌 한때의 불평과 울분을 참지 못하시고 이같은 고난을 자초하시나이까?"

내가 수레를 따라가며 묻자 김만중은 팔을 내밀어 남들의 이목이 집중돼 있으니 어서 가라고 손짓을 했다.

"전하의 은총이 각별한 사람이 곧 죽을 내게 이럴 필요가 있는가. 부디 신명을 온전히 보전하여 훗날 음지가 양지 되고 양지가 음지 될 때 억울한 사람이 나오지 않게끔 돌봐주게."

"형님께서 가시는 길이 멀다고는 하나 어찌 다시 뵈올 날이 없사오리까. 형님의 말씀은 너무 절박하시오."

김만중은 허허허, 하고 너털웃음을 터뜨렸다. 금부도사가 같은 서인이라 그런지 별다른 제지를 하지 않았다.

"내가 사사롭게는 전하의 처숙일세. 전하께서 나 같은 외척에게 이런 벌을 내릴 적에는 마음먹으신 바가 없으시겠나. 살아서 보든 죽어서 보든 한 가지만은 확실하게 말할 수 있는데, 내 자네를 만나 무척 즐거웠다는 것이네. 자네 주변의 여러 인물들이 있었지만 나와 당색이 다르고 생각이 다르다 하여 미워한 적은 없었네. 다만 서로 달랐을 뿐이지 누가 전부 맞고 모두 틀린 건 아니었어. 그 깨우침을 준 자네가 무척이나 고맙네."

저절로 눈물이 터졌다.

"형님, 형님! 잘 가시오! 가서 잘 계시면 이 아우가 맛난 음식 들고 꼭 방문하겠소!"

김만중은 다시 크게 웃더니 "내 선왕 때에 허적을 정승의 반열에 올리는 것이 불가하다 아뢰었다가 귀양을 갔더니 내 스스로 정승이 될 생각은 하지 못하고 남이 정승 되는 길을 악착같이 막고만 있었구나. 주상께서는 반드시 후회하고 원래의 자리로 돌아오시리니 내 까마득히 먼 곳에서라도 그날을 기다리며 천지신명께 빌겠다"고 했다. 그러고는 가볍게 손을 흔들어서 이별을 고했다.

나는 수레 뒤에 엎드려 멀어져가는 김만중을 전송했다. 수레가 보이지 않게 된 뒤 보니 종이 한 장이 바닥에 떨어져 있었다. 거기에 쓰여 있는 글귀는 왕안석의 시 「명비곡」 중의 한 구절이었으니 "인생의 즐거움은 서로를 알아주는 데 있을진저人生樂在相知心"였다.

그는 내 찬양이 굳이 필요하지 않을 만큼 대인이었다. 그의 크나큰 도량과 호탕함, 인간사에 극도로 예민하면서 가엾은 사람을 불쌍히 여기는 마음은 고금에 따를 사람이 없으리라.

왕이 비망기를 내려서 조사석의 문제에 관해 영상 김수항과 좌상 이단하가 제대로 절충하는 역할을 하지 못했다고 엄히 질책하여 두 사람은 사직을 할 수밖에 없었다. 특히 김수항은 경신년 이후 팔 년간이나 재임하던 영상 자리에서 한순간 밀려났다. 김만중이 떠나가고 난 뒤 왕이 신하들을 모아놓고 입을 열었다.

"내가 조사석을 정승으로 정했을 때 숙명공주효종의 3녀께서 '어느 사람으로 정승을 삼았습니까?' 하고 물으시기에 내가 '조사석입니다' 하니, 숙명공주가 '그 사람이 재주 있다는 말은 듣지 못했습니다' 하시고, 숙안공주효종의 2녀께서는 '조사석이 나중에 명정銘旌, 장례 때에 죽은 사람의 품계 등을 기록하여 관 앞에 세우는 기에 좋은 글귀를 쓰게 되었네요'라고 했었소. 조정의 인사를 어찌 공주들께서 상관하여 그분들이 말씀을 그리하시는가. 전에 조정의 신하와 내관이 결탁하고 궁인들이 궁가와 내통하는 것을 모두 엄격하게 금하는 비망기를 내렸는데 여러 공주들이 이때부터 내게 의심을 품고 대하심이 전과 크게 달라졌으므로 내가 마음을 아파한 것이 이미 오래였소. 이것만 보더라도 신하가 군주를 모함하고 욕한 데 따른 것이니, 어찌 앙화가 없겠소?"

김수항 대신 새로 기용된 영상 남구만이 "규문閨門, 부녀자가 거처하는 곳 안의 일들은 은덕으로 덮어야 합니다. 선왕의 동기간이 단지 이 두어 분만 계시니 비록 잘못하는 것이 있더라도 은덕을 베푸시기 바랍니다" 하고 아뢰었다.

왕은 "경은 이러한 말을 듣고도 괴이하다는 생각이 들지 않소? 과인이 신료들에게 경멸받고 지친에게 모욕을 받는데도 임금의 자리에 편안히 앉아 있기만 한다면 아주 있으나 마나 한 사람 취급을 받게 될 것이오"라고 했다. 남구만이 "성상의 분부가 마치 공주들께서 무례한 것이 김만중이 진달한 소문 때문이라 여기시는 듯한데 이는 결코 사실이 아니니 마음을 다스려서 억측을 하지 마셔야 합니다" 하고 대답했다. 왕이 크게 화를 냈다.

"경은 사리를 몰라도 너무 몰라 정신이 혼미하다 할 수밖에 없소. 나는 아직 눈이 멀지 않았소. 비록 공자 같은 성인이 다시 나신다 하더라도 신하들이 정사에 지나치게 관여하고 임금을 업신여긴다면 반드시 잘못되었다 하실 터인데 이제 와서 김만중을 구원하려 하니 이해할 수 없소."

소론 승지 박태손이 끼어들었다.

"전하께서 방금 내리신 분부는 화평함이 부족한 듯합니다. 김만중은 사람됨이 편협하고 고지식하여 생각하고 있는 것이 있으면 반드시 진달하고 마는 그런 사람일 뿐입니다. 김만중은 강화도에서 자결하여 순절한 김익겸의 유복자로서 나이 일흔이나 된 늙은 어미가 있는데 그의 형 김만기가 죽은 지도 얼마 되지 않았습니다. 이제 또 김만중이 멀리 귀양 간다면 그의 어미가 의지할 데가 없을 것이어서 정리가 너무도 불쌍합니다."

왕이 "박태손이 너무도 방자하구나. 김만중이 차마 듣지 못할 말을 임금에게 했는데도 감히 그를 구원하려 하고 공주들의 일도 그저 불평에서 나온 것이라 하니 내가 신하와 지친을 모함한다는 것인가? 공주들에게도 지켜야 할 법도가 있지 않으냐!" 하고 분노를 터뜨렸다.

공주들이 장옥정이 후궁이 된 것에 불만이 있었던 이유는 공주의 궁가들이 인조의 후궁 귀인 조씨 소생인 숭선군 집안과 사이가 좋지 않아서였다. 장옥정이 베갯머리에서 왕에게 "김만중이 어전에서 한 말은 공주들한테서 들은 것을 옮긴 것이라 합니다"라고 했고 이 때문에 김만중이 귀양을 가게 된 것이었다.

이로부터 장옥정의 말이 가진 힘이 왕의 고모인 공주들을 떨게 만들었고 신하들도 경신년 삼복의 변처럼 골육 간의 상쟁이 또 생길까 두려워했다. 초야에 머물다 이조 판서에 임명돼 도성에 올라온 박세채가 글을 올렸다.

—김만중이 죄를 입고 귀양을 간 이유가 시중의 소문을 그대로 진달한 때문이고 그것을 오직 주상께서만 모르셨다면 김만중의 죄가 아닙니다. 삼대의 임금은 모두 집안을 잘 다스리는 것을 근본으로 삼아 정사를 폈는데 부부가 유별하고 처첩에는 순서가 있으며 적서가 정해져야 집안과 나라의 근심이 되지 않으니 이를 주상께 경계하시라 권했던 것입니다. 근래 대간들이 올리는 소의 내용이 지나치게 과격하긴 하지만 궁중의 일을 말했다 하여 죄를 받는 것은 태평성대의 모습

이 아니며 임금의 총애가 후궁장옥정과 종친동평군에게 치우치는 바람에 임금의 위신이 깎이니 삼가지 않을 수 없습니다. 종친에게 실직을 주는 것은 세조대왕 이후 없던 일이니 주상께서 동평군을 혜민서 제조에서 물러나게 하지 않으신 것과 신하들이 계속 물러나게 하라 고집을 하는 것은 양쪽 다 잘못인가 합니다.

그러자 왕이 한때 유현이라 칭하며 존중하던 박세채를 '괴물'이라고 하면서 당장 물러가라고 했다. 이에 따라 박세채가 시골로 돌아가려고 성밖으로 물러갔다.

영상 남구만, 우상 여성제가 모두 박세채를 시골로 가게 하지 말라고 청했다. 남구만이 먼저 차자를 올렸다.

—전하께서 즉위하신 지 십수 년에 저사儲嗣, 후사가 없으므로 신민이 걱정하고 인심이 안정되지 못하고 있는데 종친들의 출입이 잦다는 말을 박세채가 듣고는 무슨 일이 일어나기 전에 경계하려 한 것입니다. 경신년에는 복창군 형제들의 역모가 드러난 적이 있습니다. 전하께서는 어찌하여 여러 종친 중에 총애가 지나친 종친이 있다는 말의 근거를 살피지 않으시며 박세채를 불러와서는 쓰지도 않고 물러나게 하려 하십니까? 박세채를 따뜻이 대하시고 동평군을 유별나게 후히 대하는 일이 없도록 하십시오.

왕이 남구만의 차자를 보고는 사헌부에서 올라온 다른 문서를 단번에 찢어버리면서 소리를 높여 "이 글은 역모를 고한 것이나 다름없다. 복창군 형제의 일과 나라에 저사가 없다는 말로 동평군이 내 자리를 노리는 것이라 의심한다면 국문을 청하는 것이 옳지 어찌 혜민서 제조에서 물러나라고만 하는 것인가?" 하자 남구만이 급급히 "예전의 일로 후일의 경계를 삼고자 한 것입니다"라고 변명하고 여성제는 "영상의 말은 의사 전달이 제대로 되지 않은 것입니다"라 했다가 엄한 질책을 받고 물러났다. 왕은 "남구만의 말은 찬탈에 관한 것이다. 박세채는 물리치고 다시는 유현으로 대우하지 않겠다"고 언명했다. 인조 임금 당시의 호란에서 나라를 구한 대신 최명길의 손자인 부제학 최석정이 두 대신들을 사주하여 그런 말이 나왔다고 하여 잡아다 국문하고 직위를 거둬버리라고 하여 온 조정의 신하들이 자신들도 그 지경이 되지나 않을까 두려움에 떨었다. 나중에 사헌부의 청으로 그 명은 거둬들였다. 이어 비망기를 내려서 남구만과 여성제를 북쪽 국경 근처로 귀양을 보내게 했다. 조정 내외의 사람들이 갑작스레 정세가 돌변하는 데 크게 두려워하고 놀라서 두 사람을 전송하려고도 하지 않았다.

남구만은 함경도 경흥, 여성제는 경원으로 귀양을 갔고 가시나무로 배소를 둘러싸서 감시하게 했다. 김수항은 이미 모든 직사에서 물러났고 이수언, 민진주, 한성우 등 여러 사람은 차례로 견책을 당하여 쫓겨났으며, 이선이 탄핵을 당한 것도 모두 장옥정에 의한 것이라고 소문이 자자했다. 새로 영상으로 기용된 노론 김수흥이 좌의정 조사석과 함께 왕 앞에 나아가서 남구만, 여성제를 용서해달라고 청했다가 엄한 질책을 받았다. 박세채의 일 역시 마찬가지였다.

## 64장 왕자 탄생

무진년1688년 봄, 마침내 장옥정이 회임을 했다. 왕의 기쁨과 기대는 이루 말할 수 없이 컸다.

회임한 후궁이 있는 처소는 가까운 친속도 허락 없이는 드나들 수 없었다. 나는 물론 갈 생각이 없었고 갈 수도 없었다. 왕은 매일 빠짐없이 장숙원에게 가서 무슨 문제나 불편한 데가 없는지 묻고 알뜰하게 보살폈다. 그전에 인경왕후가 회임했을 때는 볼 수 없던 행동이었다.

여름에 여역이 돌아 도성과 지방을 합쳐 만여 명이나 되는 사람이 죽어나갔다. 대왕대비가 앓아누운 뒤로 나날이 병세가 무거워지더니 8월에 들어서는 회복할 기미가 보이지 않도록 위중해졌다. 약방에서 올리는 백약이 무효하니 왕이 명산대천에 신하를 보내 대왕대비의 환후가 낫도록 기도를 올리게 했으나 이 역시 대왕대비를 일어나게 만들지는 못했다.

무진년 8월 26일에 대왕대비 양주 조씨가 창경궁 내반원에서 승하하였으니 향년이 64세요, 시호를 '장렬莊烈'이라 정하였다. 장례 절차를 책임지는 총호사를 조사석이 맡았다. 살아서는 후손을 앞세울 때마다 복제로 큰 시비가 일어났지만 본인이 죽었을 때는 아무런 소요가 없이 조용했다. 장옥정에게는 오래도록 북풍한설 찬바람을 막아주던 병풍이 사라진 것이나 다름없었다.

10월 28일, 해가 질 무렵인 유시에 마침내 장옥정이 왕자를 낳았다. 그때 장옥정은 내명부 정이품 소의에 올라 있었다. 왕은 천하를 얻기라도 한 양 기쁨이 대단했다. 첫아들을 낳았으니 그럴 만도 했다. 내게는 좋지도 나쁘지도 않았다. 아무도 묻지는 않았지만. 뿌옇게 햇무리가 진 하늘처럼 앞날이 가늠이 되지 않았다.

갑자기 내수사 앞쪽이 수선스러워지며 무예별감들이 사헌부의 아전과 조례皁隸, 하급 군관를 붙들어가지고 왔다. 조례의 검은 건은 찢어져서 머리에 간신히 걸려 있었고 청색의 단령은 재와 흙투성이였으며 멍투성이인 얼굴에 피칠갑이 되어 있었다.

"이게 무슨 일인가?"

눈에 익은 별감이 내게 다가와 고개를 숙였다.

"어명을 받고 사헌부의 금리와 조례를 잡아왔습니다. 내수사의 옥에 가두시라고 합니다."

"어명을 받드는 건 당연하네만 어쩌다 날아가는 새도 떨어뜨린다는 사헌부의 조례가 저 모양이 되었나 그래."

사헌부의 이속에도 검계의 계원이 들어 있었다. 다행히 끌려온 자는 검계의 계원이 아닌 듯 은밀한 신호를 보내오지는 않았다.

"지평 나리께서 장소의의 어미가 궁궐에 타고 들어온 보교를 때려

부수고 불태워버리게 하셨는데 저놈들은 하수인들입니다. 지평 나리께서는 의금부에서 추국을 당하고 계십니다."

"알았네. 여긴 걱정 말고 가보게."

이제는 까마득히 멀어져버린 대전별감 시절이 생각났다. 등이 가려웠다. 추월이가 보고 싶어졌다. 저녁때면 시원하게 등을 긁어주리라 여겼다. 왕이 내린 죄수가 내수사 옥에 있으니 퇴청을 할 수도 없어서 시원하게 등을 긁는 일은 뒤로 미뤄야 했다. 어둡기 전에 별감들이 몰려나왔다. 낯이 선 젊은 내관들도 함께 왔다.

"죄인들은 어디에 있소?"

내가 열쇠를 건네주자 그들은 기세등등하게 발소리를 울리며 옥이 있는 자리로 몰려갔다. 옥에는 두 사람이 신음소리를 내며 뒹굴고 있었다.

"꺼내어라!"

명이 떨어지자 사헌부의 이속들이 질질 끌려나왔다. 대뜸 덩치 큰 종복 하나가 가더니 평소에 무슨 억하심정이라도 있었는지 종주먹을 쥐고는 야무지게 얼굴을 때렸다.

"이제 네놈이 죽을 자리를 받았는지 알겠느냐?"

사헌부가 아니라도 각 아문에서 쓰는 아전은 중인 출신이고 조례들은 군역을 지는 양인을 쓰는 것이 보통이었다. 종복은 천인이니 당장 내 눈앞에서 천인이 양인을 친 사건이 벌어진 것이었다. 평소 같으면 승냥이처럼 사나운 사헌부의 아전이 사냥에서 잡혀온 짐승처럼 얌전했다. 어처구니가 없었다.

"무엇들 하느냐? 쳐서 물고를 내버리지 않고!"

더욱 어처구니없게도 명색이 내수사를 관장하는 내 눈앞에서 내 의사는 물어보지도 않고 인정사정없는 구타가 시작되었다. 주먹과 발길질에 이어 장딴지보다 굵은 몽둥이로 찜질을 하는 것을 보니 살려줄 생각이 없었다. 특히 평소에 남을 때려본 적이 없는 내관들이 허연 입김을 내뿜으며 급소를 가리지 않고 마구 몰아치는 게 심상치 않았다.

"멈춰라!"

내 말에 돌아보는 놈조차 하나 없었다. 다듬이질로 빨래를 두들기듯 두들겨패고 있을 뿐이었다. 잠시 생각을 했다. 내가 이들이 하는 일을 말리고 나선다면 왕명을 거스르는 일이 될지 아닐지. 전과는 비교할 수 없이 높은 무공을 가지게 된 내가 평범한 용력을 가진 종복들을 상대로 초인적인 무공 초식을 발출하여 제 뜻대로 하는 게 온당한 일일지.

그 얼마간의 망설임이 멀쩡하던 사람의 생사를 갈랐다. 따악, 딱 소리가 나고는 무자비하게 내려쳐지던 손길이 멈추었다. 머리를 맞은 조례가 이미 숨을 거두었고 골수가 흘러나와 있었다. 하나는 이미 매질 이전에 내상을 입고 온 게 분명했는데 변을 지려 구린내가 진동하고 있었다. 뾰족한 얼굴의 내관이 날카로운 목소리로 명했다.

"저것들을 거적에 싸서 사헌부로 옮겨라!"

어름어름하는 나는 본체만체 기절한 두 사람을 거적에 말아서 수레에 싣고는 일행은 나는 듯이 가버렸다. 경위를 알려면 그들을 따라 궁궐로 갈 수밖에 없었다. 궐문 앞에 이르니 금호문 옆에서 연기가 나고 있었다. 나무토막들과 헝겊의 모양으로 봐서 가마에서 나온 허접쓰레기들이었다. 친분이 있는 수문장을 끌고 옆으로 가서 자초지종을 물었다. 장옥정의 어머니가 타던 가마라고 했다.

장옥정이 해산을 하고 나서 해산구완을 해주기 위해 어미가 궁궐로 들어왔다. 그런데 걸어온 게 아니고 여덟 명이 메는 큰 가마를 타고 왔다. 웬만한 벼슬아치들도 넷이 메는 사인교를 타고 다니던 때였다. 이를 본 홍문관 교리 김성적이 사헌부에 통기를 해주어서 사헌부에서 풍속을 단속하는 직임을 맡은 지평 이익수가 수하 이속들을 데리고 와서 가마를 멈추게 했다.

"너는 신분이 천인이 아니냐? 어찌 지붕이 있는 가마를 타고 궁궐을 드나든단 말이냐? 당장 내리지 못할까?"

서슬 푸른 이익수의 명에 장옥정의 어미는 가마에서 내릴 수밖에 없었다. 이때 이익수가 수하들에게 명해서 가마를 완전히 때려부수게 한 뒤 복구를 할 수 없게끔 불까지 질러버렸다는 것이었다.

"이 경사스러운 날에 이 무슨 불상사인가. 주상께서 뭐라고 하셨는가?"

왕은 이익수의 보고에 "장소의가 해산을 할 때가 되어서 그 어머니로 하여금 궁에 들어와서 보도록 한 것은 예부터 규례에 있는 바에 따른 것이다. 교자를 타는 것은 이미 행하던 전례가 있으니 그 자신이 제멋대로 처음 행한 것은 아니다"라고 답을 내렸으나 그때는 이미 가마를 때려부수고 불을 질러버린 뒤였다. 이에 왕이 진노하여 명에 따라 가마를 부순 사헌부의 아전과 조례를 잡아다 벌을 가하라 명한 것이었다. 삼엄한 왕명이 잇달아 내렸다.

—회임한 후궁의 본가에서 산달이 다가와 출입하는 것은 전교가 없이도 할 수 있으며 입궁할 때 가마를 타는 것이 옛적부터 있던 예에

의한 것이었다. 입궐과 예궐이 모두 왕명에 따른 것인데 어떻게 감히 그 종을 묶고 교자를 뺏으며 이와 같이 모욕을 가하였는가? 반드시 해당 관리가 누군가의 사주를 받은 소치이니, 각별히 엄한 형벌로 되풀이해 캐물어서 기필코 실정을 알아내도록 하라.

결국 조례 두 사람은 숨이 끊어지고 말았다. 왕이 반드시 죽이려는 기색을 보였기 때문에 죄 없이 위의 명령에 따랐던 아랫것들이 죽었다. 그들에게도 부모와 자식과 벗들과 동료가 있는데 하루 사이에 불귀의 객이 되고 말았으니 너무도 허무했다. 그들의 어미 역시 그들을 낳고 친정 어미의 구완을 받아서 미역국을 먹었을 것이었다. 권력이라는 게 이리도 몰인정하고 거침이 없는 것인가.

그날 이후 군신들은 사람 목숨이 죽어나간 데 대해 반성하기커녕 서로 책임을 전가하기에 바빴다. 조사석이 자의대왕대비의 능지를 살피고 돌아와서 왕을 면대했다.

"법률상 장소의의 어미는 당하관인 역관의 부인으로 궁궐에서 옥교를 탈 수 없습니다. 옥당의 신하가 사헌부에 통지를 한 것이나 사헌부 관리가 추문하여 다스린 것은 본래의 직책에 따른 것입니다. 그런데 지금 전하께서 내관으로 하여금 추문하여 다스려서 죽게 하고서야 그만두셨습니다. 지금 장소의의 어미가 금령을 범한 것으로 인하여 이런 격한 분부가 있으시니, 신은 가만히 애석하게 생각합니다. 전하께서 그전의 잘못을 깨닫고 허물을 뉘우치는 뜻으로 신하들에게 말씀하신다면 일식, 월식이 지난 후의 광명처럼 되지 않겠습니까?"

그제야 왕이 왕자의 외가는 왕자로 인해 귀하게 되는 도리가 있다고 하면서도 "대관이 장소의의 어미가 옥교를 타고 출입하여도 된다는 전교가 없었다고 했기 때문에 조례를 추문하여 다스렸던 것인데, 지금 와서 생각해보니 조례는 죄를 지은 일이 없다"고 했다. 죽은 조례를 살릴 수는 없었다. 죽은 사람만 억울하고 분통 터질 일이었다. 터질 분통이 있다면.

교리 김성적이 상소하여 "대저 법이란 곧 선왕들께서 이루어놓은 것입니다. 사헌부 신하가 그 법을 준수하여 법리를 시켜 범법한 사람을 다스린 것인데, 지금 전하께서 곧 그 법리를 도로 죽였으니, 선왕의 법을 죄준 것이나 다를 바 없습니다. 전하께서는 사헌부의 이졸이 죄가 없으면서 억울하게 죽은 것을 슬프게 여기시어 특별히 구휼을 하는 은혜를 베푸소서" 했으나 왕은 받아들이지 않았다.

그리하여 장옥정은 조정에서 왕과 몇몇 사람을 제외하고는 거의 모든 사람과 척을 지게 되었다. 나? 장옥정에 대한 관심이 깨끗이 사라졌다. 왕자를 낳은 이상 까마득히 높고 먼 곳으로 오르고 또 오를 것이니 더는 볼 일이 없으리라 여겼다. 한순간에 아무렇지도 않게 정이 떨어지는 것을 보면 내가 모진 놈이거나 그놈의 정이라는 게 아무것도 아니어서일 것이다. 추월이의 말마따나 정은 살과 살이 부딪치는 속정에서 나오는 것.

# 65장 원자

해가 바뀌어 기사년1689년이 되었다. 1월 10일 왕이 삼공과 육경, 삼사의 장 등 여러 신하를 불러모았다. 신하들 머리 위로 단호하고 굳센 어조의 옥음이 내렸다.

"지금까지 국본세자이 없어서 나라가 약하고 민심이 불안한데 이를 안정시키려면 원자의 명호를 정하는 것[12]이 최상의 계책이오. 만일 이 조치에 관망만 하고 머뭇거리거나 다른 뜻을 가진 사람이 있다면 벼슬을 내놓고 물러가시오."

이조 판서 남용익이 맨 먼저 나섰다.

"왕자의 탄생은 국가의 경사입니다. 하나 지금 중전께서 춘추가 한창이신데 원자의 명호를 정하는 것은 너무 빠르지 않은가 생각합니다. 전하께서 물러가라 하셨으니 신은 물러가옵니다만 생각한 바는 이와 같습니다."

호조 판서 유상운은 "앞으로도 중궁께 생남의 경사가 없으시다 한다면 국본이 반드시 지금의 왕자로 정해질 것인데 오늘 곧바로 원자의 명호를 정하고 안 정하는 것이 무슨 상관이 있겠습니까"라 하고 병조 판서 윤지완도 "남용익의 너무 빠르다는 말이 참으로 옳습니다"라고 했다. 공조 판서 심재는 "두루 널리 물어서 처리하시는 것이 좋겠습니다"라고 했고 대사간 최규서는 "지금 전하의 춘추가 한창이신데 서둘러 원자의 명호를 정하는 것은 마땅히 조용히 의논해야 할 일이며 찬성하지 않는 신하들에게 물러가라 하신 것은 신하를 박대하는 처사일 뿐 아니라 대단한 실언입니다"라고 논박했다.

왕이 고개를 아래로 기울이고 몸을 낮춘 채 말했다.

"왕자가 탄생한 뒤 과인이 마음에 의지할 곳이 생겼소."

내내 지켜보기만 하던 영상 김수흥이 뒤늦게 입을 열었다.

"왕자가 탄생한 지 두어 달로 아직 포대기 속에 있으며 지금 국본을 논하는 것은 너무 이르니 주상께서 잘 생각하여 처리하십시오."

이에 왕이 "원자의 명호를 정하는 것은 종사를 위한 큰 계책이니 여러 말 할 것 없이 예조에 절차를 진행하도록 분부하라"고 명했다.

수찬 목임일이 달리 널리 물어보라고 청하고 예조에서도 함부로 결단하기 어려운 점이 있다 하여 여러 대신들과 의논하라고 청했으나 왕은 계속해 원자의 명호를 정하라고 할 뿐이었다. 왕의 입에서 원자의 명호를 정하라는 말이 나온 지 닷새 만에 지방 유생 유위한이 소를 올렸다.

—원자의 명호를 정하는 것은 나라의 근본을 세우는 일로 대신들이 하루빨리 청하지 않았고 주상께서 명하셨으니 아무짝에도 쓸데없는 대신들에게 다른 뜻이 있는 것입니다. 오늘 당장 왕명에 따라 원자

의 명호를 정해야 하며 세자로 봉한 뒤 세자 사부를 뽑아 임명하여 전하께 후사가 있음을 알게 하면 나라의 기초가 반석같이 굳어질 것입니다.

이런 상소 끝에 귀양 가 있는 여러 신하 중 남인 권대운, 권해, 이옥 등을 풀어줄 것을 청했다. 누가 봐도 그의 속셈이 훤히 보였다.

당장 도승지 이언강 등이 상소했다.

—국가에서 이미 결정한 일을 유위한이 방자하게 소를 올려 전하를 현혹하여 조정 내 신하들에게 화를 전가하려 하니 흉악하고 참혹합니다. 엄중한 처분을 내리시지 않으면 나라에 대단한 화근이 될 것입니다.

왕은 "왕자를 원자로 정해놓은 뒤에 나이들기를 기다려 세자로 책봉하는 것이 자연스러운 순서인데 미리 책봉하자고 청한 것은 나라의 제도를 모르는 까닭이나 은연중에 화를 신하들에게 전가할 뜻이 있으니 괘씸하다. 유적에서 삭제하라"고 했다. 이어 신하들의 불같은 주청에 따라 절도로 귀양을 보내게 했다.

결국 1월 16일에 왕자를 원자로 봉했다. 다음날 장옥정을 소의에서 올려 희빈으로 삼았는데 희빈은 내명부 정일품의 품계로 후궁 가운데는 중궁 다음의 순서였다. 전광석화 같은 처분이었다.

보름 뒤인 2월 1일 봉조하 송시열이 각각 봉한 상소 두 본을 올렸다. 송시열은 첫번째 상소에서 자신의 스승인 김장생과 성혼 사이의 일로 두 집안이 서로 사이가 나빠진 이유를 길게 나열하고 자신의 아버지 송갑조가 사마시에 합격했을 때 장원급제를 한 이영구가 주도하여 합격자들이 서궁에 유폐된 인목대비에 대한 사은을 하지 않기로 한 것과는 달리 혼자서 서궁에 사은을 하러 간 일을 구구절절 밝혔다.

—이에 인조께서 반정 뒤 그 절의를 표창하셨으며 효종께서 제 아비에게 집의를 증직하셨습니다. 그런데 성혼의 외손인 윤선거의 외손 박태보가 여러 사람들에게 신의 아비의 이름이 당시 동방급제한 이영구의 흉측한 상소에 들어 있다고 말하면서 제 아비가 홀로 사은한 일을 거짓이라 통렬하게 배척하였습니다. 신이 병자호란 당시 윤선거가 강화도에서 의리를 잊고 몸을 욕되게 한 것[13]이 애석하다고 말하였으므로 그를 추종하는 무리와 후손이 절의와 관련된 일을 듣는 것을 덮어놓고 싫어하여 그렇게 한 것이 아니었겠습니까? 김익겸은 강도에서 적을 방어하다가 살신성인의 모범을 보였는데, 윤선거의 아들 윤증은 그때 윤선거가 반드시 죽어야 할 의리가 없다고 하였습니다. 김익겸의 절의를 빛나게 하면 제 아비가 더욱 부끄러워지기 때문에 감히 그리하였던 것입니다. 이제 박태보가 또 신의 아비를 음해하지만, 박태보의 외증조인 윤황이 일찍이 신의 아비에 대한 만사輓詞, 죽음을 애도하는 시에 그때의 일을 자세히 쓰기까지 했는데 지금은 박태보 혼자만 그리 생각한다는 말입니까? 전하께서 더욱 성학에 힘쓰시고 성도를 밝히시어 대일통을 요체로 삼으신다면, 저런 흉한 사설을 늘어놓는 자들은 하늘에 뜬 해를 보고 사라지는 도깨비와 같아질 것입니다.

또하나의 상소에는 자신의 집안 문제와 박태보 때문에 머리가 흐려져 조정의 사세가 어떻게 돌아가는지 전혀 살피지 못하고 쓴 게 틀림없는 내용이 들어 있었다.

—옛날 송나라 신종은 나이 이십팔 세에 철종을 낳았는데 철종은 열 살까지 번왕의 지위에 있다가 신종이 병이 들자 비로소 책봉되어

태자가 되었습니다. 당시 장성한 숙부들이 있었는데도 이와 같이 천천히 일을 진행한 것은, 제왕의 큰 거조는 항상 여유 있게 천천히 하는 것을 귀하게 여기기 때문입니다. 지금 여러 신하들이 '중궁께 생남의 경사가 있으실 때'라고 하는 것은 사전에 치밀하게 살펴야 한다는 생각이 있기 때문입니다. 또 신이 기억하건대 기해년 언저리에 허목이 '국본이 정해지지 않았으니 세자를 책봉하여야 한다'고 상소하였을 당시에 전하께서는 탄신하신 지 오래지 않아 불과 몇 자밖에 안 되는 옷을 입고 계셨습니다. 정태화가 아뢰기를 '원자가 탄생하시는 날은 바로 국본이 이미 정해지는 날입니다'라고 하여 이 때문에 허목의 의견이 받아들여지지 않았습니다. 그뒤에 역적 윤휴의 무리들이 모두 허목의 언사를 빌미로 삼아서 남몰래 화의 기틀을 만들어 마침내 지금의 영돈령부사 김수항 이하를 쫓아냄으로써 역적 허견의 모의가 더욱 방자해졌습니다. 요즈음 성상께서 비록 참소하는 자들을 통렬히 배척하고 계시지만, 그때의 일에 이어 사특한 마음을 부릴 길을 찾는 자가 있을 줄 어찌 알겠습니까……

날이 어두워진 뒤 왕이 입직한 승지와 홍문관 관원을 불러 입시케 하여 형식적으로 신하들의 의견을 묻고는 송시열이 원자의 명호가 이미 정해졌음에도 뒤늦게 원자의 명호를 천천히 정해도 된다고 한 것은 크나큰 잘못이라고 언명했다.

"송시열이 유림의 영수이면서도 하는 말이 이와 같으니, 장차 논의가 시끄럽게 일어날 것이오. 송시열이 윤증과 서로 반목하여 헤어진 뒤로 조정이 몇 년 동안 시끄럽고 어지러웠으니 어찌 그럴 염려가 없겠소? 또하나의 상소에서 제 아비 송갑조의 잘못을 지적한 박태보를 사정없이 헐뜯었는데 이로 미루어봐도 송시열이 얼마나 제 편에 치우쳐 잘못된 논리를 펴왔는지 알 수가 있소."

소론 신하들은 일제히 송시열이 제 사문과 집안의 일을 공공연히 조정에 올려서 분열을 일으켰다고 비판했다. 왕은 신하들을 굽어보며 단호한 어조로 명했다.

"송시열은 산림의 영수로서 나라의 형세가 고단하고 약하여 인심이 물결처럼 험난한 때에 감히 송나라의 철종을 끌어대어 오늘날의 원자 정호를 너무 이르다고 하였다. 이런 행실을 그대로 두면 임금을 무시하는 무리들이 장차 연달아 일어날 것이니 마땅히 멀리 귀양을 보내야 할 것이나 늙은 유신임을 감안하여 삭탈관직하고 도성 밖으로 내치게 하라. 송시열을 구하려는 자는 대신이라 하더라도 용서하지 않을 것이다. 승정원에서는 앞으로 이런 소는 일절 받아들이지 말라 하라."

예상치 못한 왕의 엄중하고 단호한 조치에 놀란 신하들은 감히 이의를 제기할 생각을 하지 못하고 편전을 물러났다. 그 자리에서 누구든 송시열을 옹호하고 나섰다가는 가차없이 쫓겨날 게 분명했다. 왕은 상기된 얼굴로 내게 물었다.

"효종대왕의 밀서는 아직 송시열의 수중에 있지?"

나는 고개를 끄덕였다. 총망중에 답을 잘못했다가 무슨 트집을 잡힐까 두려웠다.

"얼마나 더 찍어 누르고 쥐어짜야 밀서를 토해낼까? 이미 수십 년이 흘렀는데 그게 오늘날의 형국을 뒤집을 정도의 힘을 가지고 있을까? 할바마마의 밀서에 관해 손자가 책임을 얼마나 어디까지 져야 하나?"

결국 무슨 말이든 하지 않을 수 없었다.

"그것이 얼마나 대단한 가치를 가지고 있든지 흐르는 물을 되돌릴 수는 없을 것입니다."

왕은 고개를 천천히 끄덕였다.

다음날 왕은 엄중하게 전교했다.

—영의정 김수흥이 지난번 인견할 때 화가 나서 할 말 못할 말을 가려 하지 않았고 전혀 공경하고 삼가는 태도가 없었으니 해괴한 일이 아닐 수 없다. 당장 파직하라.

이어 물동이에 든 썩은 물을 단번에 확 쏟아버리고 새 물로 채우듯 승정원과 삼사의 관리를 모조리 남인들로 갈아치웠다. 좌우 정승에는 남인 목내선, 김덕원이 기용되었다.

삼사에서 송시열을 극변에 위리안치하기를 청하자 윤허한 데 이어 제주도에 위리안치하게 했다. 사헌부의 주청에 따라 전직 서인 신료들을 줄줄이 파직하고 귀양 보냈다. 성균관 대사성 오도일은 성균관의 인사를 적은 종이를 찢어버린 죄로 사판에서 삭제되었다. 왕의 친고모인 숙안공주의 아들 홍치상은 이전에 자의대비에게 성씨가 적힌 이상한 편지를 보낸 것과 조사석이 장희빈의 청탁으로 정승이 되었다는 말을 지어낸 당사자로 지목하여 형을 가하며 신문하고 극변으로 귀양을 보냈다. 이사명은 남해로, 김익훈은 강계로 멀리 귀양을 보냈다. 김수흥은 나라를 병들게 하고 뇌물을 받고 사치하고 사리를 도모한 죄로 삭탈관직하고 도성 밖으로 내쫓았다. 김수항은 후궁에 친척종손녀 숙의 김씨이 있음을 기화로 임금의 동정을 엿보고 밀서를 연달아 올려서 옥사를 일으켰으며, 이단하가 미친 것을 알고도 송시열의 지시에 따라 정승의 자리에 올리고 비루한 자로부터 청탁을 받아 병사, 수사로 보낸 죄로 파직되었다. 권력이 안팎으로 뻗쳐 동네 하나를 차지할 만큼 큰 집에서 살며 사방에서 실어들인 물건이 창고에 가득했다는 허물도 들춰냈다.

임술년 역모의 고변과 무고에 연루된 자들이 국청에 끌려와 국문을 받았다. 김익훈은 네 차례, 김환 네 차례, 박빈 여섯 차례, 이광한이 네 차례의 형문을 받고 김중하는 형문의 매질을 당하기 전에 미리 자백하여 참형에 처해졌다. 김환도 참형되었으며 남두북은 중풍에 걸려 죽고 김익훈, 박빈은 옥사했다. 오 년 전에 이미 죽은 김석주는 무고한 옥사를 일으키고 왕을 정탐한 죄로 삭탈관직되었다.

죽은 남인 조이수, 홍우원, 이무가 복관되었다. 윤선도 부자에게 시호와 벼슬이 되돌려졌다. 미수 스승을 복작하고 신하를 보내 치제하게 했다. 야당 장군 또한 신원이 되고 이수경과 함께 복관이 되었다. 윤휴 또한 벼슬이 회복되었다. 삼복 가운데 유일하게 죽지 않고 살아남은 복평군의 배소에서 가시나무가 걷어졌다.

추가 조치도 속속 취해졌으니 귀양 갔던 이사명이 동평군을 모함하고 홍치상과 결탁해 대비와 임금을 속인 일 등으로 참형에 처해졌다. 홍치상은 조사석에 관한 헛소문을 퍼뜨리고 장희재와 사귀어서 동평군을 정탐하려 한 죄로 교수형을 당했다. 김만중이 배소에서 끌려와 세 번의 형신을 받고 조사석에 대한 일에 대해 자백하고는 남해로 다시 귀양을 갔다.

송시열은 예론으로 종통을 어긋나게 하고 국본을 동요시켰다는 혐의로 누차 사형시키라는 진언이 잇달았지만 "번거롭게 하지 말라"고 하며 허락하지 않았다. 김수항은 4월 9일 진도의 적소에서 사사되었다. 향년 육십일 세였다. 정일품 대광보국숭록대부에만 이십 년 이상 있었고 수많은 사람들로부터 당대의 명유, 명환으로 추앙받던 인물이 왕의 진노 앞에서는 초개와 같이 스러져갔다.

# 66장 아버지와 아들

그때에, 아버지가 아들에게 말했다.

"내 어찌 네가 더 살기를 바라겠느냐마는 지금껏 살았던 것이 하늘의 도움이었으니 혹여나 더 살기를, 하늘의 은덕으로 되살아날 수 있기를 마음속으로 빌고 또 빌었다. 이제는 더이상 살지 못할 것 같으니 이 또한 하늘의 뜻인가보다. 아들아, 이제 다만 조용히 죽음으로써 네 마지막을 빛나게 하라."

아들은 답했다.

"감히 어찌 가르치심을 좇지 않겠습니까. 조용히 죽음에 이르도록 하겠습니다."

아버지가 차마 더이상 아들의 모습을 보지 못하고 밖으로 나갔다. 먼 데서 꿩이 울고 가까이에서는 비둘기가 울었다. 아버지는 밖에 선 채 목을 놓아 서럽게 흐느껴 울었다. 눈물이 도포 자락을 적시도록 울고 또 울었다.

나는 그 아버지를 보고 있었다. 사육신의 무덤이 있는 노량의 강가, 우북한 풀들이 묏등을 싸안고 있었고 누군가 몰래 산소를 돌보고 있는 듯 주변은 정갈했다. 어딘가에서 정결한 한 사람이 온 곳으로 돌아가고 있었다. 눈에서 눈물이 넘쳐나와 소매를 흠뻑 적셨다.

기사년 3월, 원주의 유생 안전 등이 소를 올려서 문성공 이이와 문간공 성혼을 문묘의 배향에서 내쫓을 것을 청하고, 종통을 어지럽히고 국본을 동요시킨 죄로 송시열을 법대로 처단하기를 청했다. 관학 유생 이현령 등이 잇달아 이이와 성혼을 출향하라는 상소를 올리자 왕이 이를 윤허했다. 3월 18일 문묘에 고하고 이이와 성혼의 위판을 꺼내 땅에 묻었다.

사헌부 장령 김방걸, 지평 심발, 정선명, 정언 김정태가 소를 올렸다.

—『춘추』의 법에 '신하가 임금을 어찌하려는 뜻을 가지면 아니 되니 그리하면 베어 죽인다人臣無將 將則誅' 하였는데 송시열은 장심將心, 임금을 장차 어찌하려는 역심을 가졌으니 죽여 마땅합니다. 기해년 예송에서 감히 효종대왕을 '체이부정'이라 하여 인조의 차장자로 깎아내린 것이 첫번째 장심으로 지은 죄입니다. 윤선도가 소를 올려 이를 반박하자 감히 단궁의 문과 자유의 최[14]를 인용하여 효종대왕에 갖다붙인 것이 두번째 장심입니다. 지금 전하께서 즉위하신 지 십오 년에 세자가 없어 인심이 위태롭고 두렵게 여기다가 다행히 원자가 탄생하시어 명호를 이미 정하였습니다. 그런데 그뒤에 난데없이 송시열이 감히 제멋대로 소를 올려 송나라 조정의 불행한 일을 인용해서 오늘날 원자의 명호를 정한 것이 지나치게 이르다는 증거로 삼고 국본을 동요시키려 하니 이는 세번째 장심입니다. 그 외에 사사롭게 원수를 갚고 환

후로 온천행이 잦은 선왕을 헐뜯고 임금을 임금으로 생각하지 않고 부도한 죄상이 차마 말할 수 없는 데까지 이르렀습니다. 과거에 역적 이유정이 송시열이 유배중인 장기에 가서 사십 일이나 머물러 있다가 돌아왔는데 그의 흉서에 '적통이 차서를 잃었다'고 한 것은 송시열이 주장한 바를 받아서 한 것이 분명합니다. 기해년에 종통을 깎아내린 것, 계축년에 임금을 무함한 것, 경신년에 무고한 윤휴를 해친 것은 모두 지극히 큰 죄이고 천하의 거대한 악이니 청컨대 제주에 위리안치한 송시열을 잡아다 국문해서 국법으로 처단하소서.

처음에 왕은 "번거롭게 하지 말라"고 비답을 내렸다.

예조 판서 민암, 이조 판서 심재 등 이품 이상의 관원과 병조 참의 이서우 등 조정의 당하관들 대부분이 같이 소를 올려 김수항과 송시열을 함께 처형할 것을 청했다. 그때까지 조선에서는 아무리 큰일이 있더라도 당상관 이상의 재상과 공경이 당상관 이하의 하급 관원과 함께 상소하는 일은 없었는데 이때 처음으로 이런 일이 생겼다. 이에 대한 왕의 비답은 짧지 않았다.

—김수항의 죄는 왕법으로 헤아려보건대 결코 용서할 수 없는 것이나 특별히 참작하여 은혜롭게 사사하는 데 그친 것이다. 송시열이 지은 죄도 모르는 것은 아니지만, 이미 엄하게 위리안치하여 간사한 마음을 끊게 하였는데, 기필코 왕법으로 다스릴 것이 있겠는가?

같은 사형이라도 사사는 사대부로 대우하여 사약으로 죽게 함으로써 죽은 뒤의 육신을 온전히 보존하게 한 것이었다. 왕법에 따른 처형은 목을 베거나 효시를 하는 등으로 죽은 뒤에도 장사를 지내는 데 어려움이 많았고 신원을 하는 데 오랜 시일이 걸렸다.

4월 21일 왕이 사헌부, 사간원, 홍문관 삼사의 관료를 만났다. 사헌부 대사헌 목창명을 비롯해 사간원, 홍문관의 관리들이 모두 입시했다. 목창명이 "송시열의 죄는 극악무도하여 결단코 용서할 수 없으니 이들을 처단하려는 전하의 윤허를 반드시 받고 물러가려 합니다" 하고 입을 열었다.

"송시열은 음흉한 성품에 꾀가 많고 속이는 슬기를 가져서 안으로는 해칠 마음을 품고 밖으로는 점잖은 체하며 입만 열면 경서를 인용하여 저의 이야기를 옳은 것처럼 꾸미고 유학으로 언변을 장식하며 산림이라는 이름으로 제 야심을 방자하게 드러낸 지 사십여 년이 되었습니다. 평생에 힘쓰고 생각하는 것이 오직 붕당을 만들어 나라를 어지럽히고 남을 해치며 자신을 이롭게 하는 것이었습니다. 간사하게 스스로를 꾸며 이름을 낚고 사람 죽일 것을 모의하고 그릇된 것을 번지르르하게, 거짓말은 구변 있게 잘 꾸미고 괴벽한 행실을 분수를 잘 지키는 것처럼 하며 오래도록 조정의 권세를 잡아 한 사람이 여덟 가지의 흉악한 죄를 겸했으니 이런 자는 고금에 짝을 찾기가 어려울 것입니다. 세력이 더없이 융성하고 두터우니 온 세상이 송시열이 있는 줄만 알지 임금이 계신 것을 알지 못하므로 이 또한 큰 죄인 것입니다. 난역한 신하는 천하의 대악으로 제 한몸 죽으면 그만이나 송시열이 인심을 오도한 죄는 여러 대를 가도 없어지지 않아서 국가를 망치고야 말 것입니다. 이제 하늘의 해가 내려다보아 흉한 무리들이 처벌을 받았으나 나라 안 사람의 절반서인이 더욱 심히 원망하고 미워하니 서로 협조할 생각은 하지 않고 악독한 마음만 품고 있으므로 나라가 망하는 화근이 이로부터 시작될 것입니다. 지금 만일 송시열을 잡아다 베지 않으시면 난신적자가 두려워하지 않을 것이고 기강이 서지 않으며 국시가 정해지지 않고 인심이 바로잡히지 않을 것입니다. 송시열을 잡아다가 엄하게 문초하고 국법을 바로잡으소서."

왕은 신하들이 기필코 송시열을 죽이려고 하는 뜻을 읽었다. 또한 자신에게 반드시 관철할 일이 있음을 말하기 시작했다.

"국가가 불행하여 세상이 말세가 되고 인심이 악해져서 해괴하고 놀랄 만한 일이 한두 가지가 아니오."

나는 신하들을 둘러보는 왕의 눈에서 촛불이 일렁이는 것을 보았다.

"중궁에게는 화합지 않고 질투하는 버릇이 있소. 장희빈이 처음 숙원이 되었을 때 어느 날 중궁이 내게 꿈속에서 선왕과 선후를 뵈었더니 자신과 김귀인은 복록이 길고 아들을 많이 낳을 것이나 장숙원은 아들이 없고 복도 없고 오래 두었다가는 남인들과 결탁해서 망측한 일을 만들어내 국가에 좋지 않으리라고 하셨다 말하였소. 시부모의 꿈을 빌려서 나를 설복하려 드니 그 간교하고 앙큼함이 폐와 간을 환히 들여다보는 것과 같았소. 장숙원에게 아들이 없을 거라고 했는데 지금의 원자는 아들이 아니고 무엇이오? 원자가 태어난 이후에도 더욱 불평하고 좋아하지 않는 기색이 있었으니 내가 원자의 명호를 정하여 국본으로 일찍 세운 것은 이 때문이오."

이에 목창명이 "지금 하교는 저희 외신들을 자식처럼 여기시고 하시는 말씀입니까? 궁금 깊은 곳 내전의 일을 듣자 하니 외신들의 마음이 편치 못합니다"라고 했고 이시만, 이식 등이 모두 중궁을 변호하고 나섰다. 왕이 일단 물러서서 "송시열의 일은 윤허한다. 제주에 금부도사를 보내 송시열을 잡아오게 하고 국문해서 다시 공초를 받고 법에 따라 처치하라"고 했다.

하지만 4월 23일, 중전의 탄신일에 여러 궁과 내수사에서 중궁전에 진공할 물품의 단자를 올리자 왕이 단자를 내치고 음식을 모두 물리치게 한 뒤 이품 이상의 신하를 불러모은 자리에서 중전 여흥 민씨를 폐비하고 서인으로 삼는다는 전교를 벼락처럼 내렸다. 중전이 투기가 심하고 김수항의 종손녀 김귀인과 함께 친정과 결탁하여 왕의 동정을 엿보았다는 것, 꿈에 선왕과 선후가 나타나서 장희빈이 아들과 복록이 없다고 했다면서 왕을 속였다는 것과 양자인 원자를 미워한다는 것 등이 폐비의 이유였다. 이에 반대하는 신하를 파직하고 귀양을 보냈으며 비망기를 내려 그 뜻을 확고히 했다.

이때에 서인들은 무리로 귀양을 가고 귀양 가지 않은 사람들도 파직당하거나 자리를 빼앗겨 직임이 없는 산반으로 있었다. 이들은 왕후를 폐한다는 말을 듣고 통문을 돌려서 모인 뒤 연명소를 올리기로 했는데 이를 위해 전 판서 오두인, 전 관찰사 이세화, 전 파주목사 박태보 등 팔십여 명이 평시서에 모였다. 평시서는 호조에 속한 아문으로 시전에서 쓰는 자, 말, 저울과 물가를 통제하고 상도의를 바로잡는 일을 맡아보았다. 시봉 스승이 생전에 평시서 영을 지낸 적이 있었는데 스승이 부임하자마자 시전 상인들의 부정이 씻은듯 사라졌다는 말이 있었다. 물론 시봉이 죽은 지 이미 이십 년 가까이 된 마당이라 그를 기억하는 사람은 평시서에 모여 있는 사람 가운데 나 하나밖에 없었다. 퇴청중에 낯이 익은 사람들이 모여드는 것을 보고 어름어름 끼어들게 된 것이었다.

연명으로 상소를 올리기 위해 모인 사람들 가운데는 최석정, 이돈처럼 소매에 소의 초본을 넣어 온 사람도 있었고 뜻만 가지고 온 사람도 있었는데 모여서 소의 내용을 가지고 갑론을박했지만 쉽게 결론은 나지 않고 시간만 흘렀다. 한 사람이 "오늘은 이미 늦었으니 내일 바치는 게 좋겠다"고 하고 또 어떤 사람은 "말만 많지 정작 상소를 짓고 쓸 이가 없으니 어찌할 것인가" 했다. 내가 어찌할 겨를도 없이 박태보가 나서더니 분연히 말했다.

"이런 일을 두고 시일을 끌어갈 수 있겠습니까? 제가 짓고 쓰겠습니다."

박태보는 최석정과 이돈 두 사람의 소본을 가져다가 내용을 합치고 첨삭하더니 풍우처럼 붓을 달려 잠깐 만에 상소문 한 편을 써냈다. 이 소를 다시 여러 사람이 돌려보고 각각 자기 뜻을 덧붙였는데 소의 내용이 격한 데가 많아서 더러는 "주상께 올리는 글은 엄준해야 하는 것이지만 지나치게 격렬하면 오히려 일을 그르칠까 걱정입니다"라고 했다. 그러자 벼슬이 가장 높아 연명소에 맨 먼저 이름을 올리게 된 오두인이 "일이 이미 여기에 이르렀으니 우리들이 어찌 죽는 것을 두려워하리오"라고 하고 이세화가 "우리들이 비록 파면되고 관직이 없으나 팔십여 명이나 되니 이 또한 밖에 있는 하나의 조정이오. 한 번의 상소로 그칠 것이 아니라 서너 차례를 더 올리더라도 기어이 중궁을 폐한다는 전교를 거두도록 해야 할 것이오"라고 했다. 오두인이 씁쓸하게 웃으며 "공의 말처럼 서너 번씩이나 할 겨를은 결코 없을 거요"라고 말했다. 이날 신시오후 3시~5시에 오두인을 소두疏頭로 한 상소문이 들어가자 승정원에서 곧 받아들여가서 탑전에 올렸다. 상소문의 대강은 이러했다.

—중궁께서 이 나라의 국모로 자리하신 지 이미 아홉 해나 되었습니다. 대비께서 친히 가려 뽑으시어 전하께 부탁하셨고, 전하와 함께 대비의 상을 치르신 분입니다. 조정 안팎에 잘못이 있다는 말이 들리지 않았고 신민이 우러러 떠받드는 마음이 바야흐로 간절한데, 삼가 어제 빈청에 내리신 비답을 보니 그 뜻이 너무도 엄중하였습니다. 전하의 말씀이 한번 전파되자 이를 보고 듣는 사람들이 깜짝 놀랐습니다. 궁중 깊은 곳의 일은 외인으로서는 알 수가 없어 신들은 중궁께서 '거짓으로 칭탁하여 전하를 속였다'는 것이 무슨 일인지 모르겠습니다. 설령 중궁께 조그만 잘못이 있다고 하더라도 꿈 이야기를 한 것은 말에 불과한 것이고 행동으로 드러난 것이 아닌데, 그것이 무슨 큰 허물이라고 갑자기 그 일을 가차없이 적발하여 망극한 죄명을 씌워 헤아릴 수 없는 위엄을 드러내십니까? 원자의 탄신은 실로 종묘사직의 무한한 경사로 궁벽한 산골에 사는 백성들까지도 모두 기뻐하는데 중궁의 마음인들 어찌 기쁘지 않으시겠습니까? 과거에 후궁을 간택하라는 명을 내리신 것은 중궁께서 권하여서 하신 것이었으니 중궁께서 전하의 후사가 없음을 민망히 여기고 사심을 잊으신 것을 명백히 알 수 있습니다. 이제 원자가 탄신한 뒤에 와서 도리어 불평하는 마음을 품고 원망하는 기색을 드러냈다는 것은 상식으로 헤아려보아도 있을 수 없는 일입니다. 민간의 필부조차 아내와 첩을 두었을 때는 까다롭고 세세하게 따지지 않아야 가정불화를 막을 수가 있는 법입니다. 그래서 속담에도 '어리석지 않고 귀먹지 않으면 가장이 될 수 없다'고 하였는데 실로 옳은 말입니다. 진실로 이렇게 하지 않으면 처첩 간에 서로 알력하는 사이에 틈이 생기고 서로 핍박하는 사이에 미워함이

생겨나 사랑하고 미워하는 말들이 그 사이에 난무하게 됨은 물론이며 물이 배어들어가듯 남을 헐뜯는 참소가 자자할 것이니 이러한 일을 철저히 살피지 않는다면 그 화를 이루 말할 수 없을 것입니다. 전하께서는 종묘사직의 화란과 우환 때문에 염려하신다고 전교하셨습니다만, 신들은 더욱 이해하지 못하겠습니다. 이미 원자의 명호를 정하여 적통을 잇게 하였으니 원자는 바로 중궁의 아들인 것입니다. 그런데 중궁을 기울이고 넘어뜨린 뒤에 어찌 원자가 편안할 리가 있겠습니까? 뒷날 원자가 장성하여 오늘날의 일을 듣게 된다면 몹시 상심하고 애통해하실 것입니다. 중궁의 처사가 성심에 합하지 못한 점이 있더라도 대비께서 돈독히 사랑하시던 일을 생각하신다면 전하의 효성으로 어찌 차마 중궁을 폐하고 인연을 끊겠다는 뜻을 펴시겠습니까. 전하께서는 사심에 따라 마음대로 행하시지만 인심과 하늘의 뜻은 억지로 어길 수 없다는 것을 모르십니까? 진실로 바라건대 전하께서는 깊이 대의를 생각하시고 인심을 굽어살피셔서 노여움을 거두소서. 신들은 모두 대대로 전하의 조정에 벼슬하면서 전하의 녹봉을 먹고 전하와 중궁을 우러러 모시는 망극한 은혜를 받았습니다. 지금은 마침 파산관으로서 문무관의 반열 밖에 있기 때문에 조정 관료들의 사이에 끼어 애통하고 절박한 뜻을 아뢸 수가 없으므로 이에 감히 서로 이끌고 와서 간절히 호소하는 것입니다. 전하께서는 굽어살펴주소서.

이같은 연명소를 왕에게 올리고 난 뒤 조금 있다가 왕이 승정원에 내관을 보내 숙직하고 있는 승지를 급히 불렀다. 승지 김해일과 이서우가 달려가니 왕은 이미 시민당에 촛불을 밝히고 기다리고 있었다. 이어 상소문을 가져오게 하여 “승지는 당장 이 상소를 읽으라”고 하교했다. 이서우가 손으로 그 상소를 펴보니 종이에 찢어진 데가 있었는데 왕이 진노하여 손으로 쳤기 때문이라는 것을 알 수 있었다.

이서우가 눈이 어두워 빨리 읽지 못하자 왕이 재촉을 거듭했다. 다 읽고 나자 왕이 "상소의 내용이 어떠한가?" 하고 물었다. 이서우가 대답했다.

"신은 새로 기용되었고 김해일은 영남에서 왔기 때문에 자세히 아는 게 없습니다. 상소의 내용을 보니 진실로 과당하기는 했습니다만, 큰 뜻은 근자에 조정 신하들이 간쟁한 것과 같았기 때문에 소를 받아들인 것입니다."

왕이 성난 목소리로 말했다.

"상소의 내용이 아주 흉악하고 참혹한데도 과당하다고만 하니, 승지는 예의가 뭔지 모르는구나. 근일 대소 신료들이 중궁을 어머니로 섬긴다는 의를 거짓으로 빌려 여러 날 쟁론하는 것도 불가하거니와, 이 소장을 올린 오두인 등의 무리는 내가 내린 비망기의 내용은 전혀 유념하지 않고서 기필코 한 여인을 위하여 절의를 세운답시고 도리어 내가 후궁의 참소를 들어주어 죄 없는 사람을 폐출하려 한다고 하니 과연 이럴 수가 있는가? 차라리 나를 폐위하는 게 낫지 않겠느냐? 오두인과 연명한 자들을 친히 국문한 다음 모두 땅끝으로 귀양을 보내리라."

'차라리 나를 폐위하는 게 낫지 않겠느냐'는 천둥소리 같은 말에 어떻게 해보려고 대전 앞까지 갔던 내 머릿속이 하얘졌다. 왕은 자신의 모든 것을 걸고 그 누구와도 싸울 준비를 하고 있었던 것이다.

왕이 내 쪽을 돌아보고 나서 "내 지금 당장 국문하러 나아갈 것이니 당장 인정전 문에다가 친국할 형구를 설치하라. 삼경밤 11시~1시까지 제대로 못하면 승지부터 무거운 형벌을 받을 것이다"라고 했다. 이서우가 "상소문에 연명한 사람이 팔십육 명인데 고금에 팔십여 명을 일시에 땅끝으로 귀양 보낸 일은 없습니다"라고 아뢰자 왕이 "진실로 죄가 있다면 백 명을 귀양 보낸들 불가할 게 있겠느냐?" 하고 답했다. 이서우와 김해일이 함께 아뢰었다.

"한밤중에 전하께서 죄인을 친히 국문하느라 바람과 이슬을 맞으면 보고 듣기에 곤혹스러울 뿐만 아니라 옥체에 손상이 있을까 두렵습니다. 그리고 이는 역적을 다루는 옥사가 아닌데 반드시 친국을 할 필요가 있겠습니까?"

왕은 "억수같이 큰비가 쏟아져도 그만둘 수가 없다. 지금 친국을 중지한다면 잠을 이루지 못해 더 큰 병이 될 것이니 속히 해야만 한다. 이는 대역죄보다 심하니 반드시 친국해야 한다"며 조금도 굽히지 않았다. 이서우가 또 "국문하는 것은 숨긴 실정을 알아내기 위해서 하는 것입니다. 이미 상소에서 다 열거했는데 저들이 숨길 것이 무엇이 더 있겠습니까"라고 하자 "여기에는 반드시 지휘하고 사주한 자가 있을 것이기 때문에 내가 친국하려는 것이다"라고 언명했다.

이어서 "폐비의 친속이 준동할까 염려스러우니 민진후 형제를 의금부로 잡아다가 엄히 국문하라"고 하고 또 "소두 오두인은 음흉한 자이니 그 아들도 그냥 둘 수가 없다. 그의 아들 해창위 오태주를 삭탈관직하라"고 명했다.

날이 저물었으므로 소에 참여한 사람들이 대부분 돌아가고 오두인, 이세화, 박태보, 심수량, 이돈 등 몇 사람만이 궁궐 아래에 남아 비답을 기다리고 있었다. 초경 오점오후 8시 40분경 왕이 인정문에 나와서 급히 금부 당상과 대신, 삼사를 부르고 친국할 형틀을 준비하라고 재촉하니 사람들이 횃불을 미처 준비하지 못하여 궐문 가까이 있는 가게를 뜯어서 때기까지 했다. 왕이 "오두인을 먼저 잡아들여서 빨리 공초를 받으라. 대신과 금부 당상이 왜 이리 늦는가. 승지는 나가서 재촉하라. 대신과 금부 당상이 들어오는 대로 속속 입시하게 하라. 금부도사는 죄인을 잡아왔는지, 나장은 모였는지 형장은 대령했는지 사관은 물으라"고 했다. 이서우가 "여러 신하들의 집이 성밖에도 있고 잠들어 있기도 하며 하인을 모으는 데 시간이 걸려 아직 오지 못했습니다" 하고 아뢰자 왕은 "먼저 잡아들일 죄인은 먼저 잡아들이고 나중 오는 죄인은 나중에 잡아들여라. 이경이 지났는데 대신과 금부 당상이 아니 보이니 실로 놀랍구나. 대신은 죄를 물을 수가 없지만 그 이하는 모두 늦은 죄를 물으라"고 명했다. 내게는 눈 한 번 돌리지 않았다. 박태보의 목숨이 걸린 일이라 오도 가도 못하고 꿔놓은 보릿자루처럼 서 있었다.

이경 오점밤 10시 40분경 판의금부사 민암이 들어오는 것을 보고는 왕이 "어찌하여 그리도 천천히 들어오는 거요" 하고 꾸짖고는 오두인의 상소를 보고 요점을 뽑아 문목問目, 신문할 목록을 만들게 했다. 이미 삼경이 다 되었는데도 대신들 중에서 온 사람은 하나도 없었다. 민암이 대신이 온 다음에 문목을 의논하여 정하자고 청하였다.

영의정 권대운이 도착하자 왕이 "나라에 흉역이 있어 내가 나와 앉아서 기다린 지 오래인데 이제야 도착하였으니 어찌 이럴 수가 있단 말이오?" 하자 권대운이 집이 멀어 늦었다고 사죄했다. 권대운과 민암이 뜰 밑에 물러와 앉아 문목을 내려 하자 왕이 "경이 볼 때 이 상소가 과연 어떠하오?" 하고 물었다. 권대운이 "말을 전혀 가려서 하지 않았으니, 참으로 무례하기 그지없습니다" 하는데 좌의정 목내선도 도착했다.

권대운이 이현조와 심벌을 문사랑問事郎, 국문장에서 죄인을 신문하고 내용을 기록하는 임시 벼슬에 임명할 것을 청하니 왕이 윤허했다. 왕이 또 국문하는 제구의 배설을 제대로 하게 하고 나장과 횃불의 숫자를 늘리라고 엄명했다. 국문에 참여할 신하들이 거의 다 모였지만 왕의 호령이 워낙 다급하고 엄해서 신하들은 숨을 제대로 쉬지도 못하고 서로의 얼굴만 바라보며 아무 말도 하지 못했다.

연명소를 올린 뒤 궐문 밖에 남아 있던 사람들은 궁중 하늘에 불빛이 비치고 시끄러운 소리가 땅을 진동하며 서리 등속이 황급하게 들고 나는 것을 보고 놀라 친국을 하려는 것이라고 서로 이야기하고 있었는데 실제로 그렇다는 말을 듣고는 서쪽의 금호문 밖에서 죄주기를 기다렸다.

오태주가 아버지 오두인을 보고 울면서 "장차 친국받을 때 공술할 말을 미리 의논해두십시오" 하고 재촉했다. 이 말을 들은 박태보가 오두인에게 "대감께서 대궐에 들어가시면 주상께서 반드시 상소문을 누가 지었느냐고 물으실 터이니 바로 대답하고 숨기지 마십시오" 하고 말했다. 오두인은 "내가 상소문에 이름이 제일 먼저 올라 있는데 어떻게 그렇게 말하겠는가"라고 했다. 박태보가 "오늘 일은 숨기지 않는 게 옳습니다"라고 거듭 말했다. 옆에서 이세화가 바지를 걷고 다리를 어루만지면서 길게 탄식했다.

“나라의 은혜를 받아 녹을 먹은 지 삼십 년에 다리가 이렇게 살졌는데 오늘 대궐 뜰에서 매를 맞게 되었구나.”

이윽고 사방에서 횃불이 화살처럼 날아오기 시작했다. 대궐에서 나온 금부도사와 나장이 소리를 질렀다.

“소두 오두인은 어디 있는가!”

오두인이 일어서자 박태보가 오두인의 손을 잡고 다시 간곡하게 말했다.

“제발 올바로 말씀하십시오. 대감 혼자 당할 일이 아닙니다. 실상 상소는 제가 짓고 쓴 것이고 대감께서 바로 말씀하시지 않더라도 제가 자수해서 죽음을 받을 터이니 부디 숨기지 마십시오.”

오두인이 잡혀 들어간 때는 이미 삼경이 넘은 시각이었다. 급한 나머지 국문할 차비를 채 갖추지 못하였고 자리를 깔고 장막을 친 다음 흰 병풍을 둘러쳤으며 가운데다 상을 설치했다. 좌우에 촛불 두 개를 밝히고 내관이 둘러 시위했으며, 총관 두 사람이 칼을 메고 시립했고 병조의 입직 당상과 문사랑 한 사람은 뜰 밑에서 시립했다. 사관은 뜰 위에 엎드려 있고 승지와 옥당은 뜰 밑에 엎드려 있었다. 신문이 시작되고 나서부터는 나 또한 멀리 기둥 뒤에 숨어 지켜보고 있을 수밖에 없었다.

왕이 오두인이 걸어들어오는 것을 보고 민암을 향해 “형구를 씌우지 않고 왜 그냥 들어오게 하는가. 죄인이 아직도 망건을 쓰고 띠까지 하고 있는 것은 무슨 까닭이며, 또 손을 마주잡고 천천히 걷게 하니, 국청의 기강이 진실로 이럴 수 있는가?” 하고 노한 목소리로 소리쳤다. 이에 따라 특별히 큰칼을 씌우고 족쇄를 채웠다. 왕이 “나장은 죄인의 겨드랑이에 몽둥이를 끼우고 국문하라"고 엄히 명했다.

오두인이 문자로 진술하려 하자 왕이 말하기를 "죄인 주제에 어째서 문자로 대답한단 말이냐? 바로 구두로 진술하라"고 꾸짖었다. 그리고 "내가 내린 비망기의 내용을 두고 지어낸 말이라고 하는 것은 무엇 때문인가?" 하고 물었다. 오두인이 나이가 많고 지쳐서 언사가 분명치 못한 가운데 "군왕의 과하신 처사를 보고 잠자코 있을 수 없어 산반들끼리 함께 상소를 하였을 따름입니다. 어찌 전하의 말씀을 지어낸 것이라 했사오리까" 하고 진술했다. 왕이 이어 상소문을 지은 사람은 누구이고 쓴 사람은 누구냐고 하문했다. 오두인은 "박태보가 집필하였고 여럿이 서로 의논하여 지었습니다" 하고 답했다. 왕이 집필한 자를 잡아들이라고 명했다.

오두인이 잡혀 들어간 지 얼마 안 되어서 궐문 밖으로 금부도사가 와서 이세화와 유헌을 불렀다. 유헌은 병중이라 남문 밖 자기 집에 있어 이세화가 먼저 붙들려갔다. 또 오래지 않아서 다른 금부도사가 밖에 나와서 "소를 집필한 자가 누구인가?" 하고 물었다. 박태보가 "나요" 하고 대답하고는 가죽신을 미투리로 갈아 신고 망건과 담뱃대를 종에게 주면서 "어머님께 가져다드려라"라고 했다. 박태보가 띠와 부채를 소매 속에 넣고 큰칼을 스스로 끌어당겨서 쓰고 날랜 걸음으로 들어가는데 이인엽, 조대수 같은 사람들이 그의 손을 잡으면서 "왜 사원士元, 박태보의 자은 상의도 하지 않고 혼자서 일을 뒤집어쓰려 하는 거요. 이 소는 사원이 혼자 지은 것이 아니고 우리들이 함께 거들어서 쓴 것인데 어찌하여 혼자서 썼다고 하시오?"라고 하니 박태보가 "무슨 의논할 것이 있단 말이오? 내가 지어서 내가 썼으니 죄가 비록 죽는 데에 이르더라도 어찌 여러분에게 누를 끼치겠소이까"라고 했다. 이돈이 소매를 잡아끌며 "사원은 어째 그렇게 경솔한가?" 하자 박태보가 돌아보고 웃으며 소매를 뿌리쳤다.

"남아가 이런 때를 당하여 어찌 죽음을 두려워하리오. 우습구나, 그대의 말이여. 내 마음이 이미 정해졌는데 어찌 굽은 길로 가서 살기를 바랄 것인가."

박태보가 태연한 얼굴로 국청으로 가니 이세화가 아직 장막 밖에 머물러 있었다. 박태보가 들어가서 앉자 이세화가 간절한 어조로 말했다.

"나는 이미 늙었고 나라의 은혜를 받은 지도 오래되었으니 오늘 죽는다 해도 아까울 것이 없네. 그대는 젊은 나이에 위로 양친이 계시고 나라의 은혜를 받은 것도 우리와 같지 않은데 만일 바르게 공술했다가는 반드시 죽을 것이네. 그대는 원정原情, 죄인이 자신의 사정과 생각을 공술하는 것을 하게 되면 모름지기 이 늙은이들에게 책임을 미루고 살 도리를 생각하게."

박태보가 대답했다.

"대감께서는 어찌 당치도 않은 말씀을 하십니까. 저 박태보가 들어가서 할 말을 대감이 어떻게 지휘하신단 말입니까. 신하로서 이런 정황에 이르면 죽음이 있을 따름이니 제 뜻은 이미 변할 수 없습니다."

마침내 오두인에게 장형을 가했다. 왕이 누차 맨 먼저 상소를 올리자고 한 사람이 누구인지 물었으나, 오두인이 단지 아프다고 비명만 지르다가 점점 말이 없어졌다. 왕이 "네가 끝까지 한마디도 하지 않겠는가?" 하자 오두인이 겨우 "주상의 위엄이 이 지경에 이르렀는데 어찌 감히 숨길 수 있겠습니까? 상소를 올리자고 맨 처음 주장한 사람을 모릅니다"라고 말했다.

"하늘이 말해주더냐? 땅이 알려주더냐? 어찌하여 말하지 않느냐?"

"윤심이 이 의논을 통고하여주었기 때문에 알았습니다."

"윤심이 무슨 말을 했는가?"

"백관이 모두 모여 호소하고 있으니 산반에 있는 사람들도 상소를 올려 간쟁해야 한다고 하였습니다."

이때 우상 김덕원이 "누군들 소는 올릴 수 있지 않겠습니까? 단지 오두인 등의 말이 근거와 내용이 없을 뿐입니다. 말이 합당하다면 소를 올리는 것이 불가할 게 없습니다"라고 말했다. 왕이 "허실을 논할 것 없이 윤심을 잡아오라"고 명했다.

오두인의 형이 끝나자 이세화가 형틀에 올려졌다. 이세화가 왕을 향하여 "신이 무례했던 탓으로 주상께서 깊은 밤에 밖에 나와 앉아 계시게 하였습니다" 하고 말했다. 왕이 사관에게 "이런 잡담은 기록하지 말라"고 명했다. 왕이 문사랑에게 엄하게 형신하라고 명하고 "상소를 올리자고 처음 주장한 자가 누구인가?" 하니, 이세화가 "신이 주장했습니다"라고 선선히 대답했다.

"네가 죄를 남에게 전가하지 않으려고 스스로 주장했다고 하는 것인가?"

"신이 감히 전하를 속일 수 있겠습니까? 어제 한강가에서 달려와서 오두인, 유헌, 김재현 등이 상소를 올리려 한다는 말을 듣고는 신의 의견도 그들과 같았기 때문에 서로 의논하여 연명했습니다."

"오두인의 말에 의하면 박태보가 집필했다는데 상소문을 지은 사람도 박태보인가?"

"박태보가 쓰기는 했습니다만 내용은 서로 의논하고 윤색했습니다."

"이토록 흉악하고 불충한 문자를 보고 어째서 좋게 여겼는가?"

"신이 주상께서 내리신 비망기를 보고서 마음속으로 개탄스러움을 느껴 참여한 것이지 그 문자를 점검한 것은 아닙니다. 보통 민간에서도 역시 처첩 간의 투기가 있는 까닭에 추측으로 한 말이옵니다. 신이 비망기의 내용을 보긴 보았으나 상세히 살피지는 못하였습니다."

이세화가 고문을 받느라 고통에 겨워 말을 조리 있게 할 수가 없었기 때문에 간신히 대답했는데 또다시 매질을 가하자 아픔을 참지 못하여 말했다.

"신이 세상에 나와 군왕을 섬겼으니 마땅히 나라를 위하여 한번은 죽기를 소망했습니다. 어찌 군왕을 무함할 마음을 품었겠습니까?"

"네가 진실로 그러하다면 어째서 흉악한 소에 참여하였는가?"

"신이 상소에 참여하는 것이 옳은 줄 알았을 뿐 상소의 내용이 어떠한 것인지는 몰랐습니다. 신은 본디 글이 능란치 못하여 문장에 대한 의논에는 참여하지 않는 것을 온 조정이 알고 있습니다. 신은 형신받을 필요 없이 지금 곧바로 죽기를 원합니다."

마침내 박태보가 국문장에 이르렀다. 먼저 문사랑이 높은 소리로 문목을 읽어 내려갔다.

"네 상소문 속에 거짓을 꾸민다느니 꿈을 말한 것에 망극한 죄명을 씌운다느니 서로 알력이 있고 서로 핍박한다느니 하는 말은 무슨 말이냐. 누가 가르치더냐. 이런 흉한 말을 어디서 들었으며 누구와 더불어 의논하였느냐. 누가 이런 상소를 올리자고 주장하여 군왕을 배반하고 죄상이 이미 환히 드러난 여인에게 절개를 세우고자 하는가. 숨기지 말고 바로 아뢰라."

읽기를 다한 뒤에 왕이 나장으로 하여금 박태보의 겨드랑이에 몽둥이를 끼우게 하고 엄히 신문하라고 명했다. 이에 박태보가 옷깃을 여미고 문목에 나온 문자를 줄줄 외워 내려가며 조목마다 자세하게 진술했다.

"지금 민가에서도 처첩을 가진 자가 제집을 제대로 다스리지 못하면 이러한 일이 일어나 가법이 어지럽혀지는 일이 많습니다. 엎드려 보건대 전하께서 요즘 후궁에 대한 은총이 너무 과하시므로 신이 항상 불행한 일이 있을까 염려하였사온데 이제 막중한 처사가 계시므로 뜻밖의 일이 궁중에서 벌어질까 아뢴 것이옵니다."

왕이 박태보가 조금도 두려워하는 기색이 없음을 보고 더욱 노하여 어좌 가까이로 끌고 오게 하고 큰 소리로 일렀다.

"네가 날더러 총애하는 후궁의 참소에 혹해서 무죄한 중전을 폐한다 하느냐. 네가 당돌하게 일찍부터 나에게 항거하여 독을 내뿜더니 지금 또 이같은 상소로 욕을 보여 나를 배반하고 간악한 여인에게 붙었구나. 네 무슨 뜻으로 이렇듯 간특하고 흉역스러운 짓을 하느냐. 일에는 시비가 있는 법인데 만약 저 여인이 옳다면 내가 무고를 한 것과 같으니, 나를 폐위하여야 할 게 아닌가."

참소니 폐위니 간악한 여인이라느니 하는 단어에 박태보의 신색이 얼음장처럼 변했다.

"전하께서는 어찌하여 차마 이같은 하교를 내리시나이까. 군신과 부자는 일체입니다. 아비가 지나친 노여움으로 죄 없는 어미를 쫓아 내려 할 때 자식 된 자라면 마땅히 울면서 제 아비에게 간할 것이옵니다. 신들이 만 번 죽을 마음으로 한 장의 소를 올렸을 뿐 어찌 전하를 배반할 뜻이 있겠습니까. 중궁을 위하는 일이 곧 전하를 위하는 일인데 중궁을 우선하고 전하를 뒤로할 이치가 있겠습니까."

왕이 나장을 향해 "이러한 독물은 곧바로 목을 베어도 된다. 원정을 받을 것도 없이 먼저 엄한 형벌부터 가하라"고 명했다. 우상 김덕원이 앞으로 나아가 "바로 형장을 가하는 것은 법에 어긋나는 일입니다. 반드시 좋지 않은 전례가 되어 뒷날 폐단이 생기게 됩니다" 하고 아뢰었다. 왕은 "이런 흉역스러운 죄인에게 원서爰書, 죄인의 진술을 적은 문서를 갖춘 뒤에 형장을 가할 필요가 있겠는가?" 하고는 민암에게 "박태보가 죄 있는 여인을 위하여 절개를 세우려 하니 특별히 매질 잘하는 나장에게 사지를 결박하게 하고 판의금이 몸소 뜰에 내려가 형장 한 대 한 대를 살펴보며 형을 집행하고 철저히 신문하시오"라고 엄명했다.

드디어 박태보에게 형을 가했다. 머리를 쇠사슬로 얽어 무릎에 졸라매고 고개를 움직이지 못하게 한 뒤 추를 가슴에 닿게 동여매고는 매질을 했다. 금부 당상들과 도사, 나장들이 일제히 "매우 쳐라" 하는 소리가 천지를 진동해서 궐 밖 향교동까지 울렸다. 피가 낭자하게 튀고 살이 찢어지는데도 박태보는 아프다는 소리 하나 없고 낯빛도 변치 않으니 허깨비를 치는 것 같았다. 왕이 부채로 탁자를 두드리며 "이렇듯이 형장을 더해도 아프다는 소리 하나 없으니 이같은 독물이 무슨 일을 못할까. 더욱 엄히 치라" 하고 분부했다.

박태보가 말했다.

"전하께서는 군왕을 배반하고 중궁을 위하여 절의를 세우려 한다는 것으로 책하셨습니다. 신이 비록 우매하오나 대의는 알고 있습니다. 이미 전하를 배반하였다면 중궁을 위하여 절의를 세운다 한들 어떻게 절의라고 할 수가 있겠습니까?"

왕이 잇달아 큰 소리로 꾸짖었다.

"네가 더욱 독기를 부리는구나, 더욱 독기를 부려. 매우 쳐라, 매우! 임금을 무함했다는 공초를 어서 받으라!"

박태보가 아뢰었다.

"전하께서는 번번이 임금을 무함하는 것이라고 하교하시는데, 무슨 말을 가리켜 무함했다고 하시는 것입니까?"

왕이 "죄인이 승복을 아니하거든 매의 숫자를 헤아리지 말고 치고 잡소리를 하거든 주둥이를 치라"고 했다. 왕은 더없이 진노하여 엄한 명을 잇달아 내려서 반드시 박태보를 죽이려는 의도를 드러냈다. 그러나 박태보는 조용히 대면하여 말하면서 한마디도 실수하지 않고 평상시처럼 의연했다. 마치 천하의 명검과 보검이 서로 맞서 한 치의 양보도 없이 대치하고 있는 형국이라 누가 어떤 식으로도 두 사람 사이에 끼어들 수 없는 상황이었다. 나도 예외일 수는 없었다.

박태보가 "전하께서 유독 신만을 기필코 죽이시려 하는데 신은 실로 이해할 수가 없습니다"라고 했다. 왕이 더욱 분노하여 "어째서 저 주둥이를 치지 않는가?" 하고는 잇달아 큰 소리로 "네가 끝내 지만遲晩, 자복하지 않겠는가? 끝내 지만하지 않겠는가 말이다!"라고 꾸짖었다. 박태보는 "전하께서 신에게 지만하라고 하시는 것이 무슨 일인지를 모르겠습니다"라고 말했다.

"내가 내린 비망기의 뜻이 분명하거늘 후궁의 참소를 듣고는 거짓말을 한다고 소를 써서 나를 헛말을 한 사람으로 만드니 그게 나를 무함하는 게 아닌가. 어서 지만하라."

"궁중의 일을 외인이 알 바 아니오나 단순히 질투를 한 혐의가 있기 쉬운 고로 혹 이런 일이 있지 않은가 살펴보시라는 것이옵지 어찌 전하를 무함했다 하오리까."

"네가 기필코 한 여인을 위해서 절의를 세우고 죽으려는 것은 무슨 의도에서인가? 후세에 누가 너를 충절이 있다 할 것 같으냐?"

"신은 단지 오늘날의 거조가 비상함을 보고 신하로서 애통 절박한 마음을 견딜 수가 없어서 서로 의논한 끝에 상소하여 뜻을 진달한 것뿐입니다."

"너는 군왕을 무함한 죄가 있다!"

"신이 전하의 신하로서 감히 전하를 무함할 수 있겠습니까?"

"원자는 일국의 근본인데, 저 여인이 원자를 자신에게 불리한 존재로 여기고 있으니 죄인이다. 이제 네가 죄인을 위해서는 절의를 세우려 하면서 원자를 위해서는 걱정을 하지 않으니, 이것은 임금을 무함하는 것을 지나 대역부도가 아닌가? 죄상이 이보다 더하다고 한들 너희들이 어찌 그르다고 하겠는가?"

이때에 승지가 법도에 따른 형벌이 다 찼음을 아뢰었다. 왕이 일단 박태보를 형틀에서 내리게 했다.

왕이 권대운에게 명하여 오두인, 이세화, 유헌의 죄를 의논하게 하면서 "지금 오두인 등은 참으로 흉악한 역적이다. 죄를 의논할 때 느슨하게 해서는 안 된다"고 했다. 권대운 등이 모여서 의논한 뒤에, "상소의 내용이 실로 무례하므로 오두인, 이세화가 스스로 해명한 것이 있다 하더라도 죄를 논해야 됩니다. 그러나 유헌은 상소문을 보지 못하였으니 마땅히 차이가 있어야 합니다" 하고 아뢰었다.

왕이 말하기를 "어찌하여 죄를 확정하지 않는가? 이세화 스스로가 상소를 올리자고 주동했다고 하지 않았는가?"라고 하자 목내선이 "이세화는 어제저녁에 한강에서 왔는데 어떻게 주동했다고 할 수 있겠습니까? 그런데도 이렇게 말하는 것은 죄를 남에게 씌우지 않으려는 의도입니다" 하고 권대운 등이 "오두인과 이세화는 형벌을 가해야 할 것 같습니다"라고 아뢰었다.

왕이 말했다.

"임금을 속인 무리임에도 '형벌을 가해야 할 것 같다'고만 하니, 국청의 의논이 어쩌면 이렇게 헐거울 수 있단 말인가? 오두인과 이세화에게도 형을 가하라."

오두인은 기운이 쇠하고 목숨이 위험한 지경이라 나장도 차마 세게 치지 못했다. 왕이 직접 추국했지만 첫번째 공술과 별다른 대답이 나오지 않았다. 이러는 중에 새벽닭이 울었다. 세 정승이 함께 왕에게 나아가 "날이 새려고 하니 주상의 옥체가 손상될까 염려스럽습니다" 하고 아뢰었다. 왕은 "나는 손상될 것 없소. 경들이 죄인을 구하고자 한다면 지금 나가시오"라고 했다. 김덕원이 "이 옥사보다 더 중한 경우에도 전하께서 친히 국문하지 않으셨는데, 지금 밤새도록 밖에 앉아 계시니 신들은 참으로 걱정스럽습니다"라고 하자 왕이 "이보다 더 중한 옥사가 어디 있겠소? 어찌 그렇게 말할 수가 있단 말인가? 나가시오!"라고 했다. 그러자 권대운 등 세 정승이 함께 나가는데 몇 걸음 못 가서 왕이 "나가라고 한 사람은 우상뿐이오. 나머지 대신들이 어찌하여 모두 함께 나가는가?"라고 하니 목내선과 권대운이 도로 돌아와 엎드렸다. 승지들이 "우상이 실언했더라도 친국에는 삼공이 모두 있어야 하옵니다. 불러들이소서" 하자 왕은 "이 옥사는 매우 중대한 것인데 우상의 말이 이러한 것은 무슨 까닭인가? 당장 파직하라"고 명했다. 권대운과 목내선이 "말 한마디의 실수로 대신을 파직시키는 것이 어떨지 모르겠습니다"라고 했지만 왕은 명을 번복하지 않았다. 대사헌 목창명과 대사간 이유명이 파직의 명을 거둬들이라고 아뢰었지만 윤허하지 않았다.

오두인을 형틀에서 내리고 이세화를 다시 형신했다. 형의 차례가 다 찬 뒤에 왕이 이세화를 내리고 박태보를 형틀에 올리게 했다. 이때 왕의 노여움이 갈수록 극심해서 "엄형을 가하라" "장을 맹렬히 치라" 하는 말이 여러 번 나왔고, 형을 가할 때 판의금부사 민암을 마치 종 부리듯 했다. 박태보가 살가죽과 살이 벗겨지고 떨어져 피가 흘러 얼굴에 가득한데도 참고 굴하지 않으니 왕이 더욱 노여워했다.

"여러 죄인들이 모두 네가 상소문을 지었다고 하는데 집필도 네가 하고 주장도 네가 했느냐."

"쓰기는 신이 썼사오며 문자의 취사선택이며 윤색도 제가 하였사옵니다."

"네가 무슨 마음으로 이같이 흉악하고 참람한 소를 올렸느냐. 이토록 엄하게 매를 치는데도 네가 감히 끝까지 독을 피우고 바로 고하지 않느냐."

"신이 소 가운데 이미 고했습니다."

"이같은 흉적은 반드시 역모죄로 단호히 처단하여야 국가의 기강을 세울 수 있겠다. 홍치상도 이미 지만하고 처형된 것을 네 눈으로 보지 않았느냐. 네가 어찌 왕을 무함한 죄를 자백하지 않느냐."

박태보가 낮은 목소리로 대답했다.

"전하께서는 어찌 신을 이리도 모르십니까. 홍치상은 제가 홀로 비밀스럽게 행동한 것이거니와 신의 소는 일국의 공론이므로 이같이 아뢴 것인데 어찌 홍치상에 비하겠습니까. 하물며 전하께서는 신이 여러 해 동안 전하의 허물을 간하고 빠뜨리신 것을 보충해드린 것이 홍치상과는 다르다는 것을 모르시나이까."

왕은 더욱 노했다.

"너희 놈들은 홍치상과 다를 바 없다. 내가 참소만 믿고 거짓말을 한다 하니 나를 무함하는 게 아니냐. 어찌 간사하고 음흉한 한 계집을 위해 이토록 방자하고 간악하게 구느냐."

박태보는 얼굴을 들고 소리를 높였다.

"전하께서는 어찌하여 차마 그런 말씀을 하시나이까. 부부는 인륜의 시작입니다. 민간의 평범한 사람이라도 부부의 도리를 중히 여기거늘 하물며 우리의 모후는 누구의 배필이십니까. 일시의 분노로 인하여 옛 성인의 가르침을 생각하지 않으시고 중궁을 두고 하시는 말씀이 이같이 상스럽고 거만하시옵니까."

왕이 기가 막혀 컥컥거리며 한동안 말을 못하다 잠시 뒤에 입을 열었다.

"이게 무슨 말이냐. 이게 무슨 말이냐고. 이놈의 악이 갈수록 더하는구나. 마땅히 역률로 다스려야겠으니 압슬과 낙형을 가할 기구를 가져오라."

민암이 "압슬에 필요한 형구는 법에 의하면 평시서에서 가져와야 하는데, 지금은 급박하여 미처 준비를 못할 것 같습니다"라고 하니 왕이 "재촉하라. 어찌하여 못하겠다고 말할 수 있단 말인가?"라고 했다.

이때 날이 밝으려고 했다. 박태보가 말했다.

"신은 이미 한번 죽기를 정하였고 군신의 분수와 의리를 다하였으니 진실로 목숨이 아깝지 않으나 전하의 거조가 이렇듯 과하시니 생각건대 형벌이 과한 후에는 반드시 주상께서 망국의 임금이 되실까 아프고 한스럽게 여기나이다."

왕이 즉각 목소리를 높였다.

"내가 망국의 임금이 되든 말든 너에게 무슨 상관이냐."

"전하께서는 어찌 그런 실언을 하십니까. 신은 누대에 걸쳐 나라를 섬긴 신하의 후예로서 나라와 더불어 목숨을 한가지로 할 몸이기에 이를 서러워합니다. 후일에 반드시 뉘우침이 있으시오리다."

왕이 사관에게 다시 "이런 잡스러운 말은 사초에 쓰지 말라" 하고 나장에게 "만일 박태보가 다시 입을 열면 곧 입을 찧어라"라고 명했다. 이어 판의금부사에게 압슬 형구를 갖추라고 엄히 재촉했다. 승지가 다시 형이 다 찼음을 고하여 박태보를 형틀에서 내렸다. 박태보가 장형을 받은 것은 한 차례에 서른 번씩 두 차례지만 첫번째에는 세지 않는 매를 아홉 번 맞았고 두번째는 같은 매를 열네 번 맞았으니 합치면 거의 세 차례에 해당했다.

압슬 형구가 갖춰졌는데 땅에 널을 깔고 사금파리 두 섬을 부은 뒤 사금파리 위에 박태보의 두 다리를 넣게 했다. 또 사금파리 두 섬을 다리 위에 덮고 좌우로 널을 얹은 뒤 널머리를 단단히 매어서 움직이지 못하게 했다. 머리를 질끈 잡아맨 건장한 나졸이 한꺼번에 세 명씩 널 위에 올라가 일제히 "질근질근" 소리를 외치면서 뛰기를 열세 번씩 하면 형이 한 차례가 채워지는 것이었다. 왕이 형을 재촉하니 널 속에서 뼈와 사금파리가 맞부딪쳐 깨지는 소리가 났고 나졸도 울면서 뛰었다. 주위에서 보는 사람들마다 얼굴이 하얗게 질려서 물러나는데 박태보는 안색이 변함이 없었고 두 차례의 형벌에도 아프다는 소리 하나 없었다.

왕이 "여러 죄인이 다 네가 상소를 집필한 것으로 공술했으니 집필도 네가 하고 상소를 하자는 말도 맨 먼저 네가 했느냐? 네가 스스로 소를 짓고 쓰고도 어찌 왕을 무함한 죄를 지만하지 않느냐? 네가 승복을 하지 않고서 죽지 않기를 바라느냐"고 소리를 높였다.

"신이 광망하였다 하여 죽이신다면 죽으려니와 전하를 무함한 것은 신의 죄가 아닙니다."

"소 가운데 있는 '꿈 이야기를 한 것'이라는 말이 무슨 말이냐. 누구에게 들었느냐."

"꿈이란 본래 허망한 것이어서 증거가 없고 믿기 어렵사온데 일일이 장래 일을 맞히기를 바라겠습니까. 중궁께서 꿈을 기억하여 우연히 아뢴 것에 지나지 않는데 지금 전하께서 이 일을 꺼내어 큰 죄안을 만들려 하시니 이 어찌 막대하고 지나친 처사가 아닙니까. 실상 전하께서도 전날에 신하들을 인견하실 때 꿈 이야기를 자주 하시고 꿈을 믿는 뜻을 보이지 않으셨습니까. 중궁에서의 일도 전하께서 스스로 먼저 꿈을 믿는다는 실수를 하셨기에 일어난 것으로 압니다."

"간특하구나, 간특해. 네가 더욱 내가 헛말을 만들었다고 무함하나 너는 간악한 여인을 너희 서인들의 한통속이라고 옹호하는 데 지나지 않는다. 여인의 친정 민진후 형제가 너를 사주하였는가?"

"전하께서는 분명히 신을 서인이라 여겨서 이런 엄한 혹형을 내리시는 것 같습니다만, 신이 어찌 민진후 형제와 결탁하리까. 신의 형 박태유가 여양부원군을 탄핵한 적이 있었기 때문에 두 집안은 원수가 되어 평소 상대를 하지도 않았습니다. 신은 성품이 편협하여 세상과 합치되는 점이 적은 탓으로 사람들과 원만하게 지내지 못하였던 것을 아실 것입니다. 신이 만일 붕당에 들어 계교와 이해에 영합하여 처신하였다면 어찌 지금 이 지경에 빠지겠습니까. 하물며 이 상소는 신하로서 해야 할 바를 하는 것이니 어찌 남의 가르침을 받으오리까?"

"이렇게 엄히 하문하는데도 네가 감히 서인이니 남인이니 할 수 있는가? 또 감히 붕당을 일컬으며 이렇듯 방자하단 말인가. 내 어찌 서인이라 하여 너를 엄형하겠는가?"

"원컨대 전하의 급하신 진노를 그치시고 오늘의 거조를 세 번 다시 생각하소서. 진실로 아시기 어렵지 않으시니 자세히 아뢰겠나이다. 신들의 뜻은 주상과 중궁 양전을 받들어 평안한 복록을 누리시게 하고자 하는 것입니다. 옛말에 가로되 내 마음으로 다른 사람 마음을 헤아린다 했으니 전하께서는 의리를 살펴 신들의 심사를 헤아리소서."

이때 승지가 형벌이 다 찼음을 아뢨으나 왕이 더욱더 화가 치미는 것을 참지 못하고 일어섰다 앉았다 하더니 "이놈이 점점 더 독해지는구나. 단근질을 하라"고 명했다. 이에 숯 두 섬을 가져와 불을 피우는

데 미처 부채를 준비하지 못해 나졸들이 옷을 벗어 불을 붙였다. 화염이 일어나자 좌우의 여러 신하들이 뜨거운 기운을 이기지 못하고 물러섰다. 두 손 너비만한 넓적한 쇠 둘을 불에 넣어 달구고 식으면 번갈아 달궈서 그것으로 몸을 지지게 했다. 큰 나무로 기둥을 세운 뒤 박태보의 엄지발을 노끈으로 동여매고 거꾸로 매달았는데 아래에서 여섯 치가 떨어지게 하니 보는 사람마다 낯빛을 잃었다. 그러나 박태보는 한층 더 정신과 기운을 가다듬어 말이 오히려 점점 분명해졌다. 박태보가 조용히 말했다.

"신이 듣기로는 압슬이나 낙형은 모두 대역을 다스리는 극형이라 하는데 신이 무슨 죄가 있기에 역적과 한가지로 치죄하십니까?"

"네 죄는 역적보다 더하니라. 지만 두 글자만 어서 실행하라."

이때 나장이 바지를 끄르려고 하자 왕이 "어찌 급히 하지 않느냐. 살이 나오는 족족 지지지 못할까" 하고 벽력처럼 호통을 내질렀다. 미처 바지를 제대로 벗기지 못하고 바지 솔기를 찢으며 달군 쇠를 한 번 시험할 양으로 기둥에 대니 연기가 풀풀 나며 기둥이 타는 것이었다. 화형을 가하자 두 다리가 숯처럼 타서 연기가 일어나고 벌건 기름이 끓으며 누린내가 코를 찔렀다. 박태보는 죽은 나무 같았는데 끓는 기름이 흘러내리자 신하들이 떨면서 감히 주변에 서 있지도 못했다. 박태보는 얼굴을 찡그리지도 않고 신음 한 번 내지 않고 참아냈다.

"판의금부사는 직접 가서 온몸을 두루 지지게 하라. 화형에도 제 놈이 살아날 것이며 이래도 지만을 아니할까."

왕이 민암에게 명하자 박태보가 빙그레 웃으면서 천천히 말했다.

"신이 이에 이르러 만일 처음 가진 마음을 바꾸어 허위로 자백하면

이는 안으로 자신을 속이고 위로는 전하를 속이는 것이 됩니다. 신의 한몸이 숯이 되나 불이 되나 간에 전하를 조금도 속인 적이 없나이다. 신이 비록 뼈가 타서 없어지더라도 결단코 허위로 지만을 하지는 않겠습니다. 생각하니 신이 경연에 출입한 지 십여 년이 되었사오나 전하께서 덕성을 함양하도록 돕지 못하고 오늘에 와서 전하에게 큰 과오가 있게 하였사오니 이것이 신의 죄인가 합니다."

이에 왕이 사관에게 "박태보의 이 말도 적지 말라"고 명했다. 압슬과 화형은 모두 열세 번을 한 차례로 치는 게 상례였다. 양다리와 넓적다리, 무릎을 지지기까지 하자 권대운이 머뭇머뭇하다가 아뢰었다.

"화형하는 법에는 본래 지지는 데가 있으니 온몸을 지지는 것은 법을 벗어나는 일입니다. 뒤에 전례가 되어 폐단이 생길까 두렵습니다."

왕이 "그렇다면 어느 곳을 지져야 되오?" 하고 묻자 권대운이 "신의 나이 팔십에 불행하게도 누차 국옥을 겪었지만 낙형의 법규는 발바닥을 지질 뿐이었습니다"라고 대답했다. 왕이 그리하라고 하여 비로소 발바닥을 지졌다. 왕이 두 발바닥을 고루 지지게 하여 이때 두 다리는 숯과 같았고 끓는 기름은 샘솟듯 하는데 박태보의 말은 조리가 있고 흔들림이 없었다.

왕이 "유헌은 소를 모른다고 하고 이세화는 오히려 안다고 하는데 무엇이 참말이냐"고 묻자 박태보는 "유헌은 병으로 아들을 대신 보내어 소의 글은 보지 못하였고 소는 신이 지은 것이니 이세화가 어찌 한마디인들 도왔겠습니까. 신을 살리고자 짐짓 자신이 하였다고 하는 것입니다"라고 대답했다. 그리하여 두 사람이 더 큰 화를 면할 수 있었다.

마지막으로 왕이 "이세화, 유헌이 주동을 하지 않았으면 네가 주동을 하였을 것이니 네가 과연 끝까지 그 사실을 지만하지 않겠느냐"고 하자 박태보가 길게 숨을 내쉬고 낮은 소리로 대답했다.

"전하, 신의 목을 바로 베소서. 누가 말리오리까. 전하께서는 어찌 받기 힘든 지만을 반드시 받으시려 하십니까. 신의 머리를 베시더라도 결코 지만을 받지는 못하십니다. 이제 만일 신이 지만을 한다면 죽어 지하에 돌아갔을 때 형벌을 못 이겨 거짓 자복한 것을 여러 귀신들이 손가락질하고 비웃을 것이니 어찌 부끄러워 견딜 수 있겠습니까. 신이 살아서 전하를 바른길로 이끌지 못했으니 차라리 죽어서 아무것도 모르고 싶습니다. 빨리 죽이시옵소서. 이 말씀밖에는 아뢸 게 없나이다."

이로부터 아무리 지지고 달래도 눈을 감고 입을 봉한 채 한마디도 하지 않았다. 이에 왕이 용상을 두드리면서 민암에게 직접 가까이 가서 자복을 받으라고 하니 민암이 황급히 내려가긴 했으나 다리가 떨리고 발음이 똑똑하지 못했다.

"죄인은 어찌 지만을 하지 않는가."

민암의 말에 박태보가 눈을 뜨고 쏘아보다가 벽력같은 소리로 호통을 쳤다.

"내가 무슨 지만할 말이 있다고 이리도 핍박하는가! 나라를 어지럽히는 도적 같은 무리들이 국록만 허비하고 임금을 어진 일로 돕지 않는구나. 간사하게 아첨하고 비위나 맞추며 국모를 내쫓는 것도 모자라 나를 꾸짖다니! 짐승이나 오랑캐가 너희와 다르랴! 너희는 살아서 나라의 도적이요 죽어서는 더러운 귀신이 될 것이고 재앙이 자손에까지 미치리라!"

민암이 머리를 숙이고 무안해하더니 왕에게 돌아와 "아무리 달래도 지만할 뜻이 안 보입니다"라고 아뢰었다. 승지 이서우가 낙형 두 차례가 다 찼음을 아뢰었다.

날이 밝고 이미 해가 떴다. 박태보는 단근질을 여러 차례 당하여 기름과 피가 끓고 힘줄이 끊어지고 뼈가 다 타서 형용이 극히 참혹했다. 누린 냄새가 어전으로 올라가니 왕이 오래 보고 있다가 구역질이 나서 "마땅히 원정을 받고 죄를 정하는 도리가 있으니 국문을 그만 파하라"고 명했다. 이어서 오별감을 시켜 박태보가 죽었는지 살았는지 살펴보라고 했다. 오별감이 돌아와서 죽지 않았다고 고하니 "상소를 짓고 쓴 것이 모두 박태보의 손에서 나온 것인데도 끝내 지만하지 않으니, 실로 극악한 독물이다" 하고는 대전으로 돌아갔다. 이때가 4월 26일 진시오전 7시~9시였다. 이어 내병조에다 국청을 설치하고 형을 더 가하게 했다.

별감 행색을 한 내가 박태보에게 가까이 가니 주변의 모든 나장이 어찌할 줄도 모르고 한숨만 푹푹 내쉬고 있었다.

"끈을 풀라."

내 말을 따라 하며 나장들이 지친 몸짓으로 박태보를 끌어내렸다. 내려온 박태보가 뭔가 중얼거렸다. 귀를 가까이 가져가자 들리는 말이 "목이 마르오"라는 것이었다. 경황이 없는 중에도 차비문 안으로 뛰어들어가 두리번거리니 누군가 마시다 남은 미숫가루가 반 그릇쯤 남아 있었다. 가져다가 쓰러져 있는 박태보의 입에 부어주었더니 그나마 반 가까이 밖으로 흘러내렸다. 그런 와중에 "어찌 여기까지 왔소?" 하고 물었다. 나는 늘 가던 곳을 지나던 길이라고 했는데 박태보는 내 말을 알아듣지 못했다. 하지만 그의 표정은 누구도 범접하지 못할 결의와 의기로 충만했다. 무슨 말로 그를 설득하거나 만류하기는 고사하고 감히 그의 손을 잡을 수조차 없었다.

내병조에서 다시 국청이 열렸다. 목내선이 소리를 높여 "이 죄인은 각별히 엄하게 형벌하라"고 명했다. 이에 박태보가 "어전에서는 전하의 노여움이 크시어 엄형을 받았거니와 내 무슨 큰 죄가 있다고 이제 여기서까지 이렇게 심하게 다스리는 것인가"라고 했다. 나장을 돌아보면서 "아무려면 내가 살겠느냐. 저놈이 보고 있으니 어서 나를 죽여라"라고 했다. 목내선이 매를 치는 것을 하나하나 살피면서 혹독하게 치게 하니 드디어 박태보의 무릎뼈가 부서지고 골수가 샘처럼 뿜어져나왔다.

이때 소에 같이 참여했던 사람들은 궐문 밖에서 기다리고 있었는데 모두 박태보가 반드시 죽었을 것이라고 생각하면서 가슴을 두드리며 신음할 뿐이었다. 형이 끝나자 나졸이 나와서 "박응교 나리의 무릎을 싸맬 헝겊을 찾아오시오"라고 외쳤다. 김몽신과 조대수가 각자 입고 있던 옷자락을 찢어서 보냈다. 그래도 부족하자 박태보가 금부도사에게 "내 도포 소매를 찢어서 싸시오" 하고 말했다. 금부도사가 찢으려고 했지만 손이 떨려 옷이 찢어지지 않았다. 박태보가 "칼로 실밥을 찢어서 싸매면 쉽소" 하면서 이리저리 하라고 지휘해서 마침내 부서져버린 무릎을 다 쌌다. 박태보가 소매 속에 있던 부채를 꺼내면서 "움직이는 데 방해가 될 테니 집에 전해주오"라고 했다. 박태보에게 칼과 차꼬를 씌워서 들것에 태우고 창과 조총을 가진 군사들이 둘러싼 채 의금부로 호송해갔다. 종질 박필순이 군사들 틈으로 들어와 홑

이불을 헤치고 손을 잡으며 "착하실사, 우리 숙부여. 죽기에 임하여도 마음 변치 않으시니 정히 군자시로다. 앞으로 일이 어떻게 될지 모르오나 마음을 단단히 잡으소서"라고 했다. 박태보가 "내 마음은 조금의 흔들림도 없다"고 또렷하게 대답했다.

박태보의 아버지 박세당이 창황하게 양주 수락산 석천동에서 달려왔지만 부자가 서로 만나보지 못했다. 의금부 앞에서 거적을 치고 기다리다가 아들의 상태가 어떤지 알려고 나를 시켜서 "네 글씨를 보면 네 얼굴을 보는 것이나 다름없으니 한 자만 써서 보내라"고 하니 아들은 "저를 역률로 다스린다 하오니 부자간이라도 문자를 서로 통하는 것은 마음이 편치 않은 일이므로 감히 그리하지 못하겠습니다"라고 답했다.

이날도 대궐에서는 국문을 이어가려 했는데 영상 권대운이 차자를 올려 만류했다.

—박태보 등의 죄는 만 번 죽어도 아깝지 않사오나 누차 중한 형신을 받아 목숨이 경각에 달려 있는데 더 형신을 가하면 끝내 장하에 죽게 될 것이니, 전날에 국맥을 손상시키게 될까 염려스럽다고 한 전교에 어긋나는 처사가 아니겠습니까?

이에 왕이 답을 내렸다.

—박태보 등이 범한 죄는 흉역에 관계되지만, 이미 이 뒤로는 역률로 논하겠다고 중외에 반포하라는 명을 내렸고 이들의 죄는 그전에 있었던 것이어서 마땅히 참작을 하여야 한다. 박태보는 사죄를 감하여 절도에 위리안치하라. 오두인은 박태보와 차이가 있지만 소두로 참여하였으니 무겁게 처분하지 않을 수 없다. 사죄를 감하되 나라의

땅끝에 안치하라. 이세화와 유헌은 경중을 참작하여 이세화는 멀리 귀양 보내고 유헌은 삭탈관직하라.

이에 오두인은 의주에 정배하고 박태보는 진도에, 이세화는 정주에 귀양을 보내게 하였다. 이들이 옥에서 나오자 남녀노소 할 것 없이 사람들이 쏟아져나와 길을 메웠고 눈물을 흘리고 애석하게 여겼으며 심지어 통곡하는 사람까지 있었다.

박태보는 두 다리가 부어 움직이지 못했고 목이 부어서 물 한 모금도 삼키지 못했다. 옥에서 들것에 실려 나오니 나장들이 "이런 형벌을 받고 살아서 나가는 이는 고금에 없는데 이 나리의 충성에 하늘이 감동한 것이다"라고 했다. 길에 사람들이 누구라 할 것 없이 충신의 생전 얼굴을 보자 하고 모여들어 약봉지를 던지고 금붙이나 동전, 패물을 던지기도 하며 전송했다. 박태보가 억지로 눈을 떠보고는 아는 사람을 보면 손을 들어서 인사를 했다. 하지만 고문으로 인한 화독이 속으로 들어가 목숨이 위태로워서 잠깐 명례방 집으로 가서 쉬었다. 황망중에도 오히려 아버지를 위로하되 "마음을 진정하소서. 어머니 기운은 어떠하시니까"라고 했다. 모든 사람들이 한결같이 "이미 날이 저물고 병이 이토록 중하니 이 밤은 성안에서 지내고 내일 성문을 나서는 게 좋겠소"라고 했다. 박태보가 "내 병이 비록 중하나 숨을 아직 쉬고 있고 죄명이 지극히 중한데 어찌 감히 성안에 머물러 있으리오" 하면서 오히려 금부도사를 재촉해 저물녘에 집을 나섰다.

박태보가 탄 교자가 다다르자 길가 가게에 있던 노인들이 앞을 다투어 갓을 벗고 가마채를 잡았다. "이분이 타신 가마를 멘다는 것은 진실로 내 생애에 가장 영광스러운 일이다" 하면서 여럿이 서로 교대

해가며 극력으로 보호하여 갔다. 나도 계속해서 뒤따르고 있었지만 내게는 가마를 질 기회가 오지 않았다.

박태보의 양모 윤씨 부인이 아들을 보니 너무도 참혹하고 장독과 화독이 올라 어떤 명의도 살려낼 길이 없었다. 눈물을 뿌리는 칠순의 양모에게 박태보는 "오늘 살아서 어머님을 다시 뵈오니 이제 죽어도 한이 없습니다. 어머님께서는 과도히 서러워 마시옵소서"라고 했다. 이렇듯 정신은 온전하지만 음식을 전혀 먹지 못하고 증세도 고칠 길이 없으니 보는 이마다 울지 않는 사람이 없었다.

금부도사에게 이끌려 조금씩 길을 가서 5월 1일에 한강을 건넜다. 노량에 이르러 병이 더하여 더이상 가지 못하게 되니 금부도사가 '병세를 보아가며 귀양길을 가려 한다'는 장계를 조정에 올려 답을 기다렸다. 곧바로 내려온 명은 '너무 늦다'는 재촉이었다. 하지만 환자가 움직일 수 없는 상태라 나부터도 길을 막고 나섰다.

박태보는 온몸이 참혹하게 붓고 아픔이 극심함에도 부모가 있으매 태연함과 평온한 태도를 유지하려 애썼다. 명의 김진택을 불러 침으로 화독을 다스리고 뼈에 박힌 사금파리를 빼내는 중에도 찾아온 벗들과 농 섞인 이야기를 나누었다.

"응교가 불에 타 죽을 뻔하다가 살아나면 적이나 기특할 것인가. 다리 아래는 단단하니 살 것도 같으시네."

"주상께서는 나를 살리려고 놓아주셨네만 골육이 날로 썩고 구린내가 그치지 않으며 음식을 하나도 못 먹으니 내 어찌 이러고도 살아날까."

박필순에게서 5월 2일에 중궁이 이미 폐비가 되었고 3일에 사가로 내쫓겼다는 말을 듣고는 가엾다고 탄식했다. 왕을 원망하는 말을 조금도 한 적이 없었고 상소한 일을 신하의 당연한 도리로 알았다. 매부 이렴이 "형님께서는 평생 동안 부끄러워할 만한 일이 없더니 필경 이러한 절개를 세우셨습니다. 이미 죽은 혼백들이 굽어보나 쳐다보나 부끄러울 게 없을 것입니다. 사육신의 무덤이 여기 있으니 그분들과 지하에서 만나신다 하여도 부끄러움이 없으실 것입니다"라고 했다. 박태보가 그 말을 듣고 놀라며 "젊은 사람이 무슨 말을 그리 경솔하게 하는가" 하고 말을 더 하지 못하게 막았다. 내가 곁에 있다가 그 말을 새겨두었는데 잠시 두 사람만 남게 된 자리에서 다시 속 이야기를 꺼냈다.

"사육신의 한 분인 매죽헌 충문공성삼문이 나와 성이 같으신데 내가 장담하건대 공께서 사원을 만나드면 반가이 손을 잡고 뜨거운 충성을 칭찬해 마지않으실 것이오."

이어서 나는 기생방에서 불리는 옛 노래를 들려주었다.

이 몸이 죽어가서 무엇이 될고 하니
봉래산 제일봉에 낙락장송 되었다가
백설이 만건곤할 제 독야청청하리라

박태보가 빙그레 웃으면서 뒷부분을 나지막하게 따라 불렀고 그예 두 사람이 같이 읊조리게 되었다. 박태보는 정작 태연함에도 나는 노래가 이어질수록 목에 솜이라도 꽉 찬 듯 말을 할 수 없게 되었고 노래가 끝이 나자 눈물이 뺨을 적시고 수염을 타서 방바닥으로 뚝뚝 떨어졌다. 박태보는 그런 나를 물끄러미 바라보고 있다가 손을 내밀어 내 손을 잡았다.

"제가 부끄러움도 없이 몇 가지 부탁을 드리고 가려 하오. 쫓겨나신 중궁께서는 무죄하시고 선하신 분이니 앞날을 기약하기 어렵소. 언젠가는 오늘의 상황이 일변하여 광복의 날이 오리니 그때까지 형께서 그분을 무고하게 돌봐주시기를 우러러 청하나이다. 아아, 제 비록 지금까지 호형호제를 한 적이 없으나 마음속으로는 늘 따뜻하고 정이 두터운 형으로 생각하였습니다. 부디 형께서 제 아버님 어머님을 제가 살아 있을 때처럼…… 살아 계신 부모께 못다 한 불효, 인군을 더 오래 보필하지 못하는 이 크나큰 불충함을……"

말을 맺지 못한 채 박태보는 고개를 숙이고 흐느끼기 시작했다. 나는 이마를 방바닥에 댄 채 울다가 마침내 어린아이처럼 통곡을 했다. 어느 순간 내 입에서 "어억!" 하는 신음이 터져나오면서 기가 막히고 심맥이 끊어질 듯한 아픔이 찾아왔다. 이어 눈앞이 캄캄해지고 귀청을 찢을 듯 쐐애애, 하는 바람소리가 들리는가 싶더니 나는 할머니의 임종 때처럼 혼절을 하고 말았다.

다른 여각으로 떠메어져갔다가 정신을 차린 것은 만 하루가 지나서였다. 검계의 형제는 물론 거기까지 달려온 추월이의 만류를 뿌리치고 일어나 박태보에게 가보니 박태보는 오히려 깨끗하고 평온한 모습을 보이고 있었다. 그것은 촛불이 다 타기 직전에 마지막으로 환하게 밝아지는 것 같은 회광반조回光返照의 현상이었다. 박태보는 오도일, 임영 등 자리를 지키던 친우들더러 "내가 다시 일어나지 못함을 모르지 않았으되 양친을 위해 의약을 썼으나 이제 내 명이 다한 것 같소.

의약이 무엇이 유익하리오. 이것들을 다 치워주오" 하고 말했다. 또 한 부서진 다리를 감싸고 있던 천을 떼어놓게 하고는 나를 보고 빙그레 웃더니 새 자리와 이불을 가져오게 하여 펴고 누웠다.

이어 나를 바라보며 "제 죽고 난 뒤……" 하고 말을 흐렸다. 나는 고개를 끄덕거려 알아들었다는 표시를 했다. 박태보는 두어 가지 사소한 일을 더 말하고 나서는 드디어 혀가 마르고 기운이 다하는 듯했다. 아버지가 "네가 죽으면 어디에 해골이 돌아갈꼬" 하고 물으니 "김포에 산소를 정했사오니 지관이 아나이다"라고 했다. 형의 아들 중 하나를 양자로 삼을 일에 대해서 이야기를 마친 뒤 양모를 뵙기를 청하여 윤씨 부인이 들어왔다. 박태보가 양모를 위로하고 부인 이씨에게 "나 죽은 뒤 어머님이 의지하실 곳이 없고 그대뿐이니 과도히 슬퍼하여 어머님께 근심을 끼치지 마시오"라고 했다. 윤씨 부인이 울며 나가고 난 뒤에 부인이 울며 머뭇머뭇하고 따라서 가지 않으니 박태보가 표정을 가다듬고 간곡한 어조로 말했다.

"사나이가 부인의 앞에서 죽지 않는 것이 예라 그러하오."

사람들로 하여금 부인을 부축하여 데리고 가게 하니 부인이 통곡하며 나갔다. 박태보가 매부에게 "내 평생 고운 비단옷과 물들인 옷은 입지 않았고 또 죄인으로 죽으니 치상을 할 때는 검박하게 하게" 하고 당부했다.

그때에 아버지가 아들에게 "내 어찌 네가 더 살기를 바라겠느냐마는 지금껏 살았던 것이 하늘의 도움이었으니 혹여나 더 살기를, 하늘의 은덕으로 되살아날 수 있기를 마음속으로 빌고 또 빌었다. 이제는 더이상 살지 못할 것 같으니 이 또한 하늘의 뜻인가보다. 아들아, 이

제 다만 조용히 죽음으로써 네 마지막을 빛나게 하라"고 했다. 이에 아들은 "감히 어찌 가르치심을 좇지 않겠습니까. 조용히 죽음에 이르도록 하겠습니다"라고 답했다.

아버지가 차마 더이상 아들의 모습을 보지 못하고 밖으로 나갔다. 먼 데서 꿩이 울고 가까이에서는 비둘기가 울었다. 아버지는 밖에 선 채 아들의 이름을 부르짖으며 서럽게 흐느껴 울었다.

박태보는 점점 담이 끓자 "다리를 좀 들라, 아파서 펴지지 않는다"고 하더니 "어이 그리 흘길성 브르니" 하고 울며 말했다. "어이 이리 명 끊기가 더딘고" 하고 들은 사람도 있고 "어이 그리 흙에서 부르니" 하는 말로 들은 사람도 있다. 혹 전해지기로는 "어이 이리도 괴로운고"라고 한 다음 곧 숨이 졌다고도 한다.

박태보가 객지에서 비명에 죽었으므로 관을 구하는 일이 쉽지 않았다. 내가 검계의 제일가는 거상 이경전을 보내 "이것은 우리 계에서 쓰는 물건인데 의로운 선비의 장례를 치르는 데 쓰시기 바랍니다"라고 하며 전해주게 했다. 초상을 하던 사람이 "세상에 보기 드문 귀한 나무로 만든 귀중한 것인데 어찌 그저 쓸 수가 있겠습니까? 또 계라고 하면 모든 사람의 의견이 합치되는 것인지요?" 했는데 이는 여전히 당파와 음모를 두려워하기 때문이었다. 내가 지켜보다가 이경전에게 "우리 무리의 뜻은 모두 같습니다"라고 답하게 했다. 박세당이 나와서 고개를 숙인 채 읍하며 말했다.

"미거한 자식의 상사에 애써주시니 몸 둘 바 모르겠습니다. 뜻을 받들겠습니다."

이경전이 감개한 어조로 "이 상사에 우리가 준비한 관이 쓰이는 것은 계원 모두의 다시없을 염원이며 영광이올시다" 하고 서둘러 자리를 떴다. 부음을 들은 일가친척, 친구, 빈객이 각각 의복을 보내어 길이 메도록 치상을 했고 초종범절初終凡節, 초상부터 졸곡까지의 절차을 치르는 동안 얼굴 모르는 사람조차도 소식을 듣고는 다투어 와서 조상을 하고 울고 갔다.

훗날 아이들 사이에서 박태보의 시라고 전해지는 것이 있으니 내용은 이러했다.

흉중胸中에 불이 나니 오장이 다 타간다
신농씨 꿈에 보아 불 끌 약 물어보니
충절 강개로 난 불이니 끌 약 없다 하더라

이때 남구만이 강릉 약천골에 귀양 가 있었는데 꿈을 꾸니 생질인 박태보가 말을 타고 와서 절을 하고 멀리 떠나는 것이었다. 그날이 5월 5일로 박태보의 명이 다한 날이었다. 송시열은 박태보가 화를 입었다는 소리를 듣고 손자 송주석에게 "박태보에 관련된 문자는 모두 불에 넣어 태워버려라"라고 하고 그를 위해 눈물을 흘리고 소식을 했다.

결정적인 때에 나는 박태보나 왕을 위해 아무것도 할 수 없었고 그들이 각자의 길을 가는 것을 막거나 만류할 수도 없었다. 나는 멍텅구리였다. 내가 그토록 사랑하는 사람들이 알아볼 수 없게 달라지고 생사가 갈라지고 스러져가는데도 입이 닫히고 손발이 묶인 듯 그저 무기력하게 지켜보고만 있었다.

# 67장 어사

박태보가 죽을 때 나이가 서른여섯 살인데, 내 나이가 불혹을 넘어 살쩍에 흰머리가 날리게 되었다. 송동에서 갓을 쓰고 도포를 입은 꼬마를 만난 지 이십 년이었다. 야당 장군, 미수 스승, 김만중 등 사심 없는 사람들에게 왕이 저지른 소행을 보니 정나미가 다 떨어졌다. 밉고 원망스럽다 못해 멀리서 보는 것만으로도 배알이 꼬이고 토악질이 나려 했다.

"전하, 소인에게는 아비로부터 물려받은 심장의 절증이 있사온데 평온한 시골 마을에 가서 천수를 누릴 도리를 찾지 않으면 언제 죽어도 이상할 게 없다고 합니다. 또한 아비의 유훈에 따라 지리산에 있는 조모의 혼령에 제를 드리고 올까 하니 허락하여주시옵소서."

박태보를 영결하고 나서 원래는 말도 하지 않고 훌쩍 떠나버릴 심산이었다. 그래도 이십 년 동안의 만남에 그놈의 결의형제인지 뭔지 망할 놈의 의리가 하직 인사라도 하게 만든 것이었다. 형식적으로 내게 남아 있는 여러 직책은 모두 고신을 반납함으로써 때려치웠다. 내수사 곳간 열쇠와 내수사와 여러 궁가의 전장 경영에 관해서는 김억년에게 모든 기록을 넘겼다. 분명히 왕은 내 일련의 행동에 대해 들어서 알고 있었을 터인데 내가 편전에 찾아갈 때까지 일언반구 말이 없었다. 내 말이 끝나자 왕은 나를 가까이로 불렀다.

—이 땅에 있는 한 죽으나 사나 모두가 나의 신민이야. 오든 가든 있든 사라지든 내 명에 따라야 해.

왕은 웬일인지 우리 사이에서만 통하는 말로 말했다. 나는 고개를 흔들었다. 내가 네 곁에 있기 때문에 나와 가깝던 사람들이 죽고 다치고 곧 죽을지도 모르는 곳으로 귀양을 가는데 내가 네 곁에 있을 이유가 있느냐. 나는 네가 싫다. 원망스럽다. 더이상 내가 사랑하던 아우가 아닌 괴물, 세상에서 가장 끔찍한 독물이 된 네가.

뭔가 내 발치에 툭, 떨어졌다. 그동안 제 밑에서 죽어라 고생했다고 답례라도 주는가 싶어 집어들었더니 공명첩空名帖이었다. 참봉, 찰방, 동지, 첨지 같은 실직이 아닌 명분만의 벼슬을 사고팔아서 나라의 곳간을 채우기도 하고 제집이며 제 배를 채우기도 하는 벼슬 장사의 도구였다. 그중 하나를 골라잡으라는 것인가. 아니면 그것을 팔아서 그 구차하고 더러운 돈으로 내 집안 어른들의 영전에 과실이며 떡, 술이라도 바치란 말인가. 내가 고개를 들자 왕은 나를 쏘아보며 말했다.

"전 도사 성형에게 어사의 첩지를 내릴 터이니 명을 받들라."

나는 즉시 무릎을 꿇고 아뢰었다.

"황공하오나 어명을 거두어주소서. 미천한 소인은 그런 막중한 일을 감당할 수가 없나이다."

왕의 입술이 빠르게 움직였다.

—벼슬을 그만두겠다는 게 박태보 때문인가? 두 사람이 과인이 차마 입에 담기도 더러운, 그런 사이라도 되는가? 박태보가 둘이 만나면 무슨 달콤한 언사로 가슴을 간지럽히던가? 헤어지면 잠 못 이루고 달을 보면서 서로 그리는 사이인가?

벼락이 연속해서 발치 앞에 떨어지는 것 같았다. 몸이 벌벌 떨려서 말이 나오지 않았다.

—지리산에 간다는 게 남해도 하고도 더 넘어 노도로 귀양 보낸 김만중 때문이 아니던가? 두 사람이 얼마나 자별한 사이길래 수천 리 길 절도에까지 가서 귀양살이의 고달픔을 위로해주려는 것인가? 남해를 다녀온 다음에는 평안도 앞바다에 있는 가도로 가려고 했나? 거기에 또 청국 태감 출신 정인이 있다던가? 내가 다스리는 왕토에서 나를 떠나 얼마나 숨을 수 있을 것 같은가? 그대 하나를 찾으려고 조선 팔도 수백만 가가호호의 장독을 모조리 깨뜨린다면? 나를 버리고 가는 사람을 내가 곱게 보내줄 것 같은가? 이 땅의 신민 그 누구라도 차라리 죽게 할지언정 나를 저버리게는 하지 않을 것이야.

나는 왕을 마주 바라다보았다. 꼬마는 없었다. 달걀 껍데기를 깨고 나온 병아리가 어느새 새벽을 호령하는 수탉이 되는 것처럼 이순은 정말 왕이 되었던 것이었다. 왕은 이미 나보다 더 나를 잘 알고 있었다. 내가 가진 갖가지 인연까지.

—저와 박태보에 관한 일이라면 전하께서 깊이 오해를 하신 듯합니다. 두 사람 사이에는 어떤 불미스러운 언행도 없었습니다. 제가 혼자 박태보의 헌앙한 기상과 천품을 흠모했을 뿐이지요.

—기상이니 천품이라는 말을 어디다 가져다 붙이는 거야? 박태보는 생전에 임금의 처사에 사사건건 시비를 걸고 생트집을 잡았고 종국에는 폐비를 옹호하다 죽은 죄인일 뿐이야.

—차라리 저를 죽이시지요. 살아서 더이상 욕을 보고 싶지 않습니다. 저 때문에 깨끗하고 맑은 사람들이 더럽혀지는 것도 차마 더는 견디기 어렵습니다.

—죽지도 살지도 못하게 하는 게 내가 가진 수단이지. 살아도 죽느니만 못한 욕된 삶, 죽고 싶어도 마음대로 죽지 못하는 비참한 삶을 살게 할 수 있어.

—아무 죄도 없는 미천한 소인에게 이토록 가혹하게 하심은 어찌된 영문인지 모르겠습니다.

—나를 위해서가 아니야. 다른 누군가를 위해서지. 그대가 그들을 위해 할 일이 아직 많이 남았으니.

마지막에는 조금 누그러진 기색이 엿보였다. 왕이 말하는 그 누군가가 누구일지 떠올려보았다. 추월이, 김만중, 검계의 형제와 제자, 벗들, 이런저런 인연으로 맺어진 사람들, 박태보가 죽어가면서 내게 부탁한 사람들…… 왕은 아니라 했지만 거기에는 왕도 당연히 포함되었다. 결국 나는 왕명에 따르지 않을 수 없었다.

어사가 되려면 절차에 따라 호남 지역에 있는 수령 가운데 친족이나 친구가 있는지 상피 단자를 써 올리게 했는데 내게 해당이 있을 리 없었다. 호조에 가서 소합원, 청심환 같은 구급약을 받고 광목 네 필과 쌀과 콩 각 다섯 말, 암치 세 마리에 굴비 세 두름, 상평통보 닷 냥까지 알뜰히 챙겼다. 노자의 무게만 백 근이 넘었으나 공식 수행을 하는 여섯 사람의 길양식을 하기에도 부족할 양이었다.

도성을 벗어나자마자 왕이 내린 봉서를 열었다. 짐작한 대로 유척鍮尺, 어사 등에게 하사하던 놋쇠로 만든 자과 말이 세 마리 그려진 마패가 나왔다. 내가 정말 어사가 된 것이었다. 그것도 내 조부가 내 나이 무렵 횡행하였던 호남 지방으로 가게 되었다.

어쩌면 조부와 할머니가 만났다던 남원 광한루며 오작교, 두 분이 눈물로 정별하였다던 오리정에 가볼 수도 있을 것이었다. 길을 떠나기 전에 검계 제자를 통해 추월이에게, 아니 부인에게 두어 달 남짓 어디를 다녀오겠다는 편지를 가져다주게 했다. 국법이 지엄하니 어디에 왜 간다고 밝힐 수는 없었다.

옥당의 아전 한 사람, 역졸 넷과 종복 하나가 수행원이었다. 아전은 김성익이라는 이름을 가진 중인 출신으로 여러 차에 걸쳐 어사를 수행한 적이 있다 했고 행동거지가 흠잡을 데 없으며 몸놀림이 빨랐다.

"남들의 의심을 받지 않게 한양서 고향으로 양식을 가지러 가는 것으로 하면 어떻겠습니까?"

김성익의 건의를 받아들여서 나는 조부가 그랬듯이 다 떨어진 옷에 부서진 갓을 쓴 양반 떨거지로 변장하고 김성익은 집사 차림으로 변복을 했다. 내 소매 속에는 죽으나 사나 나를 따라다니는 멍텅구리가 있을 뿐이었으나 검계의 형제 다섯 명이 멀찌감치서 눈치채이지 않도록 호종을 하고 있었다.

"어사또들께서는 삼 할 이상이 임무를 수행하다 중로에 전염병이나 호환, 강도에 굶주림으로 쓰러져서 다시 댁으로 못 돌아온다는 말도 있었습니다만, 주상께서 직접 하유하신 영감께는 그런 일이 있을

리 없겠습니다."

영감? 영감이라…… 정삼품 이상의 벼슬아치 또는 터럭이 희도록 나이든 남자에게만 붙인다는 그 호칭을 나는 마다하지 않았다.

내가 어사로서 남쪽으로 향발하기 직전에 대신과 비변사의 당상관들이 왕을 인견했다. 남인들이 기필코 송시열을 죽이려 했기 때문이었고 왕은 중전 민씨를 쫓아내는 데 협조한 남인들의 청을 들어주어야 할 입장이었다.

먼저 판의금부사 민암이 입을 열었다.

"송시열의 흉악함은 국문을 기다리지 아니하고도 알 수 있습니다. 지금은 국문 없이 곧바로 국법에 따라 처분하시는 게 좋겠습니다."

쓸데없는 절차로 시간을 잡아먹을 필요도 없이 어서 목숨을 끊어버리자는 것이었다. 영의정 권대운, 좌의정 목내선, 우의정 김덕원까지 같은 의견이었다. 대사헌 이세명이 못을 박았다.

"근래에 유생들이 잇달아 상소를 하여 죄의 수괴인 송시열을 위해 구구절절이 변명하고 누누이 구원하려고 하는 것은 훗날 서인들이 재집권할 일을 도모하는 것이며 인심이 이같이 그릇되면 수습할 길이 없습니다. 유생들의 상소가 언제 그칠지 알겠습니까?"

이에 왕이 "대신들의 말이 이와 같으니 송시열을 사사하되, 금부도사가 만나는 곳에서 즉시 형을 집행하라"고 명했다. 하지만 거기에는 내가 미리 송시열이 가지고 있는 엄청난 위력의 폭약, 효종 임금의 밀서가 가진 위험성을 제거한다는 게 전제되어 있었다. 그것이 나를 어사로 호남에 암행케 한 왕의 뜻이었다.

이미 백성들 중에는 송시열이 제주도에서 잡혀온다는 소문을 듣고 길가에 나와 며칠씩 한뎃잠을 자며 기다리는 사람들도 있었다. 모두가 송시열을 존경하고 사모해서 그러는 것은 아니었다. 삼대의 임금에 걸쳐서 오십 년 가까이 권세를 잡고 이 나라 유학의 종장으로 군림하였으며 청사에 길이 남을 인물이 어떻게 생겼는지 보고 싶어했고, 그의 기를 받아 향시에라도 합격할까 싶어하는 어리석은 선비도 있었다.

송시열이 정읍현에 도착하던 날 밤, 나는 멍텅구리를 소매 속에 넣고 단신으로 관아에 들어갔다. 밤에 가니 암행이고 임금의 뜻을 받들었으니 어사는 맞는데 서리들은 물론이고 검계의 형제들에게조차 비밀을 유지해야 하는 일이어서 혼자 나설 수밖에 없었다.

객사와 동헌 마당 주변에는 수십 명이 쓰러져 잠들어 있었다. 곳곳에 밝혀놓은 횃불이며 촛불은 곧 꺼질 듯 희미했다. 자그마한 한 고을이 송시열 하나 때문에 버선목이 뒤집히다시피 했다. 암행어사 출두라도 당한 듯 사또를 비롯해 군졸과 방자에 이르기까지 꼴을 볼 수 없었다. 물론 그들은 송시열을 호송하는 무리에게 관아를 내주고 어딘가에 숨어 있을 것이었다.

다음날이나 그다음날 한양에서 금부도사가 약사발을 들고 올 것이 명약관화했고 그때에 송시열이 어떻게 처신을 할지는 아무도 몰랐다. 만약 송시열이 왕이 수습할 수 없는 내용의 밀서를 꺼내 세상에 던지면 이제까지 없던 새로운 국면이 펼쳐질 것이었다. 내가 왕과 아무런 관련이 없다면 한낱 구경꾼으로 천고에 드문 기담을 들으려 귀를 쫑긋 세우고 있을 것이었다. 하지만 나는 내 일을 해야 했다. 그런 이야기 자체가 생겨나지 못하게 아예 싹을 잘라버려야 했다.

객사 안에 송시열은 없었다. 송시열의 가솔로 보이는 인물들이 코를 골며 잠들어 있을 뿐이었다. 너희는 도대체 이런 판국에 잠이 오느냐? 깨워서 물어보고 싶었지만 참았다. 찰나지간에 절로 이해가 되었다. 잠이라도 자야 이런 고통스러운 시간을 조금이라도 빨리 흘려보낼 수 있을 것이었다. 이럴 때 잠을 잘 자는 사람이 장수할 운을 타고난 사람이다.

널찍한 향청이 나왔다. 그곳 역시 잠들어 있는 사람으로 그득했다. 평소에는 좌수와 별감이 나와서 크고 작은 일을 보았는데 송시열 같은 거물이 온다 하니 무슨 핑계로든 도망을 칠 수 있다면 도망쳤을 게 뻔했다.

질청秩廳은 아전들의 직소였으나 아전들이 한밤중에 그곳에 있을 리 없었다. 그들에 의해 매질당하고 옥에 갇혀 죽은 원혼이 출몰한다 해도 이상할 게 없는 시각이었다.

수령과 그의 식구들이 거처하는 내아는 담장과 대문으로 외부와 막혀 있었다. 문밖에 군졸 여럿이 수직을 서고 있었다. 가볍게 담장을 넘었다. 내 발걸음에는 소리조차 나지 않았다. 나도 모르는 새 무공이 날로 일취월장하여 여느 사람의 몇 배는 빠르게 움직일 수 있었고 나뭇가지를 딛고 물을 건널 수 있을 만큼 몸이 가벼워졌다.

모르는 사람이 보면 귀신이 다니는 것으로 오해하기 쉬웠다. 모르던 시절에는 나 또한 그랬으니 하늘을 두려워할 줄 알았고 나쁜 짓도 좀 덜 하긴 했으리라. 부녀자들과 반빗간 여인들이며 여종들이 이를 가는 소리가 들렸다.

마음이 급해졌다. 관아 건물 중 가장 허름한 옥으로 향했다. 입구에서 이마를 맞대고 졸고 있던 옥사쟁이의 급소를 조용히 눌러서 혼절시켰다. 옥방이 나타났다. 이곳이 한때 내 조모가 칼을 쓰고 쑥대머리로 갇히기까지 했던 그곳이구나. 감회가 새로웠다.

옥 안에는 촛불이 일렁이고 있었다. 거기서 송시열을 찾았다. 죄인으로 머리를 풀었으나 처녀였던 내 조모와 다르게 백발이 성성했다. 하지만 칼을 쓰고 있지는 않았다. 또 망건에는 송시열이 평소에 달고 있다는 뿔관자도 보이지 않았다. 현감이 알아서 조치를 취하여 깨끗이 치운 옥사에는 송시열 외에는 아무도 없었고 옥방 같지 않게 정갈하기까지 했다. 새 멍석에는 홑이불이 깔려 있었다. 송시열 한 사람으로 옥이 꽉 차 보였다.

"누구인고?"

말을 할 때마다 흰 수염이 흔들렸다. 벽에는 송시열보다 서너 배는 더 큼직한 그림자가 함께 흔들리고 있었다.

"아, 그게, 저는 동네 사는 파락호올시다. 아니 지금은 지나가는 도둑놈입니다."

송시열은 산악처럼 태연했다.

"도둑이라…… 내게 훔쳐갈 게 무엇인가? 절도에서 귀양살이 끝에 다 죽어가는 늙은이에게서. 혹 주상께서 보내셨나?"

필생의 적을 마주했을 때처럼 가슴이 마구 요동쳤다. 반면 멍텅구리는 조용했다.

"귀신처럼 알아보시는구려. 제가 어명을 받잡고 오긴 하였으나 어르신을 해하려 온 게 아니니 안심하시오. 그저 물건 하나만 내주시면 아니 온 듯 금방 물러가겠소."

송시열은 서안의 서책을 들어 보였다.

"이 늙은 몸은 평생 가진 재산이라는 게 서책 하나뿐이었네. 이걸 가져오라시던고? 원한다면 가져가게."

송시열은 주름진 손으로 서안을 앞으로 내밀었다. 이렇게 쉬울 리가 없다, 싶어서 내가 망설이는 동안 서안은 다시 제자리로 돌아갔다. 멍텅구리를 뻗어 옥문의 자물쇠를 내리쳤다. 옥문을 열고 들어서면서 서안 위에 든 문서를 낚아챘다. 상소문이 몇 통 있었다. 펼쳐보았으나 흰 건 종이요 검은 건 글씨라는 것 말고는 내용을 알 길이 없었다.

"이게 뭐요? 알 만한 걸 주시오."

"알만한 거라니? 달걀만한? 오리알? 메추라기알?"

"어르신, 영감님, 대감님! 우암장!"

"자던 사람들 다 깨겠네. 그만 부르게. 그건 상감께 올리려던 유소일세. 내게서 물건을 가지러 왔다니 잘되었군. 가져다드리게."

나는 입을 다물었다. 문득 송시열이 오른팔을 올려놓은 목침이 눈에 들어왔다. 아무리 여름이라 해도 귀양살이를 하다 압송되는 죄수에게 목침은 어울리지 않았다. 일반 목침보다도 훨씬 커 보였다. 나는 멍텅구리에 내력을 실어 목침을 찔렀다. 예상대로였다. 목침이 아니라 속이 빈 목함이었다. 송시열은 목함을 지키려고 몸을 새우처럼 구부렸으나 이미 내가 목함을 빼낸 뒤였다. 멍텅구리를 휘둘러 목함의 윗부분을 두드려서 뚜껑을 열었다. 거기까지 숨 몇 번 쉴 시간밖에 들지 않았다.

멍텅구리의 몸에는 최대한의 내력이 주입되어 있었다. 무학을 전혀 모르는 송시열이라 해도 그것이 혈육으로 만들어진 몸에 한번 닿기만 해도 어떤 결과가 올지 알 것이었다. 가까이 있는 것만으로도 살이 에

이고 뼈가 시릴 테니. 그는 길게 탄식을 하더니 천천히 입을 열었다.

"보지 않는 것이 좋을 걸세. 모르는 게 약이라는 말이 있지 않던가."

나는 송시열의 말을 귓등으로 흘리며 목함을 뒤집어서 안에 들어 있는 문서와 책자를 모두 쏟았다. 바닥이 뚜껑보다 훨씬 두꺼운 게 수상쩍었다. 망설임 없이 멍텅구리를 휘둘러 바닥을 쪼개자 누런 봉서와 얇은 책자가 나왔다. 봉서는 하나도 아니고 대여섯 통이나 되었다. 그중 '사부 우암 어른께與師傅尤庵丈'라는 글씨가 겉봉에 적혀 있는 것을 열었다.

"가짜는 아니겠지요?"

송시열은 내가 너무도 쉽게 단단한 목함을 쪼개는 것을 보고는 그나마 어찌해보려던 몸짓을 완전히 멈추었다. 그는 내가 문자를 잘 모른다는 걸 이미 알아차리고 있었다.

"내 평생 가짜를 경멸하고 원수같이 알아서 가차없이 세상에 드러내며 많은 미움을 받고 원한을 쌓았네. 어찌 감히 효종대왕의 수찰을 위조하겠는가? 나에게 가짜는 사문난적 윤휴와 그의 사설……"

"그건 두 분이 나중에 좋은 데서 만나시거든 두고두고 따져보시고…… 이 서찰의 내용은 무엇입니까?"

"대왕께서 대군 시절에 보내신 안부 편지일세."

편지는 짧았다. 글씨체로 보아 급히 쓴 것이라는 짐작이 갔다. 짐작뿐이었지만. 효종 임금이 세자가 되기 직전, 자신은 청나라에 인질로 있으면서 몇 달 전 귀국한 소현세자에 관해 송시열에게 보낸 서찰이었다. 그 역시 짐작이었다. 소현이라는 이름은 소현세자가 죽은 뒤 올린 호칭이고 그때는 그저 세자였다. 그리고 형이었다. 누구의? 봉림대군의 형, 그리고 세자임이 그의 편지에 '형세자兄世子'로 드러나 있었다. 그리고 또 내가 아는 글자가 있었다. 내 아무리 무식하다 해도 모를 수가 없었다. 죽일 살殺, 해칠 해害, 아비 부父, 임금 왕王. 장옥정이 말한 '대인난待人難'의 그 기다릴 대待. 그 이상은 알 필요도 없었다. 안다 해도 모르는 것으로 하고 싶었다. 송시열이 답신을 쓰는 데 참고하기 위해 특정한 글자에 관주貫珠처럼 동그라미를 치고 죽을 서逝, 얻을 득得 같은 글자를 적어놓았다.

부왕과 소현세자, 죽인다는 말을 함께 언급한 것 자체가 불충, 불효는 물론이고 삼족을 멸할 대역에 해당되는 죄였다. 그것을 스승인 송시열은 너무도 잘 알았기에 신중하게 처신하라는 답을 보냈을 것이었다. 그러면서 송시열은 봉림대군의 숨겨진 권력욕과 치부에 관해 누구보다 잘 알게 되었으리라. 봉림대군은 소현세자가 의문스럽게 죽은 뒤 형의 지위를 계승해 마땅한 조카들을 제치고 세자가 되었고 부왕이 죽자 지존의 자리에 올랐다. 누구에게도 밝힐 수 없는 자신의 비밀과 최대의 약점을 쥐고 있는 스승을 중용하고 북벌을 필생의 과업으로 정했으며 담비 갖옷을 하사해가며 동지로서 생사를 같이할 것을 맹세했다……

나는 멍텅구리에 힘을 주었다. 송시열의 눈은 과거를 반추하듯 허공을 더듬고 있었다. 멍텅구리를 가볍게 한 번 휘두르면 송시열은 왜 죽는지도 모르고 죽고 말 것이었다. 그다음에 이것저것 가리지 말고 쓸어 담아가지고 나가면 만사형통이리라.

갑자기 송시열이 서찰에 손을 뻗고는 문제의 서찰을 입속에 욱여

넣었다. 나는 제지하지 않았다. 어차피 같이 없애야 할 것이었으므로. 송시열은 서찰을 다 씹어 삼키지는 못하고 일부를 뱉어냈다. 희미하게나마 아직 몇 자 정도는 알아볼 수 있었다. 나는 내공을 가해 남은 종이를 바스러뜨리고 손으로 비벼 가루로 만들었다. 송시열이 다른 서찰 하나를 봉투째 촛불에 가져다댔다. 재가 바닥에 떨어지자 손가락으로 그것을 문질러 조금의 흔적도 남지 않게 했다. 잠시 우리는 같은 일을 하는 동지가 된 듯했다. 일이 끝나자 송시열은 홀가분하다는 듯 발을 뻗었다.

"남은 편지의 내용은 무엇이오?"

"승하하시기 전 만년에 내게 내리신 어찰일세. 그 속의 내용은 세상에 알려진다 한들 크게 해될 게 없는 것이라네."

"초년의 편지는 나라를 망칠 수 있는 물건인데 만년의 편지는 무해하다고요?"

"승하하시기 직전에 보내신 것이니 실행된 게 하나도 없네."

끈으로 묶인 얇은 책자 겉면에 '幄對說話'라는 글자가 쓰여 있었다. '독대'라는 단어가 떠올랐다. 기해년 3월 11일 밤, 승하하기 전의 효종 임금과 이조 판서 송시열 간에 있었던 밀담. 한 가지가 더 궁금해졌다. 내가 어떻게 그 어려운 한자로 된 제목을 읽은 것인지. 하긴 어릴 때부터 설화이야기라면 자다가도 벌떡 일어나게 좋아했으니.

"기해년 독대에서 있었던 이야기를 적은 것이오? 이 또한 대감의 목숨을 구할 구명의 동아줄이라고 생각하셨소?"

"추호도 그리 생각한 적은 없네. 효종대왕께서 이루려 하셨던 숭고한 대업은 후대에서도 제대로 빛을 보지 못하고 있네. 내 그를 안타깝게 여겨 대왕의 성덕을 역사에 남기려는 마음으로 기록한 것일 뿐일세."

"그런데 왜 그토록 비밀스럽게 감추려고 했던 것입니까?"

"그건 비밀이라 할 수 없는 것이 이미 여러 사람 손으로 등서謄書, 베껴 씀한 것이 수십 벌은 퍼져 있으리."

송시열이 내 집 토굴당의 주인으로 합당하지 싶었다. 절체절명의 위기에 대비해 도망칠 수 있는 굴을 수없이 파놓은. 나는 남아 있는 문서와 책자, 서찰을 모조리 챙겨들었다.

"확인을 해본 연후에 돌려드리지요."

"그런데 자네 이름이 뭔가? 목소리가 익숙하네. 얼굴은 본 적이 없네만."

"저는 성이 성, 이름은 형이고 제 아비는 완 자 벽 자를 쓰시고 조부는 수의어사를 여섯 번 지낸 계서당이며 조모는 세상 사람들이 춘향이라고 부르지요. 조모는 어르신처럼 옥에 갇혔다가 조부께서 암행어사 출두로 풀어줬다는 이야기가 저자에 널리 퍼져 여러 사람 먹여 살리고 있지요."

"계서당이라…… 춘향이라…… 그런 이름이 다 있던가?"

"지금까지는 이야기꾼들의 입초시에 오르기만 했지만 앞으로는 낙양의 지가를 올리는 패설의 주인공으로서 책주릅책장수들의 배를 살찌게 할 것입니다."

송시열은 의아한 듯 물었다.

"필부필녀의 삶이 귀한 종이와 문자로 만든 서책이 된다 하니 알 수 없는 노릇이네."

"세상 사람들이 좋아했다 싫어했다 하니 어쩌겠습니까. 더 하실 말씀은 없으신가요?"

"나 또한 한 시절을 지나가는 사람이라네. 움직이지 않고 영원한 것은 성학과 주자의 말씀일 뿐이지. 주상께 한말씀 전해주시게. 나 또한 이 서찰들로 평생 어떤 이익도 취하려 하지 않았으니 주상께서도 그리하셨으면 한다고. 지금 당장은 옥방의 빈대와 벼룩, 모기 같은 것으로 겪는 괴로움과 가려움을 더는 견딜 수 없네. 이렇게 세상과의 인연과 애착이 끊기는가 싶네."

밖이 수선스러워졌다. 말소리가 크게 나더니 쇠로 뭔가를 찍는 소리마저 들렸다. 뒤늦게 내 형적을 발견한 검계의 형제들이 군졸들과 다투고 있는 게 분명했다. 아무리 시간이 없어도 한마디는 하고 가고 싶었다.

"제가 소싯적에 어르신 경저에 수도 없이 갔었습니다. 저와 결의형제를 맺은 아우가 당금의 주상이라 말이죠. 주상이 꼬마일 때 어르신의 경저 앞에서 만났지요. 사람이나 겨자나 처음에는 보이지도 않게 작다가 자라면 몰라보게 커져서 지금의 저를 있게 한 사람을 몰라보더라고요."

송시열의 눈이 커지는 것을 보며 나는 뒷걸음으로 옥을 빠져나오려 했다. 송시열이 옥방 칸살을 잡고 나를 불렀다.

"내가 지금 자네에게 짐을 뒤지고 땅을 파헤치는 번거로움을 덜어준 것이라 여긴다면, 폐비의 성심에 더 큰 아픔과 질고를 더하지 않도록 암중에라도 돌봐드리기를 간절히 바라네."

송시열은 노인답지 않게 힘있는 시선으로 나를 바라다보았다. 답을 듣기 전에는 놓아주지 않을 기세였다.

"제가 할 수 있는 것이라면 다 해보겠습니다."

그 말을 들은 뒤 송시열의 시선은 다시 허공으로 돌려졌다. 나는 멀찌감치에서 마음에서 우러나는 절을 올렸다. 잘 가시오. 우암장.

이튿날 송시열이 금부도사 권처경의 앞에 무릎을 꿇고 앉았다. 깨끗한 학창의를 입고 유건을 쓴 모습은 믿을 수 없을 만큼이나 단정했다. 여든이 넘은 나이에도 불구하고 눈썹은 누에처럼 온전하게 길었다. 살쩍부터 턱, 인중을 덮은 무성한 백발이 미풍에 나부꼈다. 하지만 장엄하기까지 한 그 모습에서도 미세한 흔들림이 느껴지고 있었다.

약사발에서 김이 잦아들기 시작했다. 송시열은 도포 소맷자락에서 천천히 봉서를 꺼내어 허공에 받들어 올렸다. 송시열의 음성이 떨려 나왔다.

"이 서찰은 황공하옵게도 효묘께서 노신에게 내리신 어찰과 명성왕후의 언문 교지요. 또한 죽기 전에 작성한 세 통의 유소가 있으니 이를 주상 전하께 바쳐주시오."

문서가 나오자 모든 사람의 이목이 거기로 쏠렸다. 금부도사 권처경은 얼굴을 씰룩거렸으나 나를 한번 힐끔 바라보고 나서는 "저는 단지 주상께서 명하신 공사를 처결할 뿐입니다. 제가 관여할 바가 아니오이다"라면서도 의금부의 서리를 시켜 서찰과 유소를 송시열의 손에서 손자인 송주석에게 봉해진 그대로 넘겨주었다. 밤새 내가 서찰과 유소, 책자를 읽어본바, 아니 인근 검계의 계원 가운데 글을 잘 아는 선비에게 읽고 또 읽게 하여 샅샅이 알아낸 결과, 송시열의 말마따나 효종 임금의 오래전 밀서는 이제 와서 왕실과 나라에 크게 해로울

게 없었다. 마치 부자와 초오草烏가 빠진 사약처럼 무해했다. 송시열이 임금의 밀서와 교지를 사람들에게 내보이는 것은 그가 살아온 날의 영광을 과시하는 것이었다. 과시는 과시로 끝났다.

송시열의 수염이 바람에 날렸다. 옷자락이 펄럭이는 소리가 큰 새의 날갯짓에서 나는 것처럼 커졌다. 송시열은 바위처럼 무표정하게 북쪽 하늘을 바라보고 있었다. 사람들이 수군거리기 시작하자 권처경이 입을 열었다.

"더이상 하실 말씀이 있으시오? 날이 어두워지면 어명을 받드는 데 지장이 있을 것이니 준비를 하도록 하시오."

송시열은 사약을 받은 신하가 감사의 표시로 하는 북향사배를 미루다 말고 갑자기 다리를 뻗고 자리에 누웠다. 나이 탓에 심신이 말을 듣지 않는지 심경의 변화 때문인지 알 수 없었다. 결국 나장이 약사발을 들고 가서 억지로 입을 벌리고 약을 부어 넣어야 했다.

"송시열이 평생 동뇨를 먹어가지고 만독이 불침하는 경지에 다다랐다고 하네. 한 그릇 가지고는 턱도 없으니 배가 터지도록 먹여야 할걸?"

누군가의 말에 옆 사람이 반죽을 맞췄다.

"예전에 미수가 우암에게 약방문으로 비상 석 냥쭝을 처방해줬는데 두 냥쭝만 먹고 살았다니 그때 먹지 않은 비상을 마저 털어 넣으면 되지 않겠습니까."

두 사람 사이에 있었던 이야기가 어느새 세상 사람이 다 아는 이야기가 되어 있었다.

"비상을 구해올 것까지도 없이 입천장을 침으로 찌르고 사약을 먹이면 약이 쉽게 흡수되어 일이 쉬 끝날 것이오."

민심은 무서웠다. 또 금세 바뀌는 것이기도 했다. 민심 앞에서는 영원한 승자도 패자도 없었다.

결국 송시열은 사약 두 사발을 마시고서야 절명했다.[15] 향년 여든셋이었다.

—스승님, 전에 말씀하신 대로 우암이 오사誤死를 하긴 했네요. 이제 이것으로 모두 마무리된 것인가요?

어느새 내 눈이 축축해졌다. 몸이 식어가는 송시열, 먼저 가신 내 조부, 할머니, 아버지, 미수, 시봉, 야당 장군, 동춘당, 김만기, 김석주의 얼굴이 줄줄이 떠올라서였다. 왜 눈물이 날까? 슬프지도 않은데. 그리고 박태보, 만월처럼 둥싯 떠서 내게 어서 오라고 손짓을 보내오는 듯한.

"나으리, 대로께서 약사발 드시는 걸 구경하다 날이 저물겠습니다. 호랑이 밥 안 되려면 오늘밤은 근처에서 보내게 생겼습니다. 어디서 유숙을 할깝쇼?"

정신을 차려보니 김성익이 내게 묻고 있었다. 경신법을 써서라도 천리마처럼 마음껏 달리고 싶어졌다. 달 아래 구름이, 구름 속으로 달이 가듯.

"너희는 이 마패를 가지고 역원에서 말을 바꿔 타고서 남해현으로 오너라. 나는 지리산에 들렀다가 가랑잎을 타고 남해로 건너갈 테니 닷새 뒤에 만나기로 하자꾸나."

가만히 있다가는 심장이 터질 듯하여 수하들이 보고 있는 줄 알면서도 용의 울음소리를 길게 토해내며 허공 속으로 둥실 몸을 날렸다.

# 68장 남해

큰소리를 친 것처럼 가랑잎을 타고 건너기에는 이순신 장군이 왜적을 수몰시킨 노량의 물살이 너무 험했다. 배로 바다를 건너 남해도로 건너갔다. 남해현은 보기보다는 살림이 요족하고 곡식과 어염의 소출이 많았다. 쫓겨난 서인들에게 줄을 대어서 천금으로 수령직을 산 현감에게 그때까지의 소소한 부정과 비리를 불문에 부칠 테니 앞으로는 잘못이 없도록 하라고 했다. 현감이 백배사례하면서 내준 말과 소가 끄는 수레로 새벽부터 죽어라 하고 사십리 길을 바쁘게 움직여서 김만중이 귀양 와 있는 노도가 보이는 벽련포구까지 왔고 거기서 가장 크다는 거룻배를 징발하여 노도로 건너갔다.

섬 뒤편 동쪽에 김만중의 배소가 있었는데 배소 주변에는 동백과 대나무가 빼곡히 심어져 있었고 기화이초가 만발했다. 신선경이나 다름없었다. 귀양을 온 것만 아니라면.

"형님, 저 자장입니다. 왔어요, 형님 아우 자장이 왔어요!"

김만중은 낡았지만 깨끗한 옷을 입고 있었고 부채를 들고 가벼운 발걸음으로 마중을 나왔다.

"자약, 어서 오게. 이 멀리까지 찾아오느라 노고가 많았네."

그는 산 위에서 노도로 건너오는 배를 보고는 금방 그게 나인 줄 알았다고 했다. 쌀과 음식물, 피륙과 땔감까지 실어오느라 거룻배가 거의 침몰할 지경이었으니.

"제가 호남 어사로 오기는 했지만 주상께서도 제가 형님께 가는 걸 아시고 흔쾌히 허락하셨습니다."

"주상께서는 천만 백성이 살아가는 나라를 경영하시지만 주상을 움직이는 사람은 자네이니 내가 영광일세. 이 궁벽하고 파도가 거친 섬에는 고기잡이를 하는 어부들 아니면 오려고 하지를 않아. 혹시 관원이 온다고 하면 그건 사약을 안기려고 오는 것이겠지."

말은 쉽게 했지만 임금의 처숙이나 되어서 땅끝의 절해고도 남해도 하고도 거기서 또 떨어진 작은 섬까지 귀양을 온 사람의 심중이 편할 리는 없을 것이었다. 다행히 남녀 종복을 여럿 데려왔고 곧이어 제자들이 따라오리라고도 하여 그럭저럭 마음이 놓였다.

먼저 송시열의 부음을 전했다. 소문은 구름처럼 빨라서 김만중도 이미 스승의 죽음을 알고 있었고 심상心喪을 입고 있노라고 했다. 내가 준비해간 제수를 놓고 향을 피우고 김만중은 스승의 혼백에 절을 올렸고 나는 왕의 치세 동안 유명을 달리한 사람들의 명복을 빌었다.

섬은 사방이 바다로 격리되어 있어서 유배인의 배소 이탈을 힘들이지 않고 막을 수 있는 곳이었다. 그래서 중죄를 지은 죄인은 외딴섬으로 유배 보냈다. 나는 남해현감에게서 빼앗아온, 아니 얻어온 쌀섬과

술 외에 따로 챙겨간 건포와 떡, 꿀, 곶감, 대추, 유밀과, 인삼, 간장이 든 짐꾸러미를 내놓았다.

"고맙네. 낙이라고는 먹는 것뿐인데 여기는 기후가 척박하고 사람 사는 마을이 멀어서 장조차도 맛있는 걸 구하기가 쉽지 않아."

그래도 김만중은 가끔 어부의 배를 빌려 타고 남해도까지 나가서 며칠씩 머무르다 오는 눈치였다. 그 먼 데까지 와서 감시를 할 관원들이 있을 리 없고 근처 마을 백성들이 하나라도 배울 게 있을 것이라고 여겨 제집에다 모시려 한다는 것이었다. 사람들은 무엇보다 김만중의 구수하고 흥미진진한 이야기를 좋아했다.

"어제 남해현감에게 양식과 반찬, 땔감은 떨어지지 않도록 만반의 조처를 해두었습니다. 남해현에 어사가 나타나긴 처음이어서 어찌할 줄을 모르고 살려달라고 하길래 형님 양식과 땔감이 떨어지는 날이 목 떨어지는 날이라고 해놓았지요."

"여기서 그리 멀지 않은 섬 보길도에 윤선도가 비경을 건설해두었다는 소문을 들었네만 마음먹기에 따라서는 여기 또한 그 못지않은 절경이라고 여기고 있네. 자네 덕분에 음식 걱정을 덜게 되었으니 여기도 곧 도원경이 되겠구만."

어린 시절 엄한 홀어머니 아래에서 굶고 헐벗으면서까지 학문에 진력했던 경험이 없었더라면 불편과 심화를 견디기 힘들었을 게 분명했다. 그럼에도 김만중은 꿋꿋하고 밝았다.

나는 중전이 폐비가 되고 조정이 온통 남인들로 뒤덮인 것, 박태보의 죽음에 관해 내가 보고 들은 것을 자세히 이야기했다. 정신을 차려 보니 이미 제법 굵은 촛불이 다 타서 가물거리고 있었다.

"몇 날 며칠을 이야기해도 끊어지지 않을 설화로세."
"이 아우가 며칠 동안 궁금하신 것은 모두 풀어드릴 테니 염려 마시구려."
"내가 그 이야기를 두고두고 볼 수 있게 자네가 직접 글을 써보는 게 어떻겠나?"
"불학무식한 제가 문자와 문장과는 담을 쌓았으니 쓸 수가 없지요."
"문자와 문장? 세종 임금께서 만들어주신 글로 쓰면 되지 않나? 초동목부며 규방의 여인들도 모두 아는 걸 자네 또한 알고는 있겠지?"
"그것도 글재주가 있어야 쓰는 게 아닙니까?"
"진실함과 굳센 믿음이 있으면 누구나 쓸 수 있고 오래도록 전해지며 천년만년 사람들을 끄는 향을 풍기는 게 패설이라네."
"에이, 아무리 그러셔도 저는 그런 걸 쓸 수가 없습니다. 형님이 써주시죠."
"나는 벌써 써둔 게 있어."
김만중은 벽장에서 두툼한 종이 뭉치를 꺼내왔다.
"내가 일찍이 홀로되신 어머니를 모시지 못하고 귀양을 가면서 못내 마음이 아파서 어머니가 수심을 가라앉히시는 데 도움이 될까 하여 선천의 적소에서 쓴 이야기를 여기서 다소 손본 것일세. 전대의 교산이 쓴 『홍길동전』하고 비견될 수 있을 거라고 믿네."
겉장에 '구운몽'이라는 제목이 날아갈 듯 힘찬 서체로 쓰여 있었다.
"이건 한글로 되어 있어서 저도 읽을 수가 있겠네요."
"조선 사람이 조선의 글자로 된 것을 읽어야 하지 않겠는가? 자네가 돌아가는 길에 이걸 읽고 내 어머니처럼 고단한 삶을 살아가는 여인들에게 읽게 해주면 고맙겠네."

내가 섬에서 며칠간을 더 지내며 김만중과 담소를 나누는 사이사이 새를 쫓고 고기를 잡는 데 미쳐 있는 동안 김만중은 쉬지 않고 붓을 달렸다. 내가 하직을 하려 하자 김만중은 서안 아래에서 묵향이 아직 가시지 않은 종이 뭉치를 꺼냈다. 겉에는 '사씨남정기'라 적혀 있었다.

"내가 중전께서 폐출이 되셨다는 말을 듣고 격동을 이기지 못하여 쓴 이야기일세. 아직 중간밖에 쓰지 못하여 세상에 내보이긴 어렵네만 자네가 가고 난 연후에 틈나는 대로 완성하여 서찰로 보내겠네."

책을 건네는 그의 손에 주름이 가득했다. 나는 종이 뭉치와 함께 그의 손을 맞잡았다. 김만중은 나를 정시하며 또박또박 한마디씩 말했다.

"이것이 다 완성되거들랑 내가 쓴 것이라 하지 말고 주상께 꼭 보여드리도록 하게. 이것이 내가 주상께 바칠 수 있는 마지막 충심일세. 또한 아울러 한 가지를 더 부탁하네. 사가에 나가 계신 중궁전의 신상에 무슨 일이 생기지 않도록 자네가 보살펴드리고……"

"아니 왜 다들 폐비마마의 일을 제게 부탁한다 하는 것인지요? 그것도 하나 볼 게 없는 저 같은 파락호에게?"

"자네는 더이상 파락호가 아니라네. 곤궁한 처지에 몰린 사람들이 마지막에 간절한 부탁을 할 수 있는 유일한 사람인 게지. 자네가 돌아가신 내 조카 인경왕후마마를 대하듯이 폐비마마를 멀찌감치에서라도 잘 위호해주게. 그리하여 한 가닥 생기라도 유지하다보면 좋은 날이 오지 않겠는가. 내 마지막 당부는 이것일세."

"마지막이라니요, 형님. 이 아우가 불민하고 불초하지만 목숨을 걸고라도 형님 말씀대로 하겠으니 마지막이라는 말씀 거두시고 열 번 더 백 번 더 뭐라도 하명해주십시오."

김만중은 내 손을 잡고 눈을 감은 채 잠시 숨을 내쉬다가 박태보의 마지막 순간에 대해 자세히 일러달라고 부탁했다.

"사원의 충성되고 곧은 마음과 행적은 세상에 길이 유전되어 많은 사람을 감동하게 할 이야기가 될 걸세. 그럼 잘 가시게나. 우형愚兄은 보다시피 붙들린 몸이라 멀리 못 나가네."

서로 공경스레 맞절을 하고 나서 길을 나섰다. 가파른 벼랑을 지나 포구까지 따라 나온 김만중의 모습을 보고 있자니 어쩐지 영결이라도 하는 기분이 들었다. 나는 내 뒤통수를 쥐어박았다. 재수없게 방정맞은 생각을 하다니.

"형님, 들어갑시오. 올라가시는 길에 낙상 조심하시고 제발 좋은 일 하느라고 가져온 쌀 약주 만들어 혼자서만 다 드시지는 마시구려."

김만중이 발을 구르며 소리를 질렀다.

"내 엄모에게서도 듣지 않던 잔소리를 자네에게서 듣고 있어야 하다니! 어서 가게, 가야 내가 서찰을 보낼 게 아닌가!"

"형님, 형니임! 잘 계시오! 또 만나자고요! 살아서, 꼭 살아서 말이오!"

내가 목이 메어 말을 마치지 못하는데 흰머리에 기운 옷을 입은 김만중이 소맷자락을 들어 눈가를 훔치는 게 보였다. 나는 다시 한번 목메어 김만중을 불렀다.

"형님 안녕히, 안녕히 계시우! 제가 꼭 옵니다!"

# 69장 복위

북촌으로 불리는 안국방은 남산 아래와 달리 유서 깊은 명문가들이 여럿 자리잡았는데 폐비 민씨의 본곁도 원래는 그곳에 있었다. 폐비가 궁궐에 있는 동안 친정집은 애오개로 이사를 갔다. 폐비가 대궐에서 쫓겨나 안국방에 거처하는 동안 처음에는 사가에서 음식을 해다 날랐다가 음식을 먼 곳에서 가지고 오기가 힘들 것이라고 하여 마른 물건으로 받게 했다. 폐비는 하루 한끼도 제대로 먹지 않아서 모시는 사람들이 매 끼니마다 흐느껴 울었다. 친척들이 문밖에 와도 문을 굳게 걸어 잠그고 들어오지 말라고 하니 감히 들어오는 사람이 없었다.

창과 내외의 문, 네 벽을 수리하거나 도배를 하지 않고 넓은 동산이며 집마당의 풀이 무성하도록 내버려두니 풀이 한 길이 넘고 인적이 끊어져서 날이 저물면 온갖 도깨비와 잡스러운 요물이 동네 사람 다니듯 해 궁인들이 움직이지를 못할 지경이었다. 폐비를 모시는 사람은 여섯이었는데 간택이 되어 궁궐로 들어갈 때 함께 갔던 종이 셋이고 궁궐에서 나올 때 죽음을 무릅쓰고 따라나선 궁녀들이 셋이었다. 그들이 비록 충성과 절개가 있다 하나 농사를 지어본 적도 없었고 무뢰한과 맞서 싸울 힘도 없었다. 박태보와 송시열, 김만중의 거듭되는 부탁을 받아들였으니 당분간은 내가 뭔가를 해줘야 할 입장이었다.

일이 없으면 내가 직접 거의 매일 가다시피 했고 내가 가지 못할 사정이 되면 검계의 수하들을 보내 주변을 돌아보고 시정 파락호들이 얼씬거리거나 광망하고 난폭한 인물들이 시비를 거는 불미스러운 일이 없도록 살피게 했다. 궁녀와 통하여 음식물과 땔감이 떨어지는 일이 없도록 몰래 조처하고 무너진 담을 수리하고 문풍지를 바르게 했다.

생각하다가 새끼를 밴 큰 개 한 마리를 구해다가 그 집에 들여보냈다. 궁인들이 처음에는 개가 너무 커서 무섭고 못생겼다고 흉을 보았으나 폐비가 그러지 말라고 하니 멈추었다.

"그 개가 어디서 왔는지 몰라도 들어와서는 쫓아도 가지 않으니 신기하구나. 그냥 두어라."

얼마 뒤에 못생긴 그 개가 새끼를 세 마리 낳았다. 새끼들도 어미를 닮아 아주 크고 억셌다. 날이 저물어 도깨비불과 귀신이 얼씬거리는 기미만 있어도 개 네 마리가 일제히 동네가 떠나가라 하고 사납게 짖어대니 잡귀와 도깨비들이 달아나 집안이 평안해졌다. 웬만한 사람보다 나은 개들이었다.

왕비가 폐서인이 된 이듬해에 원자가 왕세자로 책봉되었다. 두 해 뒤에 폐비의 백부 민정중이 죽어 폐비의 신세는 더욱 외로워졌다. 어느 날 왕이 미복으로 저잣거리에 나갔다가 동요를 듣게 되었다.

장다리는 한철이고 미나리는 사철일세
철을 잊은 호랑나비 오락가락 노닐으니
제철 가면 어이 놀거나

이 노래에서 장다리는 장희빈을, 미나리는 폐비 민씨를 말하며 철을 잊은 호랑나비는 왕을 가리켰다. 그 노래는 시정의 가객 김영택이 만들어서 아이들에게 가르치고 왕이 지나갈 만한 길목에 있다가 부르게 한 것이었다. 김영택에게 그 노래를 만들게 한 사람이 누구인지 알아내려면 얼마든 알아낼 수 있었고 이유를 캐물을 수도 있었으나 그리하지 않았다. 노래가 번져나가기 시작하자 도성의 모든 남녀노소가 궁궐을 향해서 흥얼거리는 노래로 변했다. 그만큼 사람들이 자신들의 처지와 별반 다르지 않은 폐비에 대해 동정적이었던 것이다.

나는 호남 어사로 갔다 온 후 관운이 트였는지 일복이 터졌는지 팔도 이곳저곳을 어사로 다니며 바쁜 나날을 보냈다. 돈 주고 벼슬을 사고 본전을 뽑기 위해 가렴주구를 일삼는 지방 수령의 모가지를 좌우할 수 있는 힘을 가진 어사에게 무식함은 문제될 게 없었다. 오히려 마지못해 뒤를 봐줘야 할 이런저런 연줄이 없는 편이 나았다.

임신년1692년에 함경도에서 귀경하여 왕을 대면했고 그간의 일처리를 복명하고 보고 듣고 느낀 것에 대해 이야기를 나누었다. 그때 왕이 묻지도 않았는데 전날 꾼 꿈 이야기를 하는 것이었다.

"꿈에 모후께서 나타나셔서 '폐출된 중궁은 성스러운 사람이요 내가 사랑하는 사람인데 어진 중궁을 폐출하고 요사하고 악독한 천인을 왕비로 하였으니 종묘사직에 욕이 되는지라, 내 앞으로 제사 올리는 것을 받지 않겠다'라 하시고 가버리셨는데 이것이 개꿈일까, 나를 꾸짖는 신령의 현몽일까?"

허황한 꿈을 기화로 중궁을 폐서인으로 쫓아낸 사람이 할 말이냐고 묻지는 않았다. 자신이 말하는 중에 저절로 깨닫기를 기다렸다. 왕 앞에서 내가 누구의 편을 들 수 있는 것도 아니었다.

왕에게는 송시열 같은 강적이 사라지며 스스로를 단련시키고 갈고 닦게 할 스승도 사라졌다. 가까이에서 진심으로 충언을 해줄 신하들은 가물에 콩 나듯 드물어졌고 왕이 원래 가지고 있던 변덕스러움만 두드러졌다. 내가 할 수 있는 일은 왕이 넘어지고 싶어하는 쪽으로 넘어지라고 손가락으로 살짝 떠미는 것이었다. 그곳은 미나리밭이 될 수도 장다리밭이 될 수도 있었다.

무수리로 있다가 왕의 눈에 띄어서 승은을 입고 회임을 하여 숙의 첩지를 받은 최씨에게 김만중의 소설 『사씨남정기』를 전해주었다. 『사씨남정기』는 김만중이 노도에서 귀양살이를 하면서 꾸준히 서찰로 적어 내게 보내줌으로써 결국 완성을 보았다. 장안의 책주릅이며 벼슬자리에서 떨려나서 앙앙불락하는 서인들과 이야기를 좋아하는 부녀자들의 규방에 필사한 것을 몇 권 뿌려두었는데 일을 두 번 할 것까지도 없었다.

어느 날 왕이 숙의 최씨의 처소에 갔다가 최씨가 그 소설에 빠져 있는 것을 보고 자신에게도 읽어달라고 했다. 왕은 한글을 몰랐기 때문이었다. 물론 그 소설을 누가 썼는지도 몰랐는데 숙의 최씨도 누가 썼는지를 몰라서였다. 이미 한글을 아는 부녀자들 사이에서 『사씨남정기』는 낙양의 지가를 올리는 중이었다. 수많은 사람이 스스로 베껴서 읽고 눈물을 흘리고 비분강개하고 기뻐하면서도 한양에서 수천 리 떨어진 남해 하고도 노도에서 귀양살이를 하고 있는 김만중이 썼다는 걸 아무도 몰랐다. 나 또한 그게 그리도 사람들의 심금을 울리는지 몰랐다.

최씨가 소설을 읽는데 소실 교씨가 유한림의 정실인 사씨에게 누명을 씌워 내쫓는 장면에서 왕이 유한림을 두고 "천하에 고약스러운 개호로쌍놈의 자식 같으니라고!" 하고 소리쳤다는 말을 듣고서 뒤돌아서서 실컷 웃었다. 김만중은 죽었지만 그가 쓴 소설은 생전의 김만중이 한 어떤 일보다 큰 일을 해내고 있었다. 어쩌면 김만중의 생애보다 훨씬 더 오래도록 사람들 마음속에 남아 그들을 울고 웃게 할 것이었다. 가끔 궁금하긴 했다. 서포 형님은 정말 사람들이 이럴 줄 미리 알고 쓰셨나?

때가 무르익는 듯하여 갑술년1694년 3월부터 내가 폐비의 거처로 가서 자주 동정을 살폈다. 검계로 하여금 남인들, 특히 우포장으로 있는 장희재의 동태와 그 집에 출입하는 사람을 잘 살피게 했다. 왕이 보낸 내관도 폐비의 사처에 얼굴을 비치고 있었다. 가장 흔한 사람들은 이웃이며 한동네에 사는 아낙들이었다. 그들은 스스럼없이 집에서 맛있는 것을 해다가 문을 두드렸다. 궁녀들도 이미 익숙한 듯 그것을 받아들였고 폐비가 먹는지는 알 수 없지만 보답으로 소박한 음식이 담긴 채반이 문간에 되돌아나와 있기도 했다. 그것을 받아든 사람들의 얼굴에는 한결같이 환한 웃음이 돌았다. 민심의 변화를 분명히 느낄 수 있었다.

시세와 인심, 왕의 마음이 흔들린다는 조짐을 알아채고 애초에 선공을 가한 쪽은 권력을 쥐고 있던 남인이었다. 갑술년 3월 23일, 남인 우상 민암이 함이완이라는 자의 고변을 근거로 '도성 내 노론·소론가의 자제들이 재물을 모아 환관, 후궁숙의 최씨과 왕실의 인척 집안에 뇌물을 써서 헛소문과 거짓된 모함으로 조정 신하들남인을 헐뜯고 민심을 불안하게 하고 있다'고 아뢰었다. 이에 왕이 거명된 이들을 모두 체포하여 의금부로 하여금 엄중히 조사토록 하고, 특별히 엄한 형벌을 쓰라고 명하였다.

3월 26일, 지방의 거부이자 무인인 이시도가 '소론 한중혁 부자가 남인 삼대장三大將, 훈련도감, 수어청, 금위영의 대장이 종실 의원군을 왕으로 세울 역모를 꾸민다고 무고하려고 했다'고 자백했다. 왕은 이시도와 관련자들을 엄히 국문하여 실상을 캐내게 했는데 이들은 왕의 고모인 숙안공주, 숙명공주, 숙휘공주가 노론을 대표하는 김춘택과 손을 잡고 정국을 뒤바꾸려 했다고 공술했다. 민암을 위시한 남인들이 들고 일어나 세 공주를 엄히 다스려야 한다고 일제히 상소하면서 그 바람에 세 공주의 집안은 물론이고 그들과 친근한 왕의 여동생 명안공주의 유가족들인 해창위 오태주의 집안까지 멸문의 위기에 직면했다.

3월 29일, 유생 김인이 고변서를 올렸는데 '신천군수 윤희와 훈련도감 별장 성호빈 등이 반역을 꾀하는 데 장희재도 참여하였으며, 남인의 핵심인 민암, 목창명 등도 서로 연결되어 있다는 것을 직접 들었고 장희재가 일 년 전 숙빈 최씨의 외숙모 일가에게 돈을 주고 회임중인 최씨를 독살토록 사주하는 것을 자신이 목격했다'는 것이었다. 민암, 장희재 등이 일제히 왕에게 억울함을 호소하고 왕 또한 일개 유생의 고변이 허황되어 믿을 수 없다고 따사롭게 그들을 위로했다.

그러나 바로 다음날인 4월 1일, 왕은 태도를 돌변해 민암, 권대운 등의 남인을 조정에서 축출하고 서인을 다시 조정으로 대거 불러들여 정권을 담당하도록 했다. 이를 후일 갑술환국, 갑술경화甲戌更化라고 불렀다. 하룻밤 사이에 임금의 생각이 돌변하여 정국을 완전히 뒤바꾼 이유가 무엇인지 자세히 아는 사람이 없었다. 이유를 알지 못하는 사람들 사이에 임금에 대한 두려움이 뭉게구름처럼 피어올랐다.

4월 1일 주강이 끝나고 난 뒤 왕은 특별히 김두명 등을 승지로, 신여철을 훈련대장으로 삼고 병조 판서를 서문중으로 바꾸었으며 유상운을 이조 판서로 삼았다. 이와 함께 하교하기를 "거센 신하의 흉악한 잔당으로서 감히 국본왕세자을 동요하는 자와, 폐인廢人, 폐비 민씨, 홍치상, 이사명 등을 위하여 신구하려는 자는 역률로 논할 것이니 이 뜻을 도성과 지방에 널리 포고하라"고 했다.

"죄수가 많아졌으니 빨리 처결하지 않을 수 없다. 한중혁, 이시도, 강만태, 최격 등이 공술한 문서 가운데에 폐인을 언급한 말이 있기는 하지만 이것은 금령을 어겨 상소한 것과 차이가 있으니 모두 사형을 감면하여 변방과 원지에 정배하고, 그 나머지 이시회, 김춘택 등은 모두 놓아 보내고 미처 붙들어오지 못한 자는 모두 내버려두라. 국가에는 하루도 정승이 없어서는 안 되니, 사관을 보내어 남구만에게 일러 역마를 타고 빨리 오게 하라. 구일, 박태상, 이야, 김몽신 등을 서용하라."

정국은 눈이 핑핑 돌 정도로 빠르게 돌아갔다. 한쪽에서 벼슬을 제수받고 풍악이 울려퍼지는데 한쪽에서는 곤장을 흠씬 맞고 수레에 실려 머리를 풀어 흩뜨린 채 귀양을 떠나고 있었다. 어느 집에서는 급히 짐을 쌌고 어느 집에서는 노비들이 일제히 야반도주를 하고 그 와중에 도둑이 금붙이와 패물을 싹 훑어갔는데 감히 조사해달라는 말도 못한다고 했다.

새로 기용된 언관들은 대부분 박태보와 연관하여 낯이 익은 사람들이었다. 조정에 있던 남인은 대부분 삭탈관직하여 문외출송하고 절도와 먼 곳에 귀양을 보냈다.

대비의 집안과 연계된 김진귀, 김진서를 석방하고 전 대사헌 윤증도 서용을 허락했다. 죽은 김수흥, 조사석을 복관하여 제사를 지내게 하고 소론의 박세채, 윤지완 등에게 관작을 제수했다. 전 판중추부사 민정중을 복작하고 제사를 지내게 했다. 마지막으로 송시열을 복관하고 제사를 지내라는 명이 내렸다.

왕비 장씨의 오라비인 장희재가 민암과 오랜 친분이 있다고 스스로 죄를 청하였으나 왕은 편안한 마음으로 정사에 임하라며 일단 다독거려 내보냈다가 4월 11일에 돌연 장희재를 삭탈관직하고 의금부에 잡아들이게 했다가 유배했다.

남인에서 서인으로 정국이 바뀌게 됨에 따라 돌아온 노소의 세력들은 왕비의 향배를 둘러싸고 현격한 입장 차이를 고수했다. 노론은 처음부터 폐비 민씨를 복위시키려 했고 소론은 왕비 장씨는 그대로 중궁전에 둔 채 민씨를 폐서인인 상태로 별궁에 모셔 편안한 여생을 맞게 하자고 주장했다. 우의정 윤지완, 병조 판서 서문중, 공조 판서 신익상, 이조 참판 박태상 등 소론의 대표적인 인물들이 폐비 민씨의 복위와 중궁 장씨의 희빈으로의 강봉에 반대하여 사직소를 올리고 승정원에서는 복위와 강봉에 관하여 공론이 결정지어질 때까지 왕명을 받들 수 없다고 소를 올렸다.

폐비 민씨와 왕비 장씨의 항배를 두고 치열한 논전이 벌어졌다. 소론과 노론 사이에, 신하와 임금 사이에, 그리고 나와 왕 사이에.

"서인들을 이미 조정에 가득 채워놓은 이상 그들의 말을 들을 수밖에 없지 않은가."

"그런데 노소 간에 차이가 있습니다. 노론은 그들의 스승인 송시열을 남인이 죽였다 하여 불구대천의 원수로 보고 있으니 중궁이 남인 출신이라 하여 무조건 폐비 민씨로 바꾸려 하는 것입니다. 소론 세력은 중궁을 폐비로 하였다가는 세자의 발밑이 금방이라도 무너질 듯 약화가 될 테니 반대하는 것이고요."

왕은 고개를 흔들었다. 머리가 아프긴 할 것이었다.

"지금 중궁을 폐하시고 사가로 나간 폐비를 다시 들여오시면 세자의 어머니는 누가 되시는 겁니까? 민간에서 아비가 둘인 자를 이부지자라 하여 혐오해 마지않는데 어미가 둘인 아들은……"

"그만하라!"

"그만할 수 없습니다. 중궁 장씨가 도대체 무슨 죄를 지었는지요? 전하의 승은을 입고 세자를 낳았으며 오늘날까지 무탈하게 장성시키셨습니다. 이제 와서 무죄한 중궁을 폐하여 사가에 내보낸다고 하면 오갈 데도 없을 뿐 아니라……"

"그만두라니까!"

의자를 내리치며 왕이 말했다.

"폐비는 서인들의 후원을 받고 있으니 돌아오게 하지 않을 수 없다. 하늘 아래 두 국모가 없는 법이니 지금의 왕비가 나가야 하는 것이야."

"그럼 일단 중궁을 복위시키시고 지금의 중궁은 임시로 빈으로 내리셨다가 차후에 형편을 보아 응변하심이 어떠실지요?"

왕은 똑떨어지는 대답을 하지 않았다. 영상 남구만을 찾아갔다.

"전하께서 차마 먼저 지금의 중궁을 쫓으시고 폐비를 들여오라는 명을 내리시지는 못한다 하셨으나 대세가 그리 흘러가고 있으니 폐비의 복위는 기정사실이 될 것입니다. 다만 지금의 중궁이 흔들리면 세자가 흔들리고 세자가 흔들리면 골육상쟁으로 나라가 흔들리다 못해 망해버릴 수가 있습니다."

남구만은 "내가 먼저 전하께 주청을 드리는 게 신하된 도리일 것 같네" 하고 순순히 내 의견을 받아들였다. 남구만이 왕을 알현하고 돌아오는 길에 어전에서 무슨 일이 있었느냐는 물음에 당당하게 '이미 왕명은 내려졌고 폐비 민씨의 복위는 결정되었다는 뜻, 자식 신하이 어미 왕비의 죄를 논하며 쫓아내라고 의논하는 것은 도리가 아니다'라고 답했다. 한편으로 '신하로서 폐비의 복위는 기쁘나 희빈 장씨의 강호 降號, 빈으로의 강등는 슬프다'고도 했다. 그다운 말이었다.

왕이 비망기를 내려서 폐비의 무죄를 밝히고 일단 별궁으로 모시게 했다. 폐비가 이를 거듭 사양하자 왕이 폐비의 친정 민씨 집안에 엄한 전교를 내려 "지금 폐비가 이리하는 것은 과인을 원망하는 것이니 빨리 문을 열게 하라"고 재촉했다. 민진후 형제가 황송하고 두려워하여 폐비께 간절히 아뢰자 겨우 바깥문만 열었다.

내가 바깥문 밖에서 개들을 부르니 다른 사람이 왔을 때는 그리도 사납게 짖어대던 개들이 반가워서 털이 휘날리도록 꼬리를 흔들면서

낑낑거렸다. 폐비가 신기해하는 것을 알고는 궁녀를 통해 "전에 댁내에 도깨비불이 들락댈 때 새끼 밴 사나운 개를 보낸 사람이 바로 저입니다"라고 하니 내문이 살며시 열렸다.

때를 놓칠세라 왕이 간절한 내용의 어찰을 써서 상궁을 통해 보냈는데 나더러 상궁을 인도해서 폐비 앞에까지 데리고 가라는 것이었다. 상궁이 계단 아래에서 머리를 두드리며 전날에 폐비를 제대로 모시지 못한 죄를 청하고 흐느껴 통곡하자 폐비는 눈을 돌려 모른 체했다. 어찰을 연상에 놓고 대궐을 향해 네 번을 절하고 나서도 진을 빼다가 어찰을 펴보았는데 내용은 뻔한 것이, 왕이 지난날의 잘못을 뉘우치고 폐비에게 다시 궁궐로 들어오기를 청하는 것이었다. 폐비가 묵묵히 앉아 답이 없자 상궁이 엎드린 채 "전하께서 제게 '부디 낭랑娘娘, 귀족이나 왕실의 부녀자의 답장을 받아오라'고 하셨으니 답을 주시기를 감히 청합니다"라고 하자 "너희는 돌아가 '죄 많은 신첩이 답서를 하라는 명을 감히 받들 수 없다'고 아뢰어라"라고 할 뿐이었다. 상궁의 전갈을 들은 왕이 더욱 뉘우치며 다음날 아침 또 어찰을 내리고 의복과 이부자리와 반상飯床, 격식을 갖추어 한 상을 차릴 수 있는 그릇과 주발, 대접, 쟁반, 탕기, 보시기, 종지, 조칫보 등 물품 일체을 내렸다. 물건이 집에 당도하자 폐비는 "대궐의 물건을 어찌 여염집에 둘 수 있겠는가. 더욱이 대전의 이부자리와 반상을 어찌 한시라도 백성의 집에 두겠느냐. 송구스러워 받들지 못하겠으니 도로 가져가거라"라고 했다. 이에 상궁이 하릴없이 도로 물건을 싸들고 돌아왔다. 왕이 전말을 보고받고는 "이는 과인을 원망하고 과거의 허물을 드러내는 것이다. 다시 돌려보낸다면 상궁에게 죄를 물을 것이다"라는 내용의 어찰을 다시 보냈다. 폐비는 어찰을 받고는 "그냥 봉인한 채 두어라"라고 하며 답서도 하지 않다가 또다시 형제와 숙부, 조카며 궁인들이 간절히 빌며 답서를 보내주기를 청하자 그제야 겨우 대여섯 줄의 답신을 써서 봉하여 주니 상궁이 돌아와 왕에게 올렸다. 답서의 내용이 품위 있으면서도 공손하게 자신의 죄를 벌해달라는 내용이라 왕은 감탄을 금치 못했다.

왕이 다시 답서와 함께 폐비에게 어찬과 수라를 내렸고 "물품의 진상을 예전과 같이 하라"고 각 관청에 지시했다. 관상감에서 폐비가 입궁하기에 좋은 날을 가려서 올렸는데 4월 27일이 길일이었다. 왕이 직접 내관을 보내 입궐 일자를 전하게 했다. 폐비가 놀라며 사양했다.

"전하의 은혜가 망극하여 다시 하늘의 해를 보고 혈육과 일가친척을 만나 정다운 이야기를 나눌 수 있게 된 것만으로도 감격스러운데, 내 어찌 감히 다시 대궐 안으로 들어가서 전하를 뵙겠는가?"

겸손하지만 완강하게 거절하고 예물도 받지 않았다. 다시 왕이 민씨 일문에 엄중하게 꾸짖는 교지를 내리고 대신과 중신들을 불러들여서 폐비를 입궐하게 하겠다고 말하는 한편 하루에 네다섯 차례나 편지를 보냈다.

마침내 폐비가 왕명을 거스르지 못하고 궁궐로 들어갔다. 처음에 왕비가 되어 입궐할 때 탔던 황금 봉연이 당도하자 사양하다가 연에 올랐다. 폐비가 궁궐로 돌아가는 길에는 칠보로 단장하고 화장을 곱게 한 시녀들이 쌍쌍이 앞에 늘어서고 군문의 대장이 호위했으며 여러 신하들이 뒤따라 시위하며 입궐을 했다. 행렬을 구경하고자 하는 사람들로 길과 가게들이 메워졌다. 폐비가 예전에 대궐 서쪽 금호문을 통해 흰 보자기를 덮은 교자를 타고 쫓겨나오듯 급히 나올 때를 떠올리며 많은 사람들이 눈물을 흘렸다.

폐비가 궁궐에 들어올 때 왕은 친히 높은 누각에 올라서 모든 사람들이 기뻐하는 모습을 보고 스스로도 크게 즐거워했다. 황금 봉연이 천천히 대궐 문으로 들어와 대조전 앞에 이르자 왕은 "마마를 난간으로 뫼셔라" 하고 명했다. 궁녀가 연 앞에 나서서 왕이 친히 납시었다고 아뢰었으나 폐비는 "죄인이 무슨 낯으로 전하를 뵙겠느냐?"고 하며 연 밖으로 나서지 않았다.

그때에 왕이 내가 미리 말해둔 대로 직접 연으로 다가갔다. 떨리는 손으로 연의 문을 들어올리는 게 보였다. 구슬발에서 찰그랑 좌르르르, 하고 귀를 즐겁게 하는 명랑한 소리가 났을 때 왕은 내가 있는 쪽을 보고는 쑥스럽게 웃었다. 하지만 그 누구도 알아보지 못할 찰나의 순간이었다. 이윽고 왕은 부채를 펴서 구슬발 안으로 시원한 바람을 부쳐 보내기 시작했다. 천고에 보기 드문 희한한 광경이었다. 안에서는 놀라 그것을 마다하려고 했지만 그럴수록 왕은 신선을 따라다니는 동자가 단약을 끓이기 위해 화로에 바람을 부치듯 힘있게 부채질을 해댔다. 그때부터는 다른 사람의 시선은 아랑곳하지 않았다.

어느 정도의 시간이 지났을까. 폐비가 있는 연이 비로소 약간씩 움직거리더니 폐비가 연에서 천천히 내려왔다. 폐비는 난간에 엎드린 채 낮은 목소리로 자신의 죄를 벌해달라고 간청했다.

"마마를 부축해 내전으로 드시게 하여라!"

왕이 궁녀에게 명했다. 궁녀들이 일제히 모여들어 폐비를 모시고 내전으로 들어갔으나 폐비는 방석에 앉지 않고 다시 엎드렸다. 이때 폐비의 얼굴에 처음으로 슬픔과 회한이 교차하는 빛이 나타나니 수려

한 눈썹 사이로 슬픈 안개가 일어나고, 샛별 같은 두 눈에는 옥 같은 눈물이 맺혔다. 왕 역시 옛일을 생각하고는 난처하고 곤란해하는 빛이 표정에 드러났다.

"부끄럽고 창피한 줄은 아는 모양이군."

돌아서서 중얼거리는 나를 보는 사람도 하나 없었다. 모두 한 편의 흥미진진한 이야기에 빠진 사람들처럼 희로애락과 오욕칠정이 조종하는 대로 넋을 내맡기고 있었다.

일곱 살이 된 세자가 어색한 분위기 속에 아장아장 걸어들어와서 폐비에게 네 번을 절하고 무릎 앞에 어른스럽게 꿇어앉았다. 폐비가 그 모습을 보고 기뻐하면서도 슬프고 마음이 아파 세자의 손을 어루만지면서 길게 한숨을 지었다. 왕이 가까이 가서 폐비에게 지난날의 슬픔은 잊고 오늘의 기쁨을 맞아들이라고 권했다.

왕은 잘못하는 법이 없다. 왕은 언제나 옳다. 그러므로 왕은 과거의 잘못을 후회하거나 사죄를 해서는 안 된다.

이때의 왕 역시 자신의 잘못을 시인하거나 뉘우치는 말을 하지는 않았다. 다만 앞으로 살아갈 날을 이야기하되 간절하고 따듯하게 쇠나 돌이라도 녹일 듯이 하였으므로 폐비가 왕의 뜻을 받아들일 것으로 모두 생각했다. 하지만 폐비는 여전히 스스로를 탓하고 왕의 뜻을 사양했다.

왕이 상궁에게 폐비가 언제 음식을 들었는지 묻자 상궁은 꿇어 엎드려 "낭랑께서는 전날부터 몸과 기운이 불안하시어 아무것도 드신 게 없나이다" 하고 고했다. 왕이 듣고는 놀라 친히 미음을 들고 권하니 폐비가 마지못해 수저를 두어 번 들었으나 기력을 수습할 수는 없었다.

이때에 중궁전에서 상궁을 보내 폐비에게 말을 전하게 했다.

"내 지금 왕비의 자리에 있거늘 어찌 폐비 민씨가 문후를 여쭈러 오지 않느냐? 예를 잃었으니 방자함이 비할 데가 없구나!"

말이야 맞는 것이었으나 폐비는 궁녀에게 말을 전해듣고도 못 들은 사람처럼 언행이 태연하고 안색 또한 깊은 물처럼 고요하고 맑았다. 중궁전에는 아무런 답도 하지 않았다. 왕이 폐비의 기색을 알고 편전으로 나와서는 즉시 명을 내려 폐비를 왕비로 복위하게 했다. 중궁전의 장씨를 다시 희빈으로 내리고 취선당으로 거처를 옮기게 했으며 장씨를 왕비로 책봉할 때 만들었던 옥책을 깨뜨려 영원히 다시 쓰지 못하게 하였다. 장씨의 아버지 장경의 대광보국숭록대부 봉작을 폐하고 신도비를 부수고 쓰러뜨렸다. 후일 후궁 출신으로는 영원히 왕비가 될 수 없다는 법을 만들기까지 했다.

"내게 무슨 잘못이 있어서 나를 다시 희빈으로 강등하며 내전에서 낮은 처소로 나가라 하시는 것이온지요. 제게는 세자가 있사옵니다. 제발 세자가 보는 앞에서 저를 무례하게 대우하여 가슴에 돌을 얹는 슬픔을 가지게 하지 마옵소서."

장씨가 중궁전에서 통곡을 하니 세자가 무릎을 감싸안고 울음을 터뜨렸다. 이때 희빈 장씨를 끌어내리라는 명을 받은 억센 상궁들의 손길과 발놀림으로 밥상 위 기명들이 여기저기 흩어지고 쏟아지고 날았다. 그토록 담대하던 장씨조차 울고 있는 세자와 호령하는 상궁, 끌어내려는 나인들 사이에서 어찌할 줄 모르고 이리저리 일엽편주처럼 흔들리고 있었다. 내가 사람들을 뚫고 장씨에게 다가가 남몰래 "오라버니가 왔느니라. 더는 아무것도 걱정 마라" 하고 일러준 뒤 덩치 큰 상궁으로 하여금 등에 업고 취선당으로 데려가게 했다. 울며 따라가는 세자를 대전내관이 솔개가 병아리 낚아채듯 잡아서 동궁으로 데리고 가니 세자의 애처롭고 가녀린 울음소리가 대전과 중궁전, 궁궐 각사에 모두 들릴 정도였다.

취선당에 유폐가 되다시피 한 희빈이 담장 밖에 눈이 번뜩이는 것을 아랑곳하지 않고 흐느껴 울며 말했다.

"오라버니는 들으시오. 세상 어느 남자가 여자의 몸에서 나지 않고 여자의 품에서 안겨 자라지 않았으리오. 여자의 젖을 먹고 여자로 옷을 입고 여자의 손으로 끼니를 이었으며 여자로 하여금 제 후사를 이었지요. 자식을 보고 웃음 짓고 간장이 녹아내리는 기쁨을 맛보았으면서 무죄한 여자의 없는 흠을 잡아 칠거지악이라 하여 막다른 곳으로 쫓아내기 일쑤이니 세상의 인심이 어찌 옳다 하겠습니까? 이는 여자의 잘못이 아니오. 사내라고 하는 족속은 은혜를 모르고 무작정 꿀을 탐하는 어리석은 벌과 같으니 어찌 하늘의 징벌을 면하리오. 아아, 가엾은 내 아들 세자, 사랑 없는 부모 밑에서 어찌 지내실꼬. 힘없고 권세 없는 내가, 망조가 든 집안이 어찌 세자를 보호해줄 수 있으랴. 하늘이시여, 하늘이시여 이 가엾은 어미의 통곡을 들으소서. 제 아들을, 하나뿐인 아들, 세자를 지켜주소서."

희빈 장씨는 중궁이 돌아오는 바람에 아무 죄가 없이 강등된 것이나 이는 또 희빈 장씨의 불운이기도 했다. 왕비 민씨처럼 한번 폐비가 되었다가 다시 복위하는 것은 만대의 역사를 찾아도 찾기 어려운 경우였으니 하필이면 바로 그 자리에 먼저 서 있다가 왕비의 자리를 빼앗긴 희빈 장씨의 팔자 역시 전대미문의 희귀한 것이었다.

사람들이 물러가고 나자 희빈은 마침내 넉장거리로 앉아 차마 바라볼 수 없는 처절한 울음을 터뜨렸다.

"오라버니, 제가 그때 오라버니의 말씀을 들었던들 오늘날 이런 일이 있지는 않았겠지요. 가엾은 우리 세자, 가련한 내 운명이여. 이제는 되돌릴 수가 없으니 이를 어찌하리오."

얼마나 부릅떴는지 희빈의 눈가가 찢어지고 핏물이 눈물과 섞여 흘러내렸다. 자신이 왕비의 지위에서 내려온 것을 한스러워하는 게 아니었다. 지켜줄 사람이 모두 쫓겨나고 죽은 상황에서 세자가 드센 신하와 복위된 왕비의 미움 속에 자리를 보전할 수 있을지, 아니 살아남을 수 있을지를 염려하고 있었다. 왕 또한 언제든 다른 후궁이나 왕비에게서 후사를 보고는 세자를 내칠 수 있었다.

내가 무슨 짓을 한 것인가. 죽은 박태보와 송시열, 김만중의 간곡한 부탁에 따라 그저 폐비가 사는 게 불편하지 않게끔 멀찌감치서 남모르게 도우려 했다. 그러다보니 폐비를 동정하게 되었으며 별다른 잘못도 없이 왕에게 억울한 처사를 당한 것에 대해 바로잡으려는 마음이 든 것까지는 사실이었다. 폐비의 억울함을 씻어내는 데 조금이라도 보탬이 되려고 했을 뿐 그 이상의 정치며 환국 따위는 알 수도 없었고 관심도 없었다. 하지만 나의 행동이 결과적으로 희빈 장씨에게는 파멸에 가까운 상황을 가져오는 데 일조한 꼴이었다.

내가 폐위되었을 당시의 중궁 민씨를 어떻게 돌보았는지 희빈 장씨가 안다면 불구대천의 원수로 볼 게 뻔했다. 사생결단을 내려 하리라. 나는 희빈 장씨의 얼굴을 차마 마주볼 수조차 없었다.

"마마, 심려를 거두소서. 제가 이제부터는 세자 저하를 목숨을 걸고 보위하여 반드시 대위에 오르시게 하겠나이다. 세자께서 이 나라의 지존이 되고 마마께서 대비가 되어 자애롭고 성스러운 어머니로 추앙받는 것을 그 누구도 막지 못할 것입니다. 저를 믿어주시옵소서. 저만 믿으소서."

어처구니없게도 내 입에서는 지키지도 못할, 주제넘은 헛된 장담이 흘러나왔다. 다행히도 희빈 장씨는 회한과 두려움, 슬픔에 싸여서 내 속마음을 눈치채지 못한 듯했다.

"이럴 줄 알았더라면 내가 다시 궁에 돌아오지를 않는 건데…… 어려서 궁에 들어와 천하고 힘든 일을 마다하지 않았고 승은을 입고는 나라와 임금을 위해 후사를 낳았으며 원자로 명호를 정하면서 세자와 민씨에게 모자지간이라는 명분을 내주었지요. 내가 먼저 중궁을 차지하려고 털끝만큼 힘을 쓴 적도 없어요. 도대체 내가 무슨 잘못을 하였다고 오늘날 이런 처사를 당해야 하는지……"

희빈의 눈길은 뜰에 걸려 있는 흰 무명천을 향했다. 나는 그 눈길이 의미하는 바를 알아챘다. 나는 온몸을 그녀의 앞에 던졌다.

"제 몸이 가루가 되는 한이 있어도 세자 저하와 마마는 제가 지킬 것이옵니다. 하늘과 물과 땅을 지키는 신령과 조상들께 맹세하노니 제가 이 약속을 저버릴 시에는 당장 벼락으로 내리쳐 죽여주실 것입니다."

내가 머리를 찧으며 말을 마치자 떨고 있는 희빈의 손이 눈에 들어왔다. 그녀의 섬섬옥수는 옛날과는 비교할 수 없이 마르고 주름이 졌으며 나이가 들었다. 하지만 아직까지도 나는 그 손을 애타도록 열망하고 있었다. 죽을 때까지도 그럴 것이었다. 바로 그 흰 손이 천천히 나를 향했다.

"내가 믿을 사람은 이제 오라버니뿐이어요. 오라버니께서 저를 귀애하는 마음이 조금이라도 남아 있다면, 한때 그랬던 마음을 기억하신다면 제 아들을 저처럼 지켜주시기를. 원하신다면 제 목숨이라도 드리겠어요."

그녀의 손이 평생 처음으로 내 머리 위로 내려와 가슴을 스치고 내 손을 맞잡으려는 순간 나는 내공을 최고조로 끌어올려 온몸을 허공으로 띄웠다. 이어 공중에서 방향을 바꾸어 취선당 앞 뜨락까지 화살처럼 날아가서야 그녀의 손아귀에서 겨우 도망칠 수 있었다. 아버지의 책자에서 보고 그렇게 몽매에도 이루고자 하던 이기어검以氣馭劍, 기로써 검을 조종하는 무공의 최상승 수법이 여기서 발현되다니.

# 70장 천하제일

급급히 집으로 돌아온 나는 방안에 정좌하고 찰나지간에 이뤄졌던 이기어검의 비행술이 어떻게 이루어졌는지를 떠올렸다. 단전에서 희미한 기운이 잡혔고 그것이 고요한 밤의 촛불처럼 천천히, 오래도록 혈맥을 덥히며 위로 타고 올라왔다. 마침내 마음이 서서히 일고 몸이 그에 순순히 따랐다. 방식을 깨닫고 나자 정수리의 백회혈에서 발바닥의 용천혈까지 기의 흐름이 호탕하게 순환했고 내공을 몰아넣고 풀어내는 게 자유자재로 이뤄졌다. 물속에서 빠져 죽지 않기 위해 허우적대다 스스로 헤엄치는 방법을 알게 되었을 때의 바로 그 느낌이었다. 전에 몰랐던 새로운 세계에 접어든 것처럼 가슴이 벅차올랐다. 힘찬 흐름을 탄 기혈이 온몸을 몇 차례 돌고 난 뒤 몸은 새털처럼 가벼워지고 희미한 바람의 움직임에도 조응했다.

마치 바람의 덜미를 낚아채어 그 위에 올라타는 기분으로 몸을 날렸다. 역시 아버지의 책자에 나오는 능공허도凌空虛渡의 수법이었다.

가고자 하는 곳에 순식간에 다다르는 일이 손바닥 뒤집듯 쉬워졌다. 전에는 이해하지 못하던 내공의 묘용을 알게 되었다. 이런 식이라면 나뭇잎을 날려 사람을 상하게 하고 백 보 밖에서 황소를 때려눕힐 수 있을 것 같았다. 이론으로만 알려졌지 누구도 익히지 못한 최상의 경지였다.

천하제일인. 반사적으로 그런 말이 떠올랐다. 나 외에는 아무도 없는 산꼭대기에 올라 광대무변한 아래를 굽어보는 느낌이었다. 더이상 오를 곳이 없다. 발아래 보이는 것 말고 내 머리 위에는 오로지 하늘이 있을 뿐. 어쩌면 아버지도 도달하지 못한 천상천하 유아독존의 단계였다. 아니 모든 단계를 초월한 궁극의 자리였다. 더 높은 미지의 어딘가로 가야 한다는 속박에서 완전히 벗어나 무한한 자유를 얻었다. 마침내 나는 천하제일의 경지에 올랐음을 실감할 수 있었다.

정상의 자리에 오르자 각기 다른 정상에 서 있는 사람들이 보였다. 누구보다도 뜨거운 충성심을 지닌 박태보, 주자와 유학을 궁구한 끝에 최고의 학문을 일구고 제자를 길러낸 송시열, 빼어난 천품을 가지고 있으면서도 낮은 곳에서 많은 사람들과 함께 웃고 울고자 했던 천하제일의 문장 김만중, 글씨와 고문에서의 미수 스승 같은 사람이 그들이었다. 물론 그들은 나와 마찬가지로 완전무결한 사람은 아니었다. 약점을 가진 채로 자신의 분야에서 궁극의 목표를 추구하고 유형무형의 노력으로 거기에 도달한 것이었다.

정상에 올라보니 다른 누가 정상의 자리에 올랐는지, 아득바득 기어오르고 있는 중인지, 아니면 거짓되고 허황한 거죽으로 자신과 남을 속이고 있는지 알 수 있었다. 하지만 아직은 내가 어떤 사람인지 남들에게 드러나게 해서는 안 되었다. 내가 원하는 어떤 목표를 이루기 전까지는 나는 그저 시정잡배에 운좋은 파락호인 것이 좋았다. 스스로의 성취를 감추고 허허실실의 자세를 견지하는 것도 아무나 할 수 없는 일이었다.

그리고 왕이 있었다. 태어나면서부터 세상 누구보다도 존귀하여, 더 높은 자를 섬기지 않아도 되는 정상의 자리였다. 운이 좋아 그리된 것이라고 해도 그 자리를 지켜내는 건 다른 문제였다. 왕은 바늘귀처럼 좁은 정상에서 찬탈을 기도하는 자들을 물리치고 있었다.

마음 깊은 곳에서 호기가 끓어올랐다. 개미처럼 바글거리며 살아가는 저속한 무리들, 가소로운 언변과 재주로 남을 현혹하며 스스로를 최고라 자부하는 벼슬아치와 가짜 선비, 자그마한 이익에 목을 매는 잡스러운 부류가 한눈에 내려다보였다. 그들의 폐와 간이 훤히 들여다보이는 듯했다.

기를 단전에 모아 시원하게 사자후獅子吼를 터뜨렸다. 그동안 쌓여 있던 울화, 울분, 원망, 아집, 무지몽매함을 다 태워버리는 기분이 들었다. 이웃집의 문풍지가 흔들리도록 강력한 진기가 실린 웃음이었다. 놀란 사람들이 몰려오기 전에 다시 몸을 지붕 위로 날렸다.

숲으로 가서 호랑이와 박투를 벌였고 사슴과 달리기를 했으며 나무 우듬지에서 우듬지로 날아다녔다. 먹고 마시고 자지 않아도 잠시간의 내공 운용으로 거뜬히 힘을 회복했다. 이대로라면 이르지 못할 곳이 없고 싸워 이기지 못할 상대가 없고 이루지 못할 것이 없을 것 같았다. 살과 뼈로 이루어진 어떤 사람도 내가 가진 절세의 무공 앞에서는 밀납처럼 약한 존재에 지나지 않았다. 그럼에도 명명백백한 명분과 이유 없이는 그리하지 않는다는 게 천하제일인다운 처신이었다. 도성 바깥의 외사산이 좁다 하고 도약과 진퇴를 거듭하니 착호인 사이에 전에 못 보던 집채만한 대호가 나타났다는 소문이 돌았다.

어쨌든 나를 천하제일인으로 거듭나게 한 장옥정의 은혜를 갚아야 했다. 그녀의 소원은 세자를 지키는 것이었다. 그 소원을 이루어주는 것이 가장 큰 보은일 것이었다. 세자의 자리를 반석처럼 튼튼하게 하려면 왕을 설득하는 일 말고도 박태보의 친외숙 남구만을 비롯, 갑술환국 이후 집권한 소론의 여론을 움직여야 했다. 여러 차례에 걸쳐 음식과 과자, 술을 들고 박세당과 박태보의 양모 윤씨를 찾아간 보람이 있었다.

먼저 세자의 안위는 목숨을 걸고라도 지켜야 한다는 것이 소론 간에 합의가 되었다. 일의 선후도 정해졌다. 첫째 무슨 일이 있어도 세자를 보위한다는 것이고, 둘째 세자를 보위할 주변 사람들(외척, 처족, 친속, 모후 등)을 가능한 한 보존하되 썩은 곁가지(장희재 등)들은 쳐내버려야 한다는 것이었다. 한술 더 떠 박태보의 양외숙인 윤증은 '옛 왕조의 좌우황후左右皇后, 중국 순임금의 두 비 아황과 여영의 예를 받들어 중궁과 희빈 장씨를 동등히 높이고 호칭하여야 한다'고 주장했다. 우의정 윤지완은 복위된 중궁과 한집안임에도 불구하고 희빈 장씨에게 왕비에 준하는 작위를 만들어 지위에 합당한 예우를 올려줄 것을 왕에게 청하고 몇 년이 넘도록 복위한 중궁에게 왕비로서의 예를 올리지 않았다. 그 외에 소론의 수많은 인물들이 연이어 상소를 올려 희빈 장씨에게 왕후에 준하는 새로운 작위를 만들어 올릴 것을 청했다. 세자의 지위와 안위를 지키기 위해 가진 인삼을 다 써서 그들에게 가져다줄 게 없었다. 무척이나 아쉬웠다. 이런 사람들을 많이, 오래 살게 해야 하는데.

어쨌든 나는 장희빈과의 약속을 지켰다. 세자는 이미 내게 왕과 같은 존재가 되었다. 음으로 양으로 밤이나 낮이나 내가 가진 모든 힘과 사람을 동원해 세자를 지켰다. 왕은 이미 자신을 스스로 지키고도 남을 힘을 가졌을 뿐 아니라 정국을 공깃돌 다루듯 좌지우지하며 자유자재로 조화를 부리는 경지에 이르러 있었다.

그러는 사이 조선 강토 어디를 가리지 않고 한여름에 서리와 눈이 내리고 냉해가 발생했다. 곡식을 수확해야 할 가을철에 이미 굶어죽은 자가 생겨나기 시작해 겨울에 접어들자 아사자가 속출했다. 봄부터 전염병이 돌았고 팔도의 감사는 각기 유랑민이 수만에서 수십만 명이라고 보고했다. 목화도 제대로 자라지 않았다. 백성들 사이에 '빌어먹을' '얼어죽을' '앓느니 죽지' 같은 욕설과 저주, 체념 어린 말이 유행했다. 우박, 서리, 눈으로 농사를 망치는 것 말고도 산야에 불이 나고 홍수로 물에 빠져 죽는 사람이 하루에도 수십 명이 되었고 전역이 초토화되었다. 양식이 떨어지자 곡물값이 네 배에서 여섯 배까지 폭등했다.

현종 대의 경신대흉에 백만 명이 굶어죽거나 전염병으로 죽었다 했는데 그에 비견해 '을병대흉1695~1696년'으로 일컬어지는 재앙과 이변, 여역, 아사의 참변은 경신대흉보다 더 극심한 피해를 안겼다. 백성들이 목숨을 부지하는 게 힘든 상황에 궐내 암투나 노소 간의 당쟁은 오히려 소소한 일이었다.

조정에서는 도성과 지방 관아에 진휼소를 설치하고 죽을 끓여서 나눠주었으며 전염병에 걸린 사람을 격리하여 치료하기도 했으나 역부족이었다. 전국에 도적이 들끓었고 명화적이 일어나 민심은 흉흉하기 이를 데 없었다.

연속된 기근으로 상황이 더욱 급박해지면서 청나라에 원조를 요청해 무상으로 만 석, 유상으로 이만 석의 양곡이 들어왔다. 원래 오만 석을 들여올 것을 무슨 일이 있어 이만 석을 도로 가져가고 삼만 석만 들여왔다. 장정 한 사람이 일 년에 한 석을 먹는다고 본다면 삼만 명이 구제를 받을 수 있었으니 참 대단한 양의 원조였다. 국부로 일컬어지는 변씨, 현씨, 윤씨, 장씨에게 중국, 일본, 만주, 유구에서 미곡을 사들여오게 하여 백성들의 목숨을 건졌다.

달이 가고 해가 바뀌어도 상황은 나아지지 않았다. 가뭄이 내습하고 찬바람과 독기 서린 안개가 이어지며 바람, 우박, 서리, 눈, 메뚜기 등의 재해가 곳곳에서 일어났다. 승정원에서는 매일같이 올라오는 지방 수령들의 장계를 펴보기가 겁날 정도라고 했다.

나는 재난이 극심한 지방 각지에 어사와 순변사로 파견되어 수령들의 탐학을 막고 백성들을 보살피라는 명을 받았다. 흉년으로 백성들이 빼앗길 게 없으니 수령의 탐학은 적발할 게 거의 없었고 백성들의 참극을 수없이 목격하면서도 속수무책으로 할 일이 없었다. 지방 관아를 돌다보니 굶주리다 못해 이웃과 아이를 바꾸어 먹었다, 죽은 사람의 옷을 벗기고 시신을 먹었다는 수령의 보고가 잇달았다. 실상을 확인해보려니 굶어죽고 병에 걸려 죽은 시신들과 뼈다귀가 산처럼 쌓여 있을 뿐 사실이 뭔지 알려줄, 입에 거미줄을 치더라도 살아 있는 사람이 없었다.

조정의 조치와 별개로 내가 가지고 있는 전국의 곳간과 객주, 창고를 모두 열었다. 검계의 형제를 시켜 밤중에 일가친척 함께 모여서 굶어죽어가고 있는 사람의 집 마당에 볏섬을 던져넣게 했다. 지방에 간척한 전장이 많은 토호들을 수령들이 염찰하여 구휼미를 풀게 했는데 곡식을 숨기고 풀지 않은 욕심 사나운 부자들은 검계의 형제들이 밤중에 방문해서 하룻밤 사이에 개과천선을 하게 만들었다. 가도에 쌓여 있던 양곡은 가까운 관서 지방에 풀려나갔다. 관서 지방이 전국에서 가장 혹심한 기근을 겪었음에도 명맥만은 유지한 것은 가도의 양식과 일본에서 무역을 해온 양곡 덕분이었다.

흉년이 계속되면서 내수사와 궁가의 저장미를 남김없이 풀었다. 영흥 본궁에서 캐낸 황금은 물론 그걸 가지고 불린 재산, 은, 구리, 동전 한 닢까지 모조리 곡식과 바꾸어서 한 사람이라도 더 목구멍에 풀칠을 하게 했다. 그럼에도 하늘이 도와주지 않으면 어쩔 수가 없었다. 가난 구제는 나라에서도 어쩔 수 없다는 말이 헛말이 아니었다. 더이상은 어찌할 수 없는 지경이 되었다.

그러던 어느 날 이름 모를 곳에서 한번에 쌀 십만 석을 살 수 있는 엄청난 구호 자금이 쏟아져들어왔다. 직접 가서 돈을 받아온 당사자인 장찬이나 장서방 모두 입을 굳게 다물었는데 기부자의 정체가 알려지면 다시는 기부를 하지 않겠다고 했다는 것이었다. 알자고 들면 모를 바는 아니지만 그냥 두었다. 당금 조선에서 한번에 십만 석의 미곡을 쾌척할 수 있는 어둠 속 부자는 단 하나뿐이었다. 아무튼 고맙게 잘 쓰고 인심은 왕이 얻었다. 임금이 왕실 대대로 내려온 수장고의 보물을 처분해서 은혜를 베푼 것으로 했다. 그후로도 잊을 만하면 몇 번이고 수천에서 수십만 명을 구휼할 수 있는 자금이 들어와서 급한 불을 끌 수 있었다.

왕이 보위에 오른 지 이십오 년이 되던 기묘년1699년, 마침내 흉년이 끝났다. 그해에 작성된 호적에는 팔도의 가호 수가 129만 3083호이고 인구가 577만 2300명으로 계유년1693년과 비교하면 호수는 25만 3391호, 인구는 141만 6274명이 감소한 것으로 기록되었다. 호적과 상관없이 이 시기 기아와 질병의 희생자는 근 사백만 명에 이를 것이라고 했다. 온 나라가 무덤 없는 시신으로 뒤덮일 판이었다.

사람들이 먹는 게 나아지자 전염병도 고개를 숙였다. 대풍이 든 것은 아니지만 평년작을 웃도는 수확을 기대할 만했다. 사람들의 살림살이와 복색, 표정이 달라졌다. 달라진 건 나 또한 마찬가지였다.

# 71장 독대

기묘독대. 그날 밤 우리 두 사람의 만남을 그렇게 불러줄 사람은 없었다. 아는 사람이 없었으니까. 수십 년을 왕의 지척에 있어왔던 내가 독대 장소인 희정당 주변에 개미 새끼 하나 얼씬 못하게 철저히 단속을 한 터라 사관, 내관, 상궁, 호위별감은 물론이고 왕의 여자도 내 마누라도 알 수 없었다. 독대는 아무리 가까운 군신 간에 이루어진다 해도 비정상이고 법에서 벗어나는 것이었다. 그러니 기록에도 남지 않고 기억에 남을 뿐이었다.

왕과 신하 사이의 독대는 사십여 년 만에 이루어졌다. 먼저의 독대에서 만난 사람은 효종 임금과 송시열이었다. 그 결과가 송시열의 '악대설화'로 남았다. 그렇다면 나와 왕 사이의 갑술독대의 내용은 무엇인가.

"정말 갈 거야? 날 여기 두고 혼자만 갈 거냐고?"

"전하, 소신은 송시열, 김만중, 박태보 등으로부터 거듭 당부받은 바를 충실히 행했을 뿐 진작에 몸과 마음이 궁궐을 떠나 있었사옵니다. 이제 이 땅을 휩쓸던 재앙과 흉년이 끝났고 왕세자께서 미천한 제가 전하를 뵈었을 때의 나이를 지나셨으니 종사는 반석에 오른 것이나 진배없나이다. 전하께서는 어지신 세자빈에게서 곧 손자를 보실 것이오나 저는 아직 슬하에 자식 하나 없으니 장차 죽어서 조상을 뵈올 면목이 없사옵니다. 이제 더이상 미룰 수 없는 때가 되었으니 늙은 소신은 강호에 누워 바람소리를 흉내내어 노래 부르고 달과 더불어 새와 물고기를 희롱하며 살도록 허락하여주시오소서."

"결의형제가 된 건 서로가 죽을 때까지 곁에 있겠다고 맹세한 것이 아닌가? 한날한시에 죽으려면 한 형제가 먼저 죽는 것을 바로 옆에서 보고 따라 죽어야 할 게 아닌가?"

"민간의 부부도 귀밑머리가 파뿌리가 되는 날까지만 살라고 축수를 하는데 결의형제가 뭐라고 죽는 날까지 자나깨나 서로 붙어 있을 까닭이 없지 않겠습니까? 보소서, 제 귀밑머리를. 좀 성의 있게 자세히 보시오소서."

"아무리 봐도 없는데? 파뿌리가 사람의 귀밑에서 자랄 까닭이 없지 않은가? 내가 지겹다, 꼴 보기 싫다고 하기 전에는 떠나면 안 돼."

나는 가슴속에서 장부를 꺼내는 시늉을 하며 말했다.

"지겹다, 꼴 보기 싫다고 하신 건 이미 십여 차례는 되옵니다. 『예기』에 이르기를 군왕의 말씀은 굵은 밧줄과 같은 것……"

"임금의 말은 땀과 같아서 한번 밖으로 나오면 결코 되돌릴 수 없다? 내가 열네 살에 임금이 되고서 하루에도 몇 번씩 듣던 말이네."

"저는 미수 스승의 말씀을 딱 한 번 전해드렸을 뿐입니다."

"그 미수와 똑같은 잔소리꾼들이 내게는 수백 명이 있었단 말이지."

등극 시기를 전후해 어렵게 지나온 세월을 되새기는 듯 왕은 한동안 말이 없었다. 그때의 어린 소년이 이제는 불혹을 바라보는 장년의 사내가 되어서 옥좌에 세상 누구보다도 위엄 있게 앉아 있었다. 어느 누구도 감히 넘보지 못할 강력한 왕권을 가졌으며 그런 임금 앞에서 모든 신하는 눈을 깔고 고개를 바닥에 처박은 채 허락을 받고 나서야 입을 놀릴 수 있었다.

"왜 굳이, 거듭 나를 떠나겠다고 하는 것인가? 기생의 천한 핏줄로 태어나서 이미 당상관을 넘어 대광보국숭록대부를 바라보는 숭고한 지위가 되었음에도 벼슬이 부족한가? 아니면 얄팍한 충심이 바닥을 드러낸 것인가?"

그런 식으로 네가 멋대로 타인을 능멸하고 생사여탈을 좌지우지하네 마네 하는 것을 보는 게 지겨워서 내가 더 있지를 못하겠다. 없던 정나미가 다 떨어지기 전에 나는 가련다. 그런 말이 입 밖으로 나올까 봐 염려스러웠다. 내 입에서가 아니라 다른 누군가의 입에서.

"저와 같은 무식한 파락호가 공경의 지위에 오른 것도 유례가 드물다 하겠으나 전하처럼 무지막지한 권세로 신하들의 명운을 좌우하고 생사람을 잡은 임금도 이 땅에 거의 없었을 것입니다. 역대 어느 임금도 후궁을 왕비의 자리에 올렸다가 먼저 쫓아낸 왕비를 복위시키면서 무죄한 여인을 후궁으로 다시 내린 일은 없었지요. 전하께서는 일찍이 세종대왕, 성종대왕과 같은 성군이 되겠다고 하셨습니다만."

"내가 그 피가 아닌가봐."

무심히 내뱉는 것 같은 왕의 말에 소름이 끼쳤다. 효종 임금이 대군 시절 심양에서 송시열에게 보냈던 서찰이 다시 떠올랐다. 어쩌면 나만 몰랐을 뿐 웬만한 사람들은 그 비밀을 다 알고 있었던 건 아닐까? 지고무상의 최고 권력은 누구와도 나눠 가질 수 없는 것. 그 권력을 쥐어본 왕에게 그건 당연한 상식이었던가? 어쨌든 그 편지는 세상에 없었다. 없어야 했다.

"나는 사실 좋은 소리나 듣는 성군보다는 신하와 백성들이 벌벌 떨며 우러러보는 사납고 무서운 임금이 되고 싶었어. 지금도 직접 칼을 쥐고 잡소리 많고 얄미운 것들은 모조리 쓸어버리는 편이 마음에 맞아."

"영용한 군왕이 군사들을 이끌고 오랑캐를 무찌르고 강역을 넓힌다 한다면 어느 신민이 따르지 않겠습니까? 하지만 이불 속 활갯짓으로 신하와 정국을 이리 바꿔치고 저리 쓸어버리고 하여 두려움을 자아내서는 인심을 얻을 수 없지요."

"임금에게 신하란 장기판의 말과 같은 것이거늘, 때에 따라 총애하고 중용하기도 하지만 소용을 다하면 결국 버릴 수밖에. 혈육이든 처자든 백성이든 나라든 내가 있고서 있는 법."

나는 기가 막혀서 왕의 신하가 된 이후 처음으로 등을 돌렸다. 그래도 누가 뭐랄 사람이 없었다. 독대니까. 단 한 사람만 빼고.

"어디 가? 내 말이 끝나지도 않았는데."

나는 돌아선 채 말했다.

"전하의 무상하고 공정함을 잃은 처사는 반드시 많은 사람을 억울하게 하고 원통함을 낳을 것이니 그것이 하늘의 이변과 땅의 재앙으로 이어질 것이며 앞으로도 성군의 시대가 오지 못하게 막을 것입니다."

"임금 잘 만나서 주제넘은 벼슬살이를 하더니 배운 게 적지 않나보구나. 그게 어떻게 다 내 탓이야? 신하들이 저희 붕당과 사문이 있는 줄만 알고 임금을 얕보고 스스로의 몸에 앙화를 불러들이는 것을. 비록 과한 처사가 있었다 해도 내가 그것을 돌이켜서 다시 등용하고 죽은 사람 제사도 지내게 하고 사육신, 박태보, 송시열, 김만중 같은 신하들은 모두 신원하고 복관을 시켜주고 했잖아. 내가 뭘 더 어떻게 해?"

"뭘 더 어떻게 하는 것을 제가 왜 알아야 합니까? 전하께서 항시 유념하고 실천하셔야 할 바는 전하께서 깨달으셔야지요. 제가 마음으로부터 사랑하고 우러러보게 된 여러 사람들은 죽음의 구렁텅이에 빠져들면서도 한결같이 자신보다는 가련하고 억울한 처지에 떨어진 사람을 돌봐달라고 제게 당부했습니다. 전하만은 언제나 한결같이 전하만 위하라 하셨습니다. 전하께서는 열 살 때 처음 뵈었을 때나 지금이나 똑같으시오나 저는 이미 늙었습니다. 언젠가는 제가 다시 쓸모가 있게 되고 전하와 나라를 위해 할 수 있는 일이 있으면 돌아오겠습니다. 이제 소신도 산야에 뒹구는 백골이 되기 전에 한시라도 빨리……"

언젠가는 돌아오겠노라고 하자 왕은 한결 누그러졌다.

"내가 궁궐 근처에 새집을 지어주고 부르면 언제든 들어올 수 있게 해주면 안 될까. 형은 지금처럼 입바른 소리나 하면서 내 곁에서 호강을 누리고 호호백발 늙어가는 게 좋으리."

"제가 강호에 숨어산다고 해서 또 어찌 전하의 신민이 아니게 되겠사옵니까. 전하께옵서 지금 저를 놓아주셔야만 제 자식의 자식과 손자, 증손의 입에서 입으로 전하의 성덕을 무궁히 칭송하는 노랫소리가 나오는 것을 들으실 것이옵니다. 일찍이 백성은 나라의 근본이라는 말씀을 하셨으니 만백성이 이런 임금의 치세에서 살 수 있게 되어 영광이라고 산호하는 그런 임금이 되시오소서."

왕은 자신의 두 손을 보며 낮은 목소리로 말했다.

"내 손에서는 피비린내가 너무 많이 나. 내가 강한 신하를 쳐서 왕권을 일으켜세우고 백성의 고통스러운 신음을 들으면서도 성을 쌓고 나라의 방비를 튼튼히 한 덕은 결국 내 아들 대에서나 보게 될 것이야."

"그럼 당장 덕 볼 일이 없는 저는 이만 하직을……"

"능력과 지성을 다해 나를 보필하여 태평성대를 가져오지는 못할망정 혼자만 살겠다고 도망을 가겠다는 거야, 뭐야? 형이 정말 그것밖에는 안 되는 거였어? 내 지인지감이 그리도 엉터리였던가?"

"전하, 제가 일생토록 궁금한 바가 바로 그것입니다. 왜 저를 전하의 곁에 형제처럼 가까운 사람으로 두려 하셨는지요? 무식하고 천박한 시정잡배의 품행에 욕밖에 모르는 잡인을 왜? 그것을 모르고서는 죽어도 눈을 감지 못할 것 같습니다."

왕의 얼굴에 소년과 같은 미소가 돌아왔다. 내가 그리도 보고 싶어 했음에도 몇 년이나 못 보던 환한 웃음이.

"형 아니면 볼 수 없는 속된 언행과 괴이한 주변 사람에 이상한 인연까지, 형은 나와 전혀 다른 사람이라 좋았어. 남녀 간에도 서로 달라서 좋아하게 되고 사랑하게까지 되는 게 아니던가. 형이 밑바닥에서 몸을 일으켜 장차 천하제일을 다투는 인물이 되리라는 걸, 내가 단

박에 알아보았던 게야. 형이 아니었으면 나도 그저 그런 임금으로 남았겠지."

얼굴이 화끈해졌다.

"이대로 전하의 곁에 있다가는 점점 본색이 환하게 드러나게 되리니 소소한 양덕陽德, 겉으로 드러나게 쌓는 덕 대신 두터운 음덕을 쌓게 하여주시오소서. 저는 언제나 저와 닮은 만백성 속에 있을 것이옵니다. 인간세 속에서 희로애락애오욕을 함께하면서 제게 주어진 소소한 복락을 무궁히 누리리라, 그게 저의 꿈이옵니다."

"꿈은 꿈일 뿐. 그런 백일몽이 실현된다면 내가 당장 임금 자리 걷어차고 초야의 백성이 되겠네."

"꿈이라도 있어야 살 수 있지 않겠사옵니까? 전하, 불초 소생이 떠나기 전에 전하의 어수를 잡고 옥안을 우러러보며 작별을 할 수 있게 허락하여주시옵소서."

"그건 왜? 다시 안 올 사람처럼."

"오늘 할 수 있는 일을 하지 않으면 내일 후회할 것이니 후회하면서 살기에는 제게 남은 시간이 너무 아깝사옵나이다."

"그래, 하자고. 숭록대부崇祿大夫, 종일품 문무관의 품계 성형은 이리 가까이 오라."

우리 두 사람은 마주섰다. 언젠가 그랬듯이 정중하게 서로를 향해 읍을 하고 난 후 내가 왕에게 다가갔다. 그의 손을 잡았다. 부드럽고 따뜻했다. 마치 내가 강보에 싸여 있을 때 다가오던 어머니의 손길처럼. 그 손을 쥐고 얼굴을 보려는데 왕의 얼굴이 내게 가까이 다가왔다. 꼬마였을 때 이따금 그랬듯. 내 가슴이 다시 뜨거워졌다. 그때처럼 나는 왕의 등을 토닥여주었다.

"전하, 내내 강건하시고 안녕, 안녕, 안녕하시오소서!"

희정당의 입구까지 거의 다 와서 보니 깜박하고 말하지 않은 게 있었다. 다시 몸을 돌려 말하기는 싫었지만 할 수 없었다. 두고두고 후회하는 것보다는 잠시 민망한 게 백번 나았다.

"저기 말이지요, 세 가지 부탁이 있는데 꼭 들어주셔야 합니다."

말을 하고 보니 왕이 눈을 비비고 있었다. 붉은 눈두덩을 하고 소년처럼 소리쳤다.

"뭔데? 세 가지 아니라 서른 가지라도 좋으니 말해보라고."

"죽은 박태보에게 영의정을 추증시켜주시고 시호를 내려주시오."

"폐출한 중궁도 돌아온 마당에…… 되었고, 그다음은 무엇이야?"

"여인들이 원망을 갖지 않도록 하십시오. 궐 안이든 밖이든 여자가 있어 세상이 길러지고 태평하게 꾸려지는 줄 각골명심하고 계시오. 사실 이건 부탁이 아니라 같은 사내로서 이야기하는 거요."

"알았어. 궁궐 출입을 오래하더니 정말 설리薛里, 내시부에서 임금의 음식을 맡아보는 내관처럼 말이 많아졌네. 다음!"

"왕세자가 반드시 대위에 오를 수 있도록 해주십시오."

왕은 잠시 말이 없었다. 왕을 두고 다음 대의 임금을 이야기하는 것은 역린을 건드린 것일 수도 있었다. 진실로 내 형제가 내 진심을 알아주지 않는다면 그 자리에서 죽어도 후회는 하지 않을 것이었다. 한참 만에 왕이 대답했다.

"알았어. 이미 여러 차례 밝힌 바이나 다시 또 천명하도록 하지. 더는 없어?"

마음이 놓였다. 절로 말이 쏟아져나왔다.

"없긴 왜 없겠습니까? 오늘 생각나는 게 그렇다는 것이지요. 부탁할 게 생각나면 또 와도 될 거나요? 밤이나 낮이나."

왕은 옥좌에 파묻힌 채 말이 없었다. 이윽고 목에 가래가 걸린 사람처럼 거북한 목소리로 말했다.

"부디 돌아오라. 매일 아침이 오고 저녁이 오듯 오고 또 오라."

말을 마친 왕이 고개를 홱 돌렸다. 나도 왕의 마음이 변하기 전에 얼른 몸을 돌이키지 않을 수 없었다.

고마워. 네가 나를 살려줬어. 내가 너를 위해 살게 해줌으로써.

희정당에서 인정문 앞으로 이어지는 길이 아득히 멀게 느껴졌다. 나는 젖은 눈가를 양 소매로 번갈아 쓱쓱 훔치며 걸었다. 누구든 만나면 내 아우가 누구인지, 내가 얼마나 그를 자랑스러워하고 있는지 말해주려고 했는데 하필 그날따라 아무도 없었다. 달리 독대인가. 보름달이 구름에 가려졌다 밖으로 나오자 그지없이 환한 달빛이 고요한 삼라만상을 비추었다.

어즈버 태평연월이요, 태평태평한 성대로다.

# 종장

성형이 호남 암행어사로 가서 송시열의 죽음을 확인하고 귀양 가 있는 김만중을 만난 이후의 기록은 중요한 역사적 사실을 건너뛰고 화자가 얽히고 시점이 옮겨다니는 바람에 독자로서 소설의 전개를 따라잡기 힘든 상황이 되었다. 주인공 성형의 술회 형식으로 이어지던 소설은 역사 속에 남아 있는 이긍익의 『연려실기술』이나 작자 미상의 『박한림전』『인현왕후전』 등으로 대체되기도 했다. 성형과 임금의 독대를 마지막으로 '소설'은 끝났다.

'소설'의 편저자는 그후에도 성형이 왕의 뜻을 받들어 도산검림의 험지를 마다하지 않고 민생의 현장과 저자를 누볐다고 했다. 특히 1712년 백두산 정상에 정계비를 세우고 국경선을 확정하였을 때는 아버지가 만든 만주족의 발상지가 표시된 지도를 적절히 활용하여 조선에 유리한 결과를 가져왔다고도 했으나 역사 속에는 흔적이 없었다.

또한 편저자는 성형이 자신의 할머니를 주인공으로 하는 소설 『춘향전』의 원저자이며 기생 딸 춘향의 사랑 이야기는 할아버지가 남원 부사였던 아버지를 따라 소년 시절을 보내던 중 퇴기의 딸인 할머니를 만난 것과 연관하여 남원으로 무대가 설정된 것이라 했다. 눈에 띄는 증거로서 소설 『춘향전』을 원전으로 한 판소리 대본 『열녀춘향수절가』 첫 대목을 장식하는 성형의 의형제 숙종이 사실 이상의 거룩한 군왕으로 묘사된 점을 들었다.

'우리 숙종대왕 태평성대 호시절에 북소리 피리 소리는 요순 임금 시절과 같았으며 문명과 문화는 우탕 임금 시절과 버금갔더라.'

조부 성이성이 성형의 조모와 이팔청춘의 불꽃 튀는 사랑을 나누었을 당시는 실제로 광해군 3년1611년에 해당하며, 백성의 삼분의 일이 도륙된 임란의 충격에서 겨우 일어서고 있던 당시를 태평성대라고 하거나 광해군을 성군이라 이르는 것은 어불성설이라는 것이었다. 이를 당시 사람들의 인식에 맞게 숙종 치세로 고쳤는데 숙종을 성군, 숙종의 치세를 태평성대라 일러도 크게 잘못될 게 없기 때문이었다.

실제로 숙종은 경세제민의 여러 정책을 실시함으로써 태평성대의 기틀을 마련하고 문명과 문화의 융성을 이루었다. 편저자는 성형이 백성의 삶과 바람, 정책에 관해 가감 없이 임금에게 전달하고 대책을 제시하였기 때문에 숙종이 자신의 시대를 꽃피울 수 있었다고 결론짓고 있었다.

그것으로 '소설'은 끝이 났다. 여러 필사자와 편저자의 입김이 서려 있고 이제 나 자신의 손때까지 입게 된 소설책을 덮었다. 그런데 뭔가 미진한 게 있었다. 성형이 실제로 있었던 인물이라면 그의 육성을 들어보고 싶다는 욕망이 생겼다. 다른 사람 아닌 그만의 무엇인가를 보고 듣고 읽고 만져보고 싶었다.

고문서들이 새롭게 발굴, 번역되고 해석이 되고 연구되면서 전에는 모르던 정보가 편저자가 '소설'을 완료하고 나서 수백 배는 더 늘어났을 것이었다. 기대를 가지고 검색을 하기 시작했다. 족보부터 뒤지기 시작했고 『조선왕조실록』 『승정원일기』를 비롯해 내가 접근할 수 있는 데이터베이스에는 모두 접속해보았다. 얼마 되지 않아 내 노력이 별다른 결과를 낳지 못하리라는 게 명백해졌는데 우연히 하나 알게 된 건 있었다.

성형의 조부 성이성이 만년에 낙향하여 도성에서 천리 떨어진 봉화 땅에 계서당이라는 집을 짓고 안거했는데 그의 청렴함과 깨끗함을 그리워한 숙종 임금이 그곳을 방문해 하룻밤을 묵어갔다는 설화가 전해지고 있었던 것이다. 초당 뒷산의 오솔길을 따라 임금이 왔던 까닭에 지금도 그 뒷산을 '왕산王山'이라 부르고 있으며 임금이 하룻밤 묵은 곳을 '어와정御臥亭, 임금이 누웠던 정자'으로 부르기도 한다고 했다. 성이성이 벼슬에서 완전히 물러나 퇴촌退村, 벼슬아치가 퇴직한 뒤 향리로 물러나 만년을 보내는 것하여 사망한 해는 숙종이 원자로서 겨우 네 살이 되던 때였으니 두 사람이 만나거나 서로 알게 될 까닭이 없었고 집에까지 방문할 일은 결코 있을 수 없었다.

왕산, 어와정은 훗날 숙종이 미행으로 강호에 유유자적 은거하고 있던 성형을 찾아와 하룻밤을 묵으며 따뜻하고 두터운 정을 쌓은 흔적이 아닐까. 그러나 그게 설령 사실이라고 하더라도 한 사람의 지인을 위해 고을 원도 감사도 아닌 임금의 행차가 대궐에서 영남 북부 아득한 산골까지 천릿길을 움직였다고 하는 것은 설득력이 없었다. 그렇다고 성이성의 후손들이 대를 이어가며 오지도 않은 임금이 다녀갔다는 거짓말을 지어내고 장소와 건물에 임금이 직접 다녀갔음을 분명히 하는 이름까지 붙였다는 것 역시 다른 가문의 질시와 불신, 지방 수령의 책벌을 불러들일 수 있다는 점에서 납득이 되지 않았다. 잠시 고민에 빠졌다.

책상 위에 어느 도서관의 문학콘서트에 갔다가 선물로 받은 주석제 편지칼이 있었다. 끝에 작은 고리가 달려 있어서 그걸 빙빙 돌리던 중에 복사본 책의 표지가 벌어져 있는 것을 발견했다. 표지는 두꺼운 종이를 두 장 합쳐서 접착하여 만든 것이었는데 책을 계속해서 들춰보다 보니 저절로 나달나달해져 두 장의 종이 사이가 벌어지고 있었다. 편지칼에 인공지능 기능이라도 장착된 듯 저절로 그 틈을 파고들어갔다. 일단 한번 파고들자 표지를 찢지 않고는 도로 빼기 힘들 정도로 빡빡하게 물렸다. 그러다 두꺼운 종이가 둘로 나눠지며 그 사이에 얇은 종이가 두 장 들어 있는 것을 알게 되었다. 가슴이 쿵쿵, 하고 뛰었다.

"안 살 거면 그냥 가쇼. 내 참, 그러니까 이런 보물은 뭘 아는 사람에게나 인연이 닿는 게지."

중고책방 주인의 말이 북소리처럼 머리를 울렸다. 드디어 이십만원이라는 거금을 들여 책을 사온 보람을 찾는구나 싶었다.

조심스럽게 얇디얇은 종이를 꺼내자 달필의 펜글씨로 쓰인 문장이 빼곡히 적혀 있는 게 보였다. 앞장 맨 윗줄에는 '천하제일 바보멍텅구리 검법'이라는 제호 아래 검술을 펼치기 위해 내공을 끌어올리고 운기를 하는 법이며 초식을 전개하는 방식이 한글과 한문, 이두문, 그림으로 복잡다단하게 적혀 있었다. 평범한 상식을 가진 사람으로서는 전혀 이해할 수 없는 내용이었다. 전통무예를 연구하는 전문가에게 가져다 보이면 알아볼 수 있을지 몰라도 그런 옛날의 검법이 대량 살상 무기로 집단 살육이 행해지는 시대에 무슨 의미를 가지는지 알 수도 없었다. 하지만 검법의 말미에 붙어 있는, '소설'과 같은 필체로 쓰인 설명으로 편저자의 정체를 확인한 나는 목멘 소리로 "얼씨구나!" 하고 외치고 말았다.

—이 검법은 본 문의 제7대 사장 자약조사께서 묘향산 무명 승도로부터 얻은 일 초의 검법에 조사의 스승 야당 장군의 비전 검술인 무영검법을 배합하고 선고先考로부터 받은 비서祕書의 검결과 조사만의 특별한 묘용을 더하여 창안하신 것이다. 이 검술을 익혀 조사의 경지에 이르면 마음에 따라 자유자재로 운용하여 천지와 하나가 될 수 있는 무궁한 묘리를 얻는다. 후인들은 두루 이 검법을 익히고 연마하여 스스로를 지키고 이웃과 약자를 보호하며 선을 선양하는 데 쓰기 바란다. 대동 조선 검계 제27대 사장 정재동 받들어 쓰다.

두근거리는 마음으로 집어든 뒷장 첫머리에는 활달한 붓글씨로 '肅宗御製自若劍法書序'라는 글자가 자리하고 있었다. 숙종은 조선의 19대 임금 이순이 죽은 뒤 받은 묘호이니 그 종이에 적힌 글씨나 문장을 생전의 숙종이 썼다는 뜻이었다. 말 그대로라면 '숙종 임금이 지은, 혹은 쓴 자약검법 서문'은 뜻을 도저히 해득할 수 없는 한문 문장 덩어리로 내 눈앞에 존재했다. 그것도 임금이 붓으로 직접 쓴 게 아니고 잉크와 펜으로 쓰인 것이라서 일단 고서화로서 값나가는 물건 취급을 받기는 힘들어졌다.

낯설고 맥락이 쉬 이어지지 않는, 뜻 모를 주문과 같은 한문 문장을 되풀이해서 읽고 또 읽었다. 문장을 한 번씩 읽을 때마다 나는 그 문장을 쓴 사람과 동화되고 이화되는 과정을 반복했다. 도저히 뜻이 통하지 않는 부분이 있어서 키보드로 입력하는 대신 필사를 하기 시작했다. 애초에 글을 쓴 사람처럼 나도 직접 그 문장을 써보면 다른 무슨 느낌이 오지 않을까 싶었다. 한 글자, 한 단어, 한 문장을 끊어서 읽고 쓰며 음미했다. 그 과정을 쉰 번쯤 되풀이하자 어느 순간부터 대의가 깨달아지기 시작했다.

—무엇 때문에 천하제일이라 하는가? 가장 오래도록 살아남기 때문이다. 무엇이 천하제일인가? 살아남는 것이다. 최후의 순간에 살아남지 않으면 그 어떤 고명한 검술, 학문, 인물도 쓸모가 없도다.

천하제일의 무공에서 배울 것은 어떻게든 살아남아야 한다는 불굴의 의지다. 살아남아라. 누구에게 뭔가를 남기는 자가 돼라. 그러면 그대가 최후의 승자가 된다. 살려 애쓰고 애써 살아라. 그대 피에 들어 있는 뜨거운 의기와 재능을 대대손손 물림으로써 그대를 대우주에 영속게 할 수 있노라.

내 후인들을 위하여 이 검법에 숨어 있는 바를 적어두노니.

있는 듯 없는 듯 하며 움직이는 듯 가만히 있는 듯 하고 강한 듯 약한 듯 자유롭게 할 것이며 늦지도 이르지도 않고 지나치게 느리게도 빠르게도 하지 말며 상대에 따라 바람처럼 구름처럼 자재롭게 움직일지라.

저 동해의 파도처럼 돌아오고 돌아가기를 쉼없이 하며 종당에는 어디론가 돌아갈 것인데 아득한 북방 개척이 대업이 될 것이로다. 뜻을 같이하는 자, 동당 수만여 인이니 어찌 이 간절한 뜻으로 쇠를 끊지 못하랴.

백두산 아래 초가 수십 간을 짓고 오랑캐의 심장을 쇠신으로 밟고 아이들의 맑은 웃음소리를 들으며 굳게 서 있다가 때가 되면 강 건너 우리 강토에서 수천 석의 쌀과 콩을 거둬들여 격양가를 부르노라.

어화 아름다운 우리 임의 성덕이 높으시어 우리 마음이 합쳐지매 아득히 멀리 떨어진 땅이어도 봄바람 같은 덕화가 펼쳐지나니.

우리네 삶은 봄 여름 가을의 꽃처럼 피어나네 피어나네 피어나네.

차디찬 겨울하늘 가득히 무진무진 맑은 별, 부드럽고 살진 땅의 꽃으로 뭉클뭉클 피어난다네.

캄캄한 숲속 어둠 속에서 한 글자 한 단어가 부싯돌처럼 탁탁 부딪치다가 문득 촛불로 밝혀지듯 어느 순간부터 따뜻하고 환한 기운이 가슴을 덥혔다. 모든 사람은 누군가의 자식이며 자손이다. 그 누군가는 자신도 모르는 새 '나'라는 미래를 만들었다. 나는 까마득한 과거에서 날아온 편지에 답신을 쓰듯 메모를 했다.

—당신이 그곳에 있어 지금 여기에 내가 있어요. 그러니까 당신이, 당신이 나예요. 나는 당신일 수 없지만. 생명에는 언제나 과거보다 미래가 중요하니까요. 고마워요. 당신이 거기 있어주어서.

며칠 뒤 노량진역을 다시 찾았다. 성형이 그리도 사랑하던 정결한 사람, 박태보가 죽은 그곳. 중고책방은 사라진 지 이미 오래였다. 그런 게 있었던 흔적조차 남아 있지 않았다. 매대 아래 어둠 속 보물들이 들어 있던 곳 역시 옷 한 벌에 만원 이하로 파는 가게로 바뀌었다. 빠른 음악과 불빛이 명멸하는 가운데 사람들이 전자모기채를 든 가게 주인 앞에서 저마다의 보물을 찾느라 골몰하고 있었다.

# 작가의 말

역사에서 흔적을 찾아볼 수는 없지만 역사의 흐름을 바꾸거나 역사 그 자체가 된 무명 또는 익명의 존재를 주인공으로 하는 소설을 써보려고 한 건 기억하기 힘들 정도로 오래되었다. 악습을 무너뜨리고 불합리한 체제에 균열을 낸 그들은 치열한 생존경쟁에서 살아남아 스스로의 유전자를 후손에게 물려주었는데, 그 후손이 바로 현재의 우리 자신이다. 결국 이 소설은 나, 또는 우리 조상에 관한 이야기이다. 훌륭한 조상에 대한 찬가는 이미 '용비어천가'를 비롯한 무수한 선례가 있거니와 구태여 또하나의 익숙한 이야기를 더할 필요가 있는가 하는 회의 때문에 계속해서 미뤄오던 중에 어느 날 벌의 생태에 관한 책을 읽다가 반드시 이 소설을 써야만 할 당위성을 발견하게 되었다.

벌의 집단에서는 여왕벌이 늙고 건강이 나빠지면 'Queenright(여왕벌의 건재에서 나오는 힘)'가 약화된다. 시녀벌 십여 마리는 여왕벌에게 일상적으로 더듬이를 갖다대서 얻는 페로몬을 둥지 곳곳에 퍼뜨리는 전령 역할을 한다. 그 페로몬을 통해 집단 전체에 여왕의 힘이 약화된 것이 알려지고 준비된 여왕 후보군에서 새로운 여왕벌을 빨리 만들어내지 못할 경우 그 집단은 멸망의 길로 향하게 된다. 다급하면 원래 암컷이었던 일벌들이 여왕벌로 변신하기도 하는데 여왕벌 같은 역할을 기대할 수는 없다. 여왕벌의 안녕은 그만큼 전체 집단의 지속에 절대적인 역할을 한다.

조선시대에 '왕의 안녕(Kingright, 이 소설을 쓰면서 떠올린 조어이며 아직 옥스퍼드 영어사전www.oed.com에는 등재되지 않았을 것으로 믿고 있다)'은 조선 전체의 민생과 체제의 지속에 지대한 역할을 했다. 왕의 지척에서 왕의 안녕을 지키기 위해 스스로를 던진 인간세의 '시녀(남)벌'이 있다고 한다면, 도대체 그는 어떻게 살았으며 생에서 어떤 환락과 슬픔을 맛보았을까. 그 궁금증이 이 소설을 쓰게 만든 근원적인 힘이다.

소설로의 항해를 떠난 뒤 곧바로 예상치 않았던 거대한 암초와 부딪쳤는데, 그것이 가진 위험성은 언제든 배를 뒤집고 부숴버릴 수 있을 정도였다. 파도와 격랑을 아슬아슬하게 헤어나오며 얻은 깨달음은 '소설을 쓰면서 사실과 우열을 다투려고 하면 안 된다'는 것이었다.

이 소설은 사실事實, 사실史實이라는 씨줄이 개연성과 허구라는 날줄과 엮여 있다. 혹 그 직조물 가운데 역사 속에서는 발견되지 않았던 진실이 조개 속의 진주처럼 섞여 있을 수도 있을 것이다. 삶에 유익한 교훈이며 역사와의 정합성을 찾기 위해 노력할 필요까지는 없을 것이다.

이 소설 속에 등장하는 인물들은 실명이든 아니든 허구적으로 변용되거나 창작되었으며 역사상 실재했던 인물과는 같지 않음을 분명히 밝혀둔다. 그럼에도 당대의 창작물과 기록물에 힘입은 바 큰데 『조선왕조실록』 『승정원일기』, 이긍익의 『연려실기술』, 김천택의 『청구영언』, 작자 미상의 『인현왕후전』 『박태보전』 『박태보실기』 등이 대표적이고 그 외의 수많은 문집과 내가 어릴 때부터 단편적으로 만난 사랑방에 떠도는 이야기들이 소재가 되었다. 그 기록 속의 격렬하고 치열하고 오욕칠정에 사로잡힌 인정을 숨김없이 묘사하는, 가혹하리만큼 아름다운 문장들이 이 소설을 계속해서 쓰게 만들었다.

그 문장을 쓰고 전하고 번역하고 편집한 이름 모를 분들의 은혜와 공적을 기리면서 마음으로부터의 경의를 표한다. 희망컨대 그들의 얼과 숨결이 오늘의 독자에게 바로 전해지는 통로가 되었기를.

2019년 1월

성석제

## 주

1 상인이나 관리, 아전이 백성들로부터 대가를 받고 공물을 대신 납부해주는 것. 농민이 그 지방에서 생산되지 않는 물품을 공납해야 할 경우 이를 대신 납부해주기 위한 제도였지만 관리와 결탁한 상인들이 더 많은 이익을 챙기기 위해 백성들이 정상적으로 납부할 수 있는 길마저 막아가며 방납의 대가를 터무니없이 비싸게 징수하였다. 〔원주〕

2 덮개가 달린 가마. 이를 탈 수 있는 부녀자는 삼품 이상인 문관 당상관의 어미와 처, 딸과 며느리로 국법에 정해져 있었으나 여인은 얼굴을 드러내고 외출할 수 없는 조선시대의 사정에 의해 오래전부터 지켜지지 않았다. 무관 가문의 여인이나 당하관의 처첩은 물론 관직이 없는 양반가의 부녀자나 중인, 양인에 불과한 이속의 처는 물론 궁녀, 기녀와 침선비도 타고 다녔다. 〔원주〕

3 『예기』에 이르기를 사람이 태어나서 10년이면 유(幼)라고 하여 이때부터 배우기 시작하고 20세를 약(弱)이라 하며 30세를 장(壯)이라 하여 처를 얻고 집을 가진다. 40세를 강(强)이라 하는데 벼슬을 하는 나이이고 50세를 애(艾)라 하고 관정(官政)을 맡는 나이이다. 60세를 기(耆)라 하는데 이때부터 남을 지시하고 부린다. 70세를 노(老)라 하고 이때에는 자식 또는 후진에게 일을 전하며, 80, 90세를 모(耄)라고 하여 죄가 있어도 형벌을 가하지 않는다. 100세가 되면 기(期)라 하여 모두가 그 사람을 기린다. 〔원주〕

4 조선의 해안에 출몰한 외국 선박으로 모양이 낯설고 황당하다 하여 붙

은 이름. 〔원주〕

5 예전에 임금이 남쪽을 향하여 앉아서 뭇 신하의 조례를 받았던 데서(南面出治) 유래한 것으로, 임금이 앉는 자리의 방향 또는 남쪽으로 향하는 것. 군주가 됨을 뜻한다. 〔원주〕

6 『대학』과 『중용』에 실려 있는 말로 '혼자 있을 때에도 조심한다'는 뜻. 타인에게 인정받기 위해서가 아니라 스스로의 인격의 완성을 위해 공부하는 유자의 중요한 수양 방법이다. 〔원주〕

7 승경도는 '벼슬살이를 하는 도표'라는 뜻으로, 넓은 종이에 벼슬 이름을 써놓고 승경도 알 또는 윷 등을 굴려서 나온 끗수에 따라 벼슬이 오르고 내림을 겨루는 놀이이다. 종정도, 정경도 놀이라고도 불렸다. 〔원주〕

8 읍궁이란 중국 상고시대 황제가 승하하자 백성들이 그의 승천을 막았는데, 이에 황제가 쥐고 있던 활을 떨어뜨리자 백성이 그 활〔弓〕을 끌어안고 슬프게 울었다〔泣〕는 고사에서 나온 말이다. 〔원주〕

9 본래 유교 의례에서는 제주의 4대조(부, 조부, 증조부, 고조부)까지의 제사를 지내고 4대가 넘어가면 신위를 사당에서 옮겨 땅에 묻고 더이상 제사를 지내지 않았다. 그러나 조상이 특별한 인물이고 덕망이 있는 경우, 신위를 옮기지〔遷〕 않고 후손들이 대대로 계속 제사를 지내 기리는 것을 허용했는데, 이것이 바로 불천위이다. 효종 임금은 제주인 왕에게 2대조밖에 되지 않지만 미리 영원히 제사를 지내도록 정해둔 것이다. 〔원주〕

10 동·서반 당상관 이상을 지낸 사람이 벼슬에서 물러난 뒤 그들이 재직했을 때의 신분과 품계에 따라 일정한 녹봉을 준 은급 제도. 봉조하는 일종

의 훈호로서 직사는 없고 정조, 동지, 탄신일 등의 조하의에만 참여하면 되었다. 〔원주〕

11 송시열과 윤증은 여러 가지 일로 불화를 빚었는데 두 사람의 제자들이 각기 스승을 변호하고 상대방을 비판하는 논쟁을 수십 년간 벌임으로써 조정이 시끄러워지고 서인이 노론과 소론으로 갈라지게 한 요인이 되었다. 결국 1716년(숙종 42년) 7월에 임금이 처분을 내려 송시열은 잘못한 것이 없고 윤증은 잘못한 것으로 판정하여 윤증을 유현으로 대접하지 말 것을 지시하였다. 이를 '병신처분'이라고 하였는데, 이로써 회니시비는 공식적으로 종결되었다. 〔원주〕

12 원자는 왕의 적장자를 뜻하며 보위를 이을 후계자가 된다. 보통은 왕비에게서 탄생하나 조선 후기로 가면서 후궁에게서 태어나는 일이 잦아져 첫 왕자를 원자로 삼고 왕비의 양자로 들여 장차 세자로 봉하는 경우가 많았다. 원자의 명호를 정하는 것은 후궁 소생인 왕자를 적장자로 정한다는 의미가 있었다. 〔원주〕

13 윤증의 아버지 윤선거는 강화도가 청나라 군대에 함락되면 자결하기로 지우들과 약속해놓고도 노모 때문에 홀로 살아나온 것을 부끄럽게 여겨 벼슬을 모두 내어놓고 은거했으며 한평생 벼슬에 나아가지 않았다. 〔원주〕

14 『예기』 '단궁 상'에 나오는 말. '단궁의 문'은 옛날 공의중자가 적자의 상을 당했을 때 적손을 버리고 서자를 후사로 삼자 단궁이 이를 희롱하는 뜻에서 자신에게 해당되지 않는 상관(喪冠)인 문(免)을 쓰고 가서 조문했던 것을 말함. '자유의 최'는 옛날 혜자의 초상에 간 자유가 혜자가 적자를 폐하고 서자를 후사로 삼은 것을 기롱하는 뜻에서 친구 사이에 조문하는 예에 벗어나는 최마복(衰麻服)을 입고 조문한 것을 말한다. 〔원주〕

**15** 송시열이 죽음을 맞는 장면에 대한 묘사는 기록에 따라 확연히 다른 모습을 보여준다. 노론이 작성한 『숙종실록』은 비교적 자세하게 송시열의 최후를 기록하고 있다.

"이때 송시열이 제주에서 붙들려 돌아오는데 바다를 건너와서 중궁을 이미 폐한 것과 오두인·박태보가 간하다가 죽은 것을 듣고는 음식을 끊었다. 정읍현에서 사사의 명을 받자, 이에 유소(遺疏) 두 본을 초하여 손자 송주석에게 주어 다른 날을 기다려 올리게 하고, 또 훈계하는 말을 써서 여러 자손에게 남겼다. 아들 송기태가 '국가에서 형벌을 쓸 때 현일(弦日, 음력 7, 8일의 상현과 22, 23일의 하현을 가리킴)을 꺼리니, 마땅히 이를 따라야 할 것입니다' 하니, '내가 병이 심하여 잠시를 기다릴 수 없으니, 명을 받는 것을 늦출 수 없다' 하고는 드디어 조용히 죽음에 나아가니, 이때 나이가 83세이다.

운명하기 전 문인 권상하의 손을 잡고 부탁하기를 '학문은 마땅히 주자를 주로 할 것이며, 사업은 마땅히 효묘께서 하고자 하시던 뜻을 주로 삼을 것이다. 주자의 이른바, '함원인통박부득이(含冤忍痛迫不得已, 원통함을 잊고 부득이하게 함)' 여덟 글자를 뜻을 같이하는 선비들이 서로 전하여 잃지 않도록 하는 게 좋겠다' 하였다. 또 '천지가 만물을 낳는 소이와 성인이 만사에 응하는 소이는 오직 '바름〔直〕'일 뿐이다. 공맹 이래로 서로 전하는 것은 오직 하나의 곧을 '직' 자인데 주자가 문인에게 부탁한 것도 이에 벗어나지 아니한다'고 했다."(『숙종실록』 21권, 숙종 15년 6월 3일 2번째 기사)

노론과 대척점에 섰던 남인과 소론 측의 개인적인 기록은 송시열이 죽음에 임하여 보인 행동을 비판적으로 묘사하고 있다. 대표적인 것이 소론 나량좌의 『명촌잡록』에 들어 있다.

"송시열은 죽음을 모면할 계교가 다 떨어지자 다리를 뻗고 드러누웠다. 금부도사가 사약을 마시도록 재촉했으나 종시 마시지 않으므로 약을 든 사람이 손으로 입을 벌리고 약을 들이부었는데 한 그릇 반이 지나지 못해 죽었다."〔원주〕

문학동네 장편소설
왕은 안녕하시다 2


초판인쇄 2019년 1월 2일
초판발행 2019년 1월 8일

지은이 성석제
펴낸이 염현숙
책임편집 이상술 | 편집 정은진 김내리 이성근 황예인
디자인 김현우 유현아 | 마케팅 정민호 박보람 나해진 우상욱
홍보 김희숙 김상만 이천희
제작 강신은 김동욱 임현식 | 제작처 영신사

펴낸곳 (주)문학동네
출판등록 1993년 10월 22일 제406-2003-000045호
주소 10881 경기도 파주시 회동길 210
전자우편 editor@munhak.com | 대표전화 031) 955-8888 | 팩스 031) 955-8855
문의전화 031) 955-3576(마케팅) 031) 955-8864(편집)
문학동네카페 http://cafe.naver.com/mhdn | 트위터 @munhakdongne
북클럽문학동네 http://bookclubmunhak.com

ISBN 978-89-546-5452-4 04810

* 이 도서의 국립중앙도서관 출판예정도서목록(CIP)은 서지정보유통지원시스템 홈페이지(http://seoji.nl.go.kr)와 국가자료공동목록시스템(http://www.nl.go.kr/kolisnet)에서 이용하실 수 있습니다.(CIP 제어번호: 2018041854)

www.munhak.com